国家出版基金项目
“十二五”国家重点图书出版规划项目

中国京剧流派剧目集成

启功题载

《中国京剧流派剧目集成》编委会　编

第　叁拾玖　集

學苑出版社

图书在版编目（CIP）数据

中国京剧流派剧目集成．第39集 ／《中国京剧流派剧目集成》编委会编．— 北京 ：学苑出版社，2015.3
ISBN 978-7-5077-4742-3

Ⅰ．①中… Ⅱ．①中… Ⅲ．①京剧－剧本－作品集－中国 Ⅳ．① I232

中国版本图书馆 CIP 数据核字 (2015) 第 047706 号

出 版 人：孟　白
责任编辑：潘占伟
装帧设计：徐道会
出版发行：学苑出版社
社　　址：北京市丰台区南方庄2号院1号楼
邮政编码：100079
网　　址：www.book001.com
电子信箱：xueyuanpress@163.com
销售电话：010-67675512　67678944　67601101（邮购）
经　　销：新华书店
印 刷 厂：北京信彩瑞禾印刷有限公司
开本尺寸：889×1194　1/16
印　　张：15.25
字　　数：390千字
版　　次：2015年3月第1版
印　　次：2015年3月第1次印刷
定　　价：230.00元（精装）

《中国京剧流派剧目集成》学术顾问

郭汉城　刘曾复　朱家溍
吴小如　王金璐　迟金声
钮　骠　刘连群　陈绍武

《中国京剧流派剧目集成》编委会

主　编

黄　克

副主编

常立胜　吴春礼　哈鸿儒
蔡景风　杨凌云

序言

◎黄克

京剧向称国粹艺术，内容博大精深，剧目十分丰富，人们常以“汉唐三千宋明八百”形容其浩瀚。其中流派剧目又以演员表演的鲜明个性使剧目显得更为多彩多姿，充满魅力，既被专业人员钻研承继，也为广大戏迷喜闻乐见，遂成为京剧舞台上一大亮点。

流派

举凡表演艺术，原本就无不带有表演者的个人色彩。京剧表演艺术因其唱念做打诸多方面功夫的综合性和繁难性，表演的个性化尤为突出；加以行当的粗分、剧目的雷同，于大致相同的条件下尽显各自的千姿百态、千变万化；一招一式、一腔一韵之中可以体现不同的特色，同样一出戏，甚至同样一个戏中人物也完全可以演出不同的风采，这种充满个性化的表演，遂成为京剧竞技场上最是为人乐道而又情趣无穷的审美内涵。倘若这种富于个性化的表演为受众所认可，且代有传人，形为规范，即可自成一家，成为迥异于他人的艺术流派。以“四大名旦”（梅兰芳、程砚秋、荀慧生、尚小云）为例，虽皆工旦行，却又各有千秋。京剧大师王瑶卿就曾这样分析这四位后起之秀的独到之处：“梅兰芳的样儿，程砚秋的唱儿，尚小云的棒儿，荀慧生的浪儿。”所谓“样儿”，指梅的艺术造诣全面，要什么有什么；所谓“唱儿”，指程以行腔之新颖动听为能；所谓“棒儿”，指尚的刀马功底深厚；所谓“浪儿”，指荀的柔媚多姿、风情万种。寸长尺短，一语道破各有专擅的各家流派特点。如此成就固然来自自己的勤学苦练、苦心孤诣，更少不了观众的知音捧场、鼓励有加。因此，一个艺术流派的形成，对于创始人来说，无疑是开拓了审美追求的新境界；对于受众戏迷来讲，则更是得到了多样化审美需求的新满足。梨园行有云：唱戏的是疯子——指其追求的执着，听戏的是傻子——指其享受的痴迷。二者相得益彰、相映成趣，或许正道出京剧流派形成之三昧。

流派剧目

在京剧传承的一二百年间，随着历史的变迁、社会的发展，以及新人辈出、师承转换，荡涤旧物、崇尚新声，传统剧目中的绝大部分早已绝迹于舞台，然而，其精华部分（包括剧目中表现出来的唱念做打等程式体系）还是被完好地保存了下来，并得到长足的发展。其间，流派创始人于剧目的推陈出新做出了不可磨灭的贡献。基于对剧目乃至剧中人物的理解和认识，以及更便于发挥自己技艺特长的需要，流派创始人对浩如烟海的传统剧目进行了严格的筛选，经过了整理加工再创作，使之又焕发出崭新的韵味和光彩；随着这样剧目的增多，最终形成了自己流派所特有的剧目系列。而另外的流派又在另外的剧目系列中发挥着自己的优势，即或剧目相同，不同流派依然可以于演出中表现出自己的独特风格。总之，在其演出的剧目中，无不打上自己表演风格的鲜明烙印。京剧舞台上一度出现的这种百花齐放、争芳斗艳的盛况，实由自丰富多彩的流派剧目，这在京剧发展史上已是不争的事实。

但也应看到，如今京剧流派剧目相对于京剧的鼎盛时期，已是光景不再。个中原因很复杂，就客观因素而言，新兴的艺术形式的多种多样，人们的欣赏习惯和娱乐方式已经有了更广泛的选择余地，因而完全可以去旁骛；此外，就京剧本身而言，演出剧目之贫乏不能不说是观众锐减的重要原因之一。本来演出场所和演出场次就不多，翻来覆去又只是那几出骨子老戏，怎么能吸引观众，特别是年轻观众呢？——连那些老戏迷们也都听腻歪了。

回过头来看，今日演出剧目的贫乏和流派创始人晚年艺术景况也不无关系。他们在艺术的巅峰期——集中在上个世纪二三十年代，创作或改编了一出出新戏，直令观众赏心悦目，目不暇接。当其时，除了富连成科班或游动的散班演出些大路戏外，北京的京剧舞台几乎就是流派剧目的天下。据1932年商务印书馆出版的《五十年来北平戏剧史材》的记载，自民国十二年（1923）至十八年（1929）这六七年间，以梅派剧目为例，只“初演”的剧目——也就是自家独创的新戏或整理改编的传统戏，就有前后本《西施》、《洛神》、《廉锦风》、头二三四本《太真外传》、《俊袭人》、全本《宇宙锋》、《凤还巢》、《春灯谜》等12出戏（其中前后四本《太真外传》这四出戏是在一年多时间里陆续完成的）；同一时间段，马派“初演”的剧目也有《化外奇缘》、全本《玉镯记》、《秋灯泪》、《战宛城》、全本《火牛阵》、《鸿门宴》、全部《临江馆（“馆”应作“关”）》、全部《浣纱溪》、《范仲禹》、全本《清风亭》、头二三四本《大红袍》、全本《天启传》、《许田射鹿》、全本《十道本》等15出戏（其中《大红袍》分头二和三四本两次演出），当然，其中还不包括“初演”以外的经常性的大量的传统戏演出。试问，这些曾经轰动一时的流派创始人编创的新剧目于今又有多少出传承下来了呢？个中主要原因就在于流派创始人到了晚年一些唱做吃重的剧目已难胜任，只有将其已臻于炉火纯青的技艺凝炼到少数剧目之中，或演出或教习也只拘囿于这少数几个剧目了。而其传人也就将这几出戏奉为圭臬，全不知其鼎盛时期的所谓“文武双全”、所谓“昆乱不挡”为何事，致使一些当年的热门戏几近失传，这不能不说是梨园一件憾事。记得梅兰芳先生曾撰文论述学艺过程中的“少、多、少”，大意是初学时会的戏（包括技艺）自然是少的。随着所学剧目的增多，技艺的增长，激发起拓宽其艺术驰骋领域的热情，兼收并蓄，从而极大地丰富了自己。进而又随着审美取向的定型，艺术见识的提高，势必要对自己所学所用下一番去芜存精的工夫，扬长避短，使自己的独特技艺集中在少数几个代表剧目之中。表面看来演出的剧目是少了，但炉火纯青，在艺术创新上却达到了新境界。从少到多，从多而少，贯穿着的是继承与发展的艺术成熟的过程，也闯出了一条攀升艺术高峰的必由之路。后学者以为，学会了几出流派代表剧目便可以薪尽火传，得到了真经，孰不料缺少广博的根基，既影响个人的发展，也造成了剧目越传越少的现实。这难道不是应该汲取的教训吗？

有道是“礼失求诸野”。由于流派剧目的独特韵味及其所富有的艺术魅力，由于京剧作为自娱自乐的审美取向已深入人心，更由于迷恋传统演唱艺术者的大有人在，京剧传统剧目——包括一些已经消失于舞台的流派剧目，至今仍在京剧爱好者中间传唱不息。我们不妨到公园里看一看那一圈圈围着的戏迷，他们来自四面八方，或许彼此并不相识，只凭一把胡琴就将大家凝聚在一起，有滋有味地互相欣赏着一段段流派唱腔。更不用说那遍布全国各地乃至国外华人聚居区的票房，他们还时不时地粉墨登场，过一把戏瘾呢！这种自拉自唱、自娱自乐的红火场面，充分显示了京剧流派剧目的深厚群众基础和顽强的生命力，对于相对落寞的京剧舞台不啻一种发人深省的挑战。然而，这又何尝不是对京剧振兴的潜在的呼唤和有力的支持呢！

流派剧目集成

正鉴于其强大的生命力和深厚的群众基础，“振兴京剧”作为文化建设的国策的提出可谓正得其时。而振兴之务，首要的是挖掘和继承优秀传统剧目，以之作为发展和创新的基础和借鉴。我们编纂《中国京剧流派剧目集成》的初衷正在于此：将流派剧目演出的精彩瞬间记录于永恒，将构成流派剧目的诸多元素一一记录在案。诸如每剧的剧情本事、创始人表演特点的提要，剧中人物行当归属、服装扮相，剧本曲文、唱腔谱、伴奏谱、锣鼓经，以及身段谱等得以再现流派表演风格的内容，都力图完整地记录整理出来，为流派艺术的教学和研究提供文字的基础资料。持此，内行自可作为表演的参考，京剧爱好者也可以作为演习的蓝本。

这一工作，对于京剧剧目的基本建设虽然可谓之善举，但具体做起来却困难多多。首当其冲的就是剧目的选定。京剧剧目虽称汗牛充栋，但保存下来的资料却十分有限。京剧形成初期，以“老生三杰”又称“前三鼎甲”的程长庚、余三胜、张二奎为代表的一代固然没有留下什么音像文字资料；即或以“老生新三杰”又称“后三鼎甲”的谭鑫培、孙菊仙、汪桂芬为代表的一代除了少量的唱片外也没有完整的剧目传下来，所以我们的剧目整理工作只能从民国初年以降的“四大须生”、“四大名旦”开始。他们受熏陶于前辈艺术家，可谓传统的集大成而又能创新的一代，整理剧目以他们为重点自然最合适不过。遗憾的是这些艺术大师大都已经作古，得到他们指点和首肯已不可能，为此，我们只能通过其亲传或再传弟子来进行流派剧目的整理工作。从中我们更深地体会到抢救要及时，当初未能抢救下来现在也不要嫌晚而不为，抢救一点是一点，否则能够保存下来的精华越来越少，越加难向历史向后人交代了。

更难的则是遴选整理者。剧目的全面整理需要全面的人才。我们在组织稿件的过程中却发现这样的人手颇不易得。如果流派创始人或其传人曾在戏校任教，且有较为完整的教案保存下来，今日稍加整理即可选用，自然不是难事。不过这样的情况并不多，大量的剧目尚需要对当年的演出本进行追忆记录，加工整理。曾经受业于流派创始人或其传人的京剧工作者虽然是整理演出本的合适人选，但是他们大都是单位的骨干，忙于演出，忙于剧务，或居于领导职位，很难分出身来。即或肯于应承下一两出戏，也常有如下的情况：能演不能说，能说不能写，能写又不能打谱。因此，完成一个剧目经常需由记录者、整理者和打谱人联袂而行，倘再加上剧目的传授者和提要的撰写人，则非四五人鼎力不可。《中国京剧流派剧目集成》收入二百多出戏，每出戏即使平均两三人参加，也要组织四五百人次。其繁难可以想见，其壮观亦可以想见。当然，这还仅就整理者的数量而言，更为难能可贵的还在于参与者的无私奉献。试想，跟演一出戏或教一出戏相比，以文字整理出一出戏，不仅费时而且费力，无疑是一桩一般人不肯为也不屑为的苦差事，而我们的整理者却能甘之如饴，乐此不疲，没有为京剧事业的传承而不计个人得失的宝贵情操，是难有这种积极性的。不仅如此，随着岁月流逝，整理流派剧日益困难，更需要求助一些老专家，他们或是资深艺员、教师，或是资深票友、戏迷，而今已是硕果仅存的京剧艺术的专家、流派历史的见证人。在他们身上洋溢着一种传承京剧流派的使命感，和对振兴京剧的期待。他们热情地参加到这项工作中来，或亲自动手，为我们整理剧目；或答惑解疑，给我们工作以指导。使我们在受教于他们的同时，油然而生一种深深的敬意。

克服了上述困难，《中国京剧流派剧目集成》终于呈现在读者面前。书中，除了囊括主要流派的主要代表剧目，试图反映京剧鼎盛时期的大致面貌而外，尚有可说道者。首先是挖掘整理出一批流派剧目，其中不乏已近失传的流派艺术精品。其中共收流派五十余家、剧目二百多出，不仅是从装扮到曲谱俱全，而且半数以上不曾整理出版过，可算是京剧剧目建设的一个不小的工程。下列剧目可为佐证。如王（瑶卿）派名剧《南天门》（今能见到的只剩下王和老谭合拍的剧照）、余（叔岩）派名剧《太平桥》（据说是老谭给余说的开蒙戏）、马派名剧《白蟒台》（写王莽被俘后向旧臣一一乞命事，老生扮演反面人物堪称奇特）、麒派名剧《斩经堂》（其中吴汉的悲剧性格曾引起过热烈争论）、荀派名剧《鱼藻宫》（写吕后残害戚姬事，乃荀派悲剧剧目之一），以及汪（笑侬）派名剧《哭祖庙》、龚（云甫）派名剧《徐母骂曹》、徐（碧云）派名剧《绿珠坠楼》、裘（盛戎）派名剧《打銮驾》等，都是难得一见的流派剧目之珍品。而以“关外唐”名世的唐（韵笙）派名剧经其家人和传人的努力竟整理出其代表作《驱车战将》、《闹朝击犬》、《好鹤失政》、《绝龙岭》、《未央宫斩韩信》、《刀劈三关》等七出之多，堪称流派剧目建设的新收获。除此之外，《中国京剧流派剧目集成》还特别着力于武戏的挖掘整理。较之文戏，武戏更难整理，需要将演员在台上的动作招式一一准确地反映出来，没有深入的钻研领会、亲身体验，很难下笔。众所周知，杨小楼作为一代武生宗师，其“武戏文唱”乃武生的不二法门，也是令人神往的一种表演境界，在武戏剧目整理中理应得到体现。资深票友朱家溍先生得其真传，整理了杨派名剧《麒麟阁》，并详细记述了前后六次观剧的心得，惜乎不及将其用工尺谱记下的昆曲吹腔翻为简谱便溘然而逝了。另一出杨派名剧《镇潭州》则是根据京剧耆儒刘曾复先生的讲授整理出来的，其中杨再兴上场的“蝴蝶霸”、和岳飞对打的“枪架子”，皆独得杨派之秘，给人以再闻《广陵散》般的惊喜。此外，高盛麟的《长坂坡》、《走麦城》，王金璐的《落马湖》、《八蜡庙》也都走的杨派的路子，有的就是直接跟杨宗师学的。南派大武生盖叫天武功盖世，他的剧目身后却乏人整理，多亏移居上海的原中国戏校武功教师赵雅枫先生以耄耋之年勉力整出《一箭仇》，也算保存了盖派一脉。还值得一提的是收获了一批武丑戏。叶盛章当年是以武丑戏挂头牌演大轴的第一人，勇于创新，能戏甚伙，现将其创作的名剧《酒丐》、《祥梅寺》、《打瓜园》、《徐良出世》、《三盗九龙杯》、《铜网阵》等七出代表作一并推出，既再现了叶氏当年神勇，也为乏人承继的武丑行当提供一些演习之本。尤为可喜的是我们也挖掘整理出富连成科班总教习、文丑“萧派”创始人萧长华老先生的《选元戎》、《荡湖船》、《变羊记》等已近绝迹舞台的拿手剧目。凡此，整理者挖掘流派剧目的辛勤劳作成果，均为我们编纂“集成”增添了光彩。

为了方便读者翻检使用，本书采取四五出戏合编一册的形式，这样全书约有五十册之多，并拟分三批推出。第一批为老生行的余派，以及号称“南麒、北马、关外唐”的三派，和武丑行的叶（盛章）派，计五家八册。第二批则以旦行“梅、尚、程、荀”为代表，包括老旦、刀马旦等流派。第三批是老生、小生、武生、净、丑等其他流派。预期一两年内出齐。倘若其中有重要疏漏，又得人整理，亦可考虑编辑出版“集外集”，以满足读者的需求，也使这部“集成”更为名副其实。

当然，《中国京剧流派剧目集成》的编纂，其目的只在提供流派剧目作为研究家和后学者的参考借鉴。而流派、流派，意重在“流”。所谓流，指流行和流变。流派艺术正是在流行、流变中最终形成的，即或在最终形成之后，也还是靠流行、流变而发展的，倘若泥古不化，抱残守缺，就会失掉其鲜活的生命力，艺苑奇葩也会枯萎，这已为京剧发展史所证明。不过，流派艺术发展也需要有个前提，那就是首先要掌握渗透在表演程式唱念做打、手眼身发步中的艺术个性，而流派剧目就是其艺术个性展现的载体。继承流派艺术，不能只满足于模拟外在的“体”，更要在剧目演练中去体味其艺术个性的“魂”，这样才能促使京剧流派艺术从剧目建设到表演个性都得到发扬光大。此乃传承流派剧目的题内之义，自毋庸赘言。

目录

马连良、谭富英、奚啸伯、陈少霖、李和曾、张君秋、吴素秋、尚小云、李多奎、姜妙香、萧长华、马富禄

谭富英、张君秋、裘盛戎

哈鸿儒 整理

四郎探母

根据 1956 年 9 月 14 日演出实况及音配像整理

1956年9月，在北京中山公园音乐堂举行了一场集北京京剧界各路好角的演出，这场堪称新中国成立以来空前绝后的精彩演出，名义是为庆祝原北京梨园公会改组新建为北京市京剧工作者联合会而举行的义演。戏码之硬、阵容之齐整真为罕见：开场是裘盛戎的《锁五龙》。此时裘盛戎正当盛年，因其独特的风格已俨然成派。之后是孙毓堃、郝寿臣、李万春等人的《大虮蜡庙》。这几位艺术家实力之深厚，在当时首屈一指。大轴是《四郎探母》。李和曾、奚啸伯、陈少霖、谭富英、马连良依次扮演杨四郎，张君秋（"坐宫"、"回令"两场）、吴素秋（"盗令"一场）先后饰演铁镜公主，此外，尚小云饰萧太后，李多奎饰佘太君，姜妙香饰杨宗保，二位国舅则由萧长华、马富禄师徒承担。这样的阵容真是多年少见了。票价最高是三元，相当于北京人艺的三张话剧票或买五斤猪肉价，与今天比真不贵。所以广告一出，购票者立时排成长龙，三千多座位的音乐堂，戏票一扫而光，形成满城争说、一票难求的盛况。当晚，有票者兴高采烈、志得意满地步入中山公园直奔音乐堂，没买到票又实难割舍者，不少人也去了中山公园，围坐在音乐堂外社稷坛等处，聆听从这个露天剧场中用扩音器传出的演出实况：那悠美的唱腔、炽热的锣鼓，依然使他们摇头晃脑陶醉其中，看不见也过瘾！幸喜多年以后此戏的演出实况录音制成三盘盒式录音带，国内外广泛发行，获者多奉若珍宝。今又有音配像问世，使京剧爱好者额手称庆。

《四郎探母》在京剧中的历史和由来，有两种说法：一说来自于汉调，一说来自秦腔梆子。

有传说余三胜与胡喜禄演"坐宫"时，胡误场，余唱四郎的〔西皮慢板〕时，只好临时编词加腔，一连唱了好多个"我好比"，直到胡赶妆上场。以后去芜存菁，留下现在所唱这一段精美绝伦的好词好腔。"坐宫"中四郎和公主的唱腔包括了西皮的各种板式，唱腔的完整精美达于顶点。至少在晚清谭鑫培与陈德霖、王瑶卿时就已定型。至于扮相造型，有这样的记载：公主原是凤冠宫妆（也有说是披斗篷、拴狐尾的）；萧太后是黄蟒，雉翎狐尾，戴草王盔。这是遵从和中央王朝政权对立者的扮相规矩。后来两人都改了旗装，可称是晚清当代服装的艺术美化，更显得雍容华贵、仪态万方。可能是此戏已演唱了相当时间，日臻成熟华美，破格允许以旗人贵族女性宫装进入京剧。清朝同、光时，梅兰芳的祖父梅巧玲扮演的萧太后留下的绘图就是旗装。这可能还与当权的慈禧太后的默许支持有关。旗装进入京剧，可称京剧在晚清年间的时尚化，使舞台形象更绚丽多姿。其他人物的演唱，如佘太君、杨宗保等，龚云甫、姜妙香等做了丰富和美化。

此戏从"坐宫"、"盗令"、"别宫"、"过关"、"巡营"、"见弟"、"见娘"、"见妻"、"哭堂"到"回令"，每一折的情节都扣人心弦，演唱艺术精美动人。难能可贵的是，一出大戏竟能以西皮腔到底，谱制出那么多好听的唱腔，表达出多个人物不同的情感，实为罕见。"坐宫"中李和曾以高（庆奎）派风格，演唱得高亢清亮，与正值盛年已自成一家的张君秋珠联璧合。张的精美唱腔，延续到最后，与马连良合演"回令"更达到全剧的最高潮。"坐宫"、"盗令"

中旦角唱的同是〔西皮慢板〕，铁镜公主唱得是清爽婉转、侠骨柔肠，萧太后出场一段老腔老调却唱得铿锵有力、高亢威严。一个是夫妻的闺房情趣；一个是国主升殿的庄严。反差那么大，却用同一个腔调、同一个板式，表达得是那么完美无缺，这就是京剧魅力之所在。关于"盗令"、"回令"的萧太后，据说，当年在清宫中，艺人们细致地观察了慈禧行为处事的某些特征，将其融入人物形象中。从梅巧玲经陈德霖传到尚小云、芙蓉草（赵桐珊），不断地从生活中汲取营养，使萧太后的人物形象传神逼真。尚小云的演唱，人物既有"份儿"，有一国之主的阳刚气派，同时又不失女人、母亲、外祖母的柔情。吴素秋"盗令"的铁镜公主，与尚小云师生同台，相得益彰。杨四郎由李和曾、陈少霖、奚啸伯、谭富英、马连良分饰，融谭、高、余、马、奚五大老生流派于一堂，成鼎盛之势。谭富英唱"弟兄们分别十五春"如珠落玉盘，"千拜万拜也是折不过儿的罪来"酣畅情深，堪称"谭派"经典。"回令"乃是马连良在大义务戏、大合作戏中必归他出场添彩的一场，与公主一起向萧太后求生的哭诉，可圈可点。萧长华、马富禄师生的二位国舅插科打诨。萧长华以古稀之年在舞台上仍然是那么风趣，那么活跃。李多奎、姜妙香也以花甲之年登台，满宫满调，唱得淋漓畅快，不失当年风采。演出现场气氛热烈，观众如醉如痴。此后虽然不断有名家名角合作演出该剧，但达到这样的轰动，达到如此的完美，能够流芳传世，罕有出其右者。

胡金兆

人物行当

杨延辉	老生	**四夫人**	青衣
铁镜公主	花衫	**二丫鬟**	旦
萧太后	青衣	**四小番**	杂
大国舅	丑	**四值殿官**	杂
二国舅	丑	**四旗装宫女**	旦
杨宗保	小生	**四番兵**	杂
杨延昭	老生	**八宋兵**	杂
佘太君	老旦	**马　夫**	杂
杨八姐	旦	**四白龙套**	杂
杨九妹	旦	**二旗牌**	杂

服装扮相

杨延辉　俊扮。“坐宫”一场：忠纱、驸马套、翎子、狐狸尾、黑三，红蟒、红褶子、玉带、苫肩，红彩裤，厚底靴。“别宫”至“回令”：甩发、红风帽、面牌，红龙箭衣、黑马褂、黄大带。（“见弟”至“回令”摘掉红风帽，“回令”一场换装后同“坐宫”时扮相）

铁镜公主　俊扮。“坐宫”和“回令”：大牡丹花旗头、红水钻头面、耳坠、草花，绣花旗袍（两场可用不同颜色）、领花，浅色彩裤，旗鞋。“盗令”一场：正凤旗头，大红女旗蟒。

萧太后　俊扮。垫子帽带“挑儿”的旗头、点翠头面，蓝色女旗蟒、领花、朝珠，彩裤，花盆底旗鞋。

大国舅　丑扮。红顶花翎缨帽、大辫子，缂丝箭衣、纱褂子、补子、朝珠，黑彩裤，朝方靴。

二国舅　丑扮。红顶花翎缨帽、大辫子，缂丝箭衣、纱褂子、补子、朝珠，黑彩裤，朝方靴。

杨宗保　俊扮。紫金冠、翎子、黑色大飘带，白花箭衣、黑色绣龙马褂、苫肩、大带，浅色彩裤，厚底靴。（“见弟”二次出场罩白色绣花褶子）

杨延昭　俊扮。纱帽、黑三，白蟒、玉带、苫肩，黑彩裤、厚底靴。

佘太君　俊扮。白老旦网子、老旦冠、香色绸条、勒子，香色女蟒、丝绦、绿裙子，彩裤，福字履。

杨八姐　俊扮。大头、线尾子、水钻头面、面牌、草花，雪青色女帔、褶子、领花、白绣花裙子，彩裤，彩鞋。

杨九妹　俊扮。大头、线尾子、水钻头面、面牌、草花，浅蓝色女帔、褶子、领花、白绣花裙子，彩裤，彩鞋。

四夫人　俊扮。大头、线尾子、银泡或水钻头面，蓝色女帔、褶子、领花、白绣花裙子，彩裤，彩鞋。

二丫鬟　俊扮。小花旗头、水钻头面、草花，浅色旗袍、坎肩，彩裤，旗鞋。

四小番　俊扮。红顶花翎缨帽、大辫子，深色素箭衣、黄马褂，黑彩裤，薄底靴。

四值殿官　俊扮。红顶花翎缨帽、大辫子，缂丝箭衣、纱外褂子、补子、朝珠，黑彩裤，薄底靴。

四旗装宫女　俊扮。小花旗头、水钻头面、草花，浅色旗袍、坎肩，彩裤，旗鞋。

四番兵　俊扮。小鞑子帽，紫改良箭衣、改良苫肩、腰带，黑彩裤、薄底靴。

八宋兵　俊扮。小倒缨盔、铲刀头，蓝灰色抱衣抱裤、红坎肩，蓝大带，薄底靴。

马　夫　揉黑脸。大辫子，蓝绣边箭衣、紫色小大带，黑彩裤，薄底靴。

四白龙套　俊扮。白小板巾，白龙套服，黑彩裤，薄底靴。

二旗牌　俊扮。大板巾，深蓝绣边箭衣、黑马褂、苫肩、紫大带，黑彩裤，厚底靴。

道具

桌　子	三张	**惊堂木**	一块
椅　子	七把	**令箭架及令箭**	一份
红色绣金团花桌围	一套	**金鈚令箭**	一枝
红色绣金团花椅披	两套	**马　鞭**	三根
深色绣金团花桌围	一套	**单　刀**	四把
深色绣金团花椅披	两套	**开门刀**	四把
浅色绣花桌围、椅披	一套	**灯　笼**	两个
公案及小平台	一套	**手杻链子**	一副
明黄色绣团龙团凤大帐	一套	**烛　台**	一盏
明黄色绣团龙团凤大桌围、椅披	一套	**龙头拐**	一根
喜　神	一个	**令　旗**	一面
手　绢	两条	**宝　剑**	两口
书	一本	**文房四宝**	一份
官　印	一方		

第一场

坐宫

（李和曾饰杨延辉　张君秋饰铁镜公主）

〔【冲头】幕启。场上置正场桌，“小座”，备椅一把。红色绣金团花桌围椅披。

〔【撤锣】【小锣帽子头】杨延辉端带“上场门”上，一亮。【小锣原场】进至“九龙口”抖双袖，提袖，整冠，捋髯，端带进至正场台口，抖右袖，提袖。【小锣归位】

杨延辉 〔引子〕

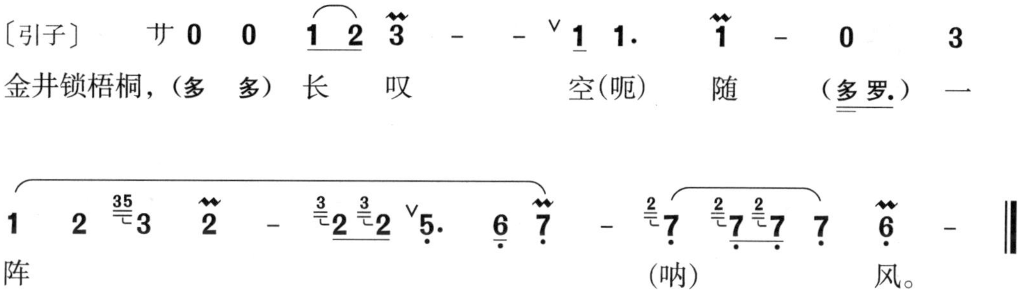

〔【小锣原场】杨延辉左转身，归“小座”。【小锣归位】

杨延辉 （诗）失落番邦十五年，

雁过衡阳各一天。

高堂老母难得见，

怎不叫人泪涟涟！【小锣住头】（拭泪）

本宫，四郎延辉。我父继业，官拜金刀令公；老母佘氏太君，所生我弟兄七男。只因十五年前沙滩赴会，只杀得杨家东逃西散。本宫被擒，多蒙太后不斩，反将公主匹配。昨日小番报道：萧天佐在九龙飞虎峪，摆下天门大阵。宋王御驾亲征，命我六弟挂帅，老母押粮到番，怎奈关津阻隔，插翅难以飞过。思想起来，好不伤感……（台）人也！（哭，拭泪）【小锣帽子头】

〔西皮慢板〕

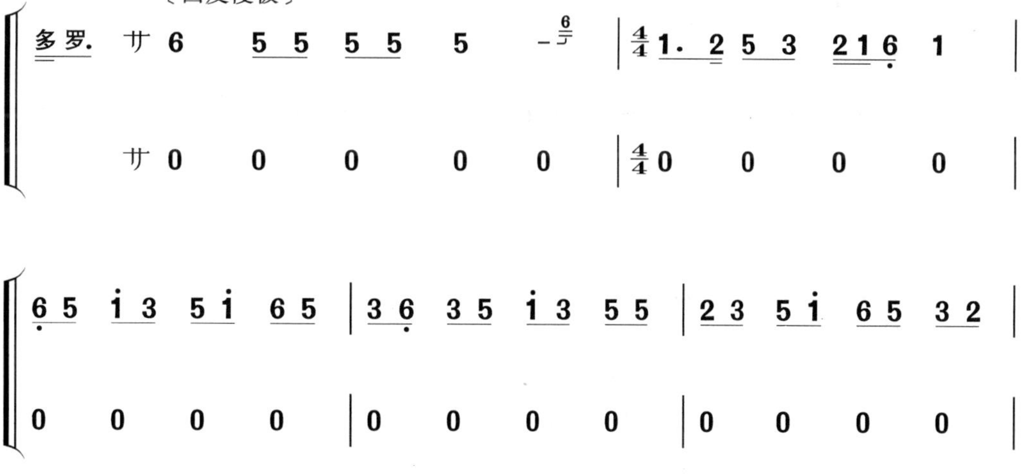

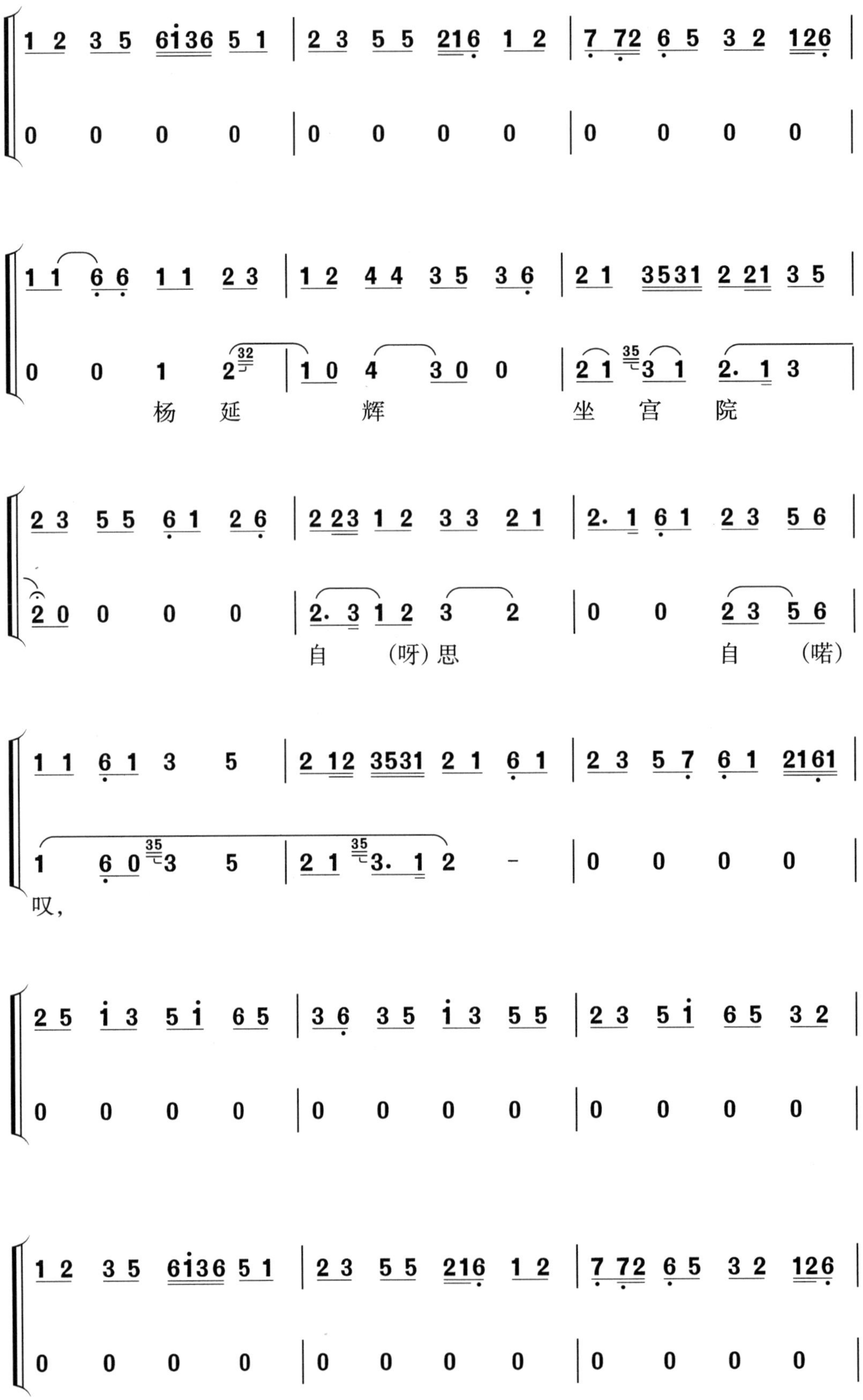
杨 延 辉 坐 宫 院
自 (呀) 思 自 (喏)
叹,

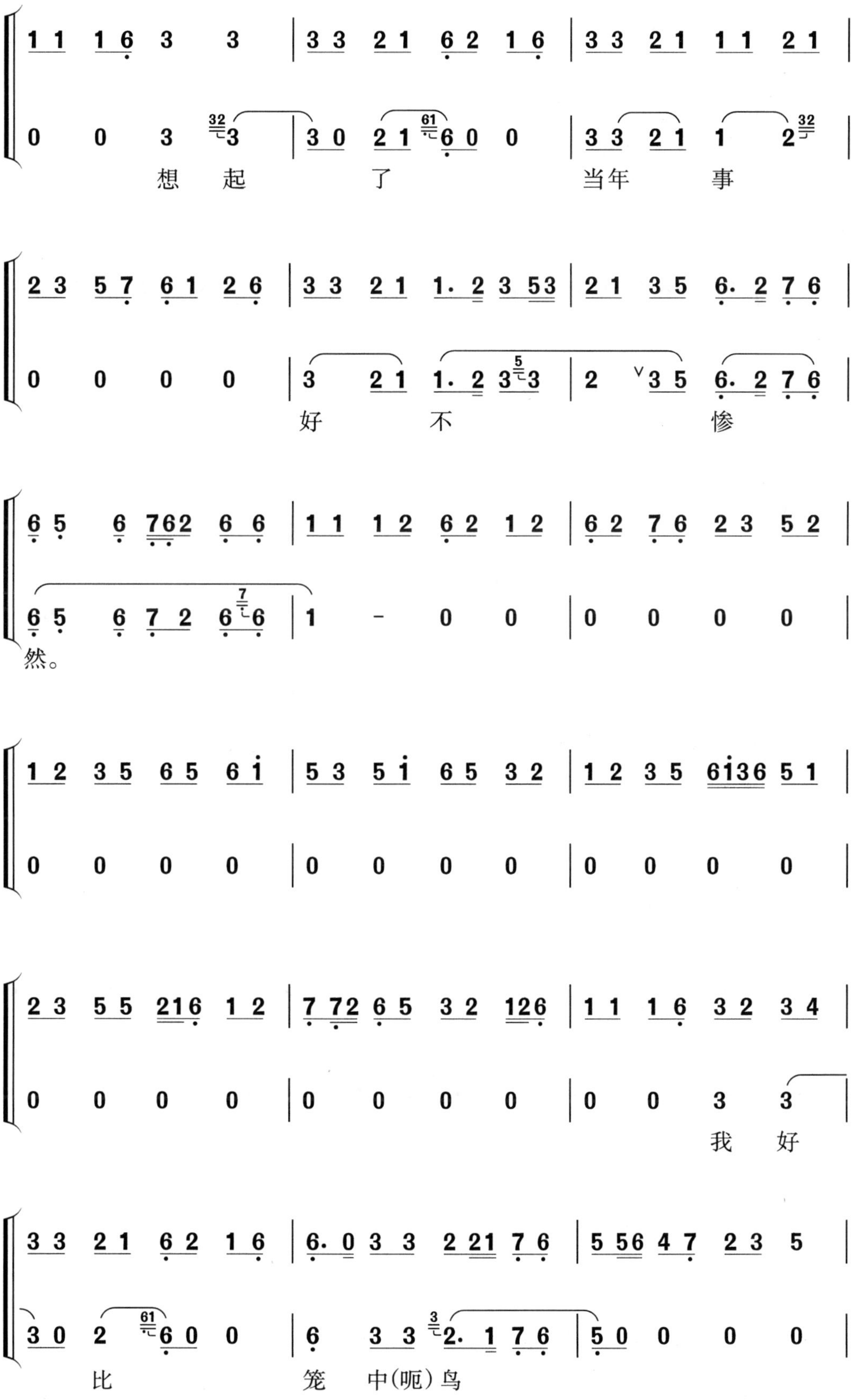
想 起 了 当年 事
好 不 惨
然。
我 好
比 笼 中(呃)鸟

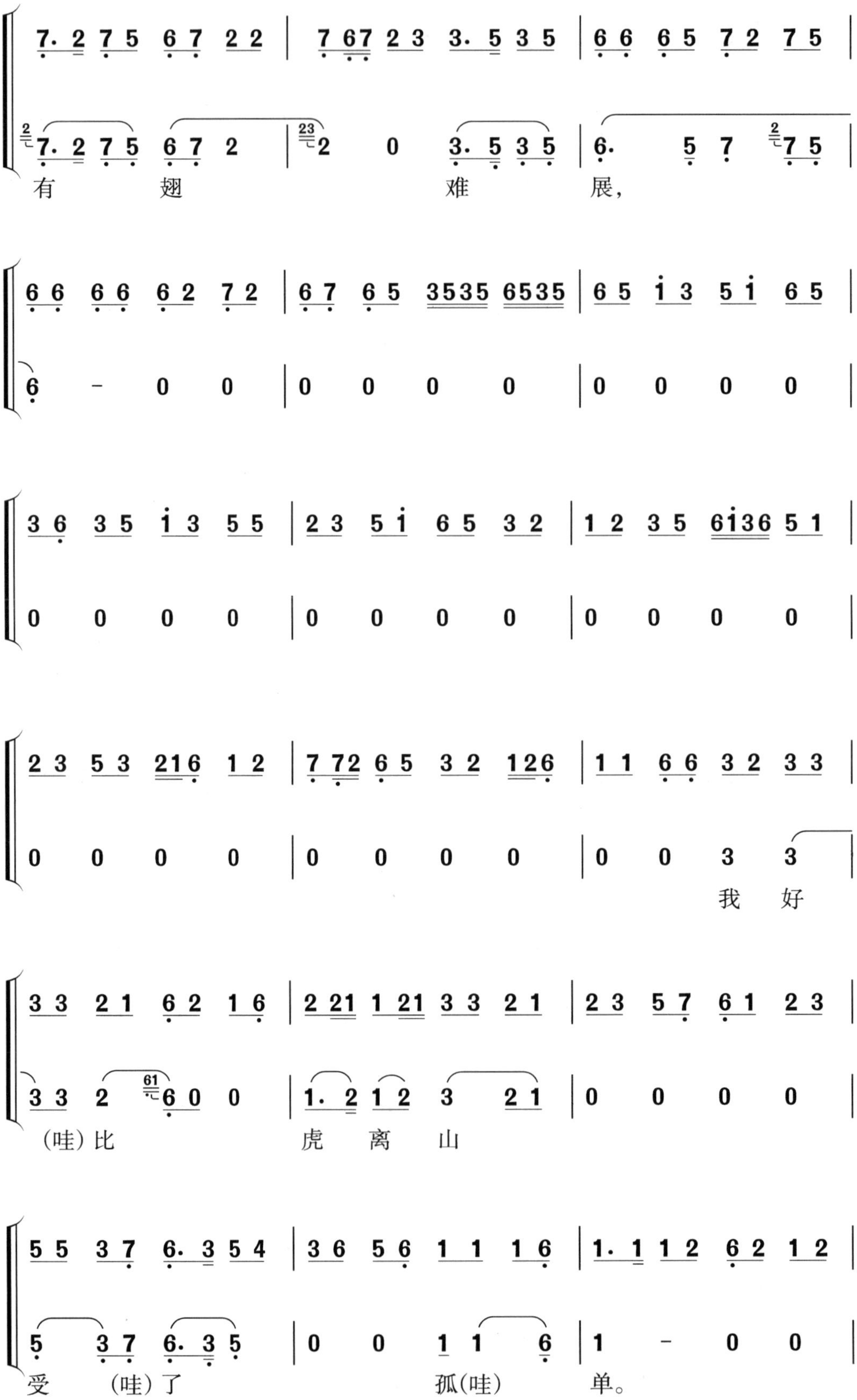
有 翅 难 展，
我 好
(哇)比 虎 离 山
受 (哇)了 孤(哇) 单。

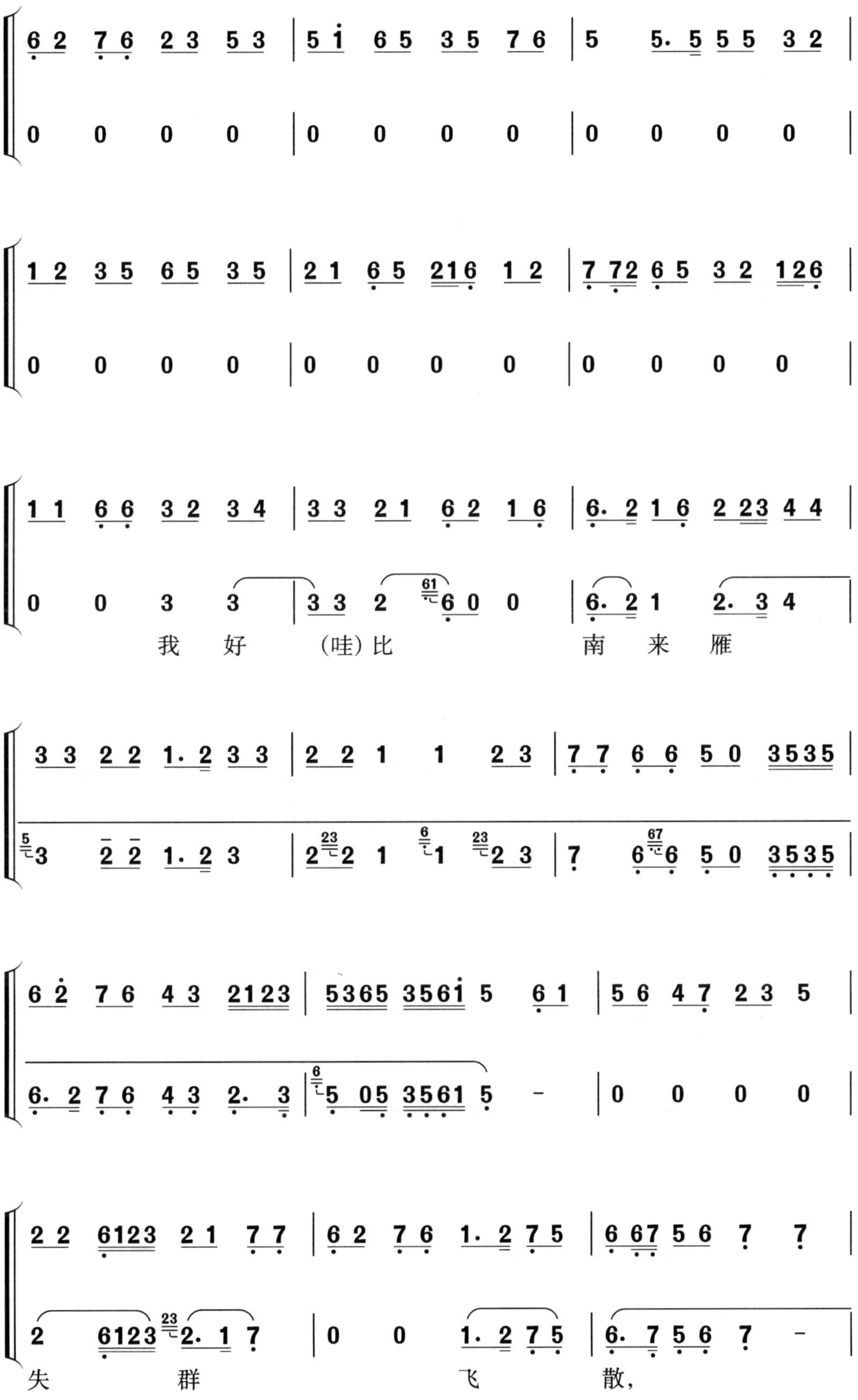
我 好 (哇)比 南 来 雁
失 群 飞 散，

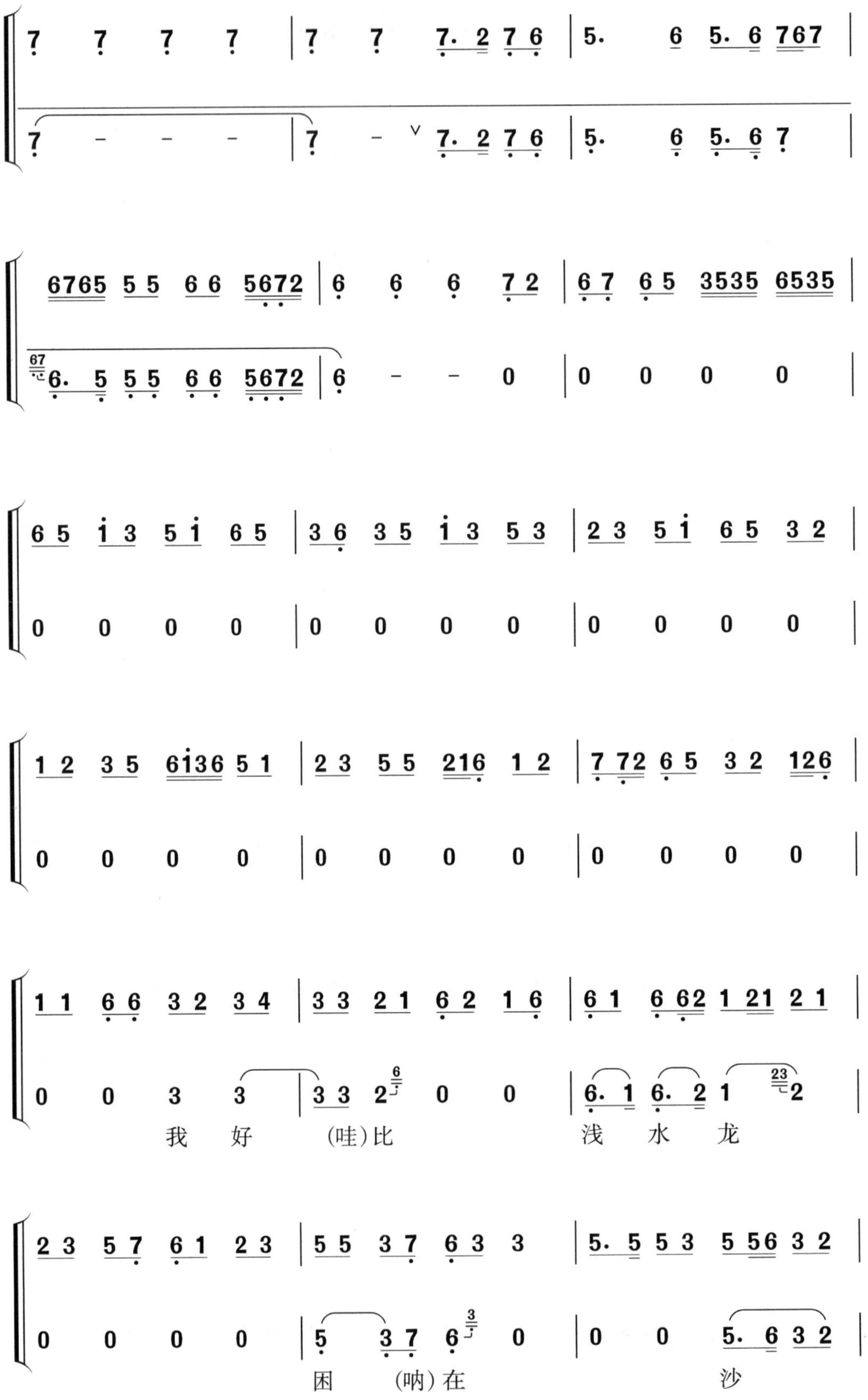
我 好 (哇)比 浅 水 龙
困 (呐)在 沙

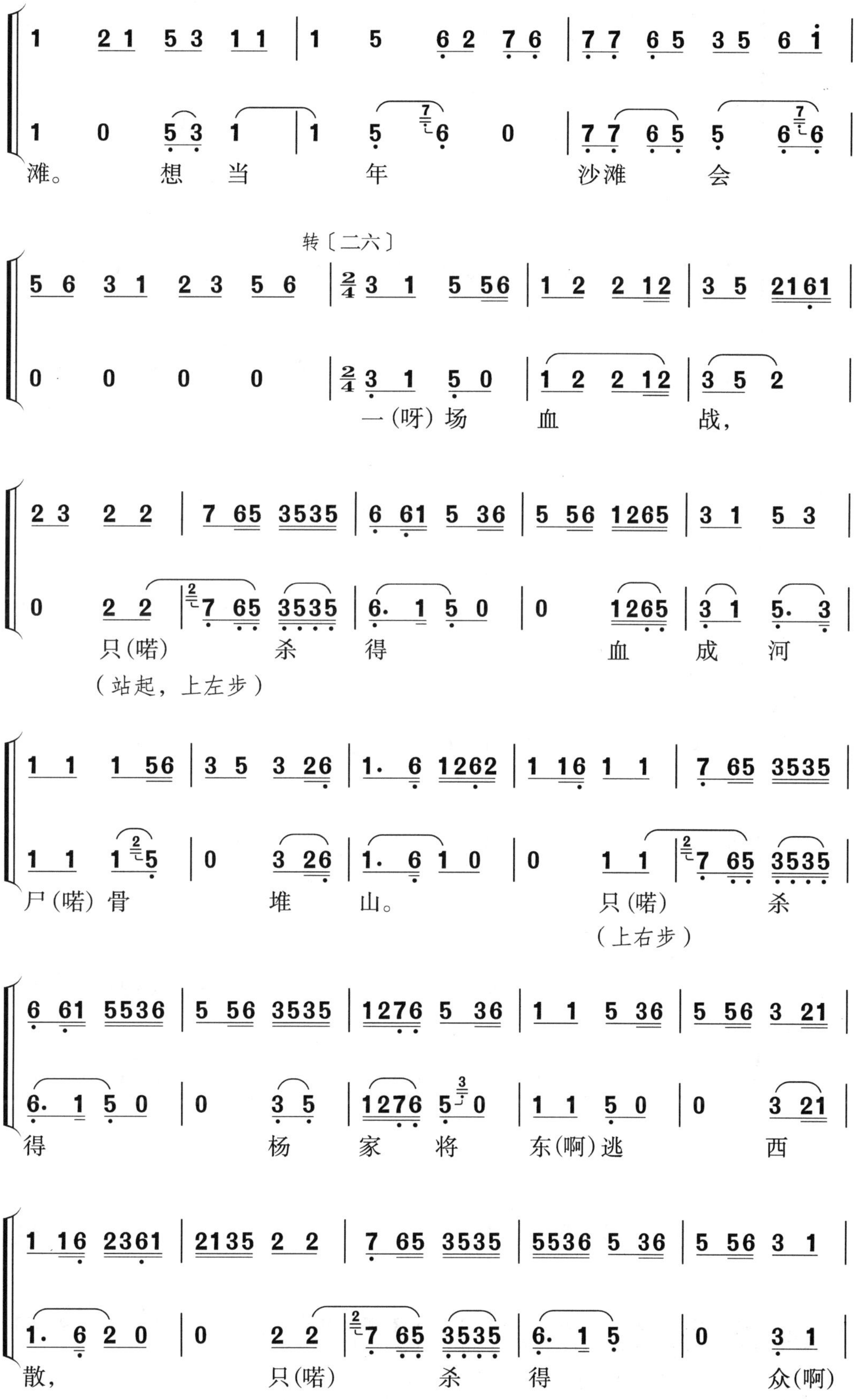
滩。 想 当 年 沙滩 会
转〔二六〕
一(呀) 场 血 战,
只(喏) 杀 得 血 成 河
（站起，上左步）
尸(喏) 骨 堆 山。 只(喏) 杀
（上右步）
得 杨 家 将 东(啊) 逃 西
散, 只(喏) 杀 得 众(啊)

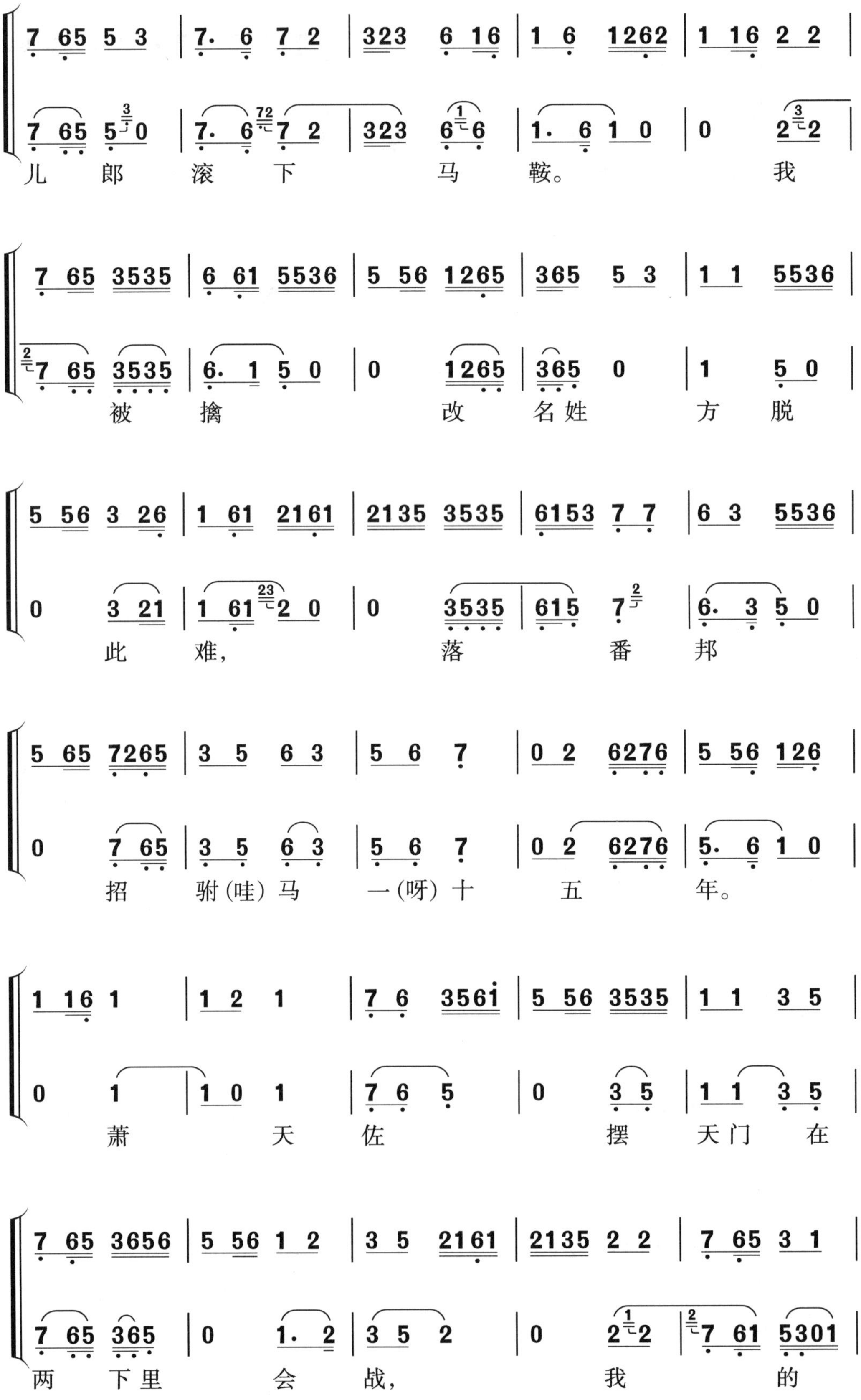
儿 郎 滚 下 马 鞍。 我
被 擒 改 名姓 方 脱
此 难， 落 番 邦
招 驸(哇)马 一(呀)十 五 年。
萧 天 佐 摆 天门 在
两 下里 会 战， 我 的

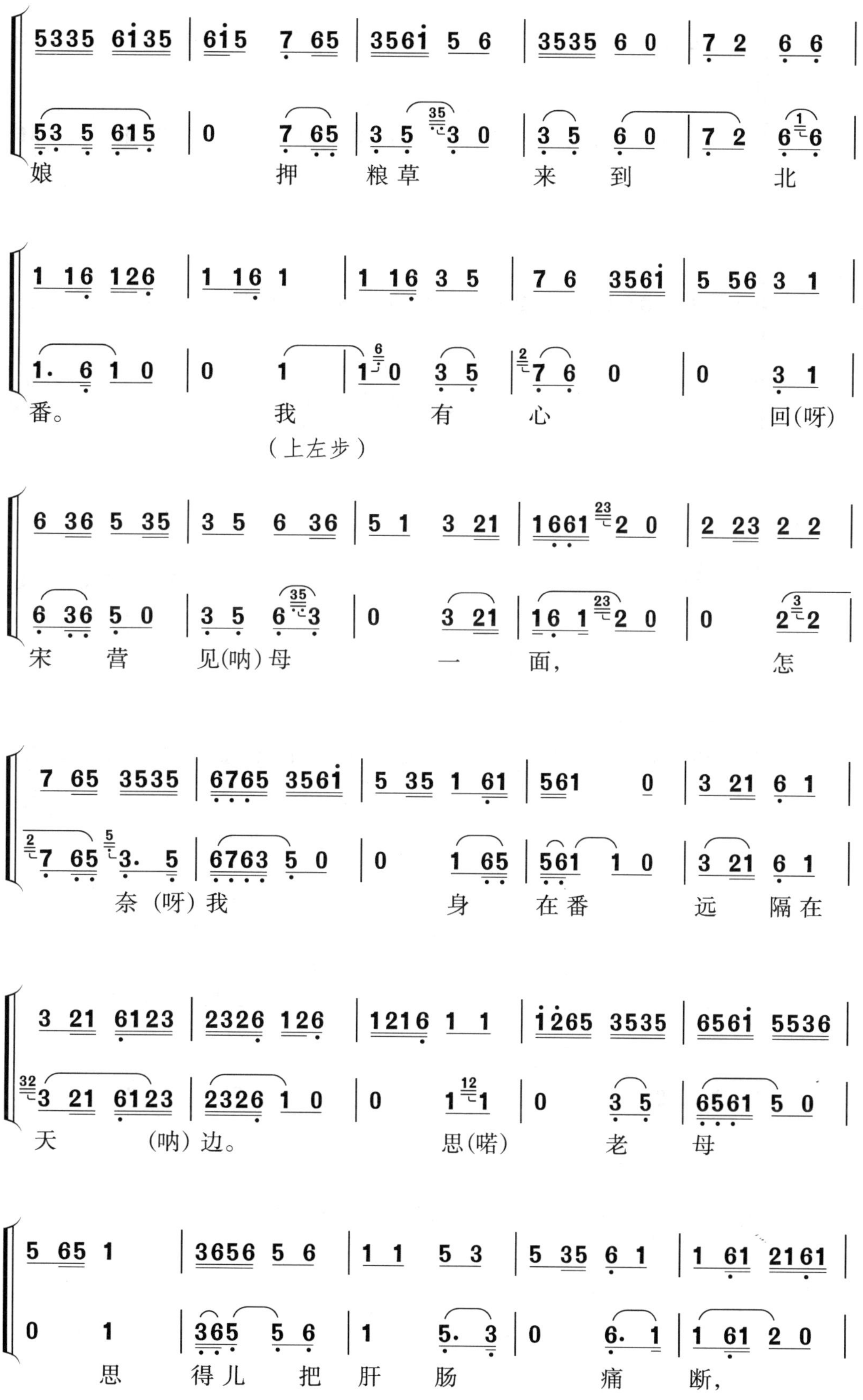
娘 押 粮草 来 到 北
番。 我 有 心 回(呀)
(上左步)
宋 营 见(呐)母 一 面， 怎
奈(呀)我 身 在番 远 隔在
天 (呐)边。 思(喏) 老 母
思 得儿 把 肝 肠 痛 断，

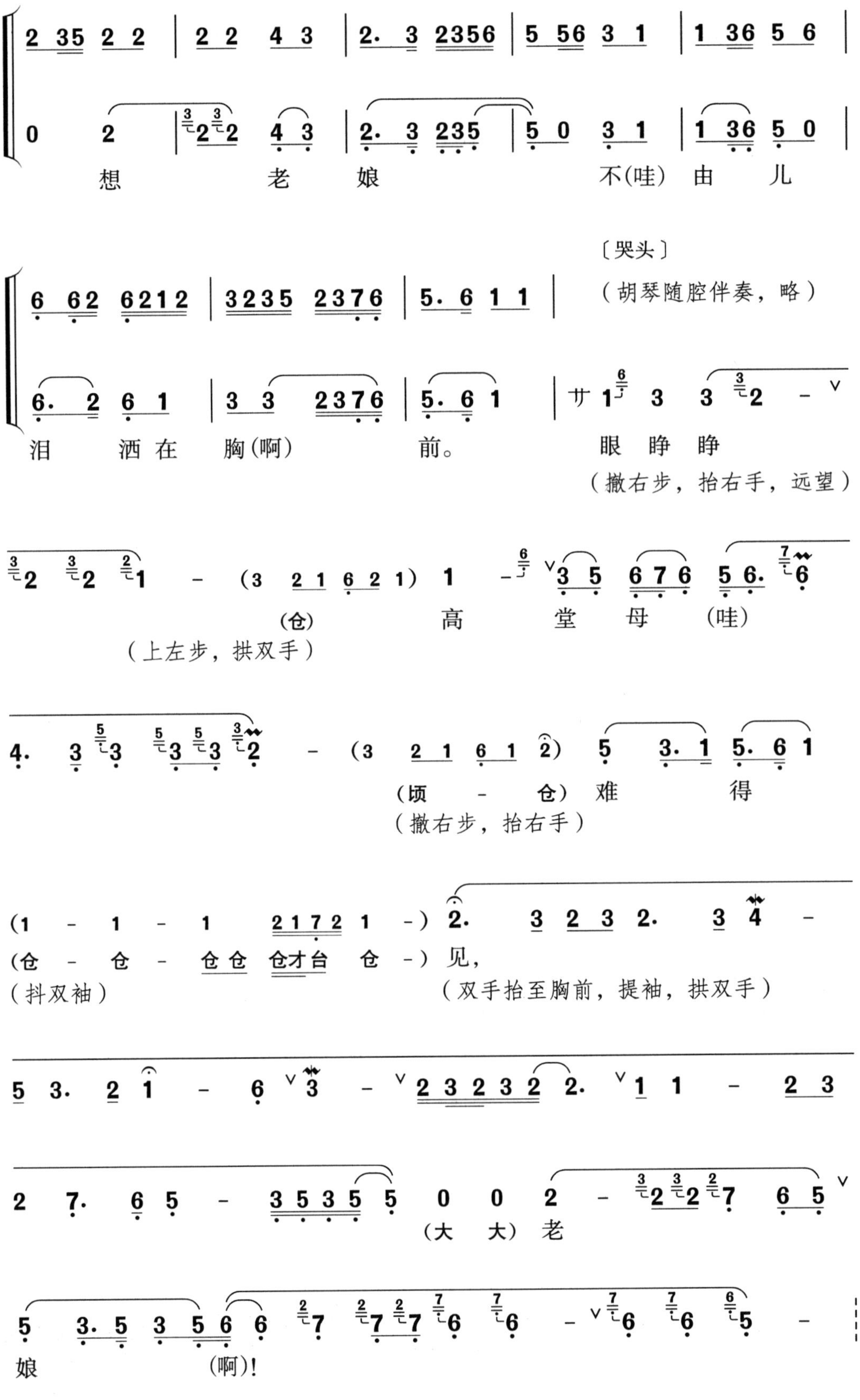
想 老 娘 不(哇) 由 儿
〔哭头〕
（胡琴随腔伴奏，略）
泪 洒 在 胸(啊) 前。 眼 睁 睁
（撤右步，抬右手，远望）
(仓) 高 堂 母 (哇)
（上左步，拱双手）
(顷 - 仓) 难 得
（撤右步，抬右手）
(仓 - 仓 - 仓仓 仓才台 仓 -) 见，
（抖双袖）
（双手抬至胸前，提袖，拱双手）
(大 大) 老
娘 (啊)!

〔西皮摇板〕

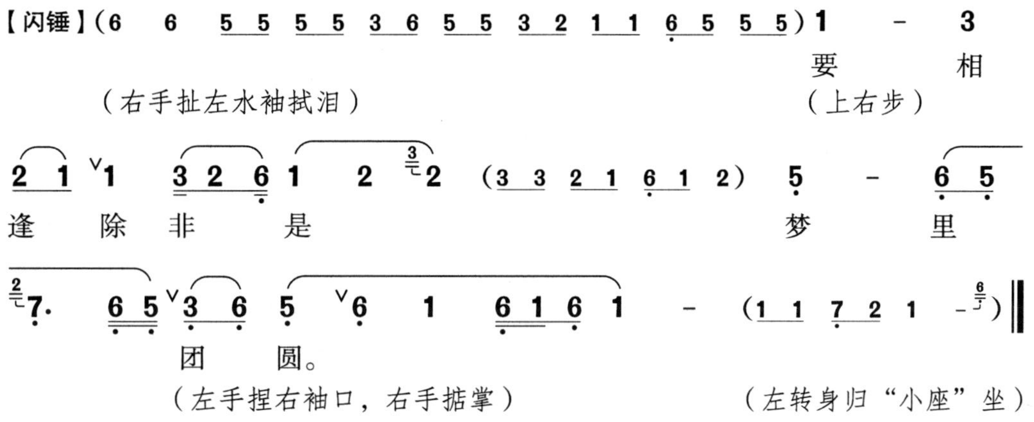

〔铁镜公主“上场门”幕内白:“丫头！”

〔二丫鬟“上场门”幕内白:“有！”

〔铁镜公主“上场门”幕内白:“带路哇！”

〔二丫鬟“上场门”幕内白:“是啦！”

〔**【小锣抽头】**二丫鬟抱阿哥“上场门”上，站“小边一条鞭”。铁镜公主持手绢“上场门”上，至“九龙口”一亮，进至“小边”台口。

〔西皮摇板〕

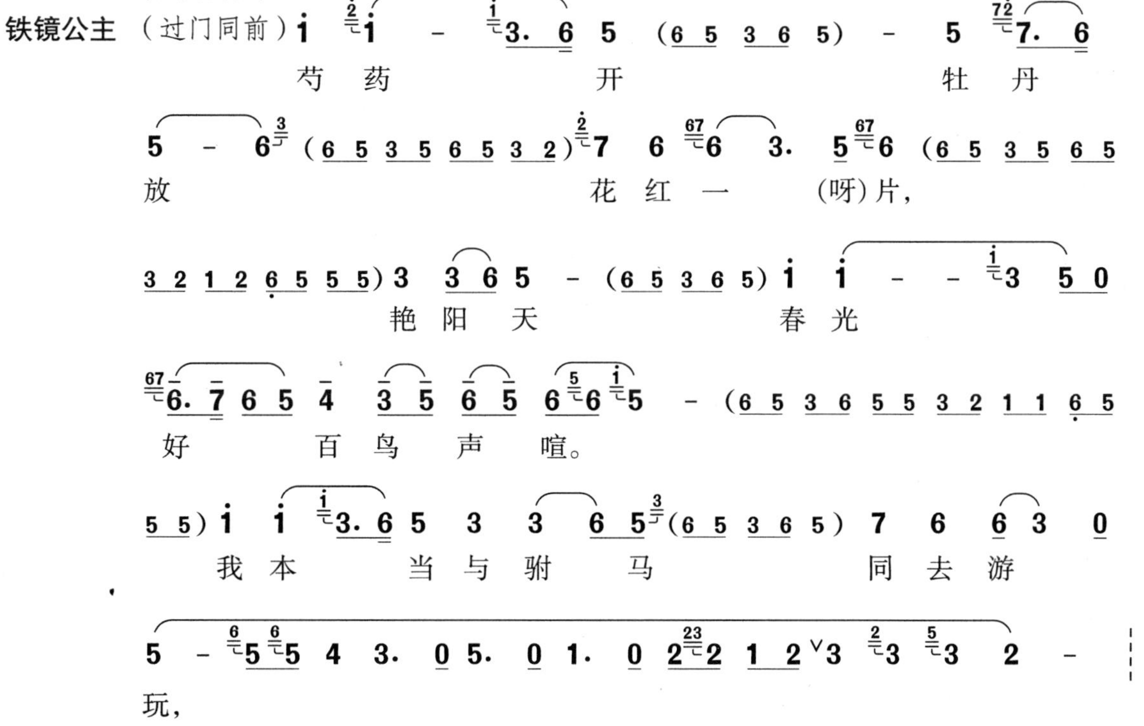

〔**【小锣一击】**铁镜公主走至正场向内一望。

〔亮弦〕

(4 - 3. 1 2 -)

〔杨延辉叹气。【小锣凤点头】铁镜公主退回“小边”，右手暗指杨延辉。

〔西皮摇板〕

铁镜公主 （过门同前）3 3 6 5 ∨ i 3 5 6 6 - （6 5 3 5 6 5
怎 奈 他 终 日 里

3 2 1 2）i 5 ∨ 6. 5 ∨ 6 6 - 5 5 - （5 5 3 6 5 -）‖
愁 锁 眉 间。

〔铁镜公主左转身“挖门”进至“小边”，杨延辉站起相迎。

〔二丫鬟随铁镜公主进门，摆“八字椅”分侍两边。

铁镜公主 驸马，咱家来了！

杨延辉 （拱手）公主来了，请坐。

铁镜公主 有座。

〔【小锣一击】杨延辉坐“大边椅”，铁镜公主坐“小边椅”。二丫鬟至正场面向杨延辉请安。

二丫鬟 请驸马爷安。

杨延辉 罢了。

〔【小锣一击】二丫鬟归原位侍立。

铁镜公主 我说驸马，自你来到我国一十五载，朝欢暮乐。这几天，你愁眉不展的，莫非你有什么心事吗？

杨延辉 （遮掩）本宫无有心事，公主你莫要多心。

铁镜公主 哼，你说你没有心事，你瞧，你的眼泪呀，还没擦干呢！

〔【小锣一击】杨延辉抬右臂遮挡，左手忙拭泪。

铁镜公主 （一笑）现擦也来不及了。

杨延辉 本宫心事却有，慢说是公主，就是大罗神仙也难以猜破。

铁镜公主 咳，慢说是你的心事，就是我母后的国事，咱家不猜便罢……

杨延辉 若猜呢？

铁镜公主 猜它个八九。

杨延辉 今日闲暇，请公主猜上一猜。

铁镜公主 好，那么我就猜猜。（对丫鬟）丫头！

二丫鬟 有。

铁镜公主 打座向前呐！

二丫鬟 是啦！

〔西皮导板〕

【小锣导板头】 サ（6 0 5. i 6 ∨ 6.5 3 5 6 i ∨ 5 - - - 6 ∨ 4 - -
（铁镜公主、杨延辉站起，上二步，转身面向里。一丫鬟将阿哥交给铁镜公主）

3. 1 2 - 7 6 - 2 1 - -）2 i i 2 - 2 2 7 6 0
夫 妻 们
（铁镜公主、杨延辉转身面向前）

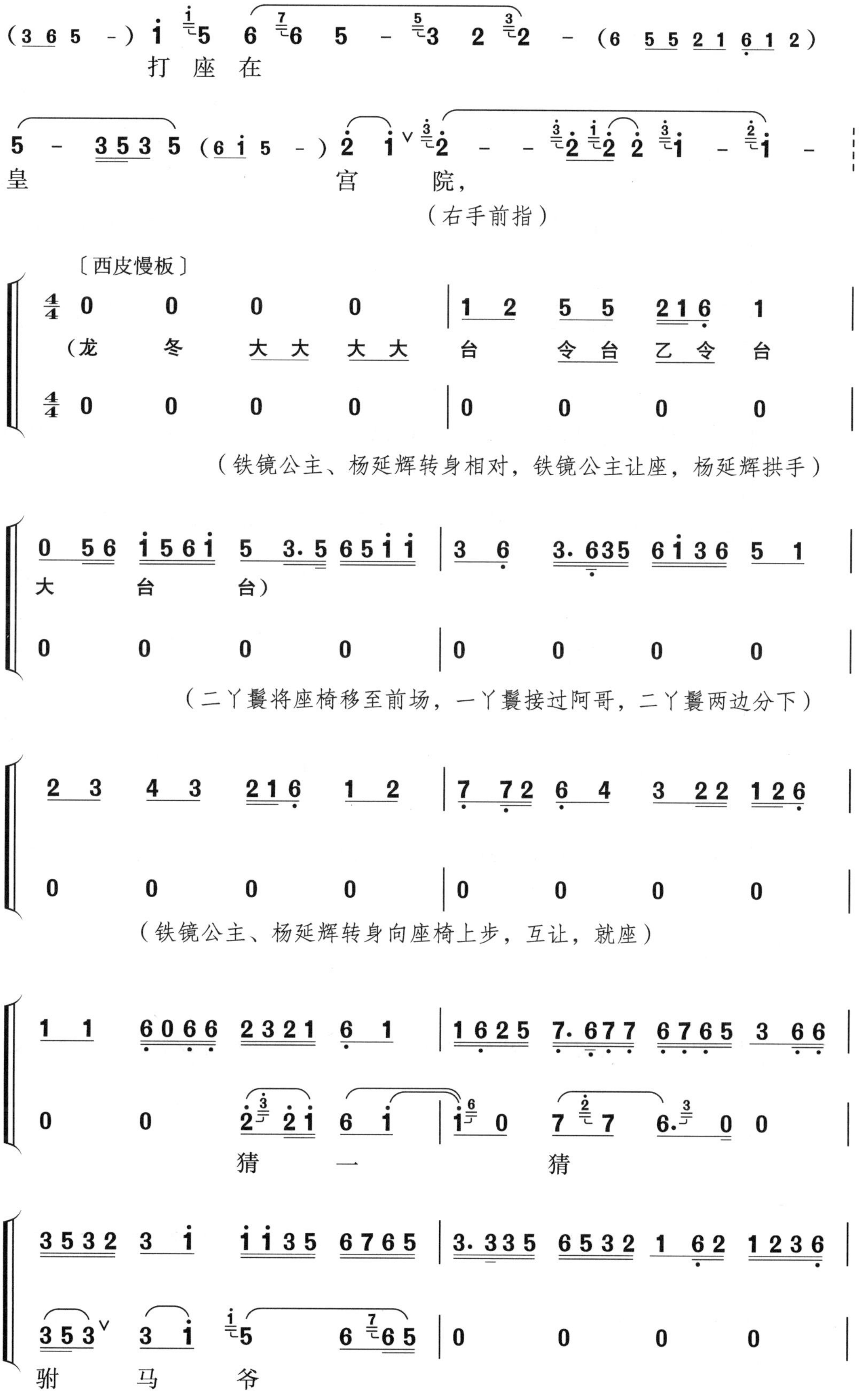
打座在
皇宫院，
（右手前指）
〔西皮慢板〕
（龙 冬 大大 大大 台 令台 乙令 台
（铁镜公主、杨延辉转身相对，铁镜公主让座，杨延辉拱手）
大 台 台）
（二丫鬟将座椅移至前场，一丫鬟接过阿哥，二丫鬟两边分下）
（铁镜公主、杨延辉转身向座椅上步，互让，就座）
猜一猜
驸马爷

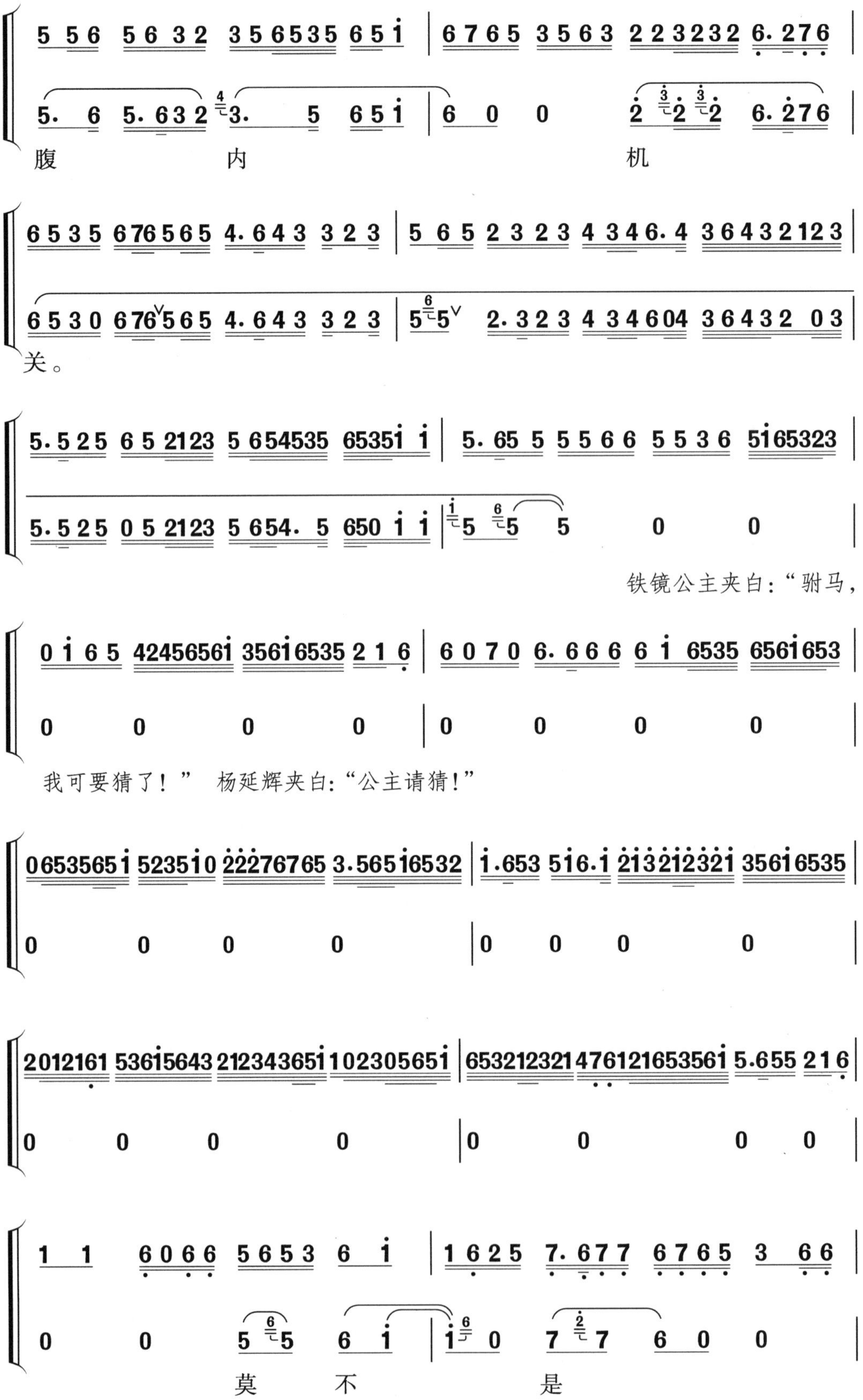
腹 内 机
关。
铁镜公主夹白:“驸马,
我可要猜了!” 杨延辉夹白:“公主请猜!”
莫 不 是

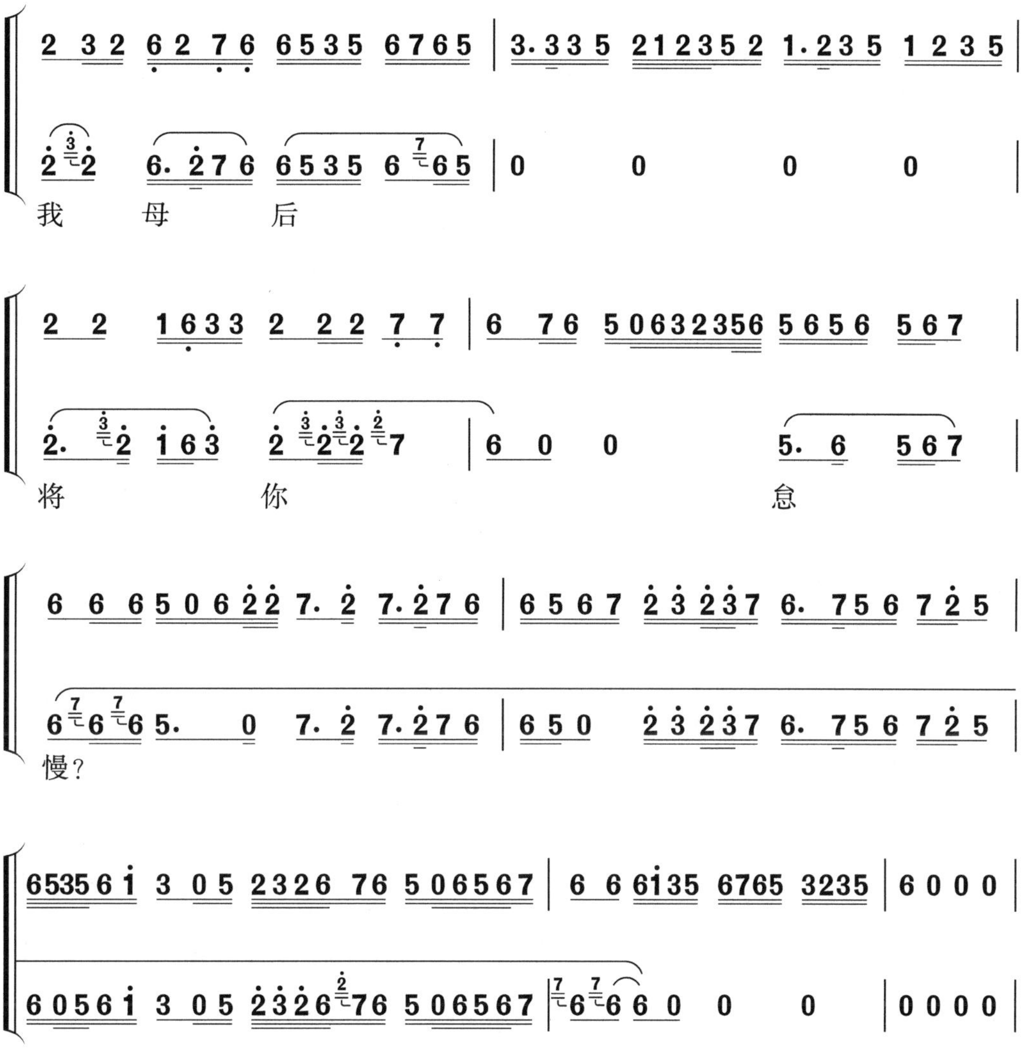

杨延辉　啊，公主，你这头一猜……

铁镜公主　猜着了。

杨延辉　错了。

铁镜公主　哟，怎么会猜错了呢？

杨延辉　想本宫被擒，多蒙太后不斩，反将公主匹配。慢说没有什么怠慢，纵有怠慢，敢把她老人家怎样啊？

铁镜公主　噢，可也是啊！想我母后乃是一国之主，慢说没什么怠慢，就是有些个怠慢，你还能够怎么样呢？

杨延辉　着哇！

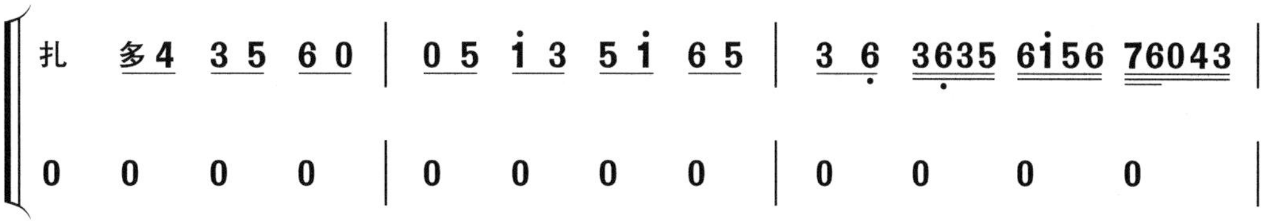

铁镜公主夹白：“这么一说，不是的？”　杨延辉夹白：“不是的。”

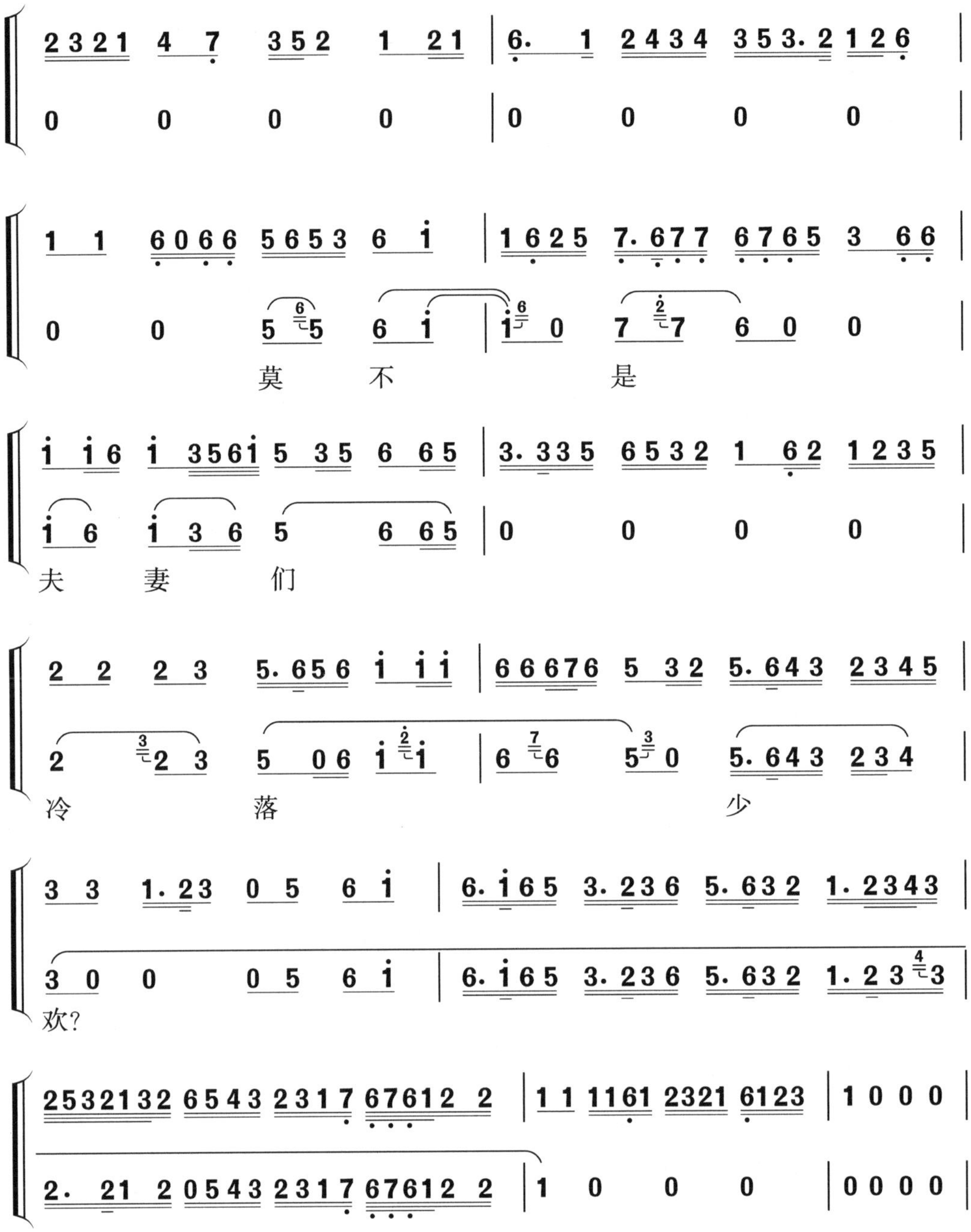

杨延辉　你这一猜……

铁镜公主　这回猜着了!

杨延辉　错了!

铁镜公主　哟,怎么会又错了呢?

杨延辉　想你我夫妻,相亲相爱,说什么冷落少欢?

铁镜公主　哎哟,这么一说又不是的?

杨延辉　又错了!

铁镜公主　啊,又错了!

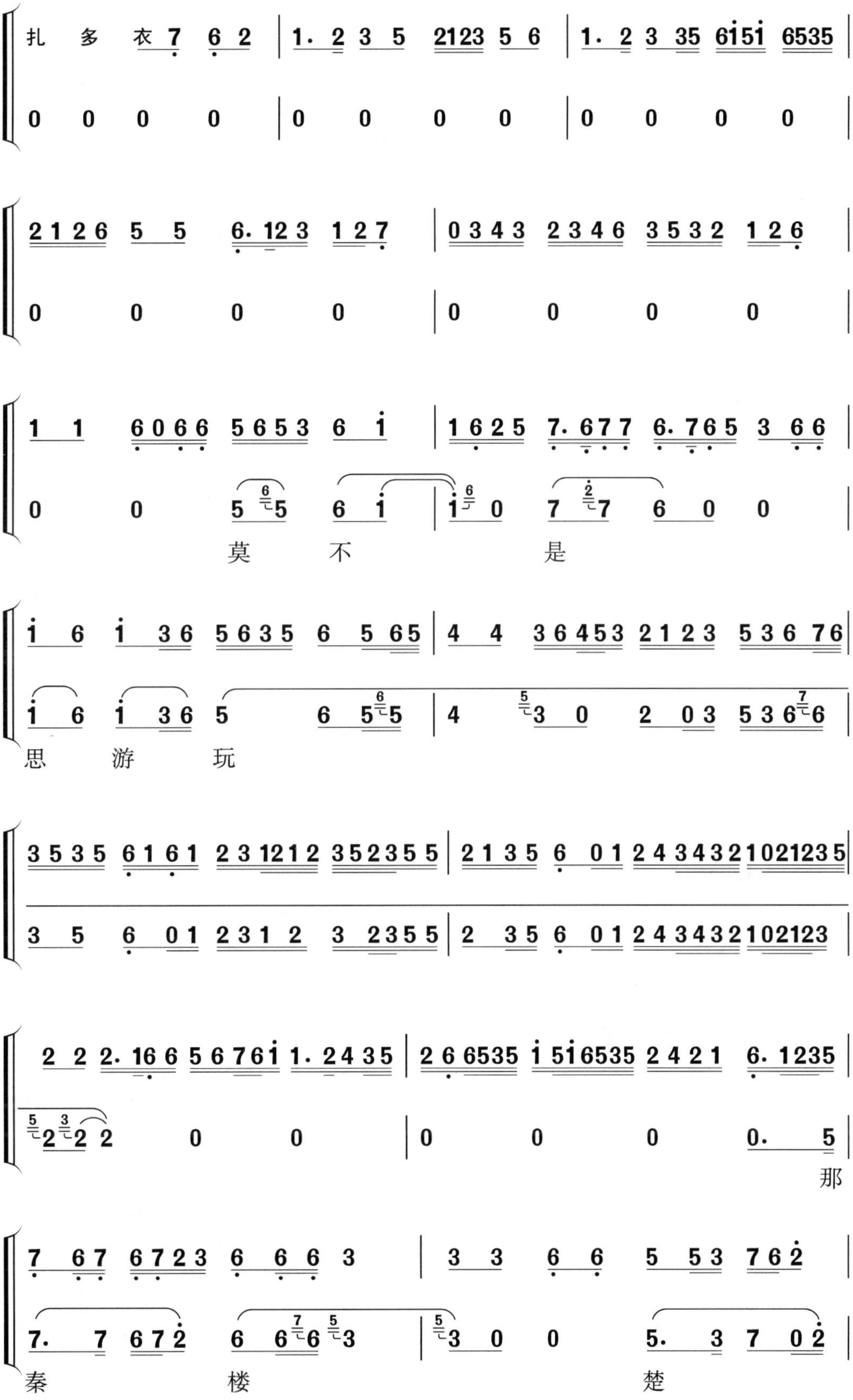
扎 多 衣
莫 不 是
思 游 玩
那
秦 楼 楚

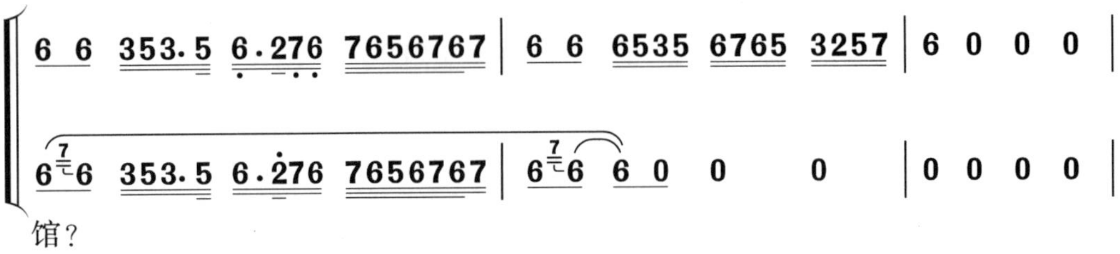

杨延辉 想这皇宫内院，美景非常，秦楼楚馆焉能比得？

铁镜公主 嗯，可也是啊，想这皇宫内院，美景非常，那秦楼楚馆还能比得了这皇宫内院吗？

杨延辉 着哇！

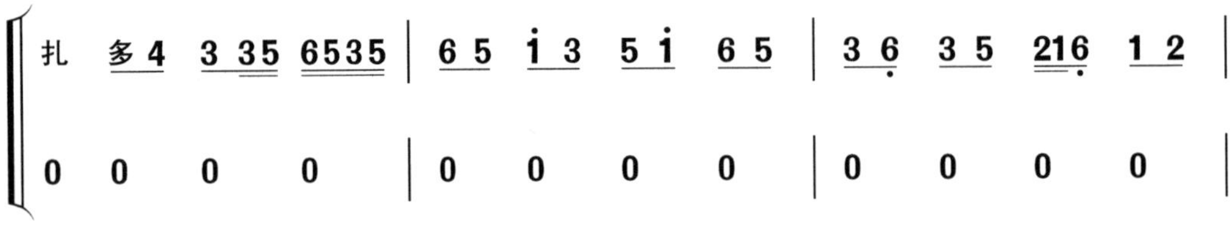

铁镜公主夹白："又错了！"

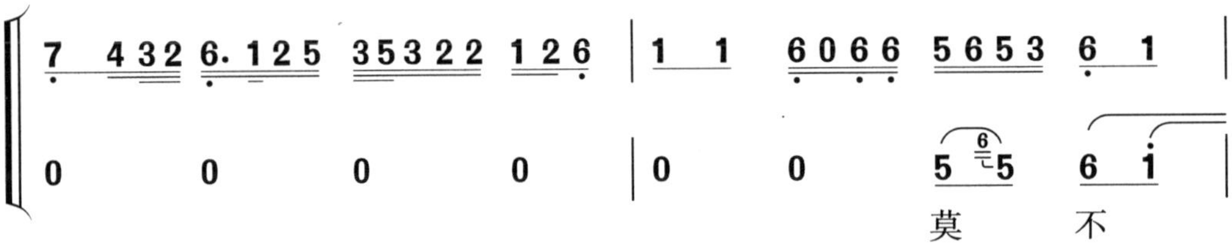

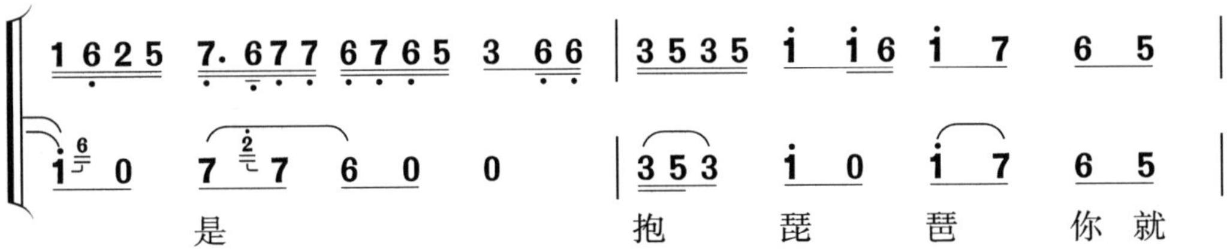

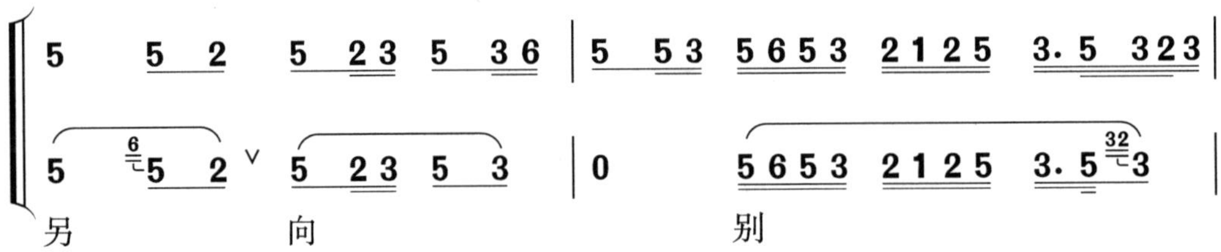

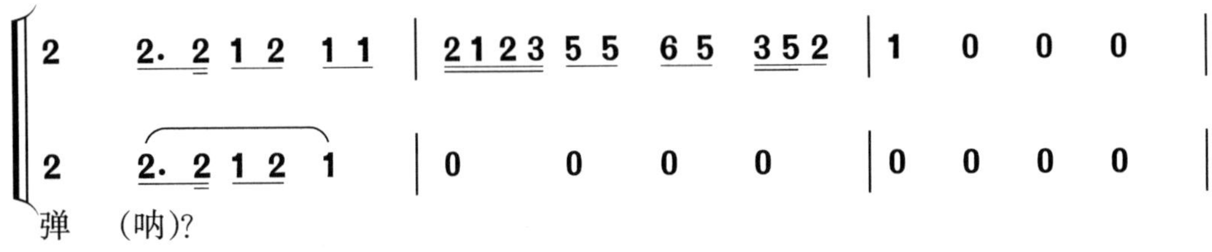

杨延辉　方才言过，你我夫妻相亲相爱，况且又生下小阿哥，说什么琵琶另向别弹？你说此话屈煞唉……本宫了……（哭）【小锣一击】（抬右臂遮挡，左手拭泪）

铁镜公主　哎哟，我刚说了一句不要紧的话，你就哭了。这不对我再另猜呀！

杨延辉　不猜也罢！

铁镜公主　唉，这倒难猜了！

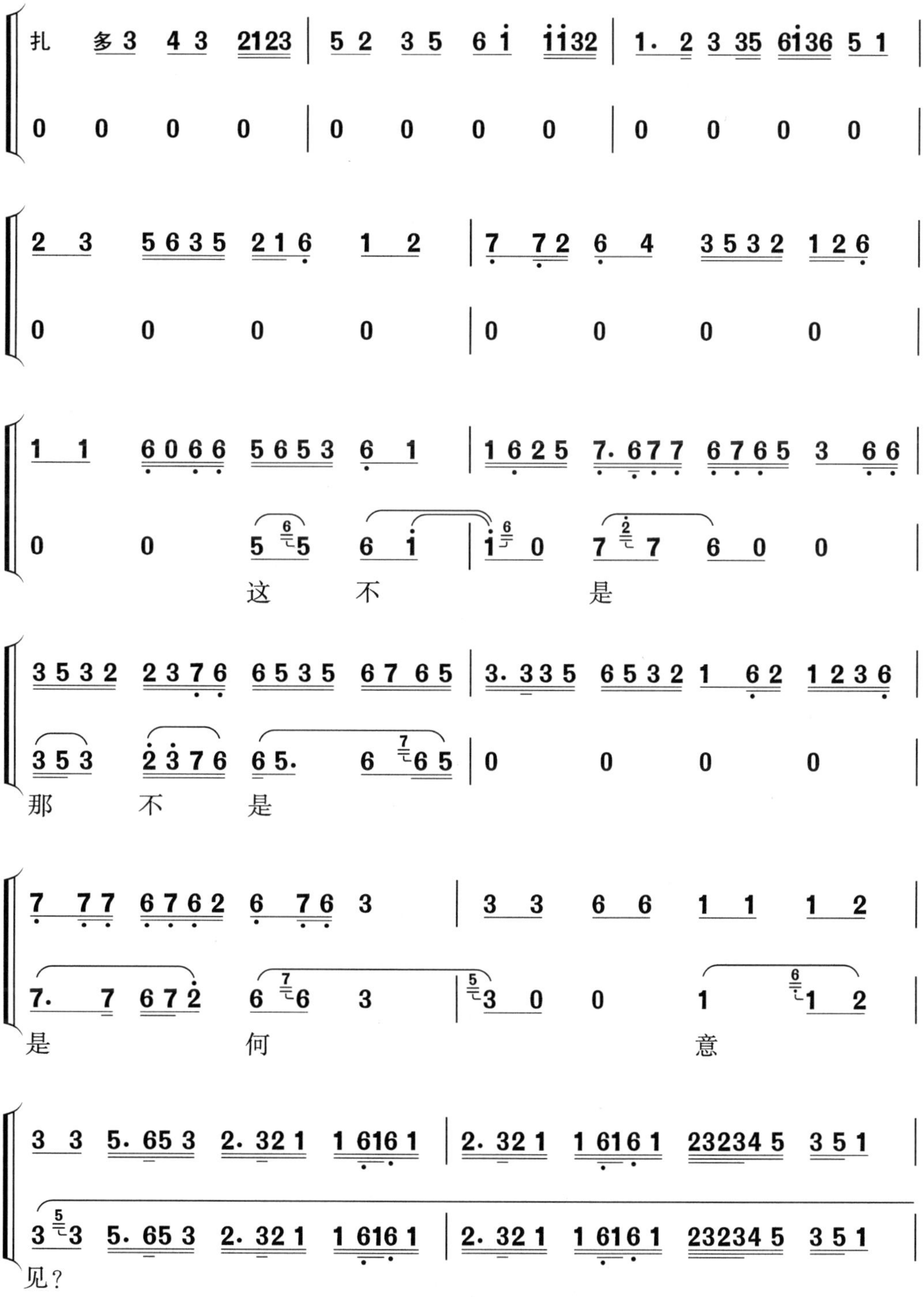

转〔行弦〕

2 2 2161 2321 6561 | $\frac{2}{4}$ 212 0 3 | 212 0 3 |

2 0 0 0 | $\frac{2}{4}$ 0 0 | 0 0 |

（铁镜公主摊双掌，将双手放在膝上，端详着杨延辉，琢磨不透他的心事）

2 1 6· 1 | 2 3 4 3 | 2 1 6· 1 | 212 0 3 | 212 0 3 |

（台）

（铁镜公主站起来思考）（杨延辉也随之

2 1 6· 1 | 2 3 4 3 | 2 1 6161 | 212 0 3 | 212 0 3 |

离座，二人向前上步，各想各的心事）

2 1 6· 1 | 2 3 4 3 | 2 1 6161 | 212 0 3 | 212 0 3 |

（台）

（铁镜公主双手摆弄着手绢，杨延辉背着手，二人在各自的一边缓步一个“小圆

2 1 6· 1 | 2 3 4 3 | 2 1 6161 | 212 0 3 | 212 0 3 |

场”——“反圆场”——绕至椅子后面）

伴奏变弱

2 1 6· 1 | 2 3 4 3 | 2 1 6161 | 212 0 3 | 212 0 3 |

（台）

（铁镜公主在“小边”后场观察杨延辉的神情）　（杨延辉右手甩水袖搭在椅背上，

2 1 6· 1 | 2 3 4 3 | 2 1 6161 | 212 0532 | 132 0532 |

左手接着也将水袖搭在椅背上，　神情呆滞，　精神恍惚，　双手将椅子一晃，

1321 6561 | 2123 4643 | 2321 6561 | 212 0 21 | 612 0 3 |

（台）

退步，抖双袖，提袖。左手捏右袖口，右手前指，觉得过营探母没可能，摆动右手，

2 1 6· 1 | 2 3 5 5 | 6 1 6561 | 212 0 65 | 352 0 3 |

（台）

拱双手，　作揖，　伤心落泪，　拭泪）

2 1 6. 1 | 2 3 4 3 | 2 1 6561 | 212 0 3 | 212 0 3 |
（台）

（铁镜公主突然明白了，双手互击，转身向“上场门”内招手叫上二丫鬟，

2 1 6. 1 | 2 3 4643 | 2321 6561 | 212 0 3 | 212 0 3 |

接过阿哥，再转身招呼杨延辉）（二丫鬟将椅子搬回,摆成“八字椅”,然后两边下）

2 1 6. 1 | 2 3 2 1 | 2 3 2 1 | 2 3 2 1 | 2 3 2 1 | 2 3 2 1 | 2 0 |

铁镜公主夹白：“嘿，驸马，你这儿来，咱家这一猜就猜着了！”
杨延辉夹白：“公主请猜。”（铁镜公主、杨延辉双进门，分站两边）

〔西皮摇板〕
铁镜公主 【小锣凤点头】（过门同前）5 1 1 - 3 5 - （6 5 3 6 5 -）3 - ∨
莫不是 你 思

2 2 2 - 6160 1 2 ∨ 3 - - - 1 1 - （1 2 3 5
骨 肉 （哇） （台）
（杨延辉抓右袖，凝视铁镜公主）

2 1 6 2 1 1 ）3 6 5. 6 7 2 - - ∨ 6. 1 4 3 3 3 0 5 - ‖
意 马 心 猿？

〔（仓）杨延辉后退两步，抬右臂遮挡，暗地一惊。

铁镜公主 对不对呀？

杨延辉 噢……

〔【闪锤】杨延辉上步抖双袖，提袖，再上步。

〔西皮快板〕
1/4（7 | 6 | 5 | 5 5 | 3 6 | 5 5 | 3 2 | 1 1 | 6 5 | 5 5）|

杨延辉 1 | 4 | 3（1 2 | 3）3 | 3 5 | 3 | 3 2 | 1 2 | 3（1 2 | 3）3 |
贤 公 主 她 倒 有 智谋 广 远， 猜

3 1 | 2（6 1 | 2）1 | 1 | 2 3 | 1 2 | 3 | 1 | 2 | 1 | 2 |
透 了 杨 延 辉 肺腑 机 关。 我 本 当

2 5 | 3 2 | 1 | 2 | (2 3 | 2 1 | 6 1 | 2) | 艹 5 3 1 2 - -

向 前 去 求 她

（杨延辉左步右跨，抬右腿右手撩袍面向铁镜公主，铁镜公主左转身与杨延辉相对）

1 3 - 2 - - 2 2 2 2 1 1 1 2 - 0

宛 （呐） 转， （仓）

〔亮弦〕

(0 4 3. 1 2 -)

〔杨延辉抖右袖，退步，提袖，抬右臂遮挡。

〔西皮摇板〕

【闪锤】（过门同前）1 3 2 2. 1 1. 3 2 2 6 2 1 2 2 1 ‖

必 须 要 紧 闭 （呀）口 慢 吐 真(呐)言。

〔【一锤锣】杨延辉、铁镜公主转身互让座，分坐原位。

铁镜公主 咱家猜了半天，倒是猜着了没有哇？

杨延辉 心事确被公主猜着。不能做主，也是枉然。

铁镜公主 咳，你要说出来。大小能替你拿个主意。

杨延辉 （拱手）公主啊！【紧锤尾】

〔西皮快板〕

1/4 6 1 | 6 (2 | 1) 6 | 6 1 | 1 | 6 1 | 2 (6 1 | 2) 3 | 3 1 | 3 |

我 住 南 来 你 在 番， 千 里 姻

2 | 2 1 | 6 | 1 | 2 | 2 | 1 | 3 | 2 1 | 6 1 | 2 |

缘 一 线 牵。 公 主 对 天 盟 誓 愿，

1 | 3 | 3 | 2 1 | 6 | 5 | 1 | 2 | 2 | 1 0 ‖【住头】

本 宫 方 肯 吐 真 （呐） 言。

铁镜公主 哟，怎么着，说了半天，还叫咱家盟誓吗？

杨延辉 正是。

铁镜公主 这倒巧啦，番邦的女子呀，就是不会盟誓。

杨延辉 噢，番邦女子连誓都不会盟？

铁镜公主 可不是吗！

杨延辉 本宫教导于你。（站起，向前走几步）

铁镜公主 这倒得学学。（随杨延辉站起）

杨延辉 （比划着教铁镜公主盟誓）跪在丹墀说道，皇天在上，番邦女子在下，驸马爷对我说了

真情实话，我若走漏消息半点，到后来，天把我怎长，地把你怎短哪！

铁镜公主 噢，就是这个呀，我会啦！（上步）跪在这下儿（“下”读 hà），口称皇天在上，番邦女子在下，驸马爷对我说了真情实话，我若走漏消息半点，到后来是怎么长啊，怎么短呢？

杨延辉 唉，要你表心一表。

铁镜公主 哼，你当我真不会盟誓吗？（把阿哥递给杨延辉）你抱着阿哥，待咱家盟誓呀！

〔西皮流水〕

【小锣凤点头】1/4（7 | 6 | 5 | 5 5 | 3 6 | 5 5 | 3 2 | 1 1 | 6 5 | 5 5）|

（上步，面向前跪在正场）

2 2 | i. 2 | i (6 2 | 1) 5 | 3 i | 6 5 | 6 i | 3 35 | 6 (3 5 | 6) i |

铁 镜 女 跪 尘 埃 祝告 上 天， 尊

3 6 | 5 (3 6 | 5) 3 | 3 5 | 6 5 | 3. 5 | 6 i | 5 | i | 3 6 |

一 声 过 往 神 细 听 咱 言：我 若

5 | 3 | 5 | 7 | 5 | 6 0 | 5 7 | 6 5 | 5 3 | サ 5 － 5 － 6 － ¦

是 走 漏 他 的 消 息 半 点，

杨延辉 怎样啊？

铁镜公主 罢！

〔西皮摇板〕

【小锣凤点头】（过门同前）3 3 6 5 5 6 6 i. 0 5 6 5 3 5 － ‖

到 后 来 自 悬 梁 尸 不 周 全。

〔杨延辉上前扶铁镜公主站起，上步至“大边”台口。

〔西皮快板〕

1/4（7 | 6 | 5 | 5 5 | 3 6 | 5 5 | 3 2 | 1 1 | 6 5 | 5 5）|

杨延辉 1 | 3 | 0 3 | 3 1 | 3 | 3 2 | 3 (1 | 3) 2 | 1 | 3 | 1 |

一 见 公 主 盟 誓 愿， 本 宫 才 把

3 2 | 1 2 | 1 | 1 | 2 | 1 2 | 3 5 | 2 (3 | 2 1 | 6 1 |

心 放 宽。 二 次 向 前

2) | 艹 1 3 2 - 1 3 - 5 1 2 - ¦

再(呀)把 礼 (呀) 见,

〔亮弦〕

(0 4 3. 1 2 -)

〔杨延辉、铁镜公主转身面向里,杨延辉躬身施礼,铁镜公主抬右手行旗礼还礼。

〔西皮摇板〕

【闪锤】(过门同前)3 6 2 1 1 2 1 3 3 (3) 1 2 1. 6 1 - ‖【住头】

方 可 到 宋 营 中 拜 母 问(呐)安。

(二人回原位坐)

铁镜公主 驸马,誓咱家也盟了,有什么话您还不说吗?

杨延辉 你道本宫真姓木名易么?

铁镜公主 哟,这满朝文武,谁不知道您是木易驸马呀!

杨延辉 非也!

铁镜公主 (惊)啊?怎么着,来到我国一十五载,连个真名实姓都没有?今儿个你说了真情实话便罢,如若不然,奏知母后,哈哈!(仓)(杨延辉一惊站起)我要你的脑袋!

〔(**崩登仓**)杨延辉撩袍涮蟒,【**撕边**】浑身战抖,双手搭在膝上垂下双袖,低头颓然而坐。铁镜公主哭,拭泪而坐。

〔【**冲头**】杨延辉不停地摇着头。

〔西皮导板〕

杨延辉 【**大锣导板头**】艹(6. 5 3 5 6 2 7 6 5 - - - i i - - 3. 1 2. 3 5 5 2 1

(提双袖,端带,低头)

7 2 1 -)1 - 4 3 - (6 1. 2 3 3) 5 3 3 - 2 - 3. 3

未 开 言 不 由 人

2 2 1 - (2 3 5 5 2 1 6 2 1 -) 2. 5 3 - 2 6 (6 1 -)

泪 (呀)流 (双手揉掌,

3. 2 1 1 - 2 2 3 - - 2 1 - 3 5 3 - - 3 3 2 ¦

满 面,

拭双眼, 抖动双手, 摊掌, 拭泪)

〔(仓)铁镜公主把阿哥撒尿,杨延辉拂袖。唢呐奏小孩啼哭声。

杨延辉 唉,公主,我与你讲话,怎么在阿哥身上打搅哇?

铁镜公主 你说你的,还拦得住我儿子他撒尿吗?

杨延辉 唉,公主啊……(哭,拭泪)【**慢长锤**】

四郎探母

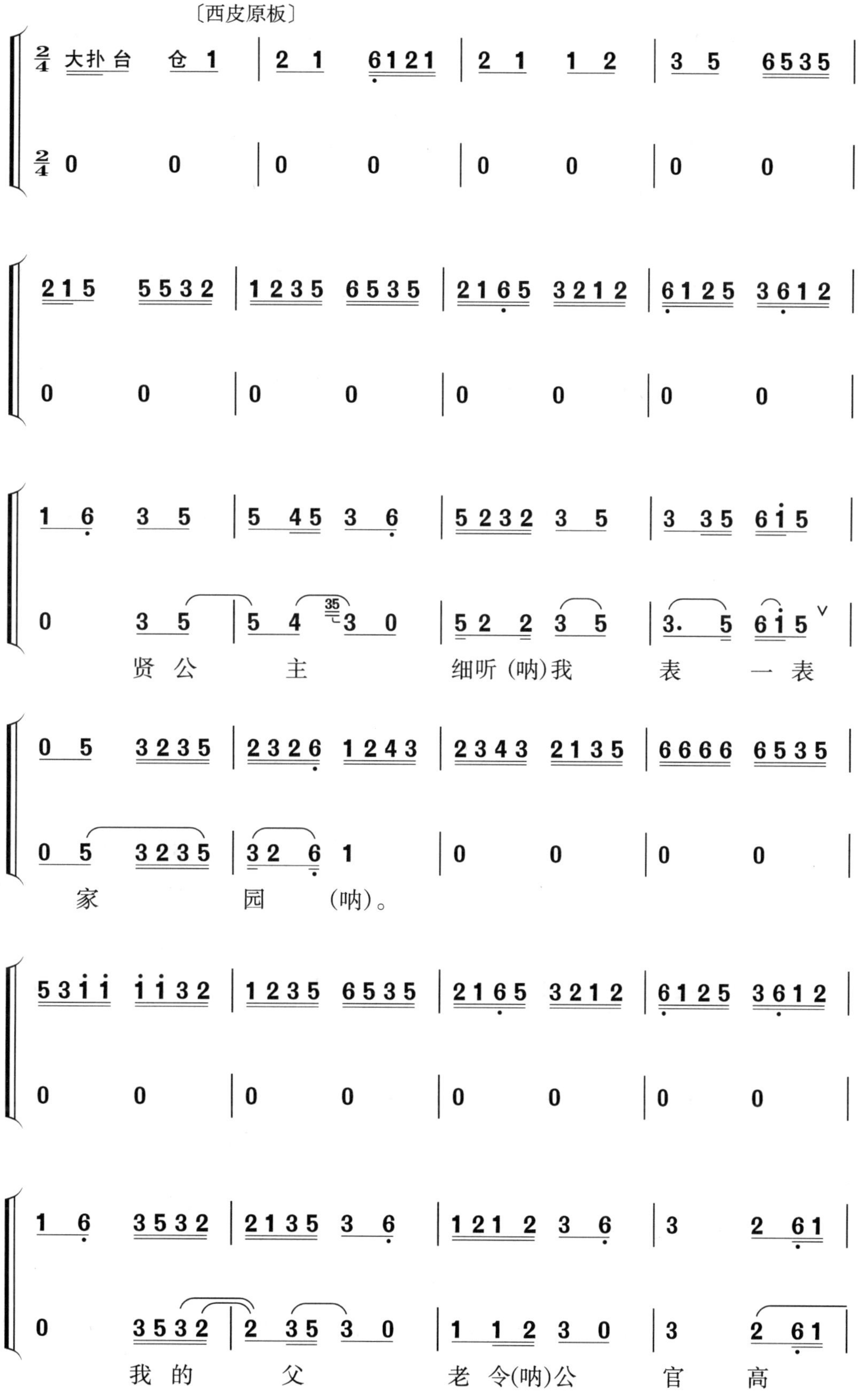

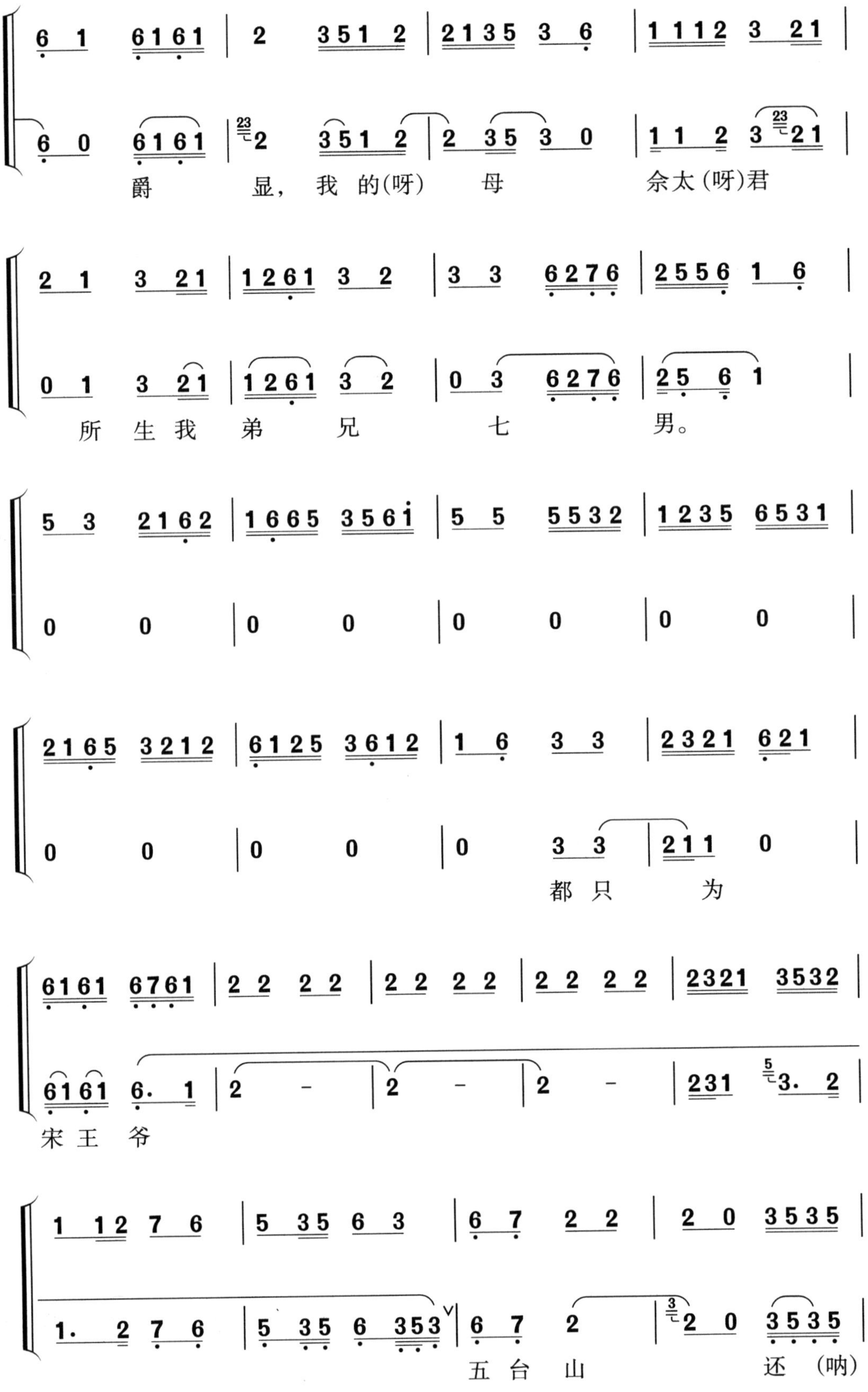
爵 显，我 的(呀) 母 佘太(呀)君
所 生我 弟 兄 七 男。
都只 为
宋王 爷
五 台 山 还 (呐)

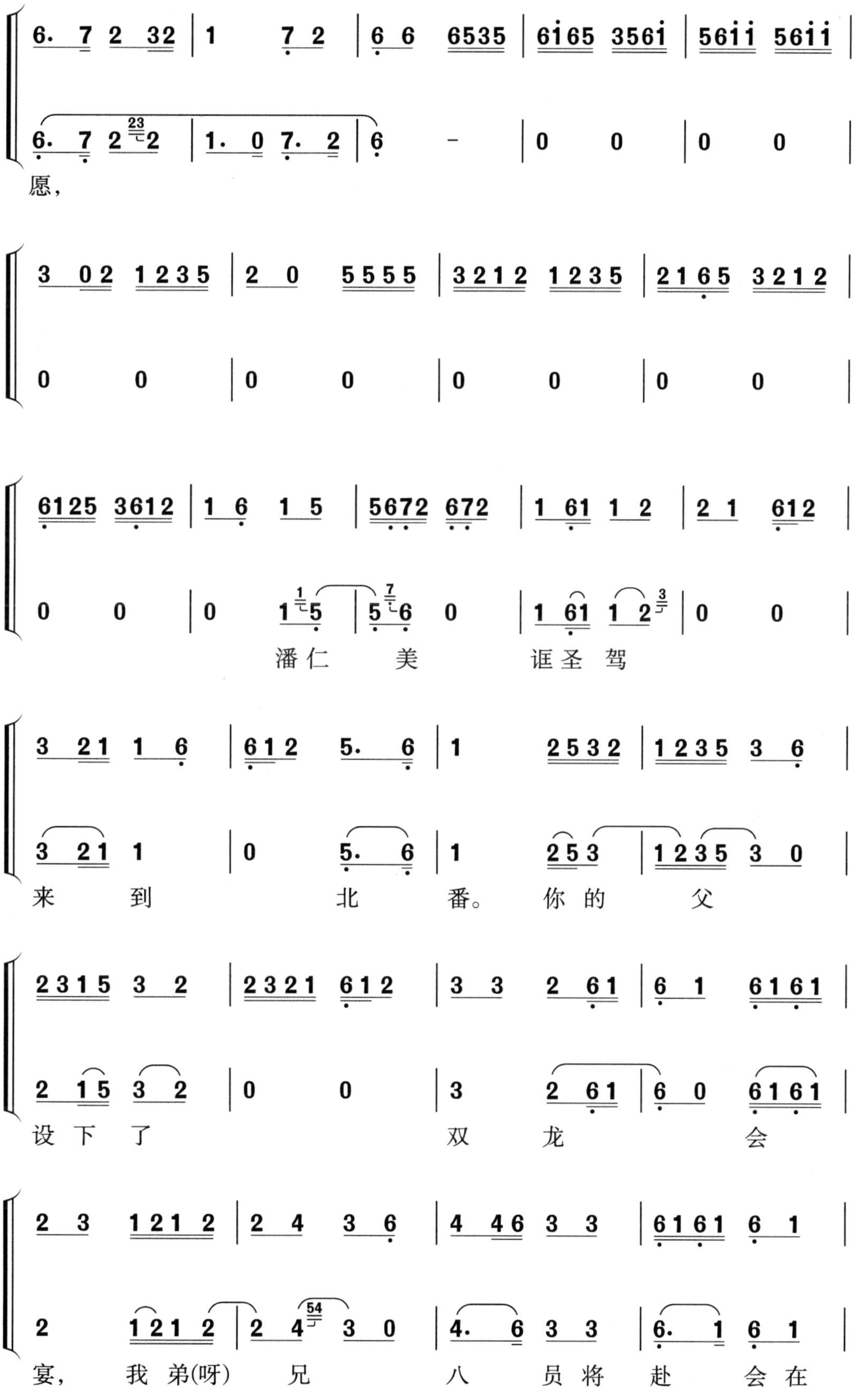
愿，
潘仁 美 诓圣 驾
来 到 北 番。你 的 父
设 下 了 双 龙 会
宴， 我 弟(呀) 兄 八 员 将 赴 会 在

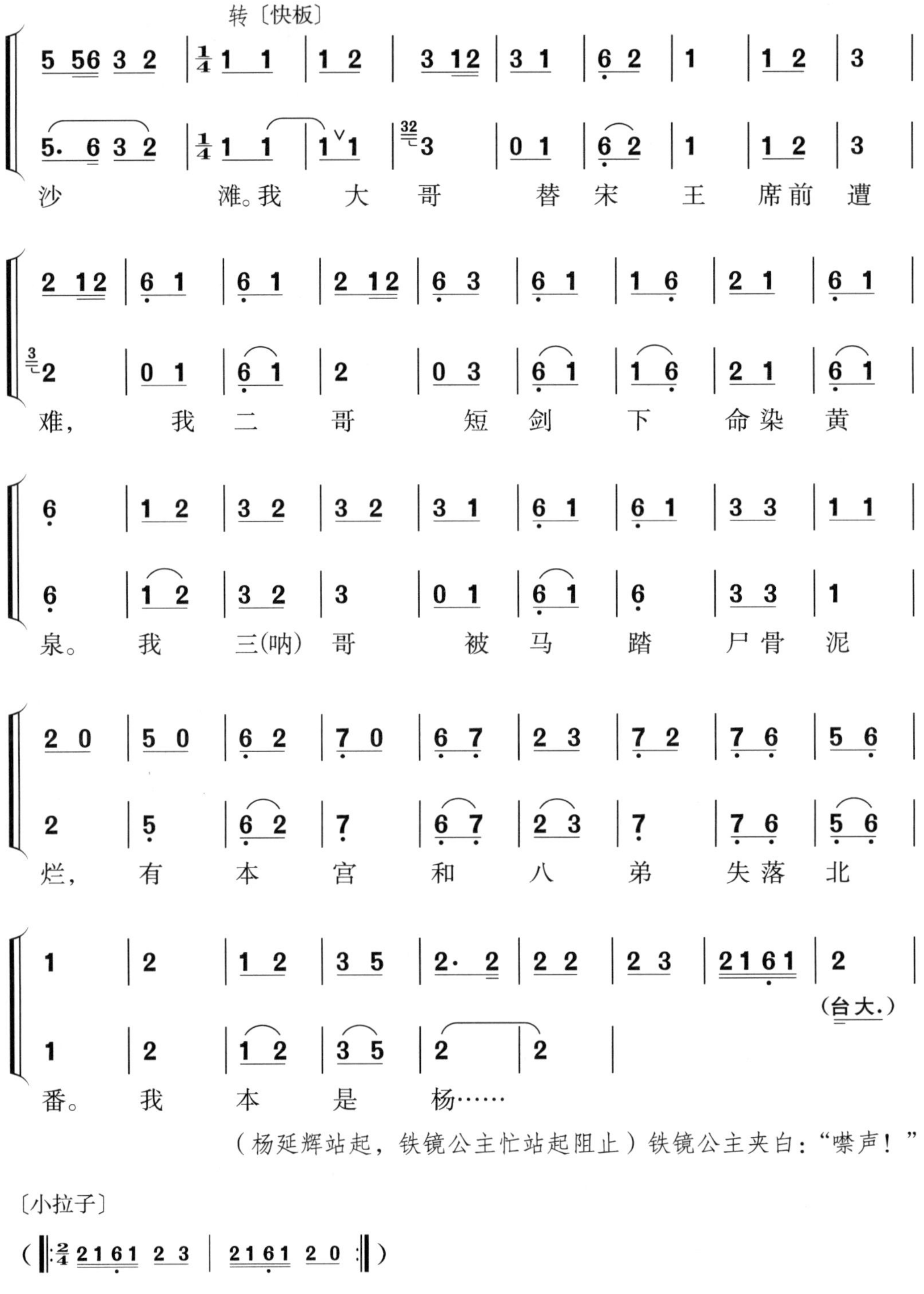

（杨延辉惊，跌坐椅子上，复又站起。杨延辉、铁镜公主“双出门”。铁镜公主在“小边”“反圆场”往“上场门”一望，（台）同时杨延辉在“大边”圆场往“下场门”一望。二人转身面向前，没发现异常。（台）二人“双进门”，铁镜公主站“小边”，杨延辉站“大边”。音乐止）

铁镜公主 我说，你到底是杨什么呀？

四郎探母

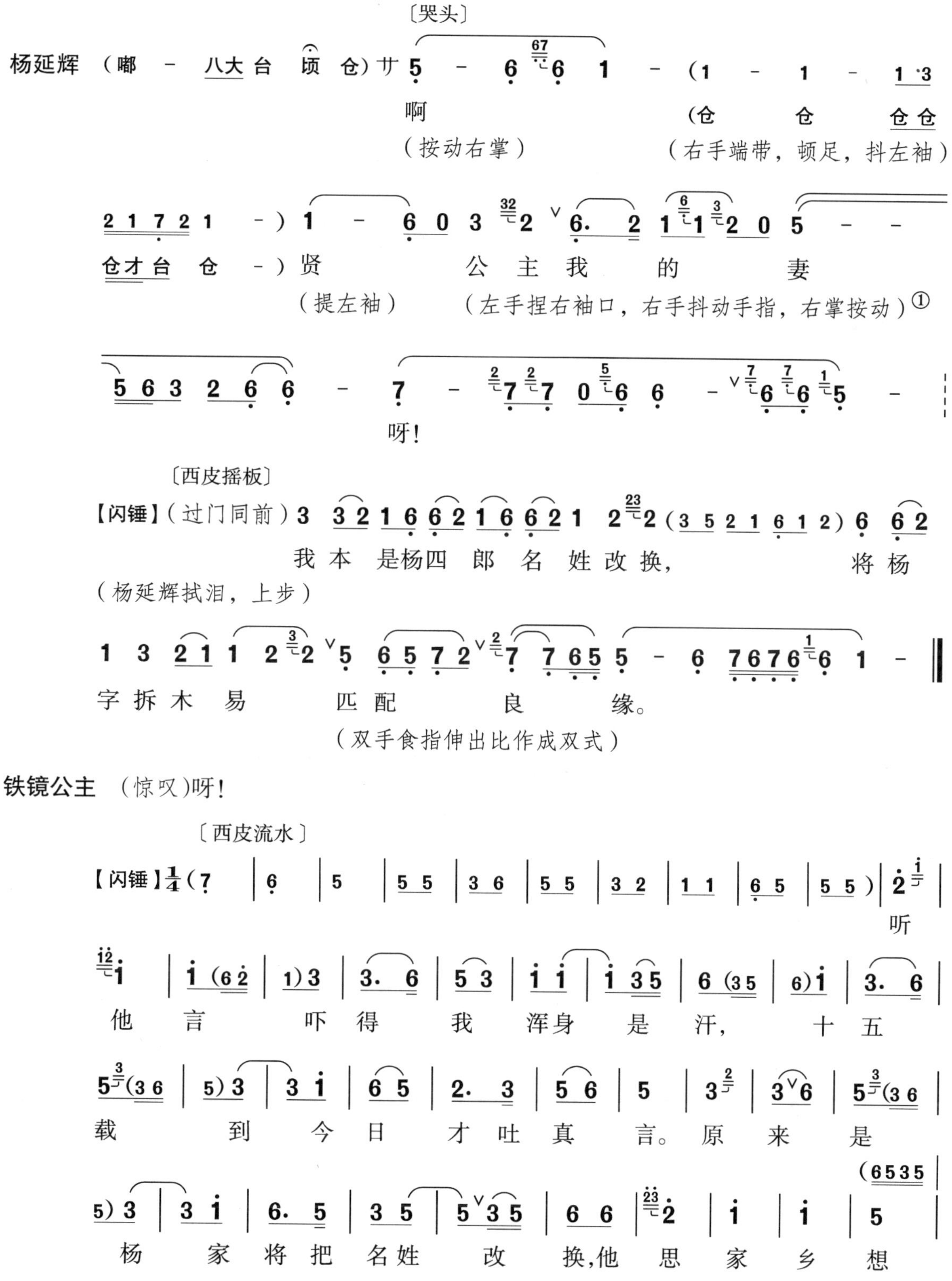

① 此处也可以按固有的哭头程式做，即抬右手齐眉，拇指、食指、中指三指捻动。

6 5 6 i | 3 6 4 3 | 2 1 2 3 | 5 3 6 i)

6 i | 4. 3 | 2 3 | 5 6 | 5 | i | 3 6 | 5 | 3 2 | 3 6 | 5 |

骨 肉 不能团 圆。我 这 里 走 向 前

(6 5 | 3 | 3 6 | 5 | 5) | 廿 5. 6 5 2 3 3 5 - 5 - 6 -

再 把 礼 见，

（二人转身面向里施礼）

铁镜公主 驸马！

〔西皮快板〕

【大锣凤点头】1/4 (7 | 6 | 5 | 5 5 | 3 6 | 5 5 | 3 2 | 1 1 | 6 5 | 5 5) |

（二人转身相对）

2 | i | i | 5 | 6 i | 4 3 | 2 3 | 5 6 | 5 (3 6 | 5) 3 | 3 6 |

尊 一 声 驸 马 爷 细听 咱 言： 早 晚

5 (3 6 | 5) i | 3 6 | 5 | 6 5 | 3 5 | 6 | 5 3 | i | 6 5 | 5 3 |

间 休 怪 我 言语 怠 慢，不 知 者 不

扳慢

3 5 | 6 | 0 | 6. 5 | 4 | 3 4 6 | 4 3 | 2 3 | 5 | 5 | 5 ‖

怪 罪 你 把 海 量 放 宽。

杨延辉 （摆右手，退步，拱手）公主啊！

〔【闪锤】杨延辉抖双袖，上步，提袖。

〔西皮快板〕

1/4 (7 | 6 | 5 | 5 5 | 3 6 | 5 5 | 3 2 | 1 1 | 6 5 | 5 5) | 3 | 2 5 | 3 |

我 和 你

(2) 3 | 3 5 | 3 | 2 1 | 4 | 3 | (3) 1 | 1 3 | 2 (6 1 | 2) 1 | 6 1 |

好 夫 妻 恩爱 非 浅， 贤 公 主 又 何

6 | 1 2 | 6 | 1 | 6 2 | 1 2 | 3 (1 2 | 3) 5 | 6 2 | 1 | 1 1 |

必 礼仪 太 谦。杨 延(呐) 辉 有 一 日 愁眉

1 | 2 | 5 | 6 2 | 1 | 1 | 3 | 3 5 | 2 1 | 6 | 1 |

得 展，誓 不 忘 贤 公 主 恩重 如 山。

四郎探母

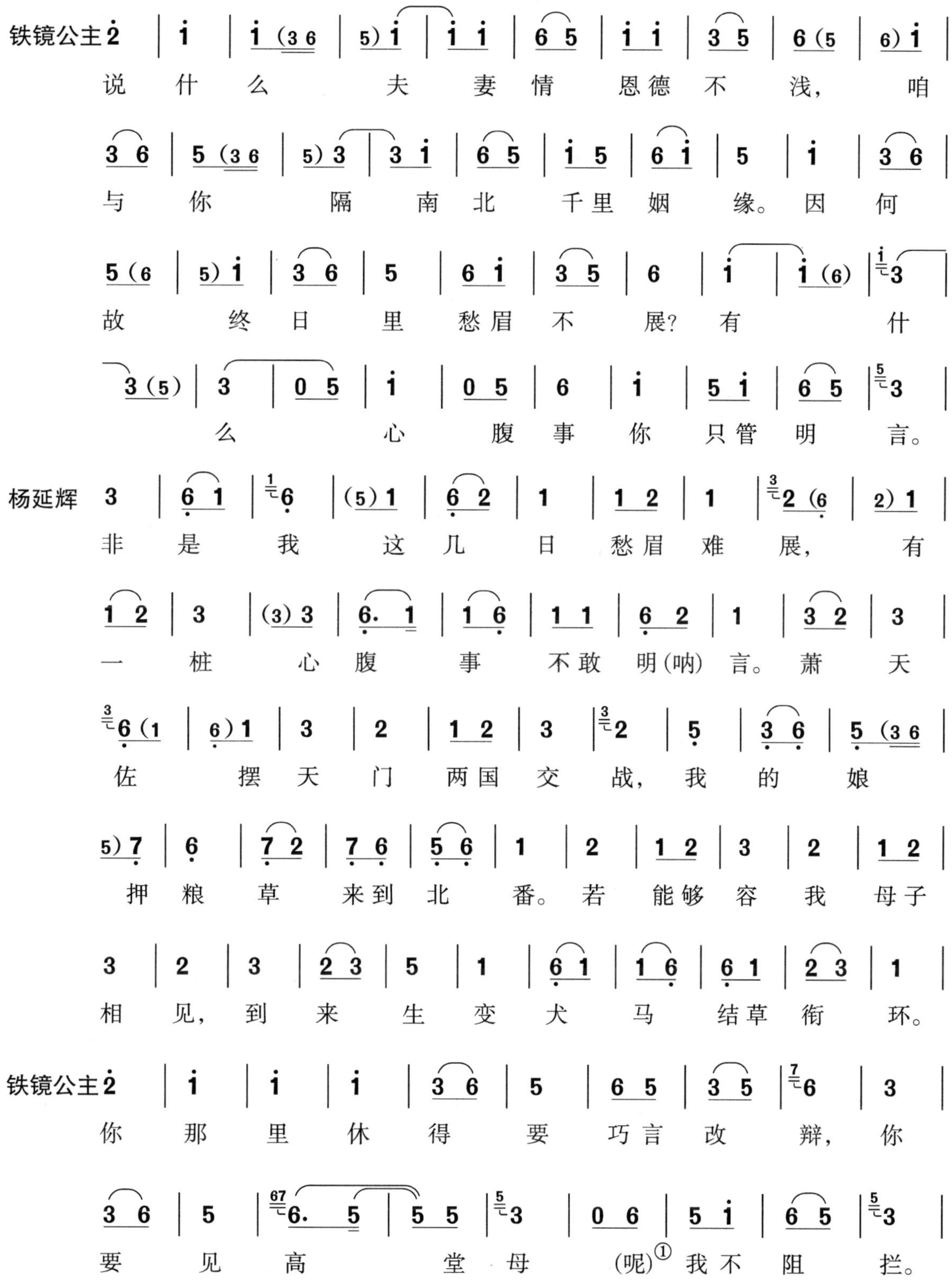

① 此处的"呢"读 nī,属于衬字,无具体含义。

杨延辉 3 | 3 6 | (3)6 | 6 1 | 6 2 | 1 | 2 | 2 5 | 3 5 | 3 | 2 1 | 1 | 1 1 | 2 1 | 6 | 1 |
公主 虽然不阻拦，无有令 箭 是怎能过关？

铁镜公主 3 | 5 | 3 6 | 5 | i | 5 | 6 | 3 | 5 | i 2 | 6 5 | 3 | i | 5 i | 6 5 | 3 |
有心赠你金钺箭，怕你一 去就不回 还！

杨延辉 3 | 3 6 | (3)6 | 6 1 | 3 | 1 | 2 | 6 5 | 3 | 3 | 2 1 | 1 | 6 | 1 1 | 6 1 | 6 |
公主 赠我金钺箭，见母一 面 即刻 还。

铁镜公主 2 | i (6 | 1) 6 | 6 i | 3 | 5 | 6 3 | 3 5 | i | 6 5 | 6 | i | 5 i | i 6 | 3 |
宋营 离此路途远，一 夜之 间你怎能 够还？

杨延辉 6 5 | 3 5 | (6)2 | 2 1 | 6 1 | 1 | 2 | (1)6 2 | 1 | 5 | 5 | 5 | 5 | 3 2 | 6 1 | 6 |
宋 营(呐) 离 此路 途 远， 快 马加 鞭 一 夜 还。

扳慢

铁镜公主 i | i | 6 | i | 3 | 5 | 6 | 3 | 5 | 5 3 | 0 5 | 6 i | 4 3 | 2 3 | 5 |
适才叫咱盟誓愿，你也对 天就表 一 番。

〔杨延辉折右袖，退步，抖右袖。

杨延辉 【闪锤】(7 | 6 | 5 | 5 5 | 3 6 | 5 5 | 3 2 | 1 1 | 6 5 | 5 5) | 3 | 3 | 0 3 |
（上步，拱手） 公 主 叫

3 5 | 3 | 3 2 | 3 (1 2 | 3) 1 | 1 2 | 1 | 2 | 2 5 | 3 2 | 1 | 2 | 2 |
我 盟 誓 愿， 将 身 跌 跪 地 平 川。我 若

1 5 | 卄 3. 2 (0 2 1 6. 1 2 -) 5 3 1 2 4. 6 3 - - 3 2 -
探 母 (哇) (顷 仓) 不回 转(呐 啊)，

铁镜公主 怎么样啊？（仓）

〔亮弦〕

(0 4 3. 1 2 -)

杨延辉 罢！（翻回右袖，抖袖，提袖）

〔西皮摇板〕

【大锣凤点头】（过门同前）3 2 1 6. 2 1 2 - 3 2 1 2 1 1 - ‖

黄 沙 盖 脸 尸 骨 不 全（呐）。

铁镜公主 哎呀言重了！（虚搀，杨延辉站起）

〔西皮流水〕

【闪锤】1/4（7 | 6 | 5 | 5 5 | 3 6 | 5 5 | 3 2 | 1 1 | 6 5 | 5 5）|

2 | 1（6 2 | 1）1 | 6 5 | 3 3 | 3 5 | 6 | 1 5 | 6 3 | (5) 1 |

一 见 驸 马 盟 誓 愿，咱 家 才 把 心

5 6 | 5 | 3 6 | 5 | 5. 3 | 7 | 5 | 6 |（6 5 | 3 5 | 6）|

放 宽。你 到 后 宫

サ 2. 1 1 2 1 6 6 ∨（6 1 -）2 - - 2 1 1 - ⁞

把 衣 换。

【闪锤】铁镜公主往“下场门”走，杨延辉换位站“小边”，铁镜公主走到“大边”右转身，上步，与杨延辉相对。

〔西皮摇板〕

铁镜公主 （过门同前）3 6 5 ∨ 5 - - 5 5 3 5 6（6 5 3 3 5 6 -）

盗 来 令 箭

1 - - 5 - - 5 5 4. 5 3. 5 6 5 6 5 - ‖

你 好 出 关（呐）。

【大锣抽头】杨延辉作揖躬身相送，铁镜公主左转身“下场门”下。杨延辉快步至“大边”折右袖，远望铁镜公主离去。

〔亮弦〕

サ（1. 1 1 1 1 -）

杨延辉翻回右袖，【紧锤】抖袖，提袖，右转身，抬右腿，右手撩袍，双手端蟒，“反圆场”进门，放袍，抖双袖，右转身，提袖，面向前，上步。

〔西皮快板〕

杨延辉 1/4（7 | 6 | 5 | 5 5 | 3 6 | 5 5 | 3 2 | 1 1 | 6 5 | 5 5）| 4 | 3 | 0 3 |

一 见 公

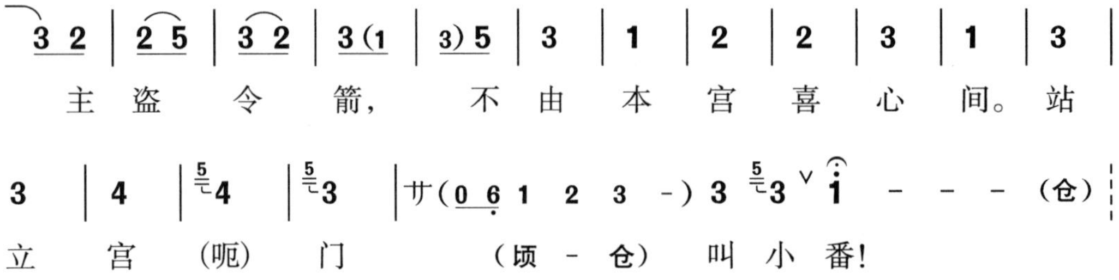

〖【纽丝】杨延辉翻回右袖，抖双袖，提袖，向“下场门”走，至“大边”，右转身，端带面向前。

〔西皮散板〕

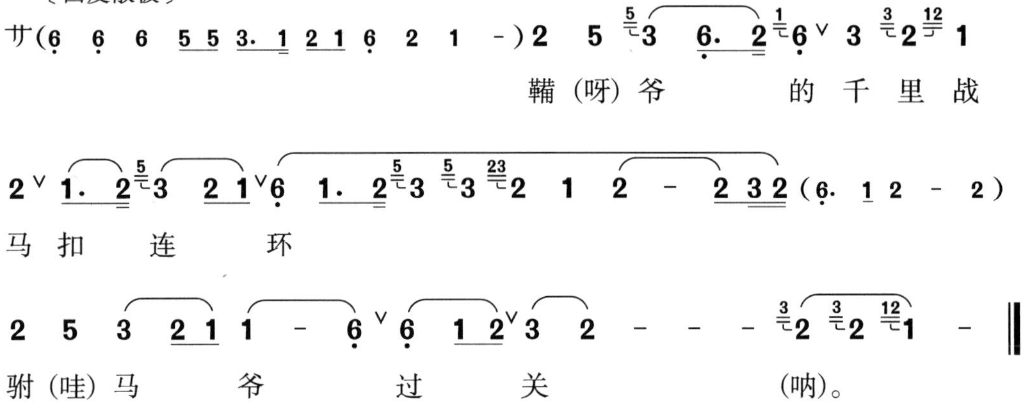

（退步，抓右袖）

〖【大锣原场】杨延辉左转身，抬左腿，左手撩袍，“下场门”下。闭二幕。

第 二 场

盗 令

（尚小云饰萧太后 吴素秋饰铁镜公主）

〖【大锣原场】开二幕。场上设正场桌、“大座”，小高台。明黄彩绣团龙团凤大帐，明黄彩绣团龙团凤桌围椅披。桌上置令箭架及令箭，官印一方，文房四宝一份，惊堂木一方，兵书一册。

〖萧太后“上场门”幕内白：“摆驾！”

〖【慢长锤】四小番、四值殿官、四旗装宫女“上场门”上，“站门”。

〔西皮慢板〕

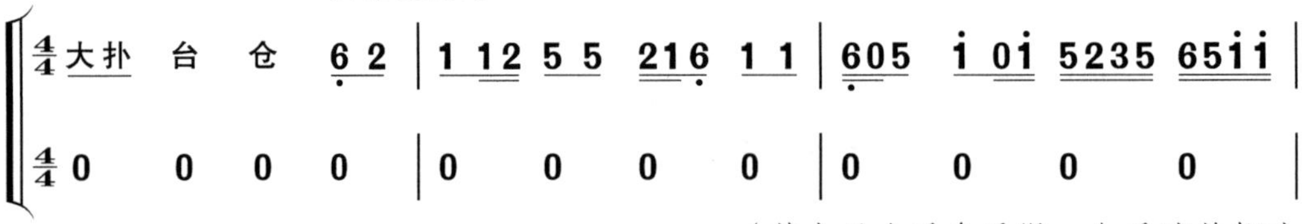

（萧太后右手拿手绢，左手端着朝珠

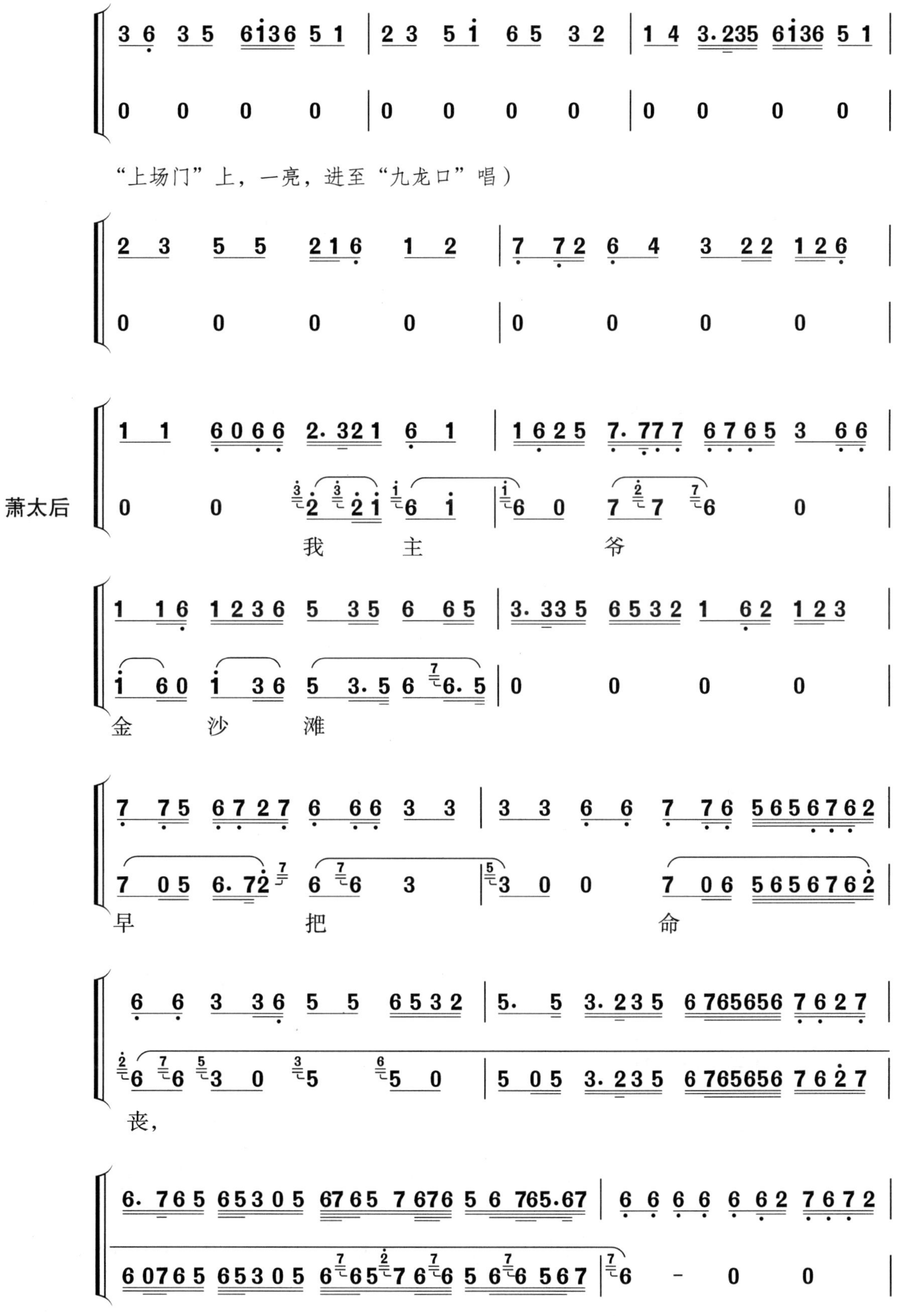
“上场门”上，一亮，进至“九龙口”唱）
萧太后
我 主 爷
金 沙 滩
早 把 命
丧，

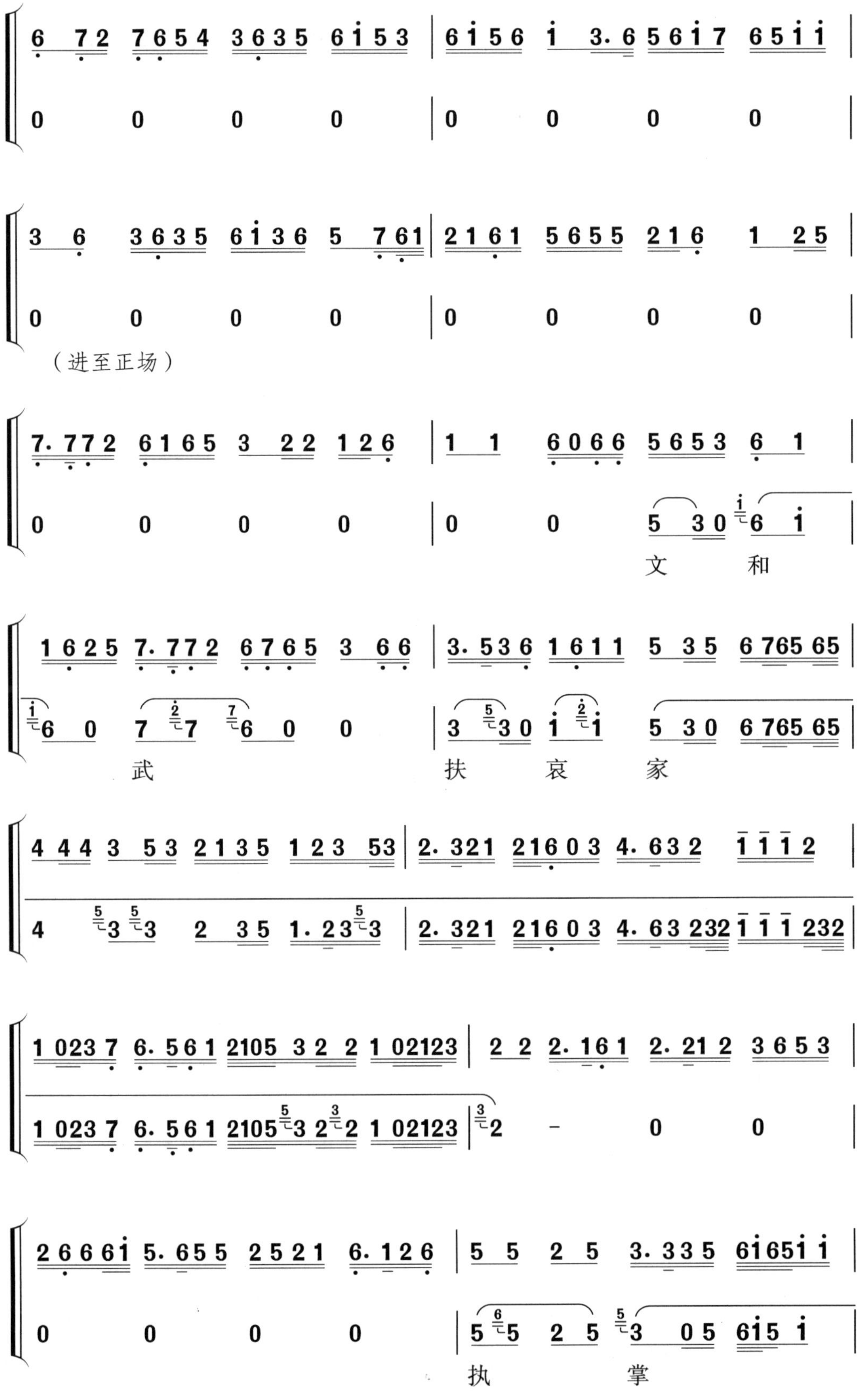
（进至正场）
文
和
武
扶
哀
家
执
掌

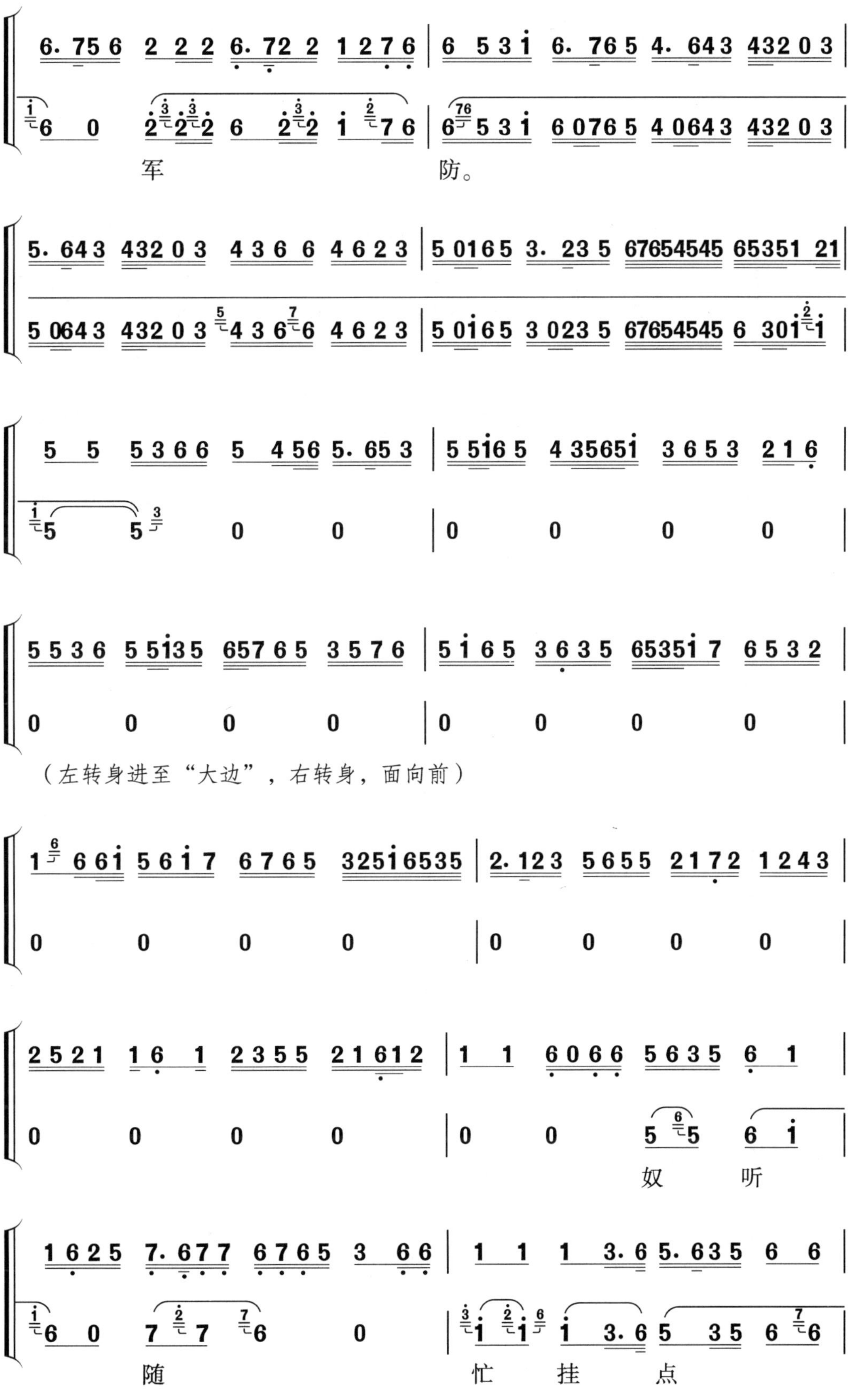
军
防。
（左转身进至“大边”，右转身，面向前）
奴
听
随
忙
挂
点

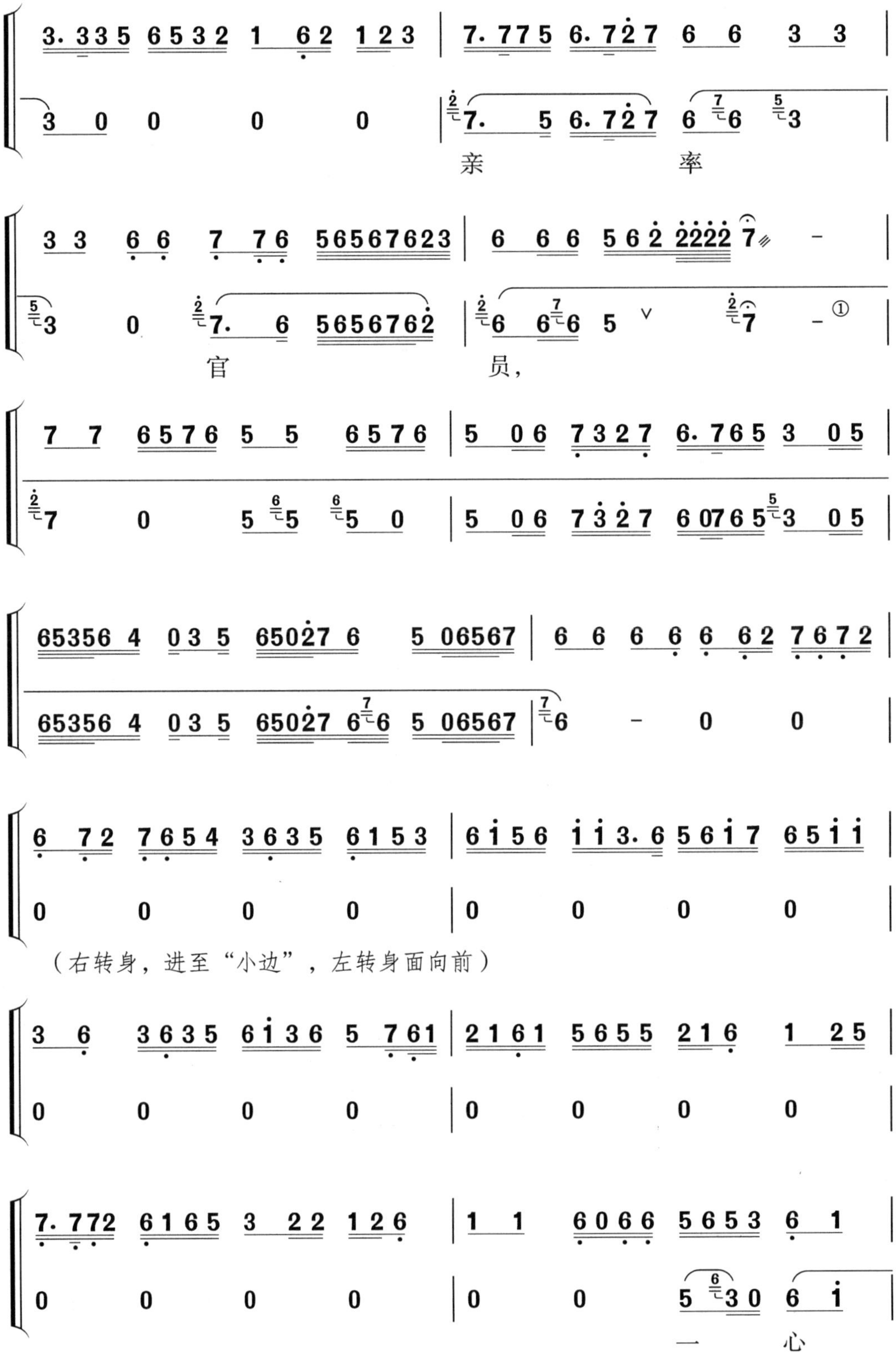

① 尚小云先生在此处的唱腔是要着板唱的，拍节自由伸展，在下一小节再按原节奏拍板。

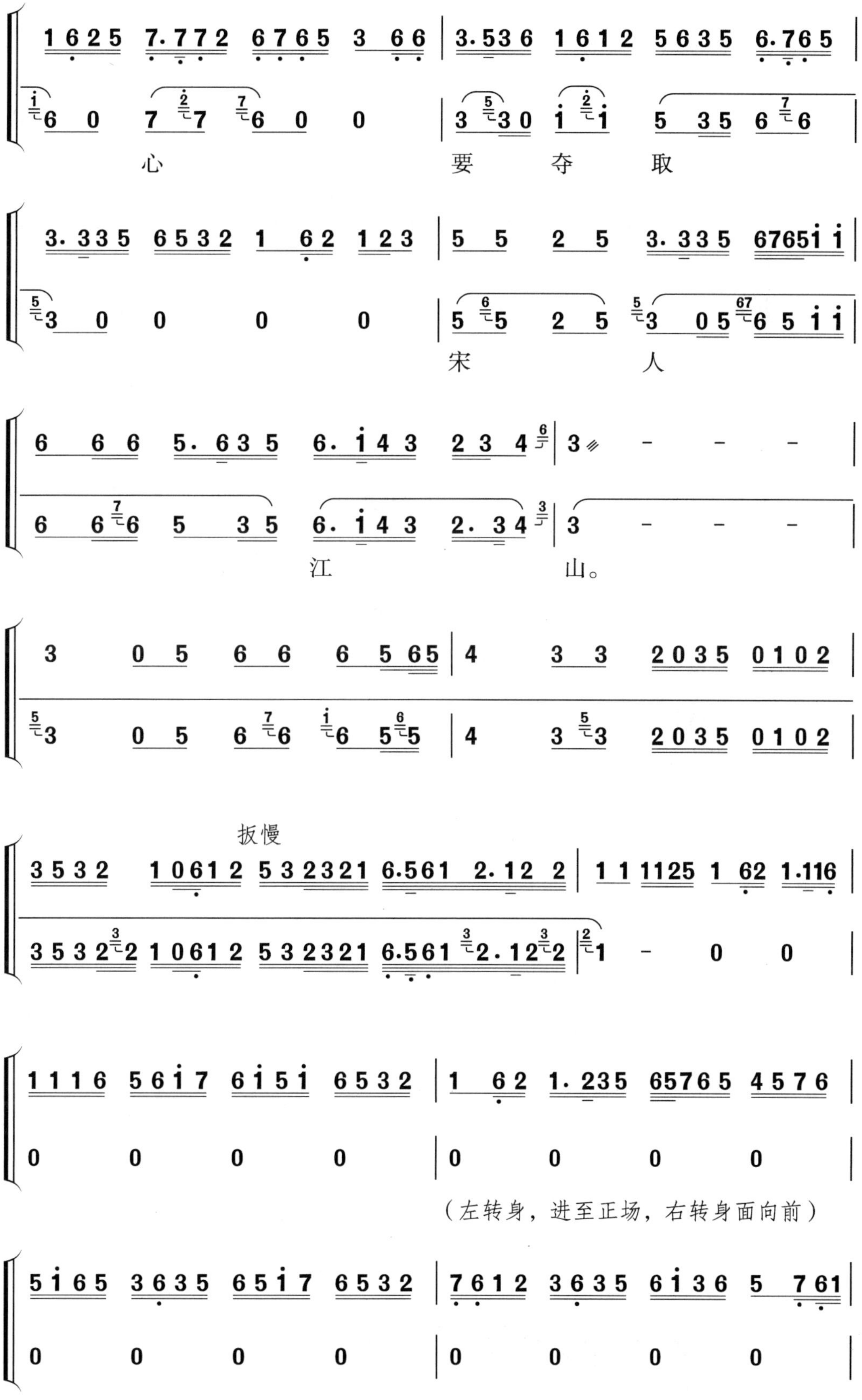
心
要 夺 取
宋 人
江 山。
扳慢
（左转身，进至正场，右转身面向前）

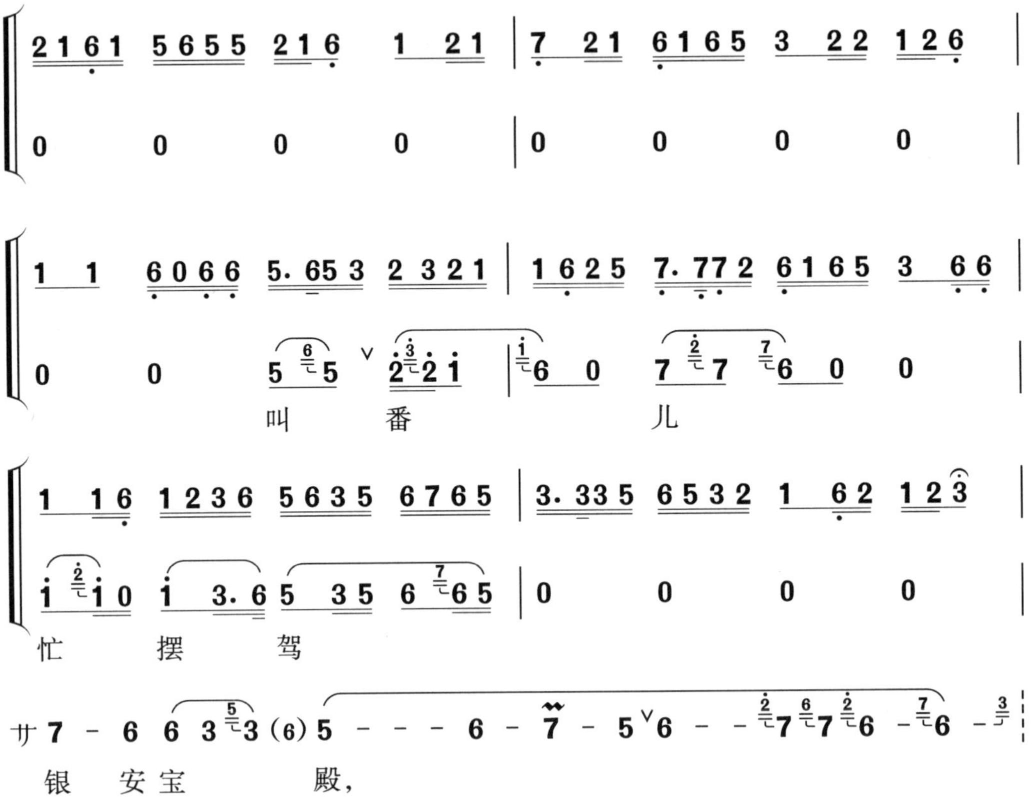

〔【闪锤】四小番、四旗装宫女居后，四值殿官居前归“里八字”。萧太后右转身归“大座”。

〔西皮摇板〕

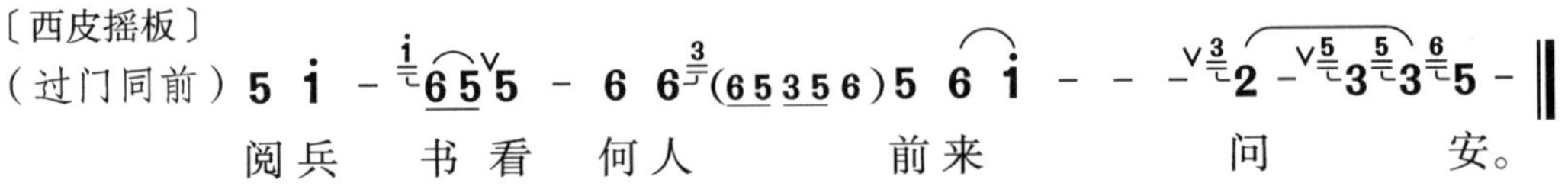

〔萧太后手持兵书阅读。

〔【小锣抽头】铁镜公主抱阿哥“上场门”上，整装，进至“小边”。

〔西皮摇板〕

铁镜公主

四郎探母

「【小锣抽头】铁镜公主抱阿哥至正场，“挖门”至“小边”，面向前。

〔西皮摇板〕

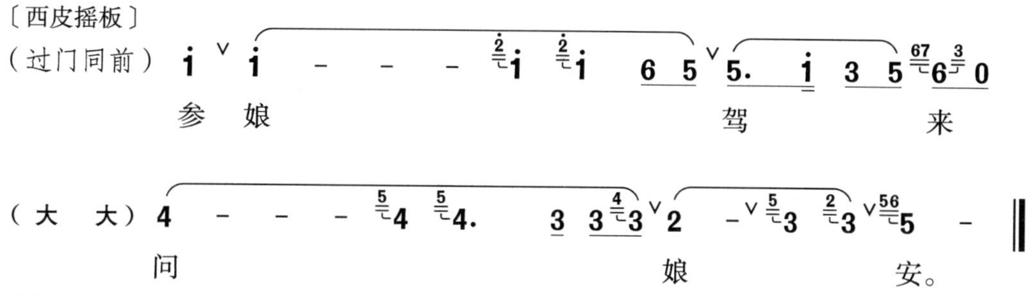

（归正场，面里，缓慢地下蹲请“蹲安”）

「【小锣凤点头】萧太后示意免礼。铁镜公主站起，归“小边”，面向“大边”台口。

〔西皮摇板〕

萧太后

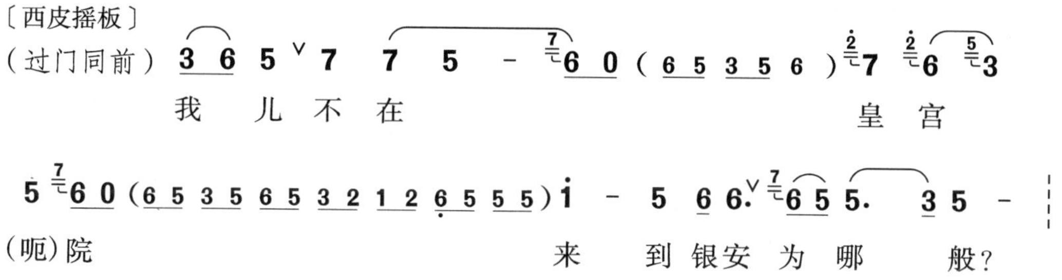

铁镜公主　母后！

〔西皮摇板〕

【小锣凤点头】

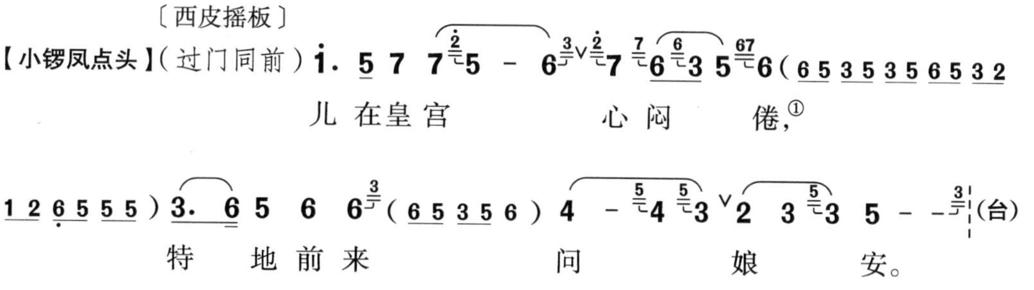

〔西皮摇板〕

萧太后　【小锣凤点头】

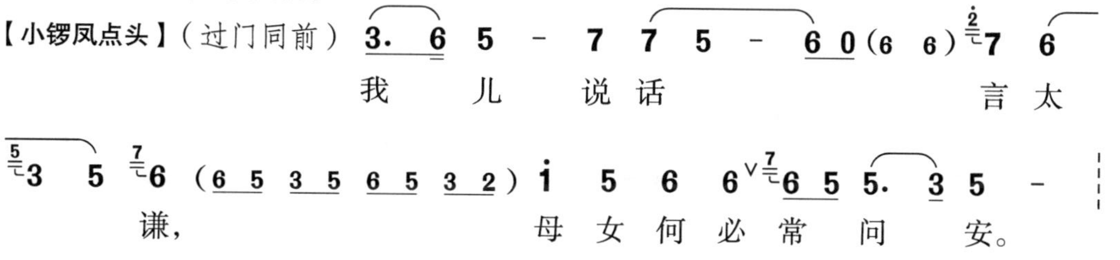

回客②吧！（台）

---

① 心情闷倦才来向母亲问安，在情理上来说，有些欠通。现在有人改为“多日未见母后面”，较为恰当。

② “客”，旗人语，“去”的意思。“回客”即是“回去”。

铁镜公主　谢母后！（右转身面向前，摊右掌）

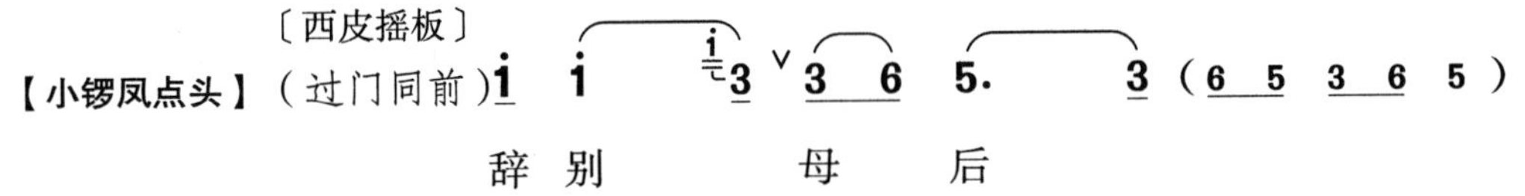

（左转身面向里抬右手行旗礼）

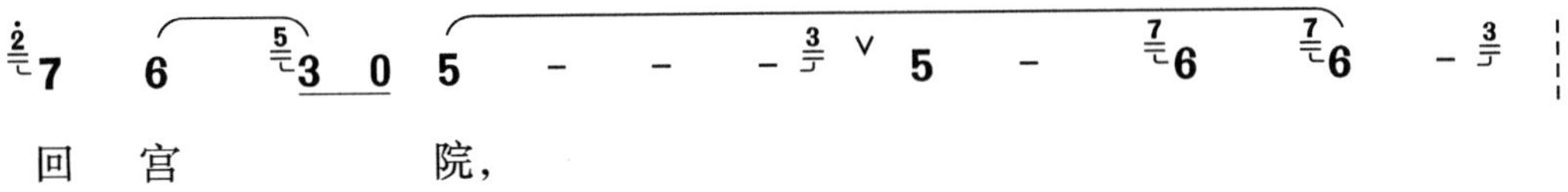

（右转身面向前，右手前指）

「【小锣抽头】萧太后继续读兵书。铁镜公主至正场，出门，至“大边”台口，右转身朝金殿看桌案上的令箭。锣鼓切住。

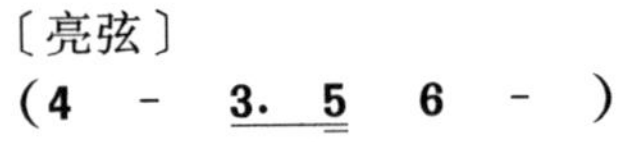

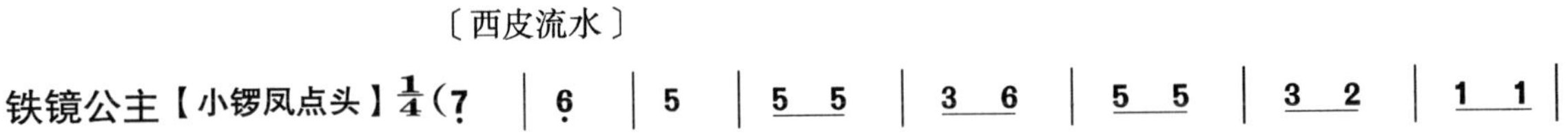

（上步，再往殿内一望）

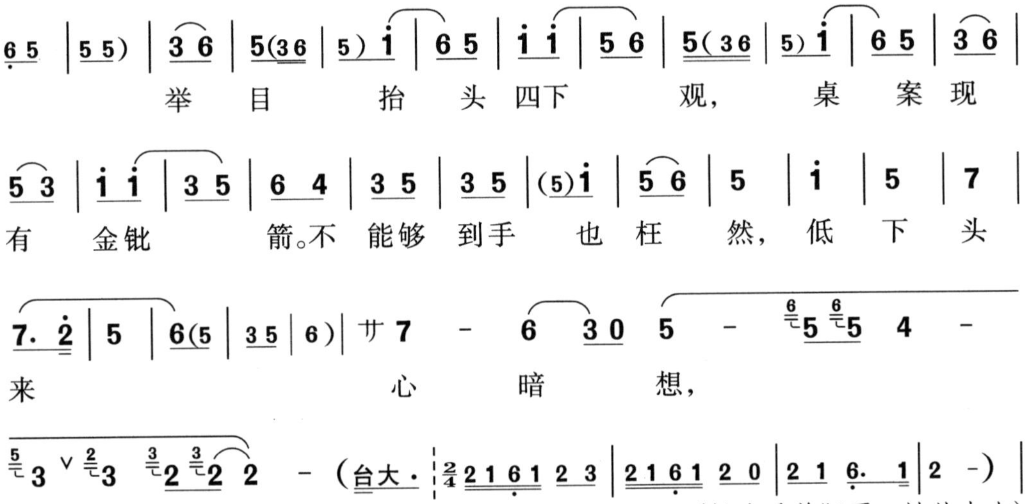

（低头想计，下意识地拍着阿哥）　（低头看着阿哥，计从中生）

有啦！（上步）

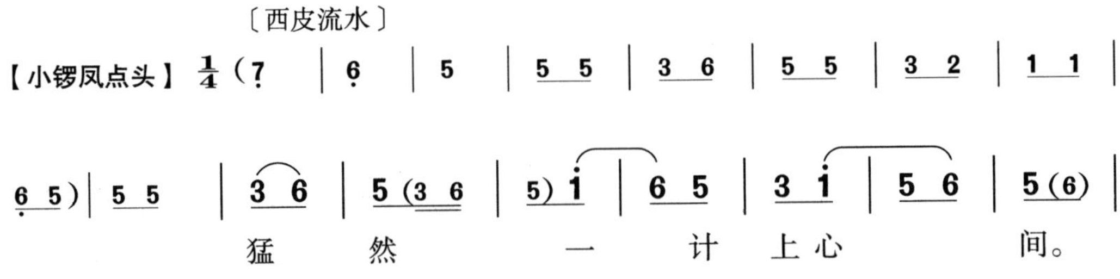

四郎探母

3 6 | 5 | 7 | 7 | 5 | 6 | 艹（大 大） 2

我 把 娇 儿 （两望） 掐

1（7 6 1） 2 － － － 2 1 1 －

一 把，

（掐阿哥）

〔唢呐奏婴儿哭声。（台）

萧太后 （放下兵书，招手）回来！

铁镜公主 （面带喜色）哎，在这儿哪！（转身进门，归“大边”站）

〔西皮摇板〕

萧太后 【小锣凤点头】（过门同前） 1 5 6 6 6 5 5 3 5 －

孙 儿 啼 哭 为 哪 般？

铁镜公主 母后哇！

〔西皮流水〕

【三锣凤点头】 1/4（台 | 台 | 台） | 6 | 2 | 1（2 | 3）1 | 6 5 |

小 奴 才 生 来

3 3 | 3 5 | 6 5 | 1 1 | 3 5 | (5)1 | 5 6 | 5 | 3 6 | 5 | 5 | 7 |

皮肉 贱， 他要 母后 令 箭 玩。论 理 就 该

5 | 6（5 | 3 5 | 6）| 艹 7 6 3 0 5 － 3 0 5 － 6 －

将 他 斩，

（双手托着阿哥假意要交给萧太后）杀了吧！

萧太后 （右手按掌，表示不必）慢着！

铁镜公主 是。（将阿哥抱回怀中）

〔西皮流水〕

萧太后 【小锣凤点头】 1/4（7 | 6 | 5 | 5 5 | 3 6 | 5 5 | 3 2 | 1 1 |

6 5 | 5 5） | 2 | 1 2 | 1（2 | 1）1 | 6 5 | 4 3 | 2 3 | 5（3 6 | 5）1 |

我 的 儿 说 话 理 不 端。 别

6 5 | 3 6 | 5 | 6 1 | 3 5 | 6 5 | 6 1 | 3 5 | (5)1 | 5 6 | 5 3 |

人 要 令 就该 斩(呐)，皇孙 要令 拿 去 玩。我

(3) 5 | i | 6 5 | 3 3 | 3 5 | 6 i | i 5 | i. 2 | 6 5 | 6 |

今 交 你 金钺 箭,五 鼓 天 明

（萧太后拿起令箭，铁镜欲接，萧太后撤回）

廿(大 大) i - - - - 5 - - - - 3. 0 i i 6. i 3 0 5 6. i 5 - ‖

即 刻 还 (呐)。

〔萧太后递令箭,铁镜公主接过。

铁镜公主 谢母后!

〔西皮摇板〕

【小锣凤点头】（过门同前）3 6 5 5 7. 6 5 6 0 7 -

谢 罢 母 后 金

（至正场面里，下蹲行旗礼）

6 - - - 3 0 5 - - 5 - 6 6 -

钺 箭,

〔**【小锣抽头】**铁镜公主站起,右转身面向前,出门朝"下场门"走,至"大边"右转身面向前。锣鼓切住。

〔亮弦〕

(4 - 3. 2 5 7 6 -)

〔铁镜公主缓右手,举起令箭,一看,暗暗得意一笑。

〔西皮摇板〕

铁镜公主 **【小锣凤点头】**（过门同前）3 6 5 5. i 3 5 6 0 6 i 5 6. 5 6. i 5 - ‖

母 后 中 了 我的巧 机 关 (呐)。

（右手握令箭左摆右摆，前伸一亮）

〔**【闪锤】**铁镜公主右手握令箭翻腕后背,左转身,"下场门"下。

〔西皮摇板〕

萧太后 （过门同前）i - i. 3 3 6 5 (6 5 3 6 5)

番 儿 与 我

2 i - 6 i 2 - - 2 2 1 - -

把 班 散,

（双手托掌，往两边撒开）

四宫女　退班呐！

〔【快长锤】四小番、四值殿官、四旗装宫女出门，两边分下。（【快长锤】切住）【闪锤】萧太后站起，离位，缓步走向正场台口。

〔西皮摇板〕

萧太后

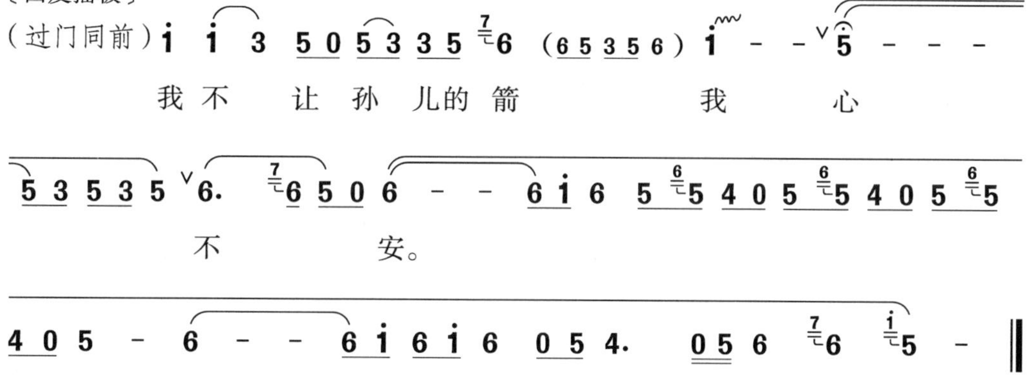

〔【大锣抽头】萧太后面向“小边”台口退一步，向“小边”上步，左转身“下场门”下。闭二幕。

第三场

别宫

（奚啸伯饰杨延辉　吴素秋饰铁镜公主）

〔【快长锤】开二幕。空场。杨延辉“上场门”上。锣鼓切住。左手扶剑柄，右“山膀”亮住。【快长锤】按右掌“反圆场”至正场，左手扶剑柄，拉右“山膀”一亮，上步。

〔西皮快板〕

杨延辉

〔【小锣抽头】杨延辉左转身至“大边”里首，面向“下场门”；铁镜公主右手拿令箭左手抱阿哥“上场门”上至“小边”。

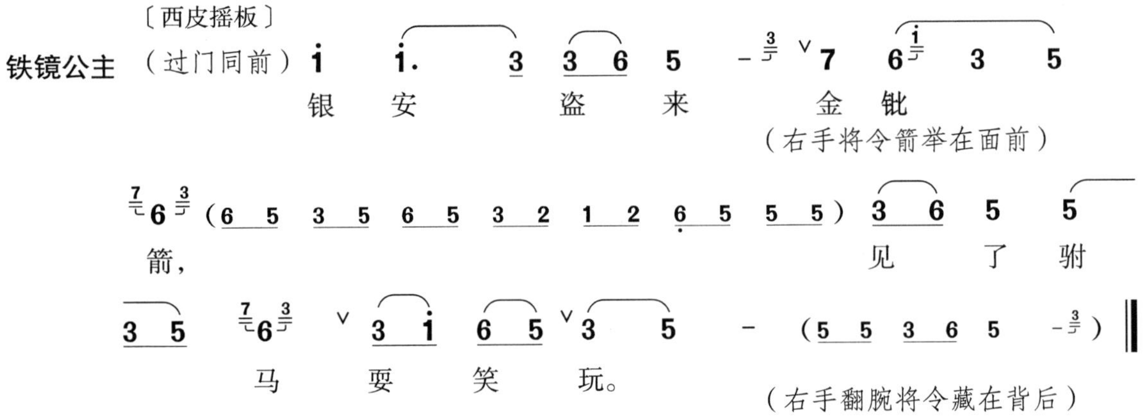

〔铁镜公主往“大边”走，杨延辉右转身与铁镜公主相见。

铁镜公主 驸马！

杨延辉 呃，公主回来了！

铁镜公主 回来了。

杨延辉 （上步，要令箭）拿来！

铁镜公主 什么？

杨延辉 呃，我的令箭呐！

铁镜公主 哟，只顾跟母后说话儿了，把您这件事情，可就给忘了！

杨延辉 （右拳击左掌）（仓）哎呀，你误了本宫的大事了！（摊双掌掂动）哎呀这这这……（左转身向“大边”上步，低头表示失望）

铁镜公主 哎，你别着急！你瞧，这是什么？（拿出令箭给杨延辉看）

〔杨延辉转身看到令箭，惊喜，（仓）忙上步，施礼。

杨延辉 公主请上，受我一拜！

铁镜公主 一夜之间，不拜也罢！（将令箭递给杨延辉）

杨延辉 公主呀！

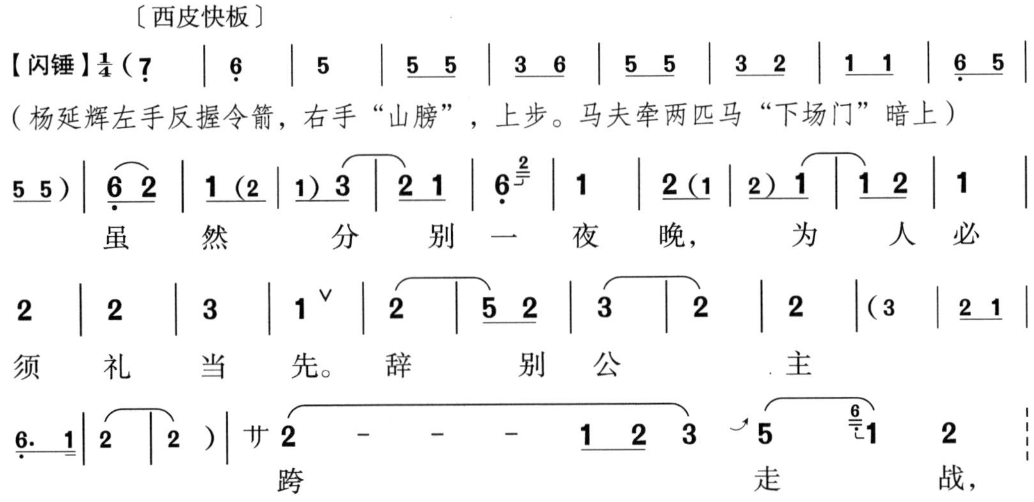

马来！

马 夫 啊！（带马）

⺁【快长锤】杨延辉上马，（【快长锤】切住）【闪锤】马夫上马转身“下场门”下。杨延辉朝“下场门”走，至“大边”，右转身，面向“小边”台口。铁镜公主出门相送。

〔西皮摇板〕

杨延辉 （过门同前）

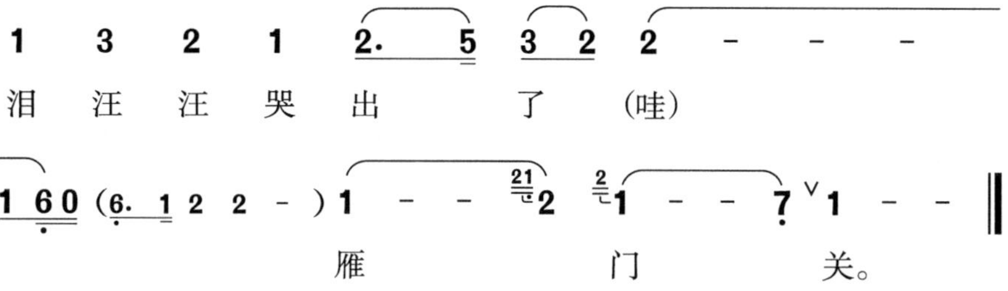

⺁杨延辉退步，往右甩髯，右手握鞭，左手反握令箭，拱手。（仓）左转身跨抬左腿，举鞭一亮。【快长锤】杨延辉“下场门”下。铁镜公主低头拭泪。

〔小拉子〕

⺁【快长锤】切住。多罗· ‖: 1 62 1 3 | 21621 0 :‖ 铁镜公主抬头远望，向“下场门”走至“大边”，遥望杨延辉离去。

铁镜公主 驸马！（仓）（〔小拉子〕止）我夫！

〔哭头〕

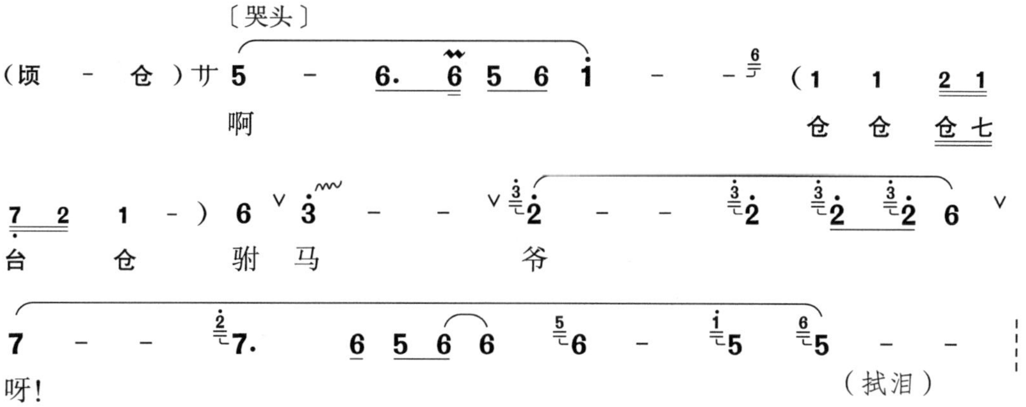

〔西皮摇板〕

【闪锤】（过门同前）

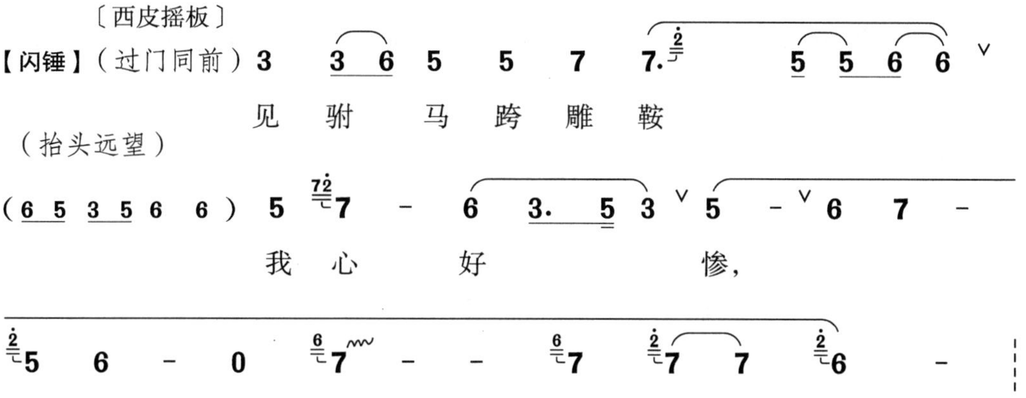

⺁【闪锤】铁镜公主向正场走，进门，左转身，面向前。

〔西皮摇板〕

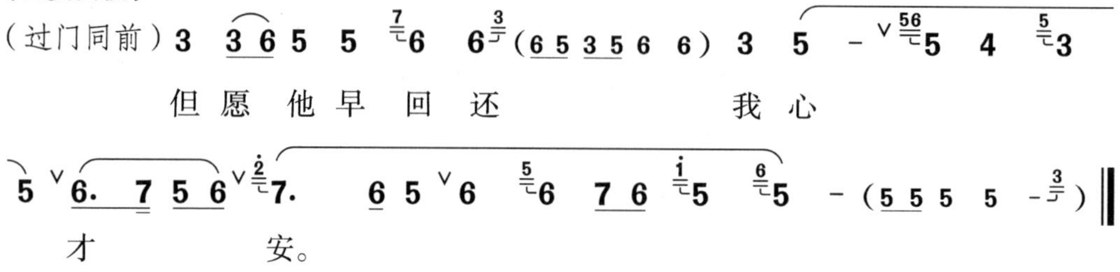

〖【大锣抽头】铁镜公主拭泪，右转身，“上场门”下。闭二幕。

第　四　场

出　关

（陈少霖饰杨延辉　马富禄饰大国舅　萧长华饰二国舅）

〖【快长锤】开二幕。四番兵“上场门”上，“站门”。大国舅、二国舅“上场门”上，（锣鼓切住）一亮。【闪锤】大国舅、二国舅进至正场。

〔西皮摇板〕

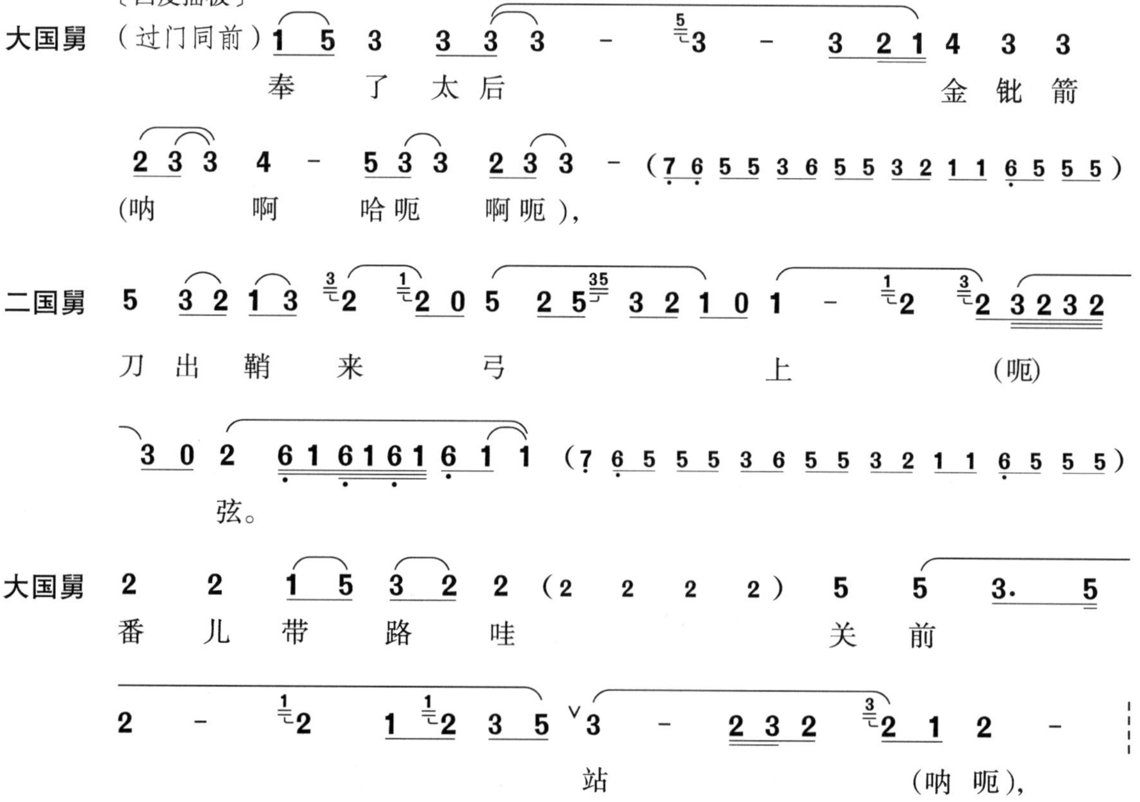

〖【闪锤】四番兵、大国舅、二国舅扯成“下场门斜胡同”。

四郎探母

〔西皮摇板〕

二国舅 （过门同前）

〔【快长锤】马夫引杨延辉骑马“上场门”上，（锣鼓切住）马夫在“小边”“反圆场”至“小边”外首，杨延辉至“九龙口”举鞭亮相。【快长锤】杨延辉左手勒缰，跨抬右腿打马进至正场，勒缰。

〔西皮快板〕

杨延辉

（杨延辉至两国舅面前，马夫随之上步，站“小边”）

开关！（仓）

两国舅 哪儿去？

杨延辉 奉了太后将令，出关另有公干。

两国舅 可有令箭哪？

杨延辉 站定了！

〔西皮快板〕

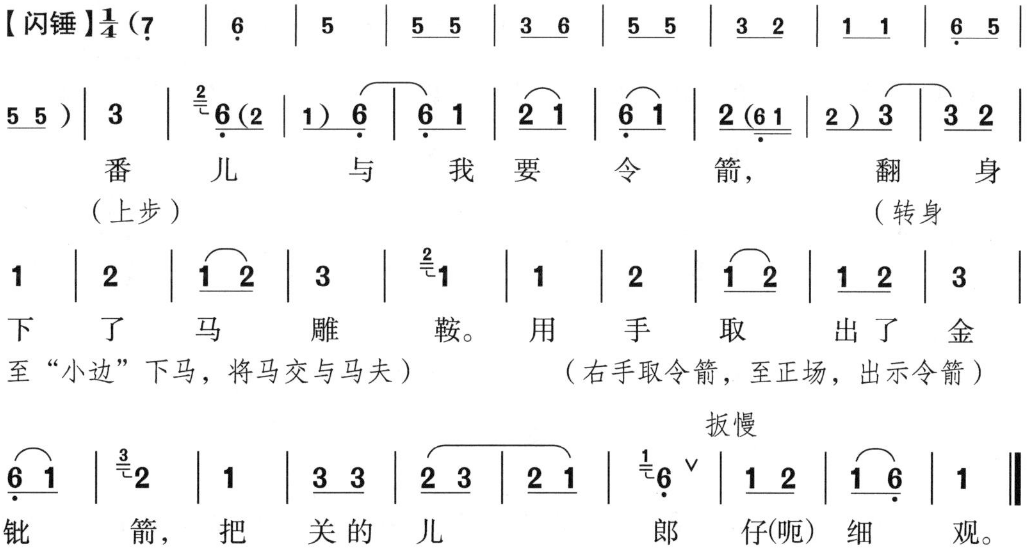

（二国舅走至杨延辉右侧与大国舅一起查看）

大国舅 噢呵!(杨延辉转身面向里将令箭插回后领内)

〔西皮摇板〕

【大锣凤点头】(过门同前)3 2 1 6 2 1 2 3 2 3

果然是太后的金鈚

2 ³2(3 2 1 6 2 1 2)2 5 3 2 2 1 2 3 5 6 1

箭,(二国舅接唱)过关的人儿你请过关。

〔杨延辉转身面向前,拱手,上步。

〔西皮摇板〕

杨延辉 **【闪锤】**(过门同前)4 3 3 ³⁵3 1 2 3 3 (7 6 5

两国不和常交战,

5 5 3 6 5 5 3 2 1 1 6 5 5 5)3 6 5 7 6 3 5(5 5)5 5 5 6

把守关口莫偷

两国舅夹白:"不错,经常地打仗。"

5. 6 1 (6 6 5 5 3 6 5 5 3 2 1 1 6 5 5 5)1 2 5 3. 1 2

闲。任那南(呐)蛮

两国舅夹白:"不能够偷闲。"

(3 2 1 6 1 2)2 - - - 3 5 ⁶1 ³2 - (2 2 2 2 2 -⁶3)

巧(哇)改(呀)扮,

马来呀!

马 夫 啊!

〔**【快长锤】**马夫解马,拉马至正场,带马。杨延辉上马,马夫随之上马,领杨延辉往"下场门"走,马夫"下场门"下,杨延辉至"大边"右转身面向"小边"台口,上步。

杨延辉 (过门同前)3 2 6 2 1 2 1. 3 2 ³2 (6 1

无有太后金铍(呀)箭

(四番兵转场,站两边)

2 2 -)6 2 1 - - - 1. 2 1 6 1 -

莫放他过关。

〔**【闪锤】**杨延辉后退几步,拱手,打马,左转身跨抬左腿,右手举鞭一亮,"下场门"下。两国舅向"下场门"遥望,见杨延辉远去,右转身,上步。

〔西皮摇板〕

大国舅 (过门同前)3 2 1 6 2 1 6 2 6 1 ²³2(3 2 1 6 1 2 1 6 5 5 5)

我看此人好面善,

二国舅 3 2 2 1 1 ^{6}5 6 1 (1 1)
他 是 木 易 去 过 关。

大国舅 2 2 1 5 3 2 0 2 2 7 6 7 6 5 ^{2}7 ^{2}7 ^{2}6 ^{7}6 –
番 儿 与 我 关 门 掩,

〔【闪锤】四番兵“插门”“下场门”下。两国舅往“下场门”走,大国舅“下场门”下,二国舅至“大边”,右转身,面向“小边”台口。

〔西皮摇板〕
二国舅 (过门同前) 2 5 3 2 5 ^{5}3 2 1 2 – – ^{3}2. 32 2 1
小 心 把 守 雁 门

^{5}3 1 ^{3}2 – – 3 2 3 2 323232 32321 1 ^{7}6 1 –
关。

〔【大锣抽头】二国舅迈着“八字步”缓步向“下场门”走,至“下场门”台口突然右转身向“小边”台口探头一望,迅速左转身“下场门”急下。

第五场

巡 营

(陈少霖饰杨延辉 姜妙香饰杨宗保)

〔【快长锤】八宋兵左手抱刀,右“山膀”“上场门”上,“站门”。杨宗保左手扶宝剑,打马“上场门”上至“九龙口”,(锣鼓切住)蹉步,举鞭左丁步亮相。【快长锤】缓鞭,上步,左手勒缰,右手斜鞭,左丁步一亮。右手放鞭垂下,上步。

〔西皮摇板〕
杨宗保 (过门同前) 3 5 6.5 5 ^{67}6. 5 4 0 3 6 5 5 3 6.535 6561 $^{\dot{1}}$5 3 5 5 (5 5 5 5 5 –)
帐 中 领 了 父 帅 令,

〔【闪锤】杨宗保举鞭,打马进至正场,勒缰斜鞭一亮,放鞭垂下,上步。

〔西皮摇板〕
(过门同前) 5 3 0 5 3 5 2.1 2 ^{3}2 0 (3 5 2 1 6 1) 3 5 ^{5}3 2 ^{3}2 – 1 – – 【大锣住头】
巡营 瞭哨 要 小 心。

杨宗保 (左手勒缰,右手斜鞭)俺,(仓)杨宗保。【大锣住头】(垂鞭)奉了父帅将令,巡营瞭哨。军士们!(右手垂鞭拉“山膀”)

八宋兵　有。（仓）

杨宗保　听俺一令呐！

〔【冲头】杨宗保举鞭，八宋兵归里成正场“横一字”。杨宗保右手缓鞭后拖，左手勒缰，【大锣导板头】右手将鞭甩回成抱鞭，上左步，左手扶剑柄，右丁步亮住。

〔西皮导板〕

杨宗保

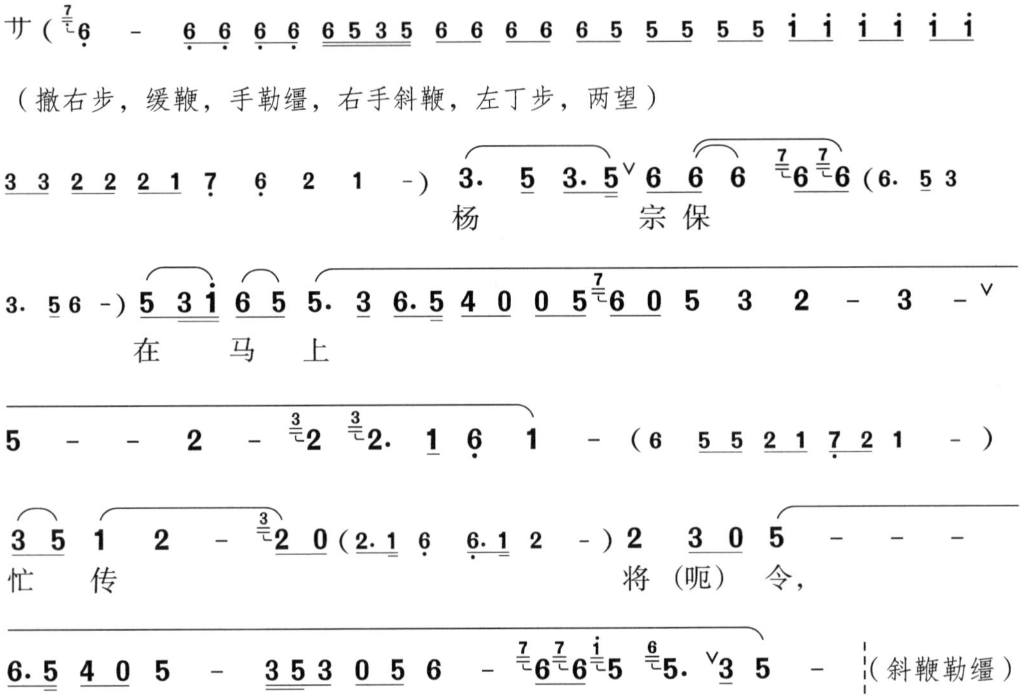

〔【四击头】杨宗保自左向右抡鞭，左手掏翎子，右丁步亮相。

〔西皮慢三眼〕

杨宗保

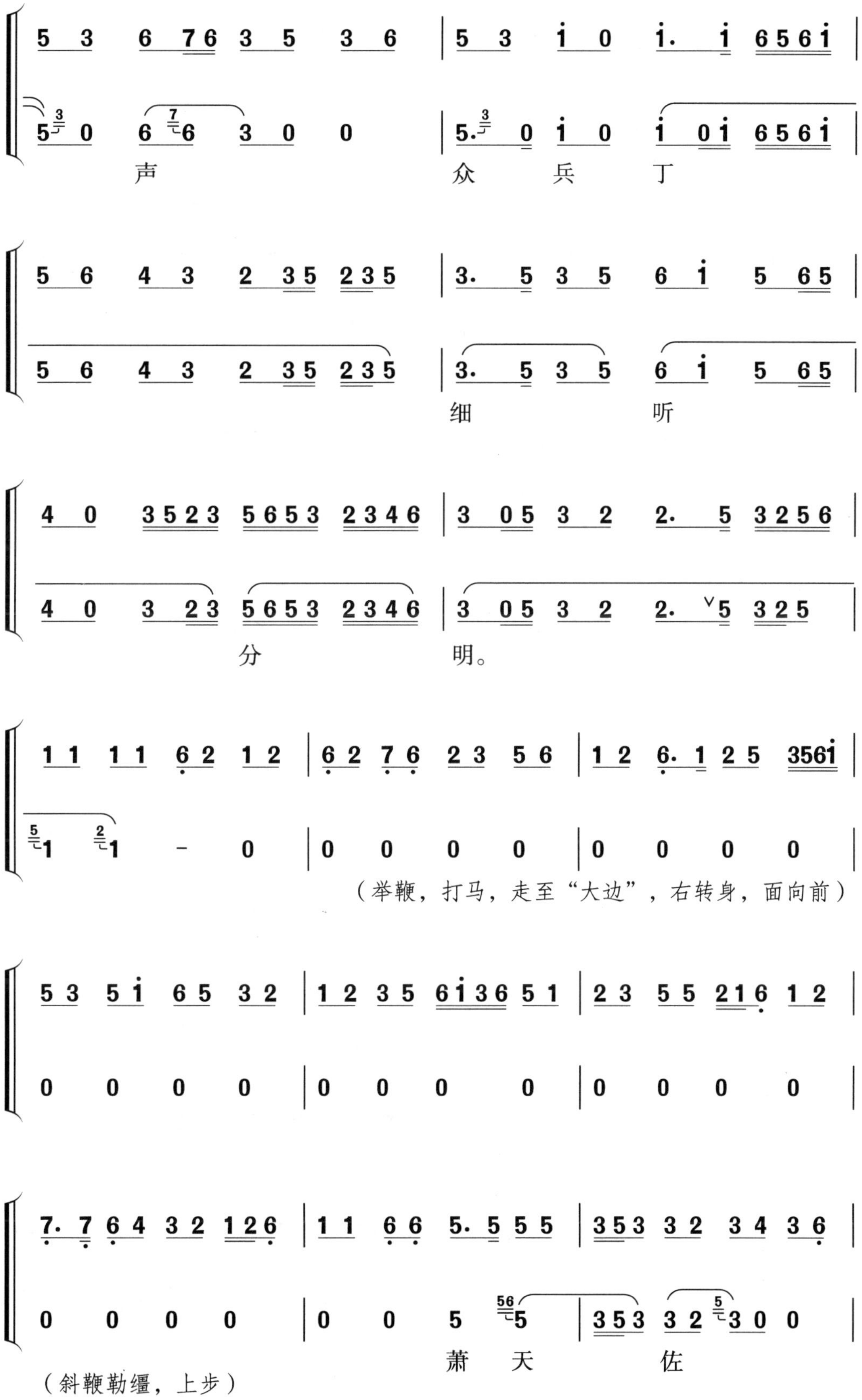
声
众 兵 丁
细 听
分 明。
（举鞭，打马，走至“大边”，右转身，面向前）
（斜鞭勒缰，上步）
萧 天 佐

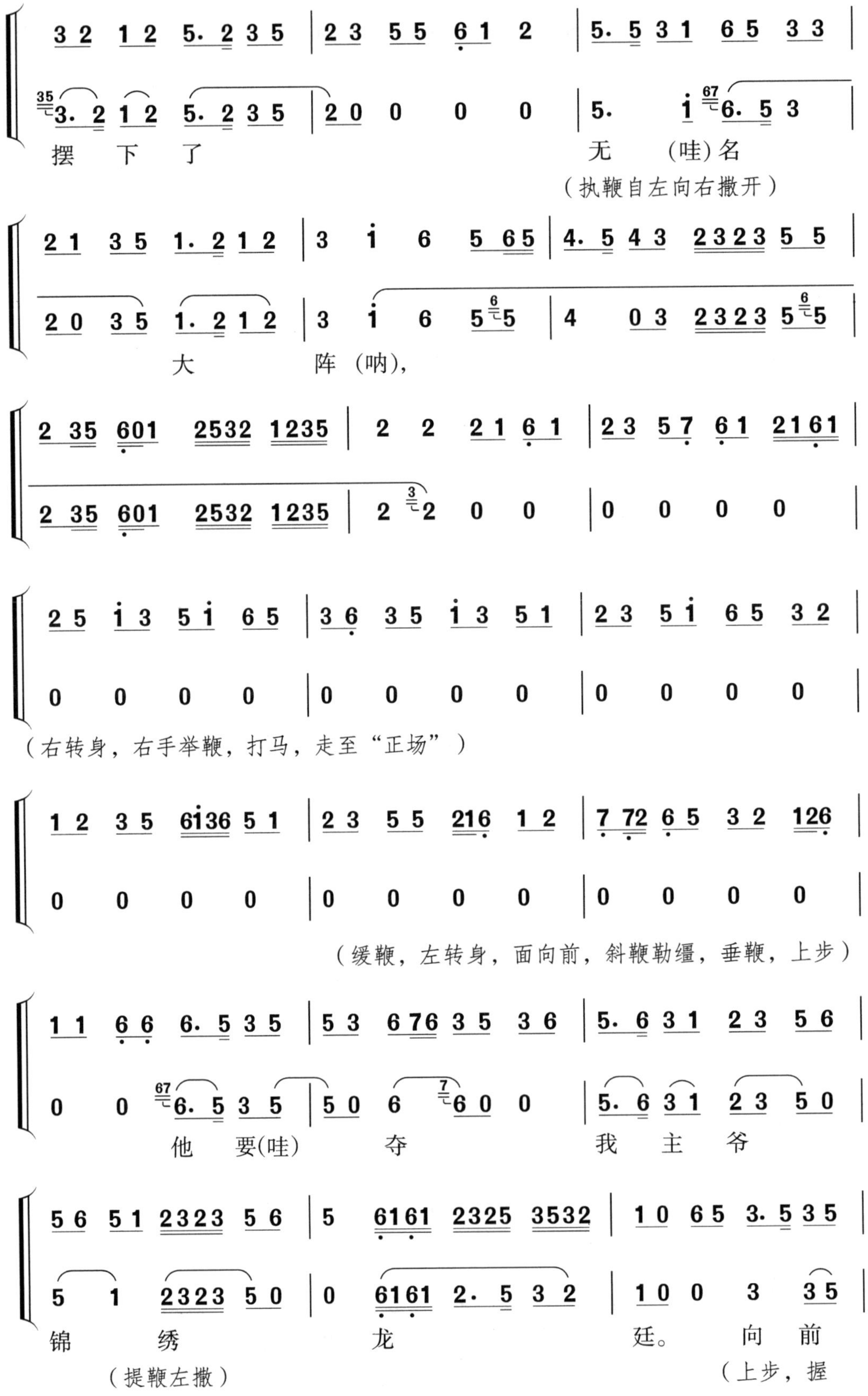
摆 下 了 无 (哇)名
(执鞭自左向右撒开)
大 阵(呐),
(右转身,右手举鞭,打马,走至“正场”)
(缓鞭,左转身,面向前,斜鞭勒缰,垂鞭,上步)
他 要(哇) 夺 我 主 爷
锦 绣 龙 廷。 向 前
(提鞭左撒)
(上步,握

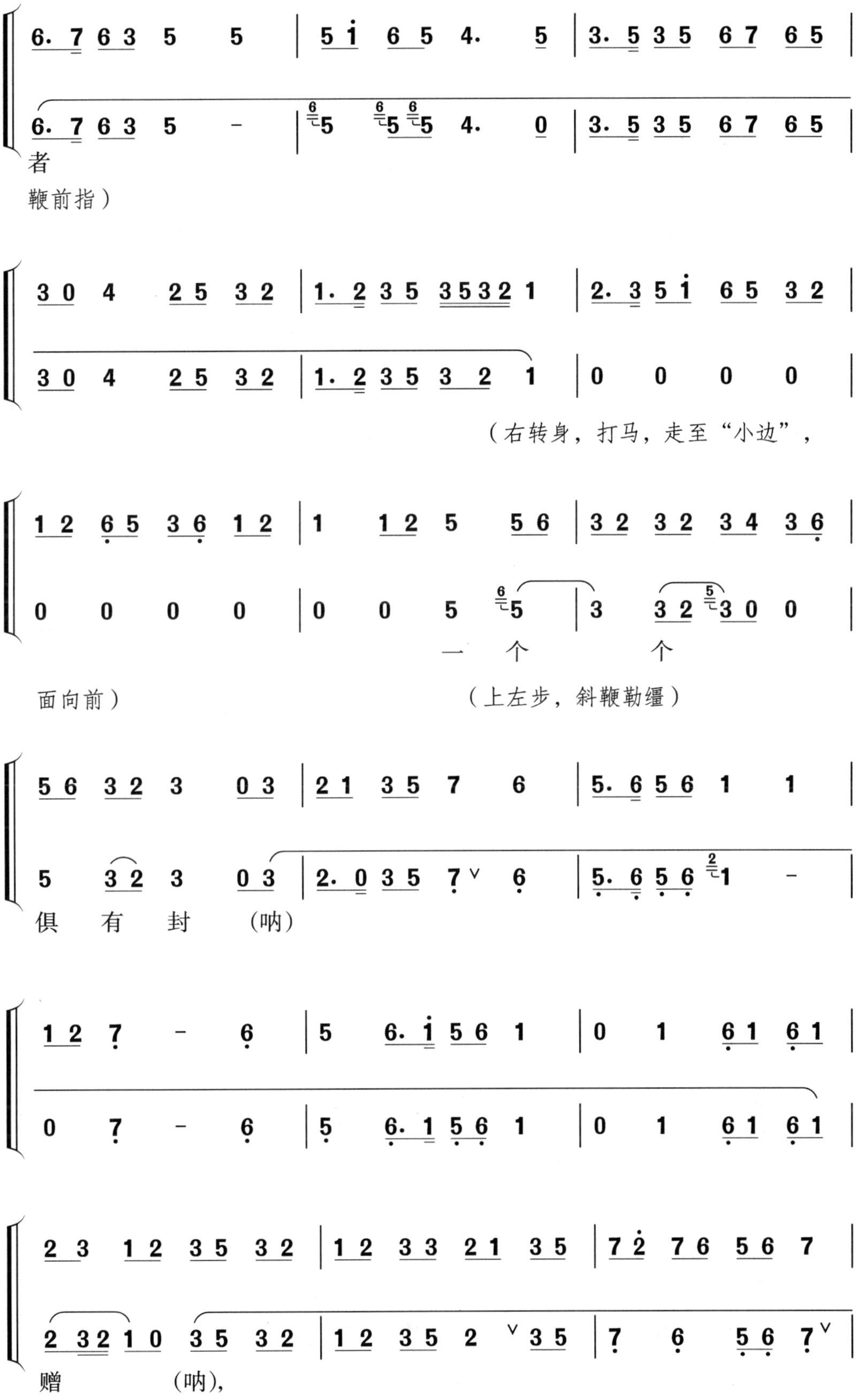
者
鞭前指）
（右转身，打马，走至“小边”，
一 个 个
面向前）
（上左步，斜鞭勒缰）
俱 有 封 （呐）
赠 （呐），

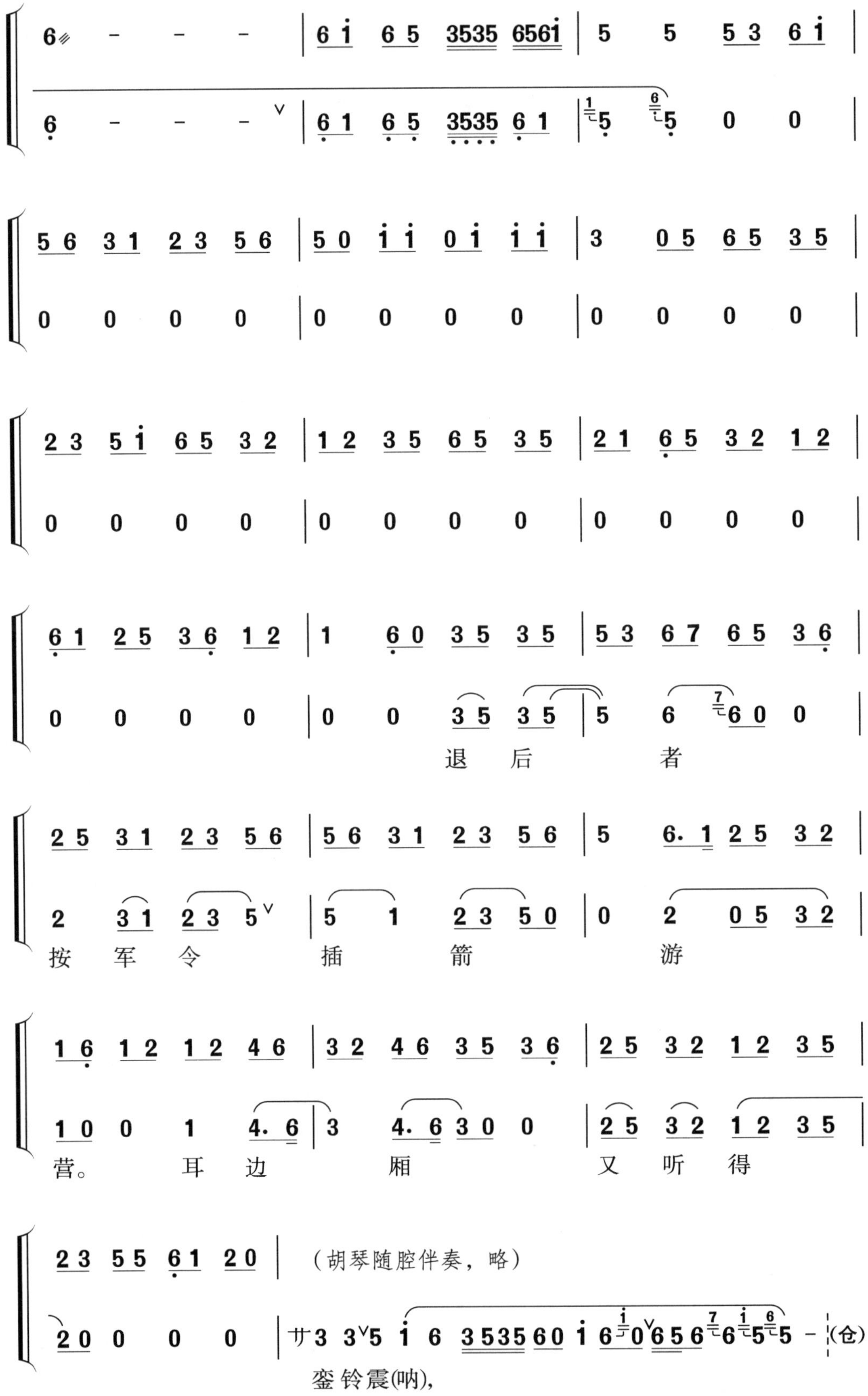
退 后 者
按 军 令 插 箭 游
营。耳 边 厢 又 听 得
（胡琴随腔伴奏，略）
銮铃震(呐),

〖【闪锤】八宋兵转场扯成“下场门斜胡同”。

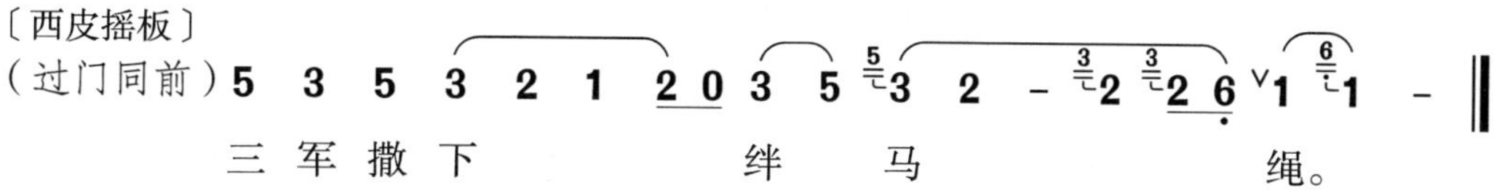

〖二宋兵做撤绊马绳状。杨宗保站正场后场面向里。

〖【紧锤】马夫骑马“上场门”上，“小边”小圆场，归“小边”外侧。杨延辉后领插令箭“上场门”上，跨抬左腿，右手举马鞭，左手扶剑柄一亮。打马进至“小边”，蹉步，左转身向“上场门”进两步，再左转身面向前，上步，斜鞭勒缰。

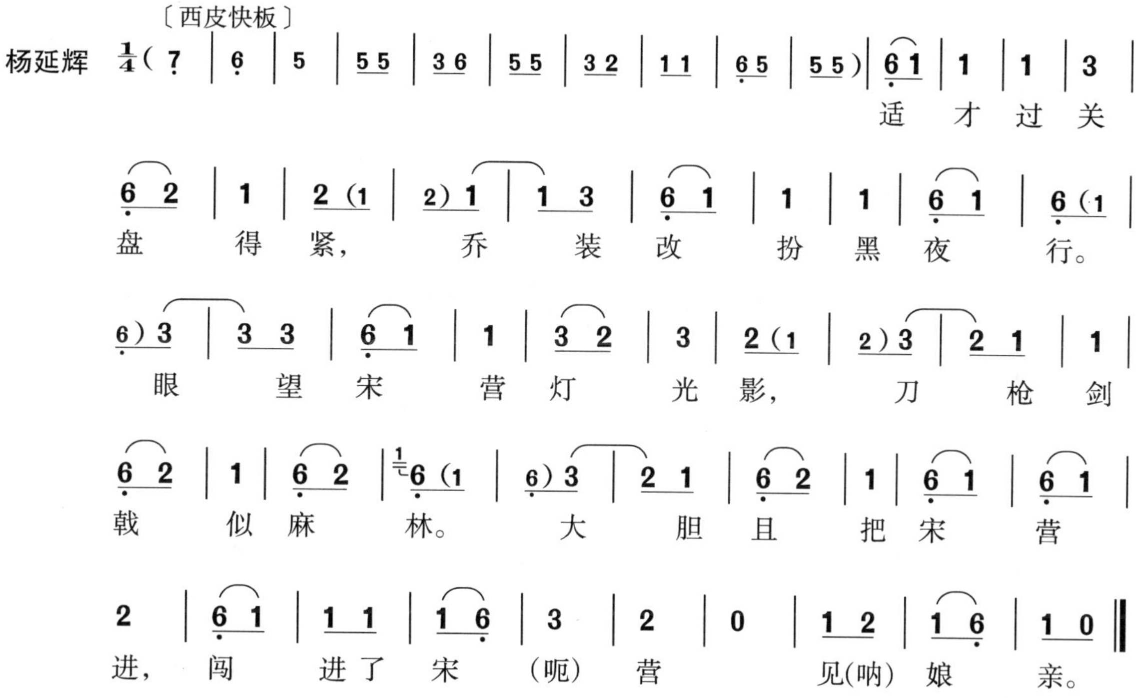

〖（八大 仓）杨延辉抡鞭打马，（八大 仓）两个抡鞭打马，（八大 仓）三个抡鞭打马。【撕边】杨延辉骑马至绊马绳前向“下场门”扔马鞭，左手护剑起范儿，（崩登仓）“吊毛”，被宋兵擒住。【大锣原场】二宋兵押杨延辉“下场门”下，马夫随杨延辉后，被擒，二宋兵“下场门”押下，其他宋兵“下场门窝下”。杨宗保左转身举鞭打马“下场门”下。闭二幕。

第 六 场

见 弟

（谭富英饰杨延辉 马盛龙饰杨延昭 姜妙香饰杨宗保）

〖【大锣原场】开二幕。场上设正场桌，“小座”。桌上放烛台。深色团花绣金桌围椅披。

〖【大锣导板头】杨延昭“上场门”内唱。

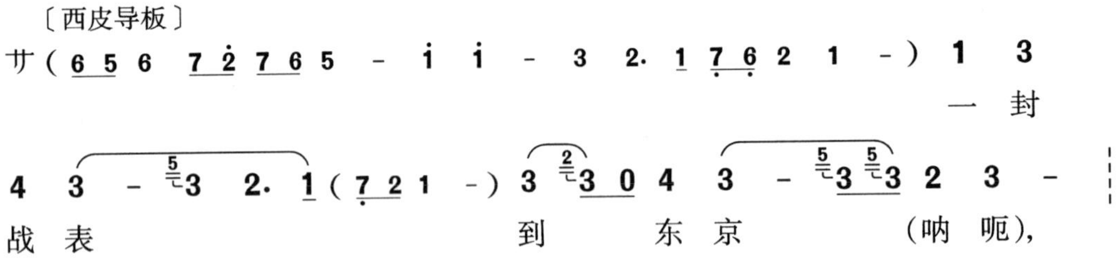

〔【慢长锤】二旗牌提灯"上场门"上，站"九龙口"两侧，杨延昭端带"上场门"上至"九龙口"。

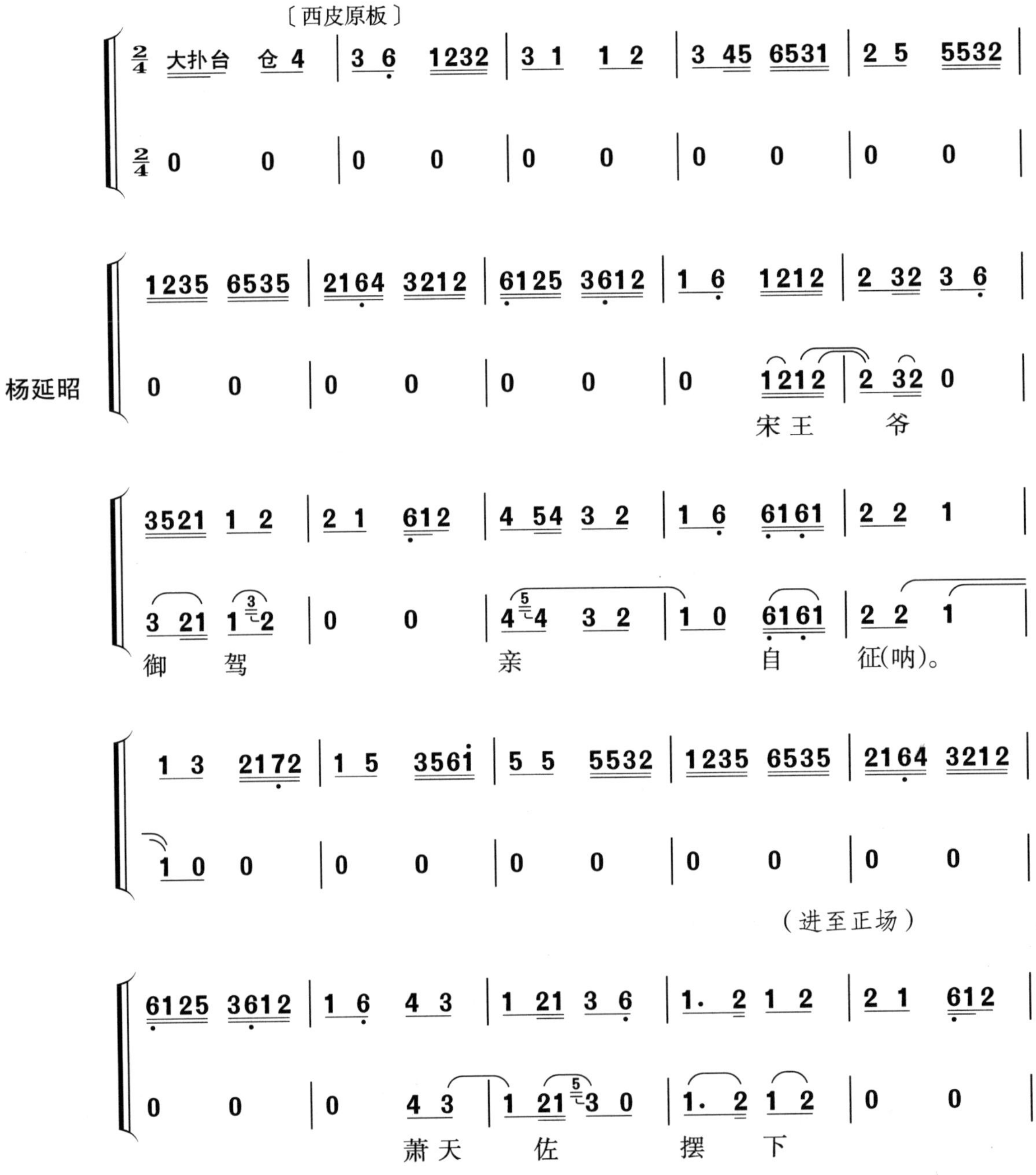

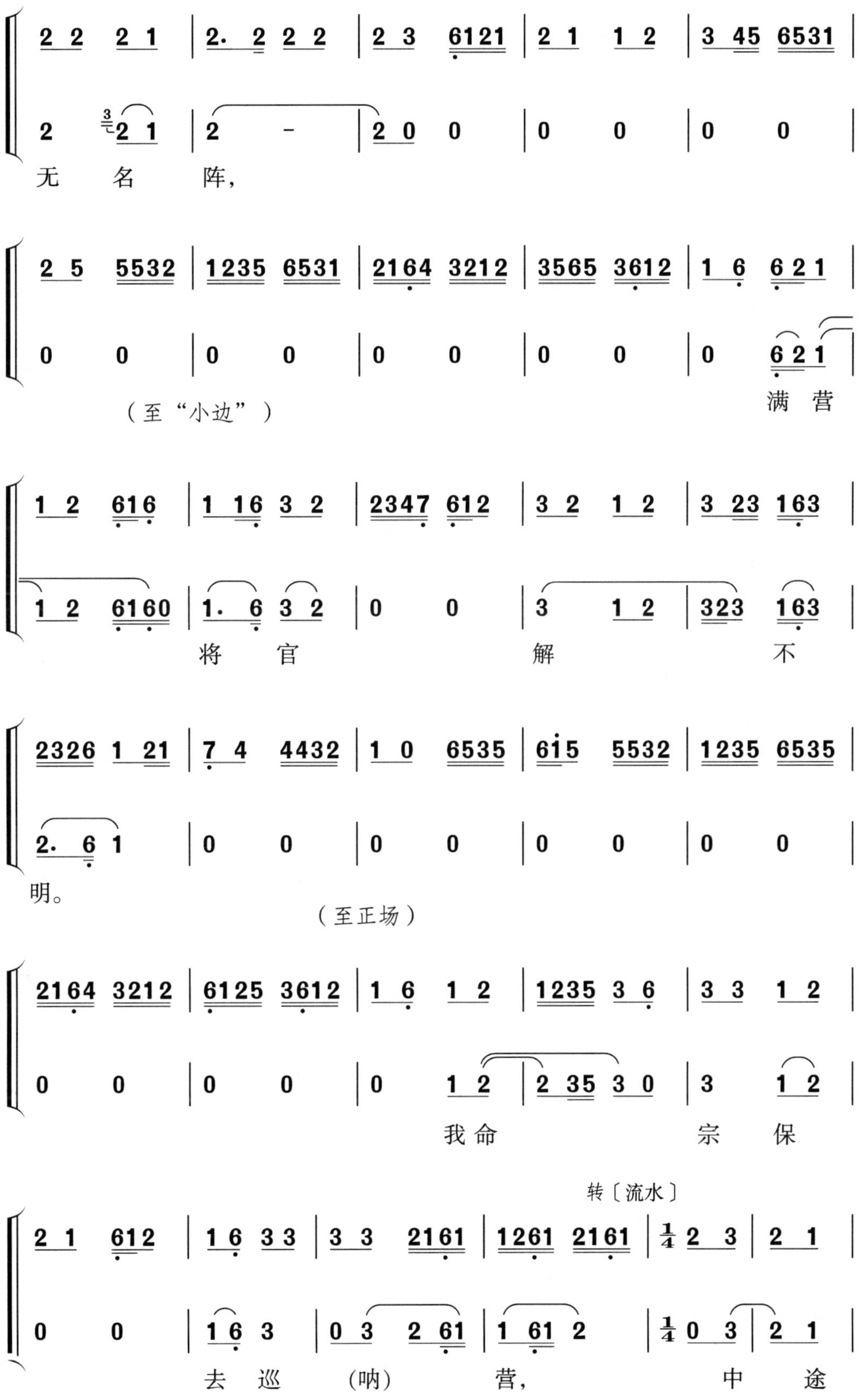
无 名 阵，
（至“小边”）
满 营
将 官 解 不
明。
（至正场）
我命 宗 保
转〔流水〕
去 巡 (呐) 营， 中 途

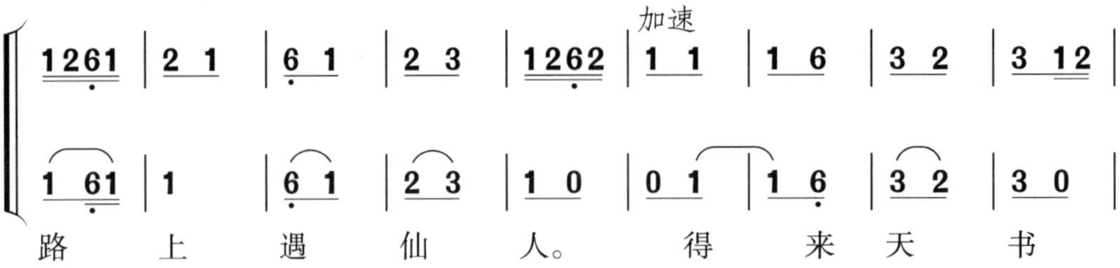

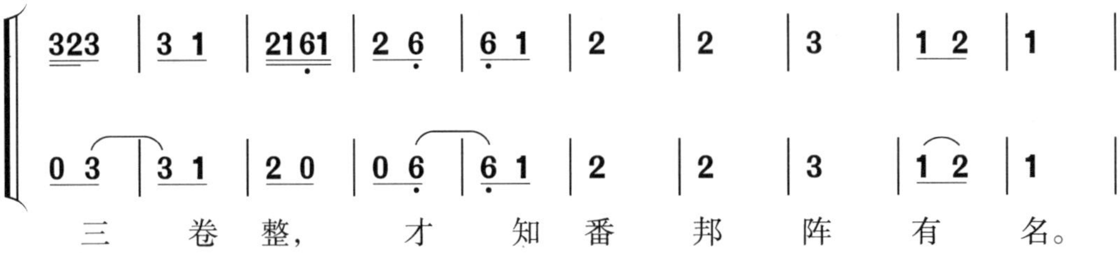

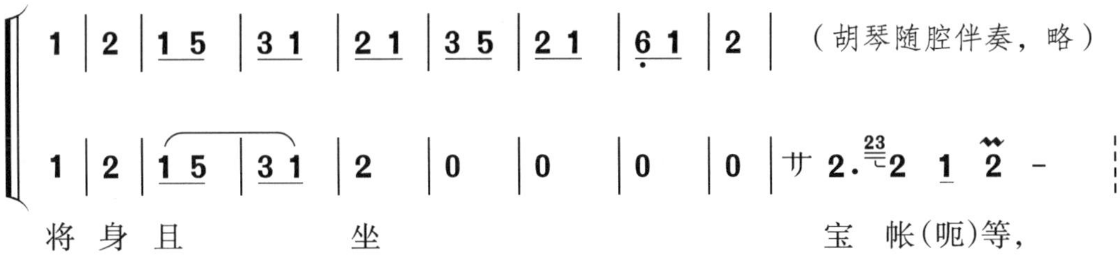

〔【闪锤】杨延昭归“小座”坐。二旗牌分至两边侧幕将灯笼放回，返回站正场桌两侧。

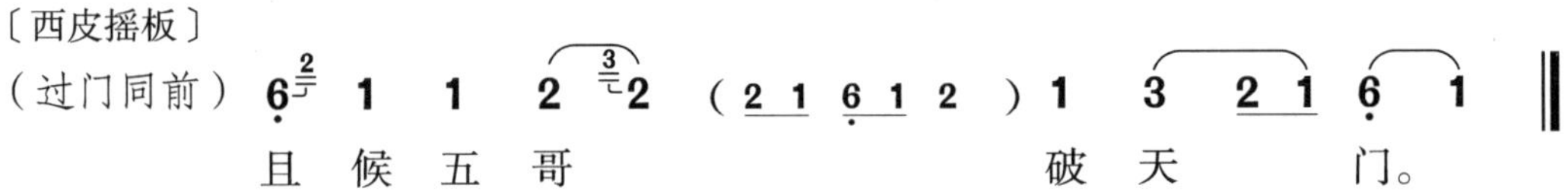

〔【快长锤】杨宗保左手抱杨延辉的宝剑、令箭，“右山膀”“上场门”上，至“小边”。

杨宗保

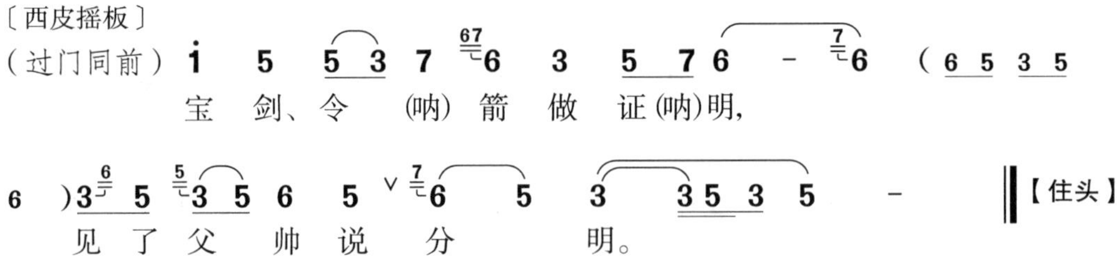

〔杨宗保进门，“挖”至“大边”，施礼。

杨宗保 参见父帅。

杨延昭 罢了，命儿巡营瞭哨，可有军情？

杨宗保 孩儿巡营瞭哨，拿住番邦奸细。

杨延昭 有何为证？

杨宗保 宝剑、令箭为证。

杨延昭 呈上来。

〔 杨宗保将宝剑、令箭呈交杨延昭。

杨延昭 【**撕边一击**】(站起接过宝剑、令箭,观察)呜呼呀,果然番邦宝剑、令箭。(对杨宗保)吩咐弓上弦,刀出鞘,击鼓升帐。

杨宗保 得令!

〔【**快冲头**】杨延昭左转身,拿着宝剑、令箭“下场门”下,二旗牌两边分下。杨宗保至正场台口。闭二幕。

杨宗保 下面听者!

〔 幕内应答:“啊!”

杨宗保 元帅有令:弓上弦,刀出鞘,击鼓升帐!

〔【**大锣原场**】杨宗保“大边”侧幕下。

〔 开二幕。场上置正场桌,“大座”,深色绣金团花桌围椅披。桌上摆官印一方,文房四宝一份,烛台一座,惊堂木一方,令旗一面。

〔【**急急风**】四白龙套(执开门刀)与二旗牌“上场门”急上,归“后场八字”。【**大锣长尖**】杨延昭右手抱宝剑、令箭,左手撩袍“上场门”上,【**快大锣五击**】至正场,放蟒。

杨延昭 (念)拿住番邦将,
　　即刻问端详。

〔【**大锣原场**】杨延昭右转身,归“大座”,将宝剑、令箭置于桌案上。

杨延昭 来,将番邦奸细押上帐来!(拍惊堂木)

旗　牌 押上帐来!

〔【**急急风**】二宋兵持单刀押杨延辉带手杻“上场门”上,至“九龙口”。杨延辉挑甩发,一亮。【**闪锤**】进至“小边”,向帐内“一望”,“两望”,上步。

〔西皮摇板〕

杨延辉 (过门同前)

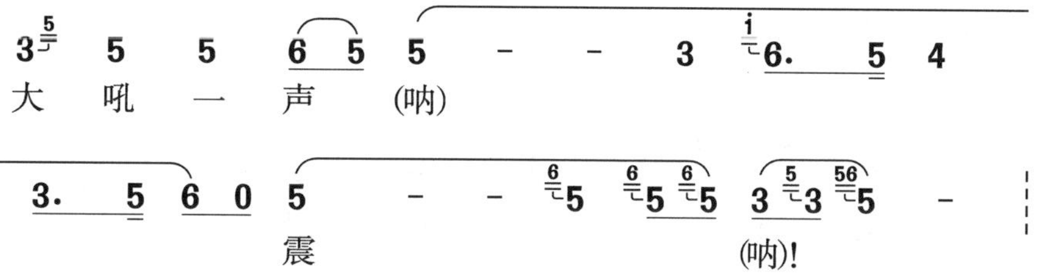

〔【**紧锤**】杨延辉上左步,跨右腿左转身,面向里朝杨延昭走几步,【**搌锣**】帐外一望,右转身,面向台口走几步,右丁步,面向“小边”台口。

〔西皮快板〕

杨延辉

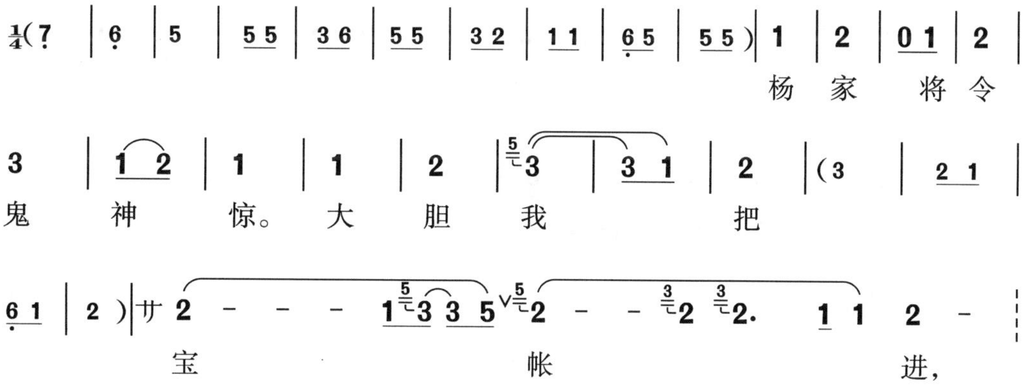

〔【快长锤】杨延辉“挖门”进至“大边”，跨左腿，右转身与杨延昭相互“一望”，“两望”，左转身，左丁步，面向“小边”台口，上左步。

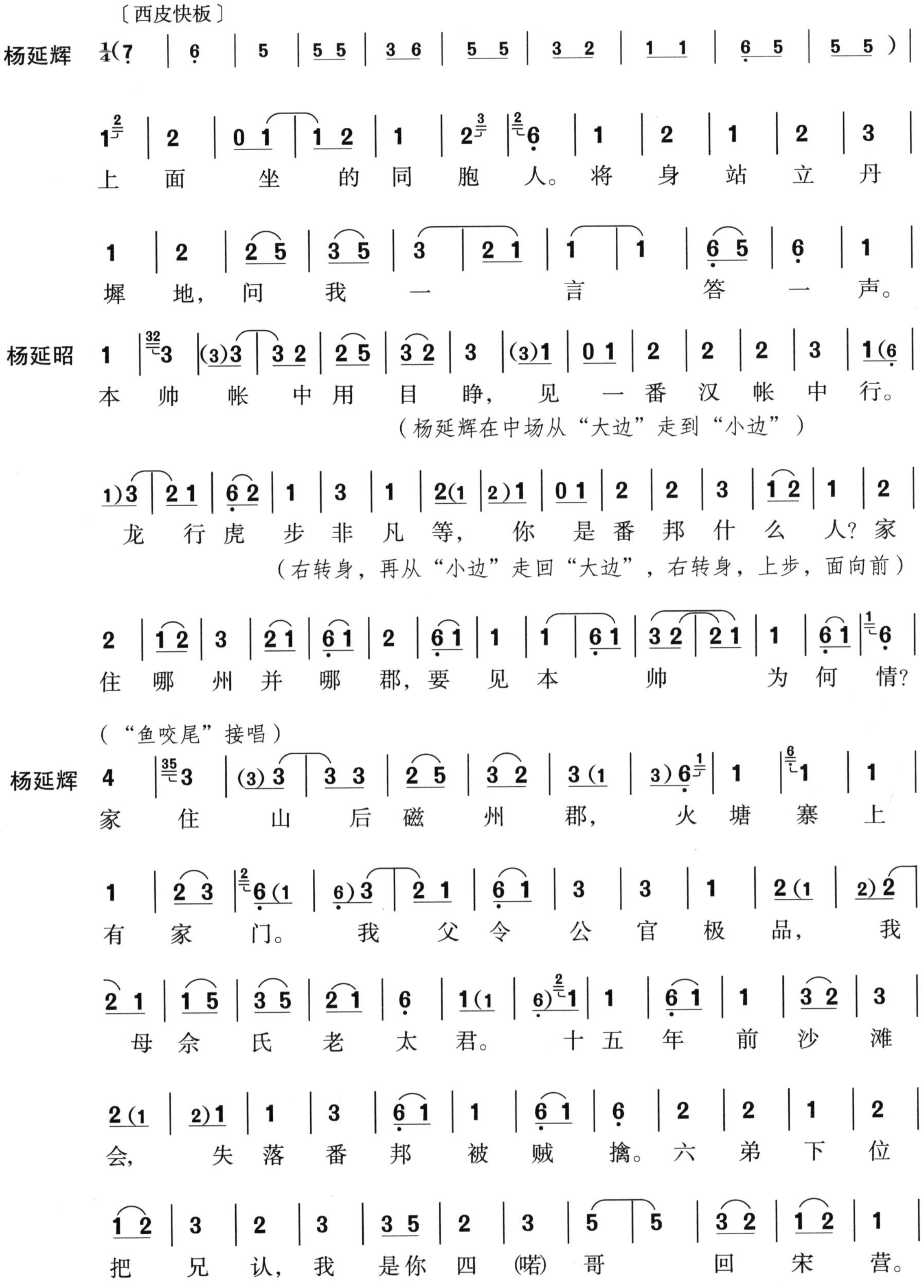

四郎探母

杨延昭

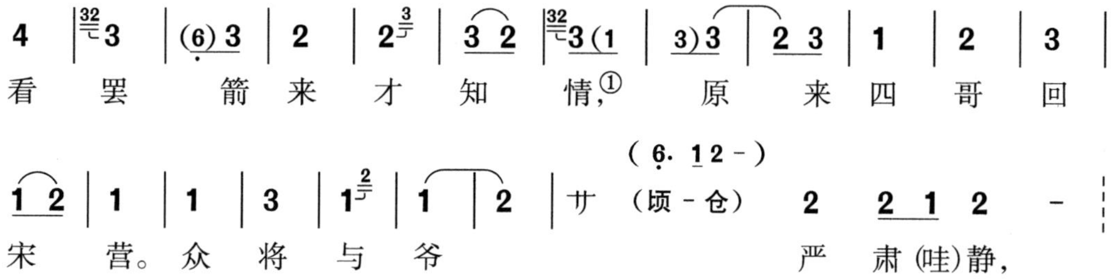

〔【快长锤】杨延昭翻回右袖，抖右袖，提袖，出位与杨延辉相见。二宋兵、四白龙套两边分下；二旗牌摆“八字椅”，然后拿官印、文房四宝两边分下。

〔西皮摇板〕

杨延昭 （过门同前）

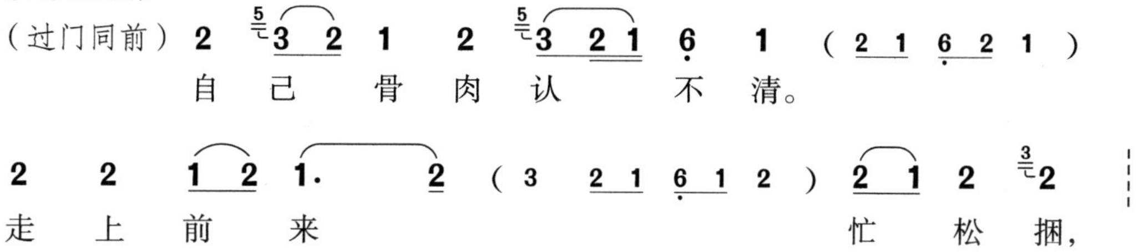

〔【闪锤】杨延昭卸掉杨延辉的手扭，让座。杨延辉坐“大边”椅，杨延昭坐“小边”椅。

〔西皮摇板〕

杨延昭 （过门同前）

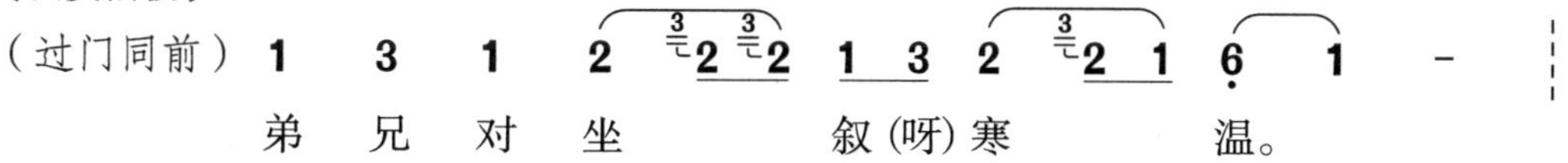

〔【快长锤】杨宗保“上场门”上至“小边”。抖右袖，提袖，上步。

〔西皮摇板〕

杨宗保 （过门同前）

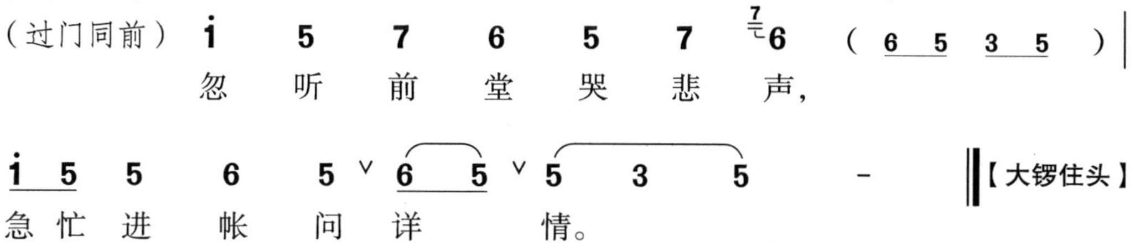

〔杨宗保进门“挖”至“小边”，向杨延昭施礼。

杨宗保 参见父帅。

杨延昭 罢了，见过四伯父。

杨宗保 噢！（面向前略一思索，转身，上步参拜）参见四伯父。

杨延辉 罢了。贤弟，这是何人？

杨延昭 侄男宗保。

杨延辉 呜呼呀！【撕边一击】（站起，杨延昭随之站起，二人至正场中）且喜杨家有了后代。待我谢天谢(呀)地！（拱手躬身）谢天谢地！

---

① 录音唱词如是。但不如改用“听罢言来才知情”更贴切。

杨延昭 （拱手躬身）当谢天地。请坐！

　　〔【大锣五击】杨延辉、杨延昭归座。一旗牌“上场门”暗上，摆“小边跨椅”，复下。杨宗保坐“小边跨椅”。

杨延昭 啊，四哥！失落番邦一十五载，怎样逃出龙潭（呐）虎穴？

杨延辉 唉！（右拳击左掌）（仓）一言难尽了（哇）！（右手前伸一按）

〔西皮原板〕

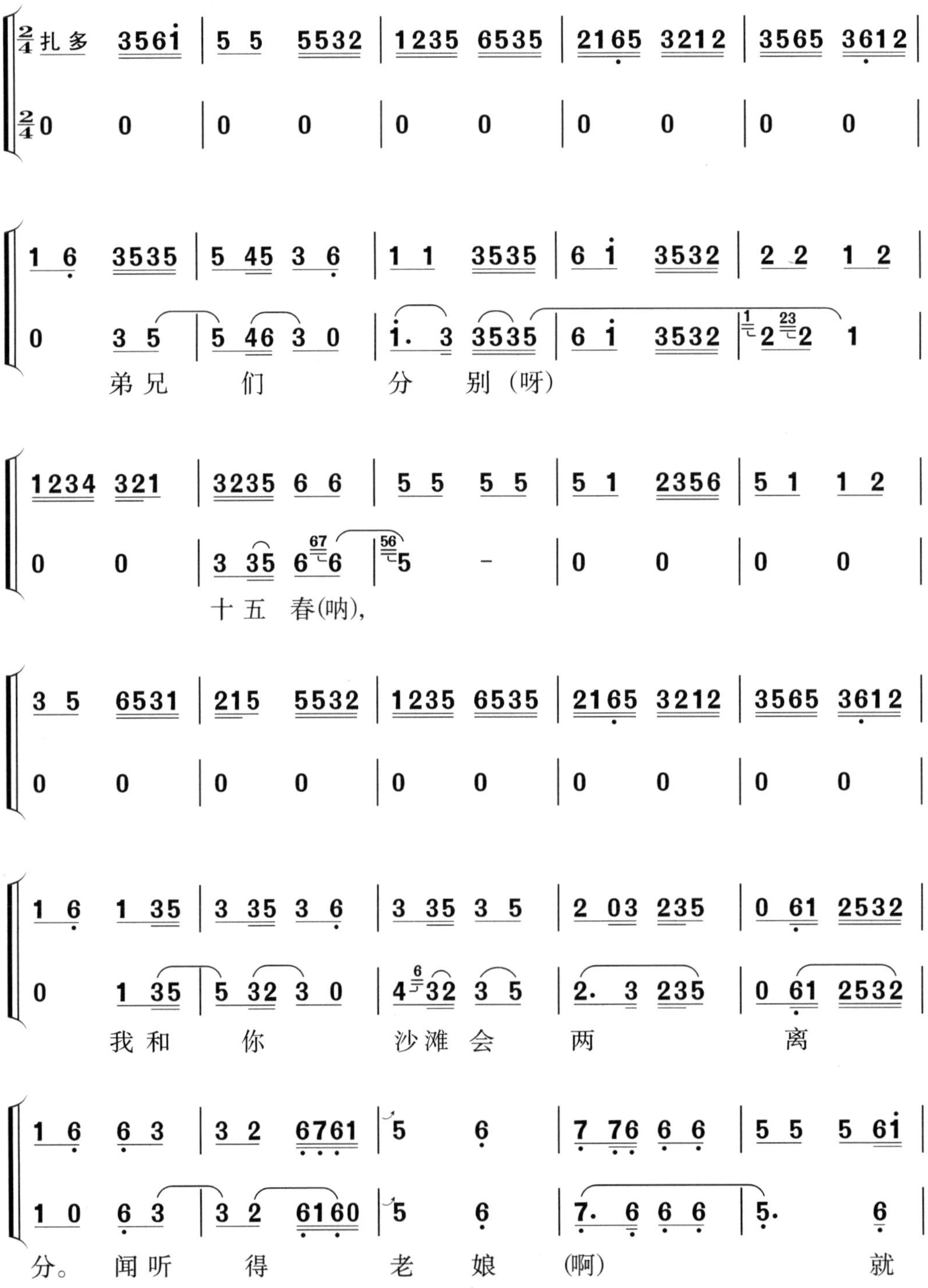

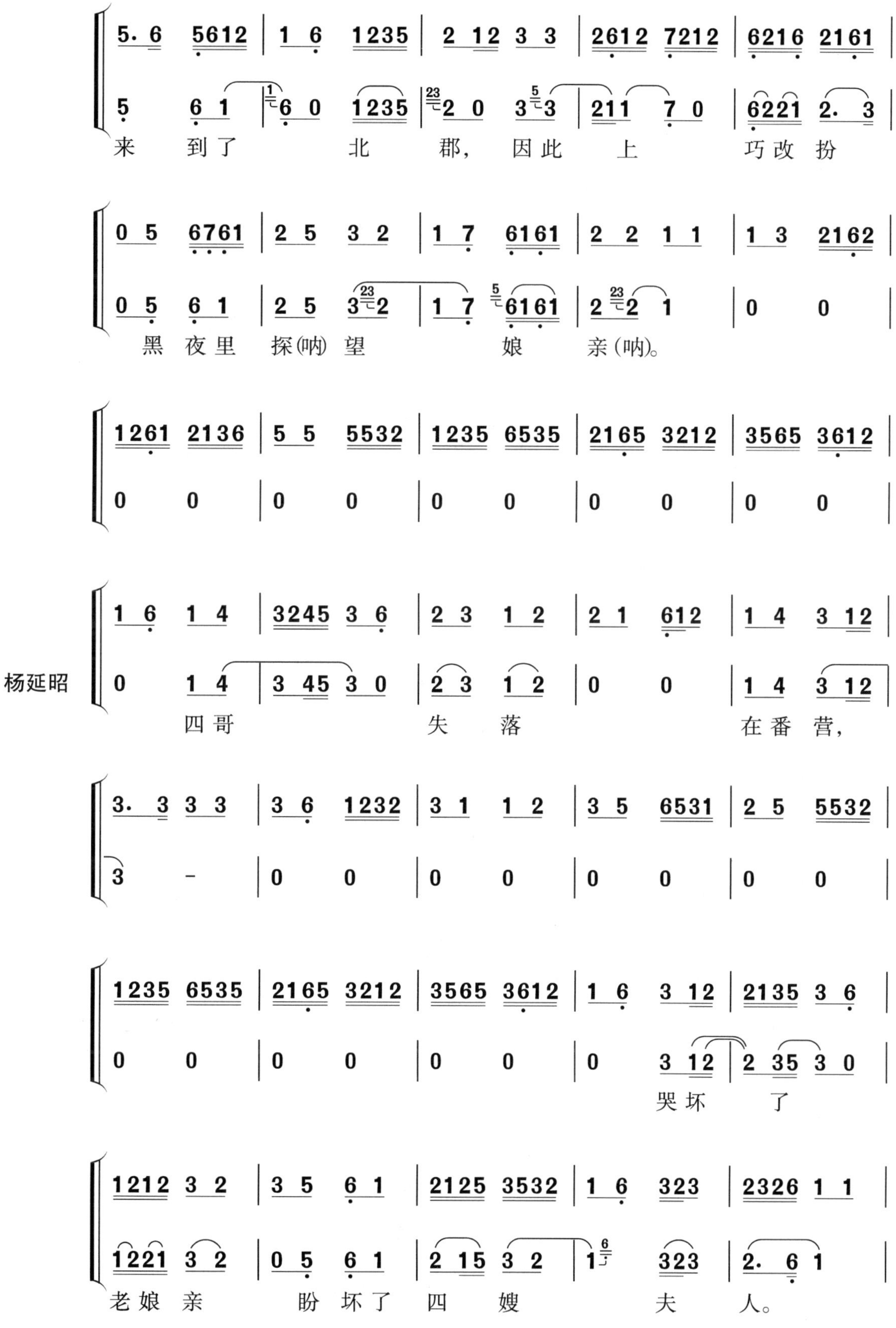
来 到了 北 郡，因此 上 巧改 扮
黑 夜里 探(呐) 望 娘 亲(呐)。
杨延昭
四哥 失 落 在番 营，
哭坏 了
老娘亲 盼 坏了 四 嫂 夫 人。

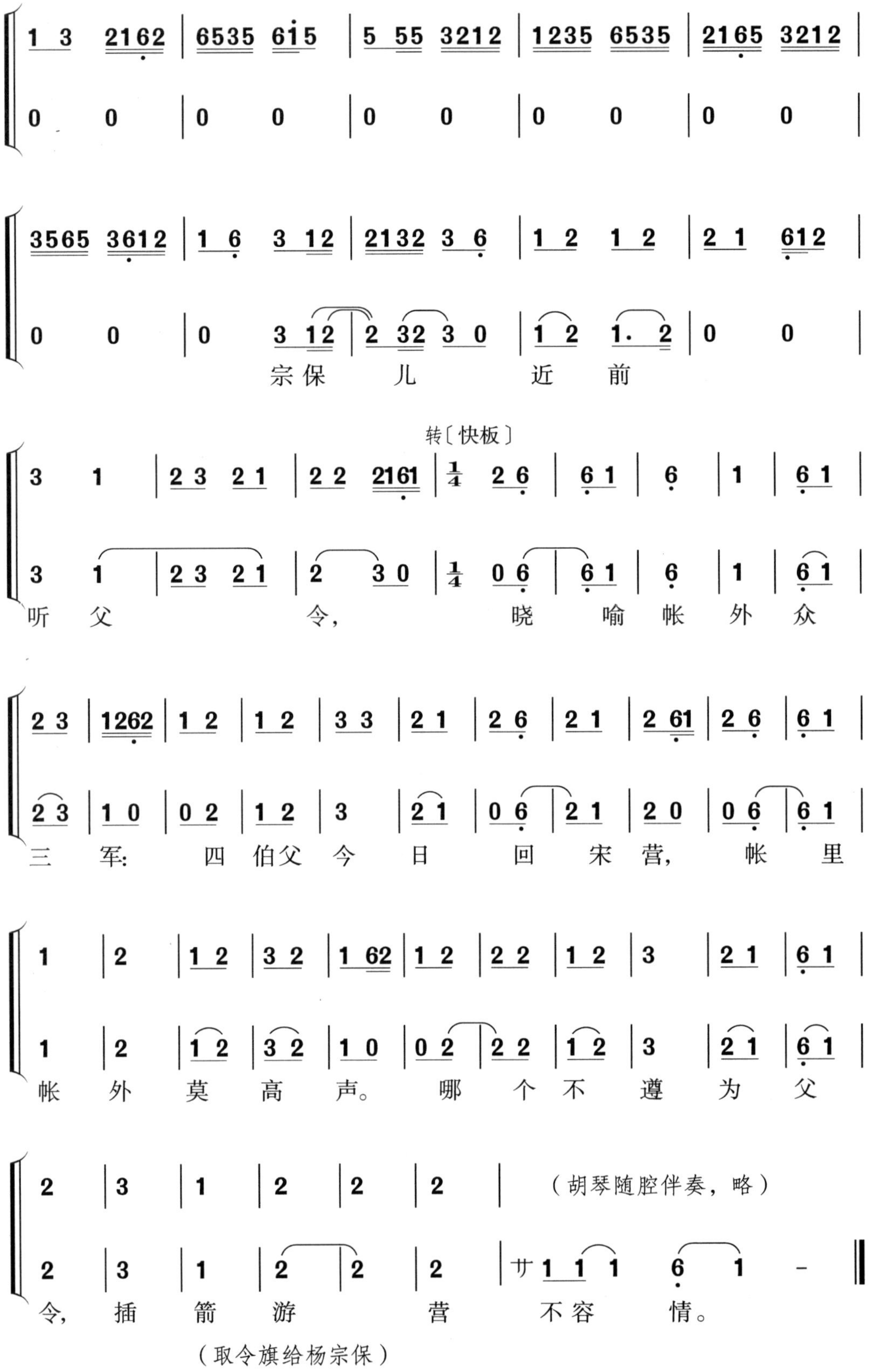
宗保儿近前
转〔快板〕
听父令，晓喻帐外众
三军：四伯父今日回宋营，帐里
帐外莫高声。哪个不遵为父
（胡琴随腔伴奏，略）
令，插箭游营不容情。
（取令旗给杨宗保）

四郎探母

杨宗保 得令！

〔【闪锤】杨宗保接令旗，施礼。右转身，面向外，抖袖，提袖。

〔西皮摇板〕

杨宗保 （过门同前）

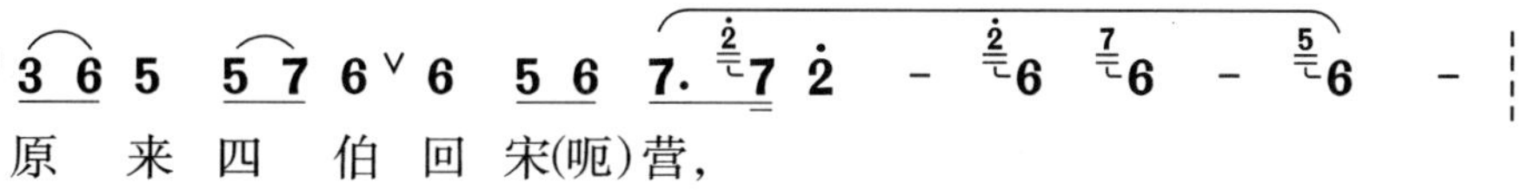

〔【闪锤】杨宗保出门向“下场门”走，至“大边”右转身，抖袖，提袖。

〔西皮摇板〕

杨宗保 （过门同前）

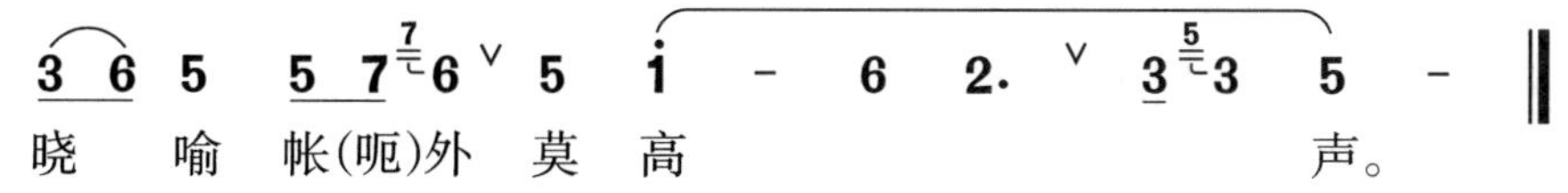

〔【闪锤】杨宗保左转身，举令旗“下场门”下。杨延辉、杨延昭离座，进至中场。

〔西皮摇板〕

杨延辉 （过门同前）

杨延昭

杨延辉

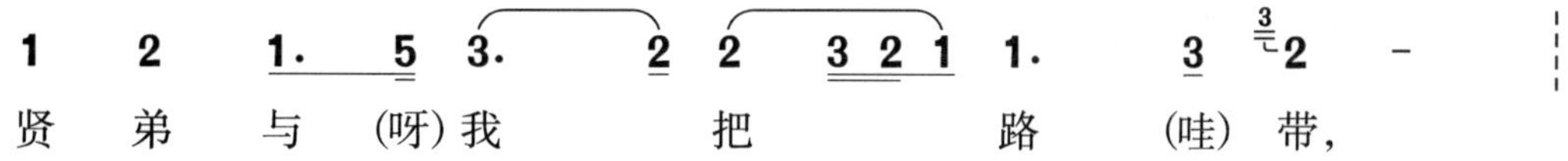

杨延昭 四哥，随我来！

〔【快长锤】二人互相拱手。杨延昭出门“下场门”下。杨延辉相随至“大边”，右转身，面向“小边”台口，上步。

〔西皮摇板〕

杨延辉 （过门同前）

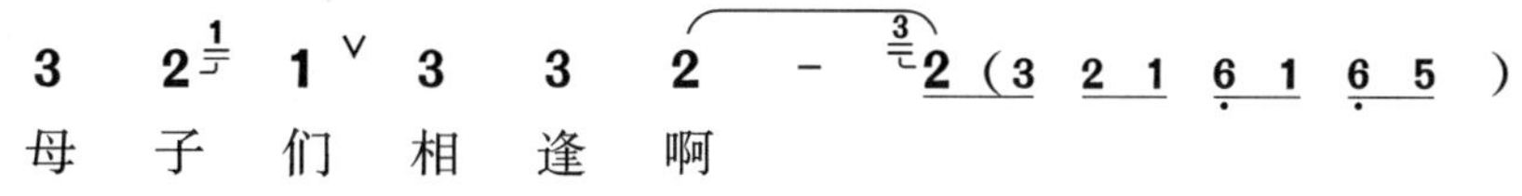

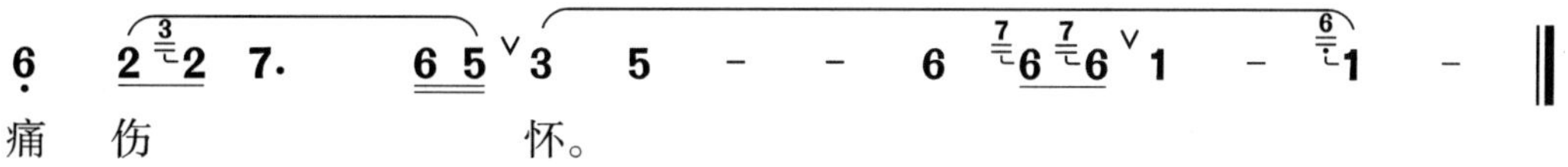

〔【大锣抽头】杨延辉拭泪，左转身“下场门”下。闭二幕。

第 七 场

见 娘

（谭富英饰杨延辉　李多奎饰佘太君　马盛龙饰杨延昭）

〖【大锣抽头】开二幕。场上置正场桌，"小座"。浅色绣花桌围椅披。桌上放烛台一盏。

〖【快长锤】八姐、九妹"上场门"上，"站门"。佘太君拄龙头拐杖"上场门"上，"九龙口"一亮。【闪锤】进至"小边"。

〔西皮摇板〕

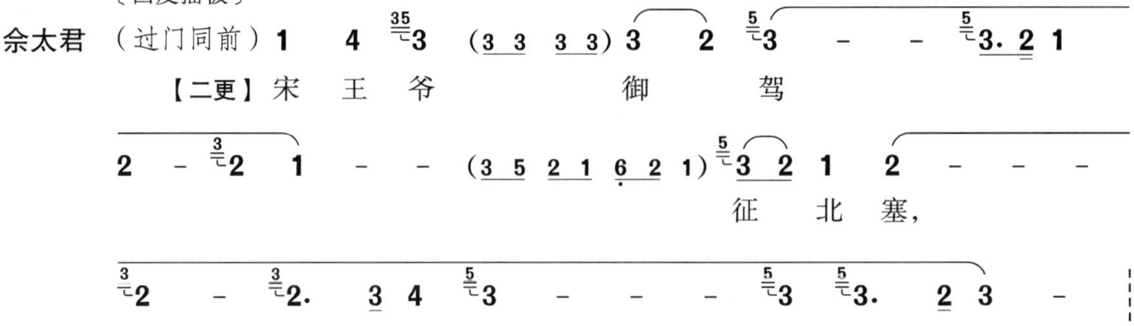

〖【闪锤】佘太君上步，至正场。

〔西皮流水〕

① 此为录音原词。"统领"，现在舞台上有人改用"宋营"，有人改用"统兵"，都比原词贴切。

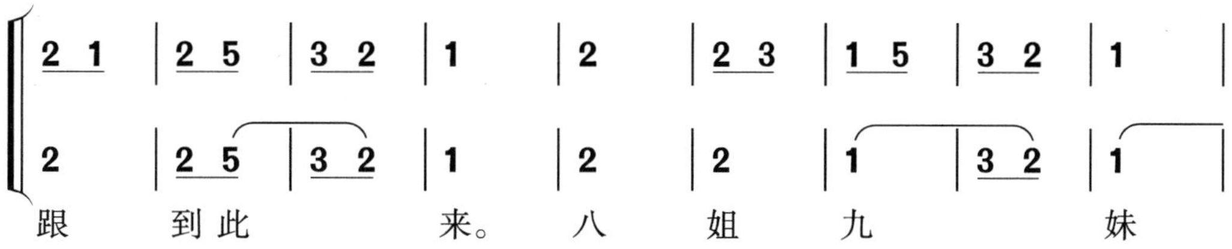

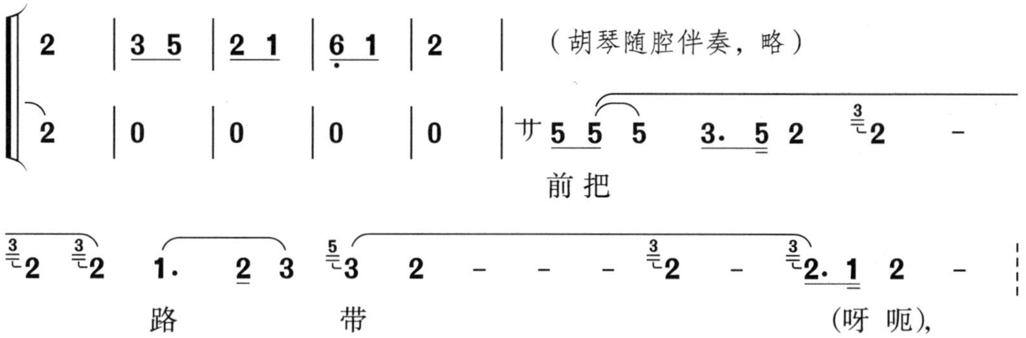

厂【闪锤】佘太君左转身归“小座”坐。八姐、九妹归里，侍立两旁。

〔西皮摇板〕

佘太君 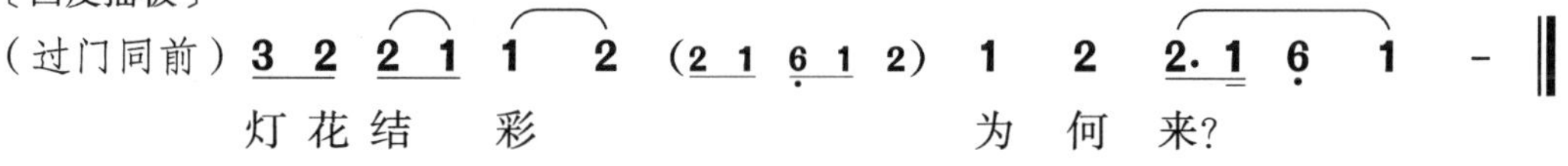

厂【快长锤】杨延昭引杨延辉“上场门”上，至“小边”。

〔西皮摇板〕

杨延昭 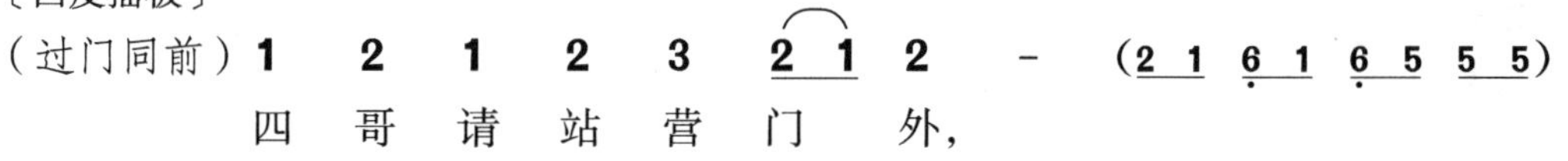

杨延辉 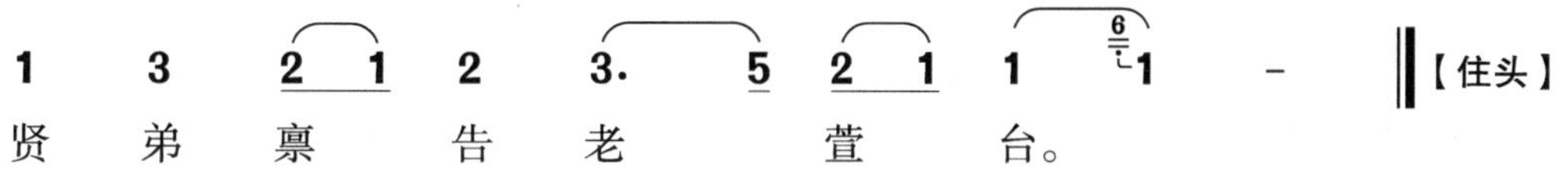

厂 杨延昭进门，站“大边”。向佘太君施礼。

杨延昭 孩儿参见母亲。

佘太君 罢了。儿呀，夜静更深，进帐何事?

杨延昭 恭喜母亲，贺喜母亲!

佘太君 为娘喜从何来?

杨延昭 儿四哥回来了。

佘太君 哪个四哥?

杨延昭 失落番邦一十五载延辉四哥回来了。

佘太君 他、他、他……现在哪里?

杨延昭 现在帐外。

佘太君 快快唤他进来!

厂【撕边一击】杨延昭急出门招呼杨延辉。佘太君站起，八姐、九妹搀扶移至“小边”站。

杨延昭 啊四哥，母亲唤你，快来，快来!

杨延辉　哦，是是是。

〔【快冲头】杨延辉随杨延昭进门，“挖”至“大边”。【撕边一击】佘太君、杨延辉相对一望，分别转身疑惑地问八姐、九妹、杨延昭。

杨延辉 （同时）（对杨延昭）啊，这是老娘？
佘太君 （同时）（对八姐、九妹）这是你四哥？

〔杨延昭、八姐、九妹点头给以肯定。【快冲头】杨延辉挑甩发，急上步，拱手，参见佘太君。

杨延辉 【三叫头】母亲，老娘，唉，娘啊！（二人拭泪）
佘太君 【三叫头】延辉，我儿，唉，儿啊！（二人拭泪）

〔【大锣原场】杨延辉跪于佘太君膝下。

〔西皮导板〕

佘太君 【大锣导板头】

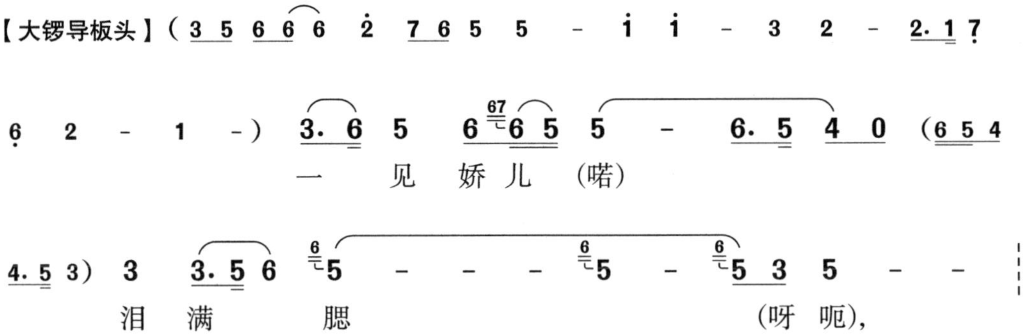

〔【快冲头】杨延辉站起，挑甩发。

杨延辉 【三叫头】母亲，老娘，娘啊！
佘太君 【三叫头】我儿，延辉，儿啊！

〔【大锣原场】众人拭泪。

〔西皮流水〕

佘太君

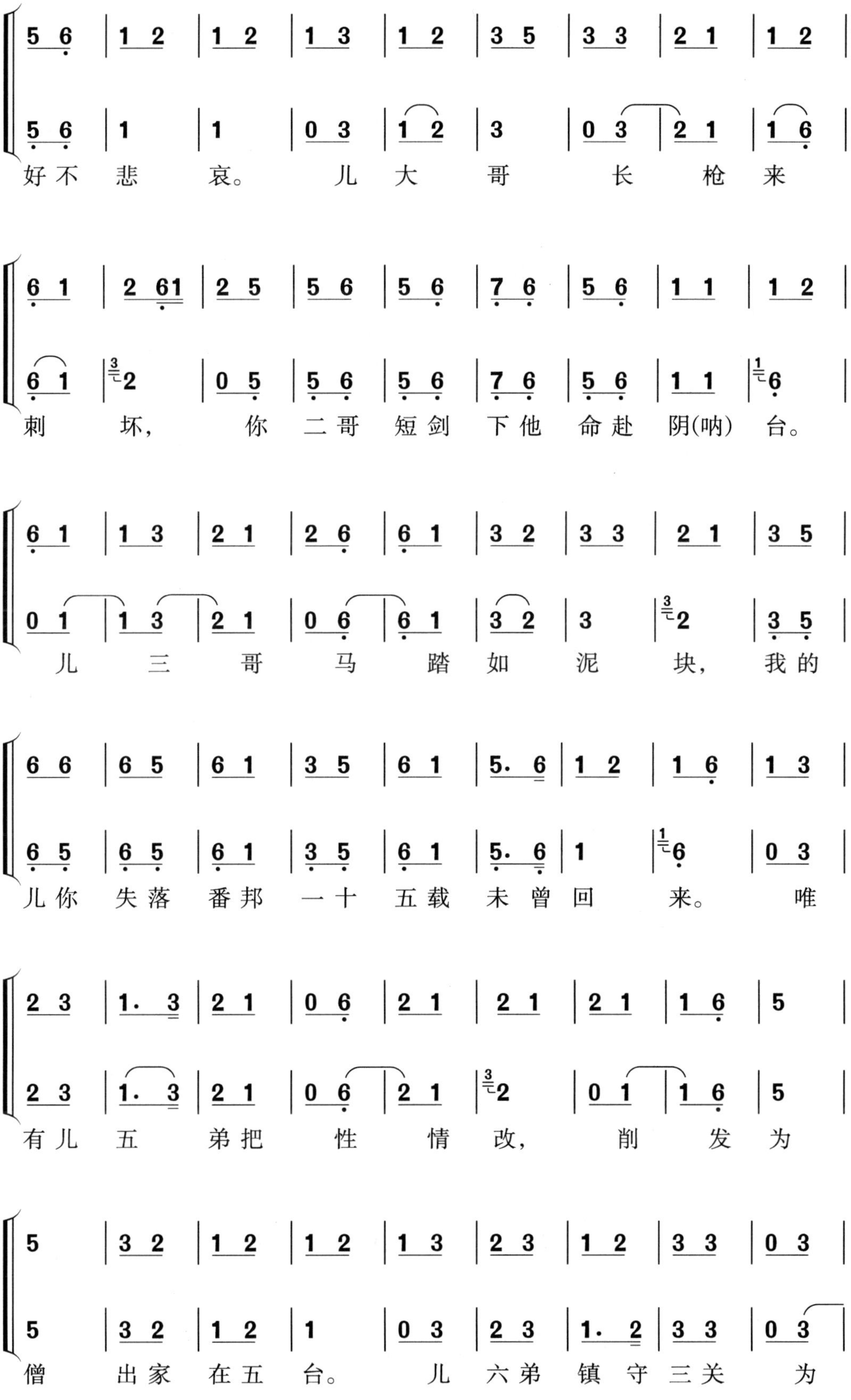
好不悲哀。儿大哥长枪来
刺坏，你二哥短剑下他命赴阴(呐)台。
儿三哥马踏如泥块，我的
儿你失落番邦一十五载未曾回来。唯
有儿五弟把性情改，削发为
僧出家在五台。儿六弟镇守三关为

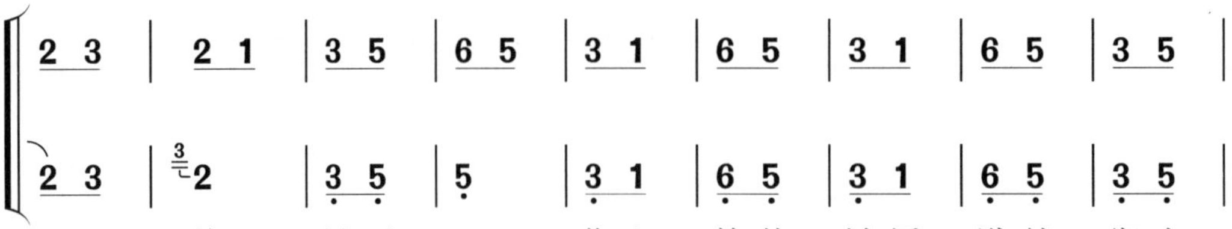

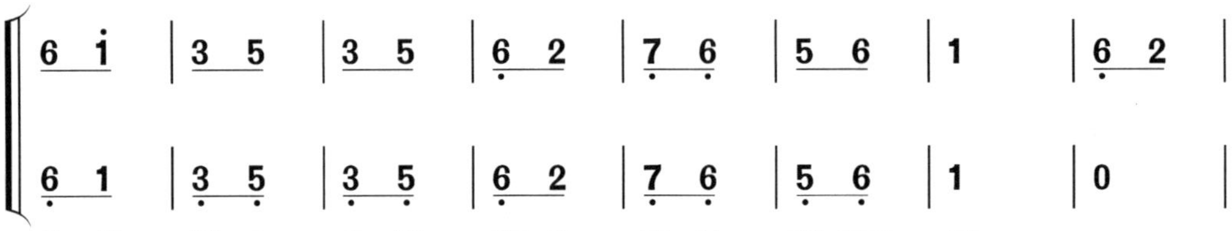

〔哭头〕

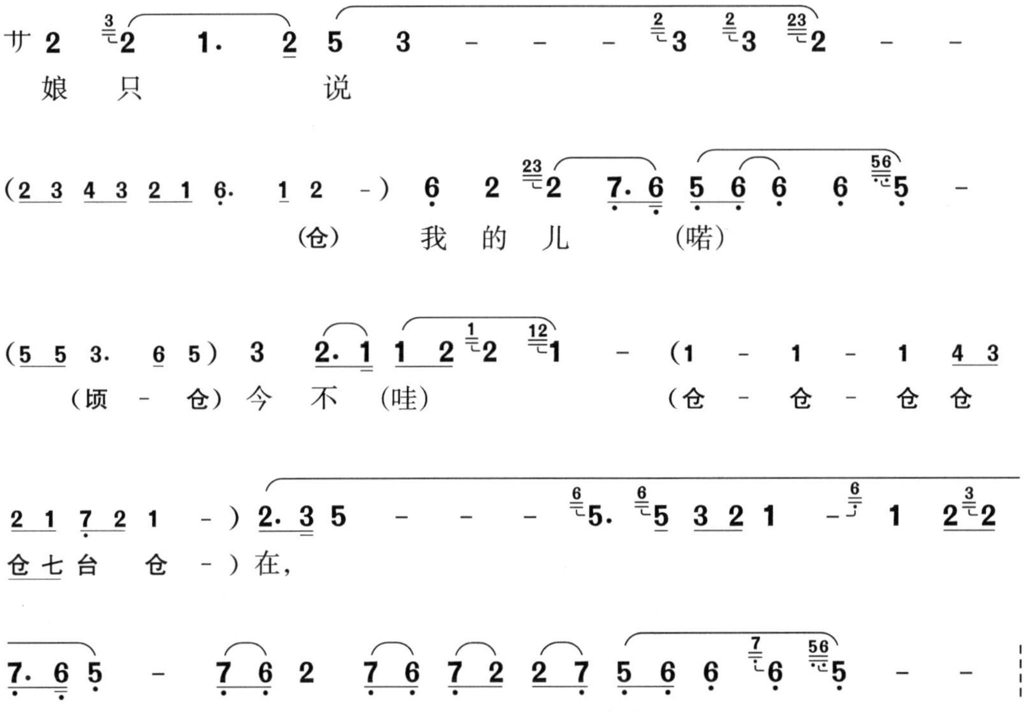

〔【闪锤】杨延辉、八姐搀扶佘太君归"小座"。

〔西皮摇板〕

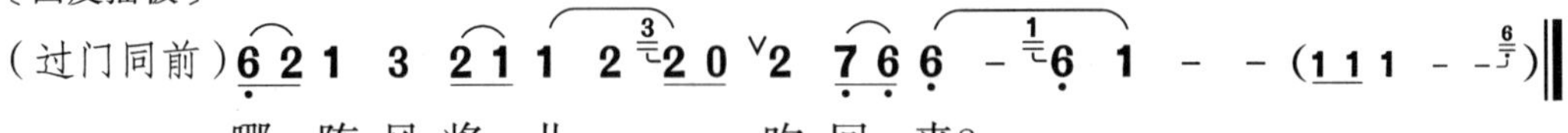

〔杨延辉拭泪,【撞金钟】向佘太君拱手施礼,左转身,面向前,整甩发,后挑,捋髯,整袖,上步,右转身向佘太君一望。上步,左转身面向"小边"台口。

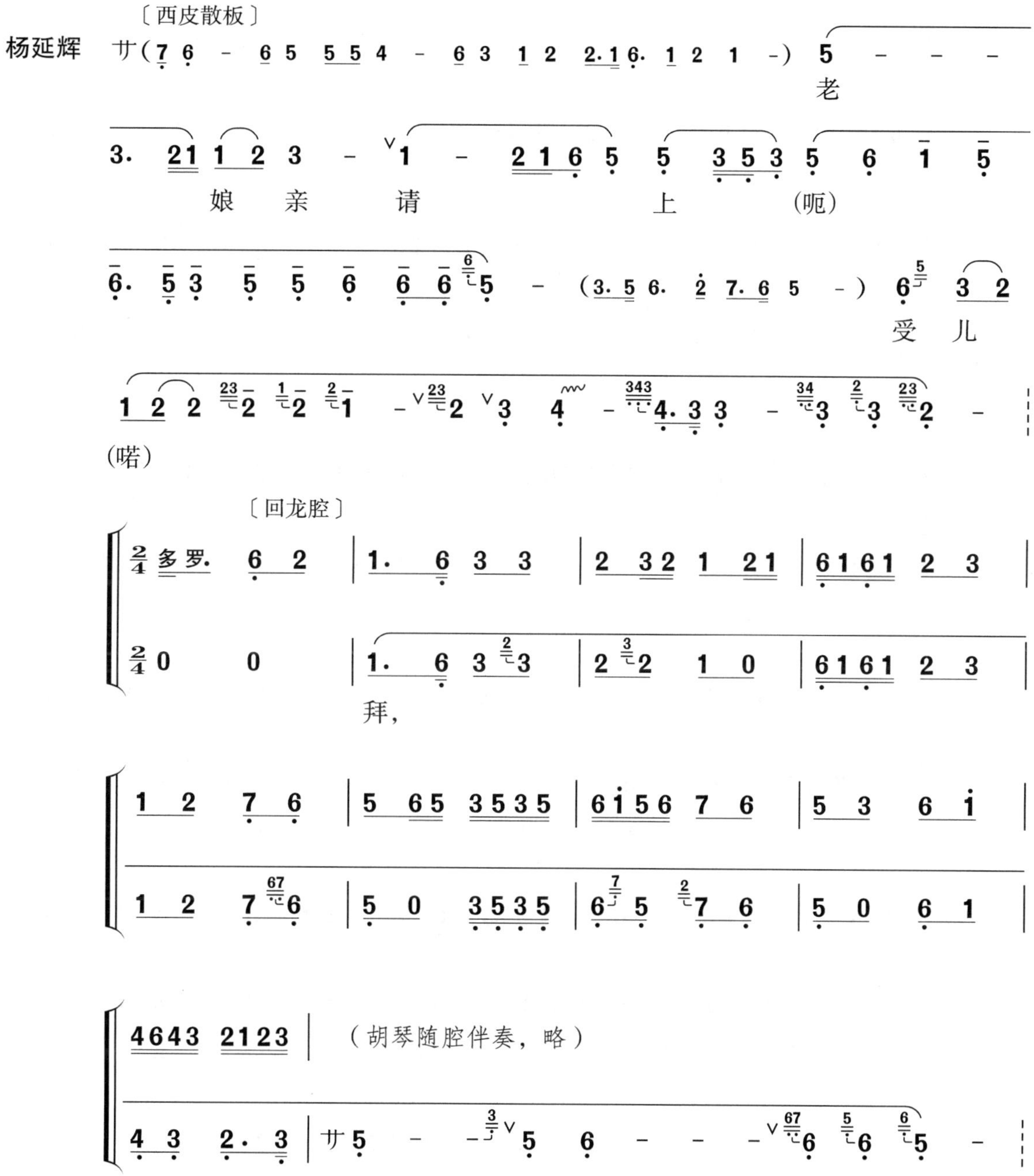

〔【慢长锤】(场面轻击)杨延昭、八姐，九妹让开正位，站至两侧。杨延辉拭泪，双手在胸前一握，上步，整袖，整冠，捋髯，捋甩发，后挑甩发，右转身，打下马蹄袖，请安，上步，双膝跪下，拱手。(场面重击)伏身叩首，打甩发，起身挑甩发，(“打”、“挑”的节奏各在一小节【慢长锤】的锣音位上)一共三番。起身至“大边”，面向佘太君，杨延昭、八姐，九妹回原位，站“里八字”。(【慢长锤】切住)(大 0 大 0 大大 大大 大 大 大 大 衣)杨延辉拱手，小跑着到佘太君膝前“跪安”。退步归“大边”，面向“小边”台口，挑甩发。(仓)

杨延辉　娘啊！

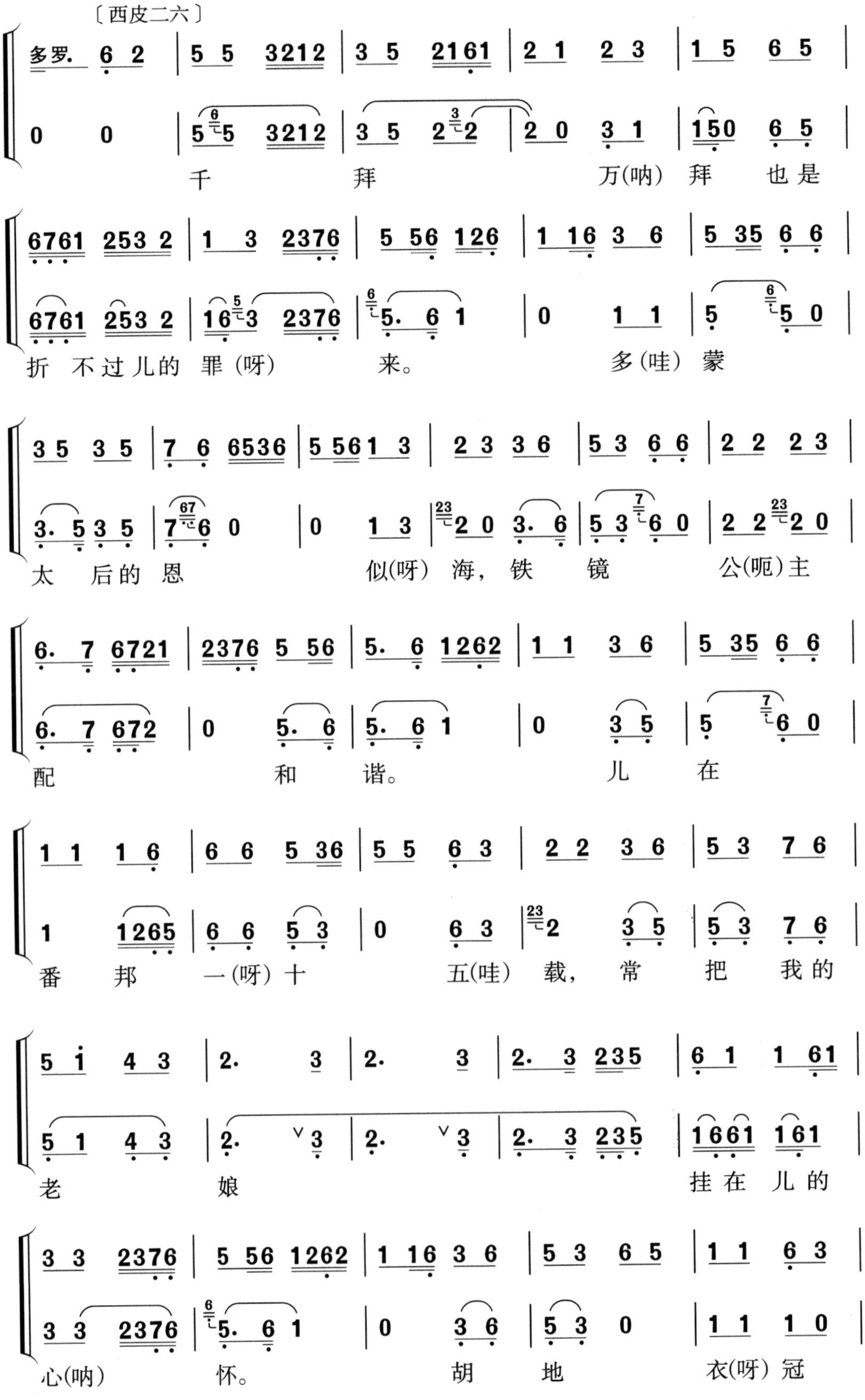
〔西皮二六〕
多罗.
千 拜 万(呐) 拜 也是
折 不过儿的 罪(呀) 来。 多(哇) 蒙
太 后的 恩 似(呀) 海, 铁 镜 公(呃)主
配 和 谐。 儿 在
番 邦 一(呀) 十 五(哇) 载, 常 把 我的
老 娘 挂 在 儿 的
心(呐) 怀。 胡 地 衣(呀) 冠

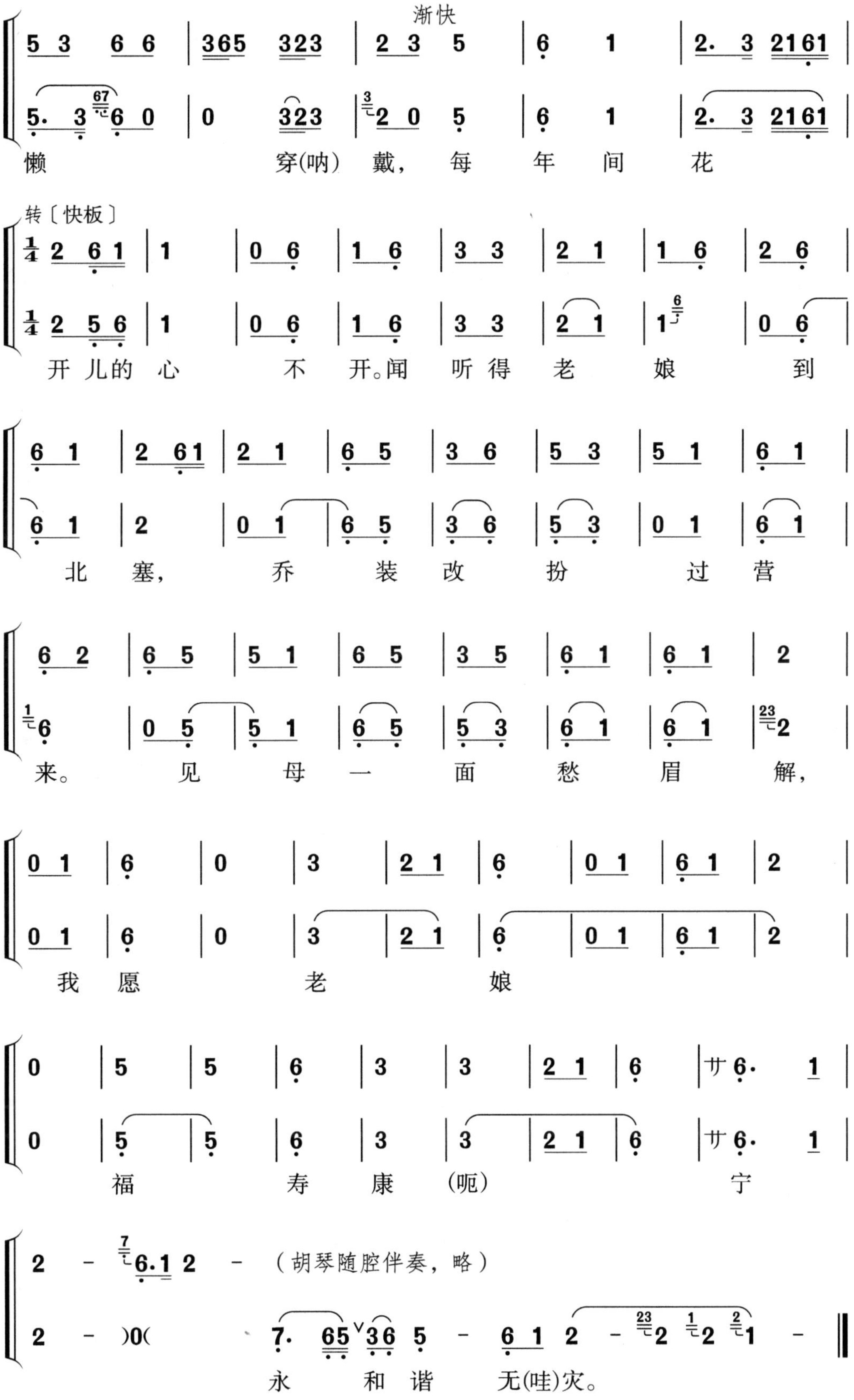
渐快
懒 穿(呐) 戴，每 年 间 花
转〔快板〕
开 儿的 心 不 开。闻 听 得 老 娘 到
北 塞，乔 装 改 扮 过 营
来。见 母 一 面 愁 眉 解，
我 愿 老 娘
福 寿 康 (呃) 宁
(胡琴随腔伴奏，略)
永 和 谐 无(哇)灾。

〔西皮摇板〕

佘太君 【闪锤】(过门同前) 2 1 3 2 1 3 2 - 2 (2 1 6 1

夫 妻 恩 爱 不 恩 爱,

6 5 5 5) 3 2 3 2 1 1 2 - 2 1 1 2 1 -

公 主 贤 才 不 贤 才?

〔西皮快板〕

杨延辉 【闪锤】1/4 (7 | 6 | 5 | 5 5 | 3 6 | 5 5 | 3 2 | 1 1 | 6 5 | 5 5) | 6 2 |

铁

1 (6 2 | 1) 3 | 3 1 | 1 | 6 1 | 2 (1 | 2) 1 | 6 1 | 3 | 6 | 1 |

镜 公 主 真 可 爱, 她 与 我 生 下 小

2 | 6 (1 | 6) 1 | 1 6 | 3 | 6 | 6 1 | 6 1 | 2 | 6 2 | 2 1 |

婴 孩。 临 行 她 把 好 言 带, 怎 奈

1 | 6 | 艹 1 2 3 3 2 - 2 0 7 6 7 6 5. 6 1 - ‖

这 两 国 相 争 她 不 能 来。

佘太君 噢!(站起)

〔西皮摇板〕

【大锣凤点头】(过门同前) 6 2 1 3 3 3 2 3 2 - 2 0 (2 1

眼 望 番 邦 深 深 拜,

6 1 6 5 5 5) 3 2 3 2 1 2 2 0 1 2 2. 1 6 1 - ‖

贤 德 媳 妇 不 能 来。

〖【闪锤】杨延辉移至正场,杨延昭上步。

〔西皮摇板〕

杨延辉 (过门同前) 1 2 1 2 1. 5 3 2 2 1 3 3 3 2 -

六 贤 弟 请(呐)上 受 兄(呃) 拜,

〖【快长锤】杨延辉、杨延昭相互单腿跪拜。

〔西皮摇板〕

杨延辉 (过门同前) 6 2 1 2. 1 2 2 0 2 6 1 5. 6 1 -

贤 弟 可 挂 忠 孝 牌。

杨延昭 四哥呀!

〔西皮摇板〕

【大锣一击凤点头】(过门同前) 3 2 1 6 2 1 3 1 2 (2 1

说 什 么 弟 挂 忠 孝 牌,

6 1 6 5 5 5) 6 2 1 1 3 2 1 2 2 1 -

侍 奉 老(哇) 母 也 应(呐) 该。

四郎探母

〔【闪锤】杨延昭回原位。八姐、九妹进至"小边"中场。杨延辉上步。

〔西皮摇板〕

杨延辉 （过门同前） 1 ³2 1 1⁶ 6 2 1· 6 2· 3 2·1 6 | 5 – (3 5 6 i 5 5) 5 2 2 7272 6 –

二 贤 妹 请 上 受 兄（呃）拜，

〔【大锣抽头】杨延辉、八姐、九妹面里跪拜。

〔西皮摇板〕

杨延辉 （过门同前） 6 2 1 2 ³2 ∨ ⁷6 7 6 5·6 1 –

有 劳 侍 奉 老 萱 台。

八 姐
九 妹 （同）四哥呀！

〔西皮摇板〕

【大锣一击凤点头】（过门同前） 3 6 5 7 7 5 6 5 6 3 5 ⁷6

四 哥 不 必 把 礼 （呀） 拜，

(6 5 3 5 6 5 3 2) 3 6 5 3 5 6 5 6 5 6 – ⁵6 ⁱ5 –

侍 奉 老 母 礼 应 该。

〔 杨延辉、八姐、九妹归原位。

佘太君 儿呀！

〔西皮摇板〕

【大锣凤点头】（过门同前） 1 2 3 2 3 2 3 2

我 儿 失 落 番 邦 外，

³2 ∨ 6 2 1 1 2 1 2 1 6 1 – ‖

你 妻 未 曾 傍 妆 台。

〔（八大仓）杨延辉挑甩发，摊双掌。

杨延辉 哎呀！

〔【快纽丝】杨延辉上步至正场，面向"小边"台口。

〔西皮散板〕

杨延辉 廿（7 6 6 5 i i 3 2 1 7 6 2 1 –） 5 5 3 6 5 5 3 6

听 一 言 来 泪 满

5 （2 3 6 5 –） 3 2 3 4 3 2 5 1 （7 6 2 1）

腮，（仓） 好 似 钢 刀 刺 心 怀。（仓）

2 1 2　2 1 2 1 2 ∨ 2 1. 3 2 －（7 6. 1 2 －）
问 贤 妹　你 四 嫂　今 何 （哇）在？　（仓）

八　姐
九　妹　（同上步，接唱）

3 6 5　5 3 5 6　5 6 5 3 5 －
现 在 后　帐　未 出　来。

杨延辉　（八大仓）噢！

〔西皮散板〕
【快纽丝】（过门同前）1 2 1 3 2 6 2 1 1 3 2 －
贤 妹 与 我　把 路 （哇）带，

〔【纽丝】八姐、九妹出门，"下场门"下。杨延辉向佘太君拱手施礼，右手抄大带欲出门。【纽丝】切住。

〔亮弦〕
（7 6 1 2 －）
（匝 匝 匝）

佘太君　（哭）儿呀……！
〔杨延辉面向前，右手提大带，左手提箭衣下摆，左丁步亮住。

〔西皮散板〕
杨延辉　【大锣凤点头】（过门同前）6. 3 2　2 1 1 － ∨ 6. 3 2 1 1 － ∨
儿　到 后 面　看（呐）一 看
（退步回"大边"，面向佘太君）

2 － － 3. 5 2 1 6 1 2 －（7 6. 1 2 －）6 7
受　苦 的 女 裙（呐）钗，　（仓）　儿 的

5. ∨ 6 7 2 7 0 6 6 － 6 6 5 －（5 3 5 6 i 5 －）
娘　啊，

5 6 7 2 ∨ 7 2 6 5 0 3 5 － － － ∨ 6 1
儿 去 去　就　来。
（打下马蹄袖，进至正场，面向里，拱手，请安，左转身，

5. 6 1 1 2 1 3. 2 1 2 － － － 2 2 1 －
提大带，涮花，出门，右转身，"下场门"下）

〔【纽丝】佘太君站起，上步，杨延昭随侍上步。

〔西皮散板〕

佘太君 （过门同前）1 2 1 1 2 3 1 2 – 2 （7 6.1 2 –）1

六 郎儿后 帐 把 宴 摆，（仓） 与

2 1 2 5 5 3.5 2 – 2 2 1 3 2 3 2 1 1 – ‖

你 四 哥 接风 莫 迟 捱。

〔【大锣抽头】佘太君、杨延昭转身，“下场门”下。

第 八 场

见 妻

（马连良饰杨延辉 李砚秀饰四夫人）

〔【小锣抽头】四夫人“上场门”上，至“小边”，折右袖。锣鼓切住。

〔亮弦〕

サ（7 6 2 1 –）

四夫人 （哭）喂呀……（拭泪）

〔【小锣凤点头】四夫人抖右袖，提袖。

〔西皮摇板〕

（过门同前）i 5 7 7 5 6 7 6 3 5 3 5 – – 5 – 6 –

【三更】 儿 夫 失落 番 邦 外，

〔【小锣抽头】四夫人垂落右袖，提袖，进至正场。

〔西皮流水〕

四夫人 1/4（7 | 6 | 5 | 5 5 | 3 6 | 5 5 | 3 2 | 1 1 | 6 5 | 5 5）| 3.6 |

好

5 | (5) i | 6 5 | i i | 5 6 | 5 i | i 5 | i | 6 5 | 3 3 | 3 5 |

似 芙 蓉 独自 开。夫 妻 分 别 十五

6 3 | 3 5 | i.2 | 6 5 | 5 3 | (6 i) | 5.i | 6 5 | 5 3 | 5 | 5 ‖

载，不 知 何 日 转 回 来。

〔【快长锤】四夫人轻抖右袖，左转身，提袖，拭泪，归“小座”。

〖八姐、九妹“上场门”上,站“小边一条鞭”,(【快长锤】切住)(大 大 大 大 大大 衣 仓)杨延辉右手提大带“上场门”随上,“九龙口”相亮相。

〖【闪锤】杨延辉进至“小边”,八姐、九妹上步。

〔西皮摇板〕

八　姐　(过门同前)3 6 5 7 7 5 6 ∨7 6 3 5 6 (6 5 3 5 6 5 3 2
四 哥 且 在 营 门 外,
(八姐、九妹“挖门”进,

九　妹　1 1 6 5 5 5) 3 6 5 3 5 6 5 6 5 3 3 5 – ‖【大锣住头】
见 了 四 嫂 说 开 怀。
分站两边)

八　姐
九　妹　(同)参见四嫂。

四夫人　贤妹,夜深人静,进帐何事?

八　姐
九　妹　(同)恭喜四嫂,贺喜四嫂!

四夫人　我喜从何来?

八　姐
九　妹　(同)我那延辉四哥回来了。

四夫人　现在哪里?

八　姐
九　妹　(同)现在帐外。

四夫人　快快有请。

〖(嘟……八仓)八姐、九妹急速出门。

八　姐
九　妹　(同)啊,四哥,四嫂唤你。

杨延辉　哦,是是是。前面带路。

〖【快冲头】八姐、九妹引杨延辉进门,八姐、九妹分站两边。杨延辉归正场“大边”,四夫人归正场“小边”。(嘟……仓)杨延辉、四夫人相对一望,分别转身问八姐、九妹。

杨延辉　(同时)这是你四嫂?
四夫人　　　　这是你四哥?

〖八姐、九妹点头肯定。

杨延辉　(转身相对)【三叫头】孟氏,我妻,妻呀!
四夫人　　　　　　　　　　　夫君,我夫,夫哇!

〖【大锣原场】杨延辉、四夫人相拥哭泣,跪至正场。

〔西皮导板〕

四夫人　【大锣导板头】(过门同前)サ i 5 7 7 5 6 ∨2 i 2 – 2 – i –
一见 儿夫 泪 满 腮,

四郎探母

〔（八大仓）八姐、九妹分别拍杨延辉、四夫人肩膀，【快冲头】羞二人，一笑，双出门，两边分下。杨延辉、四夫人站起，出门，分别走到“上、下场门”台口一望，转身，双进门。相对而立。

杨延辉 （转身相对）【三叫头】孟氏，我妻，妻呀！（拭泪）
四夫人 夫君，我夫，夫哇！

四夫人
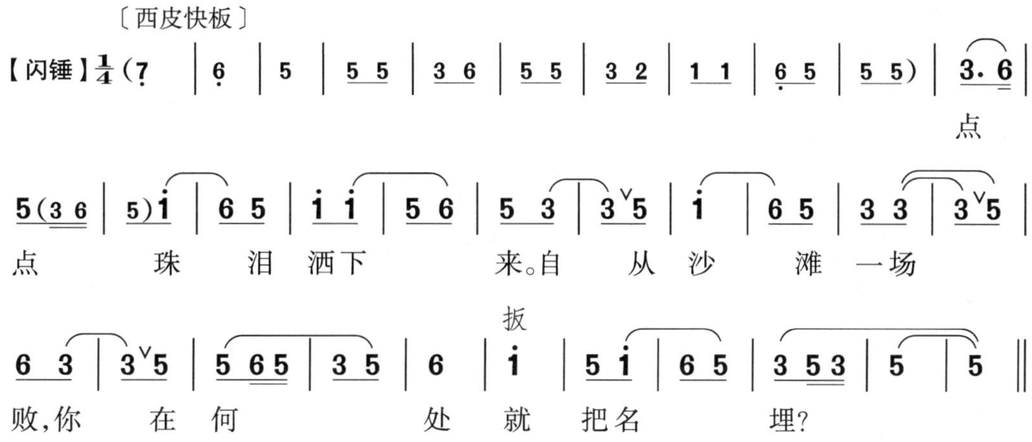

杨延辉 妻呀！

四夫人
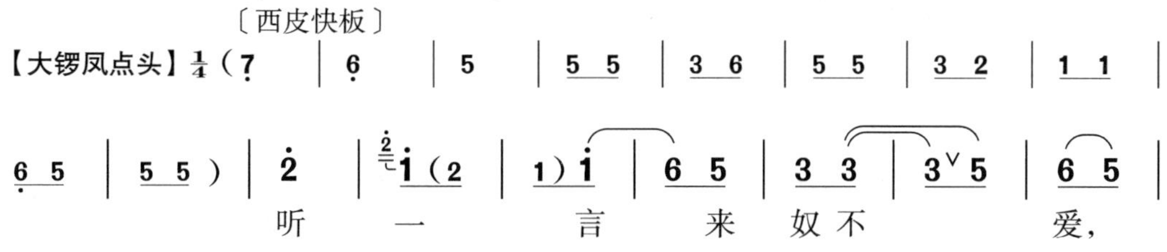

3 5 | 6 5 | (5) i | 5 6 | 5 (3 | 5) i | 6 5 | 3 6 | 5 |
铁镜 公主 配 和 谐。 奴 为你 懒 把

i i | 3 5 | 6 3 | 3 5 | 5 6 | 3 5 | 6 | (6 i) | 廿 i 5 6 5 - ‖
鲜花 戴,看 来 你 是 不义才。

杨延辉 妻呀!

〔西皮快板〕

【闪锤】 1/4 (7 | 6 | 5 | 5 5 | 3 6 | 5 5 | 3 2 | 1 1 | 6 5 |

5 5) | 3 | 1 2 | 3 (4 | 3) 3 | 2 1 | 3 2 | 3 | 2 (1 | 2) 6 |
我 的 妻 休 把 夫 来 怪, 我

1 | 1 | 6 | 1 | 2 | 6 | 3 | 2 1 | 3 | 6 |
有 言 来 听 开 怀。 夫 妻 的 恩 情

〔哭头〕

廿 6 3 2 1 1 2 2 1 - (1 1 2 1 7 2 1 -) 1. 6
如 山 (呐 啊) (仓 仓 仓 仓七台仓) 海,

2 - 2 2 7. 6 5 - 5 6 7 - 7 6 - 6 6 5 -
我 的 妻 呀!

〔(八大仓)【四更】杨延辉举右手数更。

杨延辉 (右拳击左掌,摊双掌)啊!

〔西皮散板〕

【快纽丝】(过门同前) 1 2 1 2 5 3. 1 (7 6 2
谯 楼 已 打 四 更 牌。

1 -) 5 3. 3. 2 2 5 3 3 4 4 3 3
(仓) 辞 别 贤 妻 出 帐 外 (呀), (仓)

〔杨延辉右手提大带欲出门,【撕边】四夫人拉住杨延辉,杨延辉走横蹉步。

〔西皮散板〕

四夫人 【双楗大锣凤点头】(过门同前) i 5 6 6 4 5 4 3 2 3 5 (4 3 6
拉 住 儿 夫 不 放 开。

5 -) 3 6 5 7 7 2 5 6 2 i - 6 i 0 2 - - 2 2 i -
(仓) 你 要 走 来 将 我 带,

〔(八大仓)杨延辉挑甩发,【撕边】缓右手抖动前指。

杨延辉 唉!

〔西皮散板〕

【大锣凤点头】(过门同前)2 1 2 3 4 — — — 3 —

你 苦 苦的拉 我

2 — 2 2 2 2 2 2 6 — 7 — — — 7 7 7. 6

为 何 来 呀?

5 6 — — 6 6 5 — (5 — 3. 5 6 i 5 —)

(仓)

四夫人 i i 3 5 5 7 7 5 6 7 6 3 5 6 (4 3 5 6) 3 6 5 i 6 i 5 6 5 5 3 5

岂不 知老娘 年高 迈, (仓)你 把 为 妻 我 怎 安 排?

杨延辉 唉!

〔西皮散板〕

【大锣凤点头】(过门同前)3 2 2 2 2 1 1 1 6 3 3 2

我 岂 不 知 老 娘 年 高(哇) 迈,

(6. 1 2 —) 3 — 5. 3 1 — — — 1 4 — — — 3 3 2 1

(仓) 船 到 江 心 马 临 崖 (呀)。

〔【大锣凤点头】杨延辉搀扶四夫人站起。

〔西皮散板〕

杨延辉 (过门同前)1 2 3 2 2 1 3 2

舍 弃 娇 妻 出 帐 外——

〔【扫头】杨延辉推开四夫人,四夫人使"小屁股坐子"跌倒。杨延辉"云手"急出门向"下场门"走,至"大边""反云手"回身见四夫人昏倒。

杨延辉 (退步,双手一击)啊!(摊双掌)

〔【乱锤】杨延辉着急,搓双手,跨左腿向外横蹉步,再跨右腿向里横蹉步,摊双掌,(崩登仓)左手搂髯,右手指四夫人,【撕边一击】抖动右手蹉步到四夫人旁(八大·仓仓仓)拍其肩三下。杨延辉右手拉四夫人左手,蹉步,四夫人右手撑袖跪步由"小边"台口至"大边"。(崩登仓)四夫人站起撑右袖,拉住杨延辉,【大锣原场】二人"下场门"下。

第九场

哭堂

（马连良饰杨延辉　李多奎饰佘太君
马盛龙饰杨延昭　李砚秀饰四夫人）

〔【纽丝】杨延昭、八姐、九妹“上场门”上，“站门”。佘太君拄龙头拐杖“上场门”上至正场。

〔西皮散板〕

佘太君　（过门同前）6 2 1　6 2 1　3 2 3　2 2（7 6 1 2 –）3　2 1　2 2 1　2　2. 1 6 1 1 ‖

耳 听 帐 外 悲 声 坏,① （仓） 夫 妻 们 见 面 痛 伤 怀。

〔【快纽丝】佘太君归“小座”，八姐、九妹、杨延昭分别侍立两旁。杨延辉“上场门”上，四夫人随后追上。

〔西皮散板〕

杨延辉　（过门同前）3 3　3 2　2　3 3　2 3 4　3　2 3　3

辞 别 老 娘 出 帐 外 (呀 呃),

（给太君施礼）　（转身出门）

〔（八大仓）四夫人追至门外，与杨延辉相遇，打杨延辉嘴巴，二人进门。杨延辉站“大边”四夫人站“小边”。

〔西皮散板〕

四夫人　【快大锣双楗凤点头】（过门同前）3 6　5　6　6　5　6 5　3　5　– ‖

再 与 婆 婆 说 开 怀。

【叫头】哎呀婆婆呀！你儿刚刚回来，他、他……又要回去了！

佘太君　【叫头】哎呀儿呀！岂不知天地为大，忠孝当先？

杨延辉　【叫头】哎呀母亲！孩儿岂不知天地为大，忠孝当先。儿若不回去，你那媳妇、孙儿岂不受那一刀（八大仓）（右手做杀状）【撕边】之苦？（仓）

四夫人　喂呀……（哭）

〔【乱锤】杨延辉、四夫人跪正场两边，杨延昭、八姐、九妹分别跪“大边”、“小边”。

〔西皮哭头〕

佘太君　【纽丝】廿（6 5 – i – i – 3 2 – 2 7 6 2 1 –）3　3 3 2

我 哭 一

① 因辙口关系，录音此处唱为“耳听帐外悲声坏”，文理欠妥，有人建议改为“耳听帐外悲声哀”，可取。

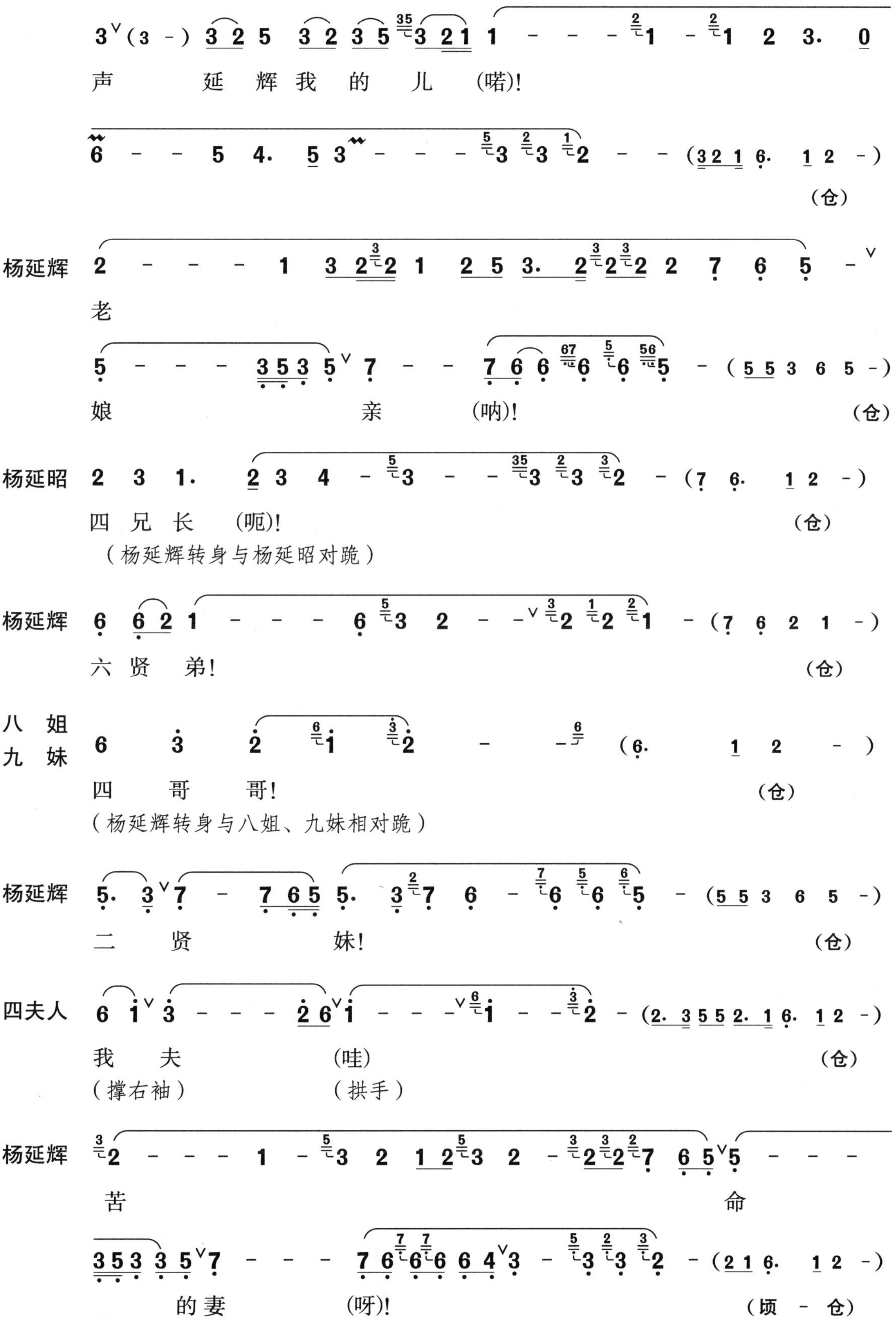
声 延 辉 我 的 儿 (喏)!
(仓)
杨延辉
老
娘 亲 (呐)!
(仓)
杨延昭
四 兄 长 (呃)!
(仓)
（杨延辉转身与杨延昭对跪）
杨延辉
六 贤 弟!
(仓)
八 姐
九 妹
四 哥 哥!
(仓)
（杨延辉转身与八姐、九妹相对跪）
杨延辉
二 贤 妹!
(仓)
四夫人
我 夫 (哇)
(仓)
（撑右袖） （拱手）
杨延辉
苦 命
的妻 (呀)!
(顷 - 仓)

众 5 6 5 6 1 (1 – 1 – 1 3 4 3 2 1 7 2 1 –)
啊, (仓 – 仓 – 仓 仓 仓七台 仓)

7 6 5 6 7 7 6 6 6 6 5 – ‖

杨延辉 老 娘 亲 (呐)!
佘太君 我 的 儿 (呀)!
杨延昭 (同)四 兄 长 (呃)!
八姐、九妹 四 哥 哥 (啊)!
四夫人 我 的 夫 (哇)!

〔(崩登仓)杨延辉翻身成"屁股坐子",举右手数更。【五更】杨延辉击双掌,摊双掌。【纽丝】众站起,杨延辉上步。

〔西皮散板〕
杨延辉 【纽丝】(过门同前)1 2 1 2 5 3 1 (7 6 2 1) 5 3. 3 2 1 5 3 3 4 – 4 3 –
谯楼已打五更牌。(仓) 辞别 老娘出帐 外(呀)——

〔【乱锤】杨延辉出门。八姐、九妹拉住杨延辉左、右手臂,杨延昭单腿跪左侧托着杨延辉左腿,四夫人跪右侧,拉住杨延辉衣襟。佘太君拄龙头拐杖站"小边"。

〔反西皮散板〕
杨延辉 【双槌大锣凤点头】(6 5 6 4 – 3 2. 3 5 5 2 1 7 – 2 –

1 –) 3 2 2. 3 3 – – – 3 2. (2 1 6. 1 2 –) 2 3 4
杨 四郎 心 中 (呃) 似(喏)刀

4 – – – 4. 6 3. 2 1 – – – 2 2 2 2 7 6 – – –
裁 (呀)。

6 5 – – (3. 5 6. i 5 –) 1 – – – 3 5. 5 1 – – –
舍 不得 老
佘太君夹白:"(哭)儿啊!"(仓)

2 7 6 5 5 3 5 3 5 5. 6 1 5 6. 5 3 5 3 5 6 6 6
娘 (呃)

5 – (3. 5 6 i 5 –) 6 1 6 3 – 3 2 1 1 – 1 6 3 –
年 高 迈,

𠂆【扫头】杨延辉推开众人急出门,向“小边”走,杨延昭急从桌上取宝剑、令箭出门追杨延辉。佘太君归正场中,八姐、九妹分站两旁,四夫人站“小边”外首。众人出门望杨延辉离去。

杨延昭 四哥请转!

𠂆【撕边一击】杨延辉转身接过宝剑、令箭,(崩登仓)右转身,向左甩宝剑穗,双手托宝剑、令箭,跨抬左腿,面向“下场门”亮相。【冲头】“下场门”下。众进门,杨延昭站“大边”外首。

〔西皮散板〕

佘太君 【纽丝】(过门同前) 2 2 1 2 3 1 2 ³2 – (7 6· 1 2 –)

一 见 我 儿 回 北 塞, (仓)

3 2 5 5 3· 5 2 ³2 2 1 3 3 2 ³2 ³2 1 1 ⁶1 – ‖

再 要 相 逢 梦 中 来。

〔【大锣原场】八姐、九妹搀佘太君“下场门”下,杨延昭、四夫人随下。闭二幕。

〔【阴锣】马夫“大边”侧幕暗上,蹲在“大边”台口做睡状。杨延辉左手抱宝剑、令箭“小边”侧幕上,寻马夫,见到马夫,(八大仓)拍马夫背。(八大仓)马夫带马,【快水底鱼】杨延辉上马,马夫绕到“小边”上马。杨延辉左手抱宝剑、令箭,让髯至右臂,右手举鞭,跨抬右腿,四个(八大仓)右手向后抡鞭打马,左腿单腿往下场方向跳,四次。(崩登仓)放下右腿,向前打马,向后打马,左转身,面向“大边”侧幕跨抬左腿,右手举鞭亮相。【冲头】杨延辉、马夫“大边”侧幕下。

第 十 场

回 令

(马连良饰杨延辉 尚小云饰萧太后
马富禄饰大国舅 萧长华饰二国舅)

〔【长尖】四番兵“大边”侧幕上,扯“斜胡同”。大国舅、二国舅随上,分站“斜胡同”前,在“大边”远望。

大国舅 咱们就在这儿等着他。

二国舅 等着他!

〔【大锣水底鱼】马夫抱宝剑、令箭“小边”侧幕引杨延辉骑马上。杨延辉斜鞭朝番兵一侧一望。

大国舅
二国舅 (同)下来,下来!

〔杨延辉下马,交给马夫。【冲头】转身向“大边”走。二国舅绕到“小边”。大国舅拦住杨延辉,打其嘴巴。杨延辉右转身,被二国舅戴上手杻。

大国舅
二国舅 (同)押下去,走!

〔【大锣原场】两国舅押杨延辉“大边”侧幕下。马夫、四番兵随下。

〔【急急风】开二幕。场上设正场桌、“大座”,小高台。明黄彩绣团龙团凤大帐,明黄彩绣团龙团凤桌围椅披。桌上置令箭及令箭架,官印一方,文房四宝一份,惊堂木一方。

〔四小番、四旗装宫女“上场门”急上,“站门”。【长尖】萧太后“上场门”急上,至“九龙口”一亮。【大锣五击】进至正场。

萧太后 (念)撒出鹰鹞去,捉拿燕子回。

〔【大锣原场】萧太后右转身归“大座”。四小番、四旗装宫女归“里八字”。四值殿官两边分上，至正场，面里“横一字”。

四值殿官 驸马出关，臣等知罪。（跪）

萧太后 （拍惊堂木）罪不予尔等，都给我起来！

四值殿官 啊！（起身，分站四小番外侧）

〔【冲头】大国舅举宝剑、令箭“上场门”上，进门至“大边”，面向萧太后。

大国舅 （躬身施礼）木易擒到，特此来报！（将宝剑、令箭放在桌上）

萧太后 （愤怒，连击惊堂木）吩咐与我押上来！

大国舅 （至正场台口）押上来！（站“大边”）

〔【快长锤】二国舅押杨延辉“上场门”上。二国舅站“小边”外侧，杨延辉颠锁链【撕锣】上至“小边”。颠锁链，左转身往殿内一望，二望，扔锁链，掴回锁链，【闪锤】右转身，上步。

〔西皮摇板〕

杨延辉 （过门同前）

〔（仓）杨延辉往殿内一望，扔锁链，掴回锁链，【闪锤】往里走几步，右转身，上步。

〔西皮快板〕

杨延辉

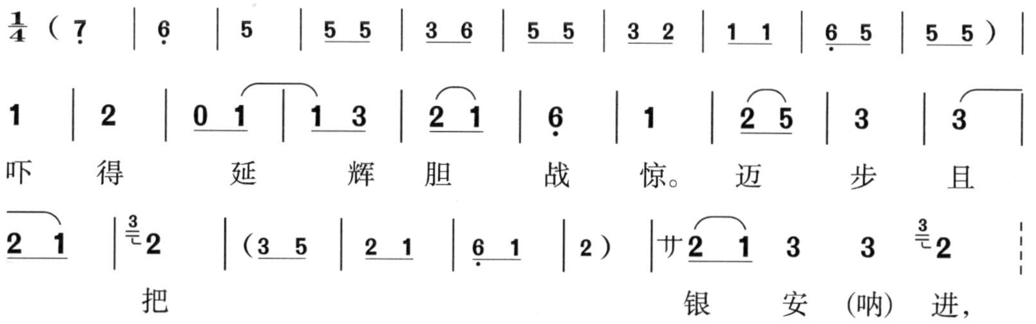

二国舅 走！

〔【快长锤】杨延辉“挖门”进至“大边”，二国舅“挖门”进至“小边”。杨延辉上步至正场，面里，单腿跪。

〔西皮摇板〕

杨延辉 （过门同前）

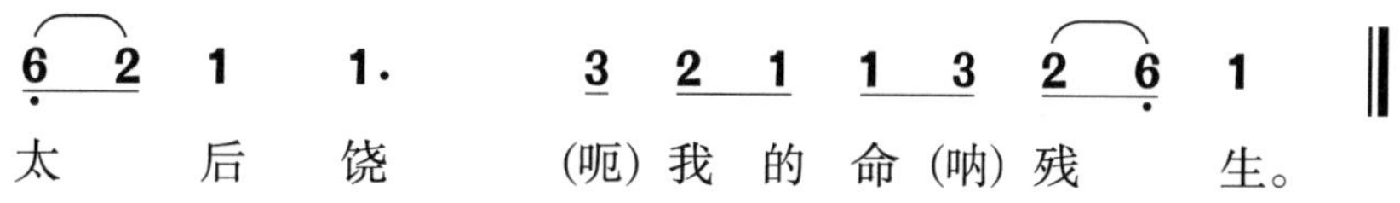

大国舅 木易拿到！

〔西皮快板〕

萧太后 【紧锤尾】

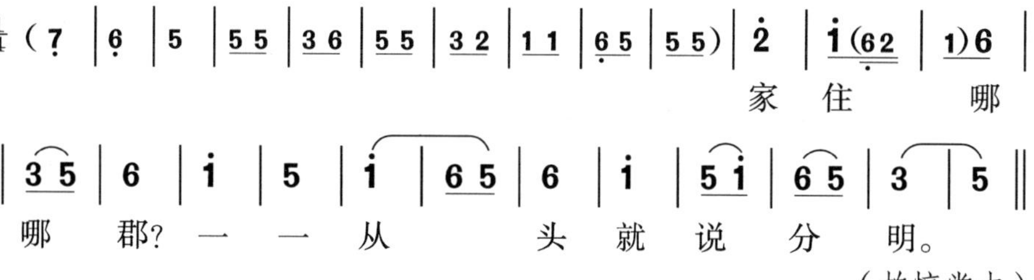

（拍惊堂木）

〔西皮快板〕

杨延辉 【紧锤尾】$\frac{1}{4}$（7 | 6 | 5 | 5 5 | 3 6 | 5 5 | 3 2 | 1 1 | 6 5 |

5 5）| 4 | 3（1 2 | 3）3 | 3 3 | 2 5 | 3 2 | 3（1 2 | 3）1 | 1 1 |

家 住 山 后 磁 州 郡， 火 塘

6 2 | 1 | 1 | 2 | 6（6 2 | 1）3 | 2 1 | 1 | 3（1 2 | 3）3 |

寨 上 有 家 门。 我 父 令 公 官

3 1 | 2（6 1 | 2）7 | 7 6 | 5 | 6 2 | 7 6 | 5 6 | 1 | 2 |

极 品， 我 母 佘 氏 老 太 君。 若

2 | 1 2 | 1 2 | 3 | 1 | 2 | 2 | 1 2 | 3 5 | 2 |

问 孩 儿 的 名 和 姓， 我 本 是 杨……

（向左旋甩发三圈）

二国舅 （上步，跺脚指杨延辉）嘿，说！

〔（仓）杨延辉左翻身"屁股坐子"，向右旋甩发三圈。

大国舅 （上步，跺脚指杨延辉）嘿，说！

〔（仓）杨延辉右翻身"屁股坐子"，【闪锤】面朝里，单腿跪，挑甩发。

萧太后 （站起）叫他给我说！杨什么？快说！

大国舅
二国舅 （同）说！

〔西皮摇板〕

杨延辉 （过门同前）2. 1 1 6. 3 2 1. 3 2 1 1 ‖

杨 四 郎 就 （哇）是 我 的 名 （呐）。

〔（大·大 大大 乙大 大 仓）萧太后惊呆，坐下。两国舅惊愕，摊双掌，回原位。【闪锤】

〔西皮摇板〕

萧太后 （过门同前）i i - 3 6 5 7 6 3 5 6（6 5 3 5

吩 咐 两 旁 刀 斧 （哇） 手，

6 5 3 2 1 1）3 3 6 5 i 5 6 6 5 6 5 3 5 ‖

绑 缚 到 雁 门 关 下 问 斩 刑。

〔杨延辉左翻身，"屁股坐子"，颓然。（仓）两国舅摊双掌，掂动，搓手，想主意救杨延辉。

〔【闪锤】杨延辉站起，出门。

四郎探母

〔西皮快板〕

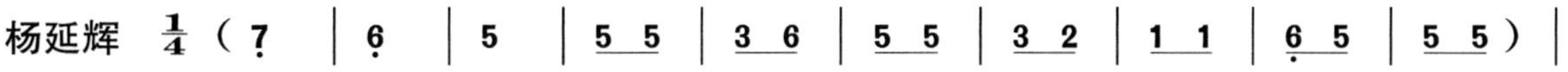

（大国舅用夸张的手势比成旗头的样子暗示二国舅去找铁镜公主，二国舅明白，急忙往“上场门”暗下）

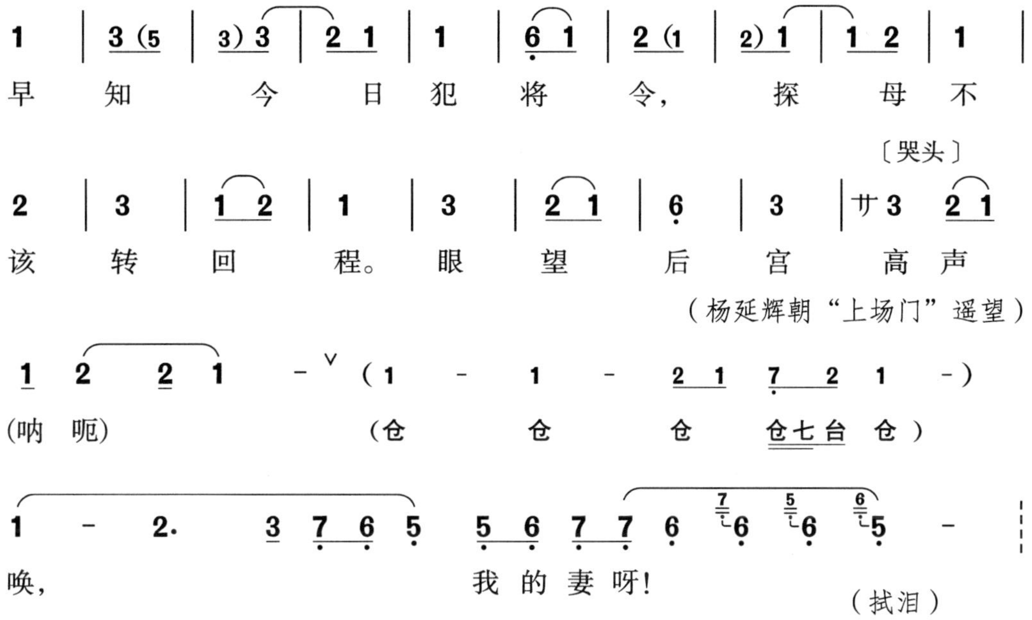

〻一番兵“侧幕”暗上，在“大边”台口放椅子，复下。
〻杨延辉左转身至台口的座椅前。

〔西皮摇板〕

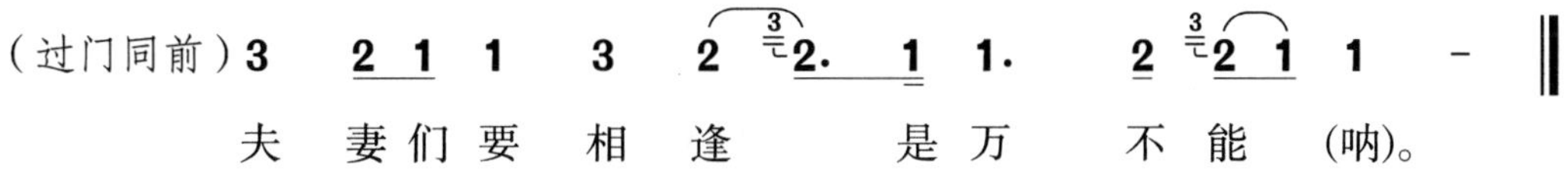

〻【快长锤】二国舅引铁镜公主抱阿哥“上场门”上，至“小边”。（切住）

〔西皮快板〕

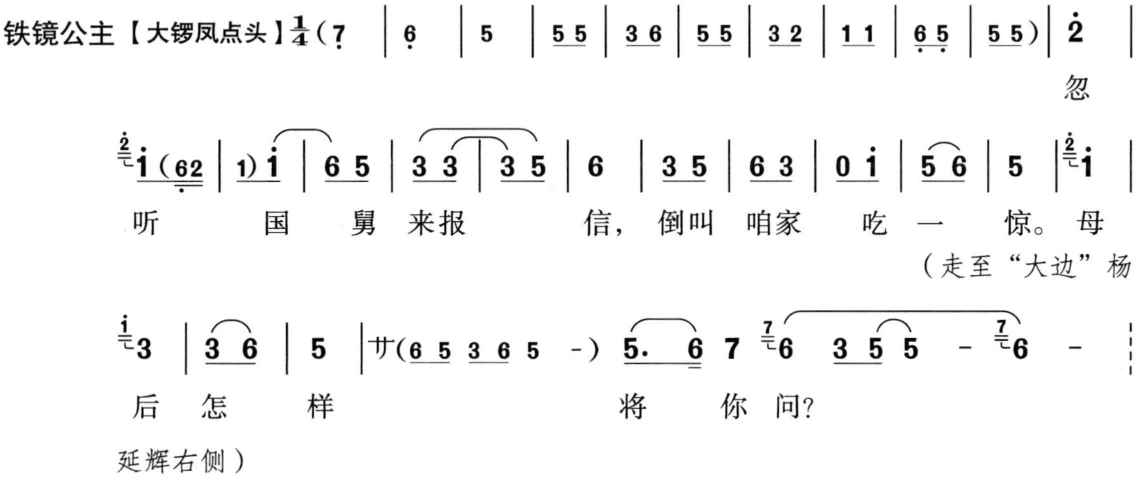

驸马!

〔西皮摇板〕

铁镜公主 【大锣凤点头】(过门同前)3 6 5 5 6 6 5 6 5 3 5 - ‖

快 快 醒 来你说 分 明。

〔西皮小导板〕

杨延辉 【大锣小导板】廿(7 6 6 6 - 6 5 5 5 - 3 2 1 7 2 1 -) 1 3

一霎

大国舅夹白:"驸马,您醒醒儿,您瞧瞧谁来了?"

2 2 2 3 5 1 2 (2 1 6 1 2 -) 3 2 1 2 3 3 2 1 2 -

时只觉 得 昏 迷 不 醒 (呐 呃),

〔铁镜公主拭泪,杨延辉迷迷瞪瞪地站起。

杨延辉 (对大国舅)公主!

大国舅 公主?我都成了母猪啦!

铁镜公主 哎哟,我在这儿哪!

〔【闪锤】杨延辉转身对铁镜公主。

〔西皮流水〕

1/4 (7 | 6 | 5 | 5 5 | 3 6 | 5 5 | 3 2 | 1 1 | 6 5 | 5 5) |

杨延辉 3 | 1 2 | (2) 3 | 3 1 | 3 1 | 1 2 | 1 (1 | 6) 3 | 2 1 |

只 见 公 主 面 前 存。 你 若

6 2 | 1 | 3 2 | 3 | 2 (1 | 2) 6 | 6 1 | 1 | 2 | 3 1 |

念 在 夫 妻 义, 忙 上 银 安 讲 人

1 2 | 6 (2 | 6) 3 | 2 1 | 6 2 | 1 | 3 2 | 3 | 2 | 2 |

(呐) 情。 你 若 不 念 夫 妻 义, 斩

1 2 | 3 5 | 2 1 | 6 1 | 2 1 | 6 | 1 3 | 2 | 2 | 1 |

了 我 杨 延 辉 你 另 嫁 旁 人 (呐)!

铁镜公主 (嗔怪地)驸马!

〔西皮快板〕

【大锣凤点头】1/4 (7 | 6 | 5 | 5 5 | 3 6 | 5 5 | 3 2 | 1 1 |

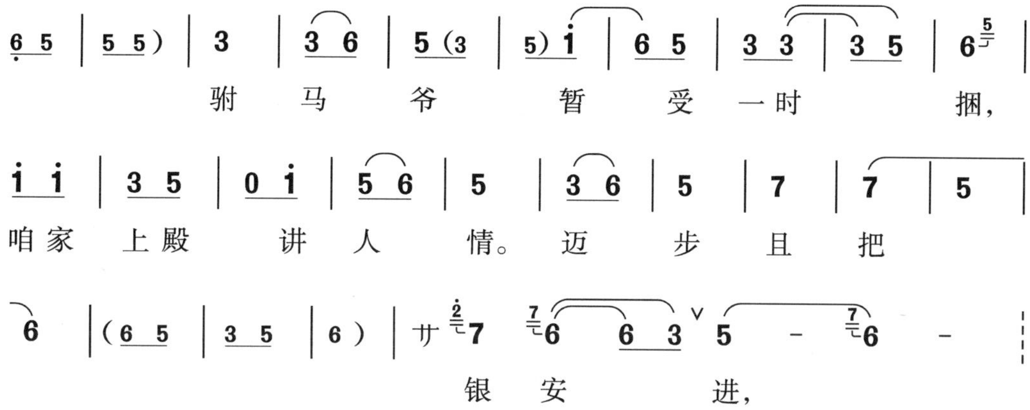

杨延辉 快去，快去！（归座）

〔【闪锤】铁镜公主右转身“挖门”进至“小边”，向萧太后举手行旗礼。

〔亮弦〕

（4 3. 2 5 7 6 - ）

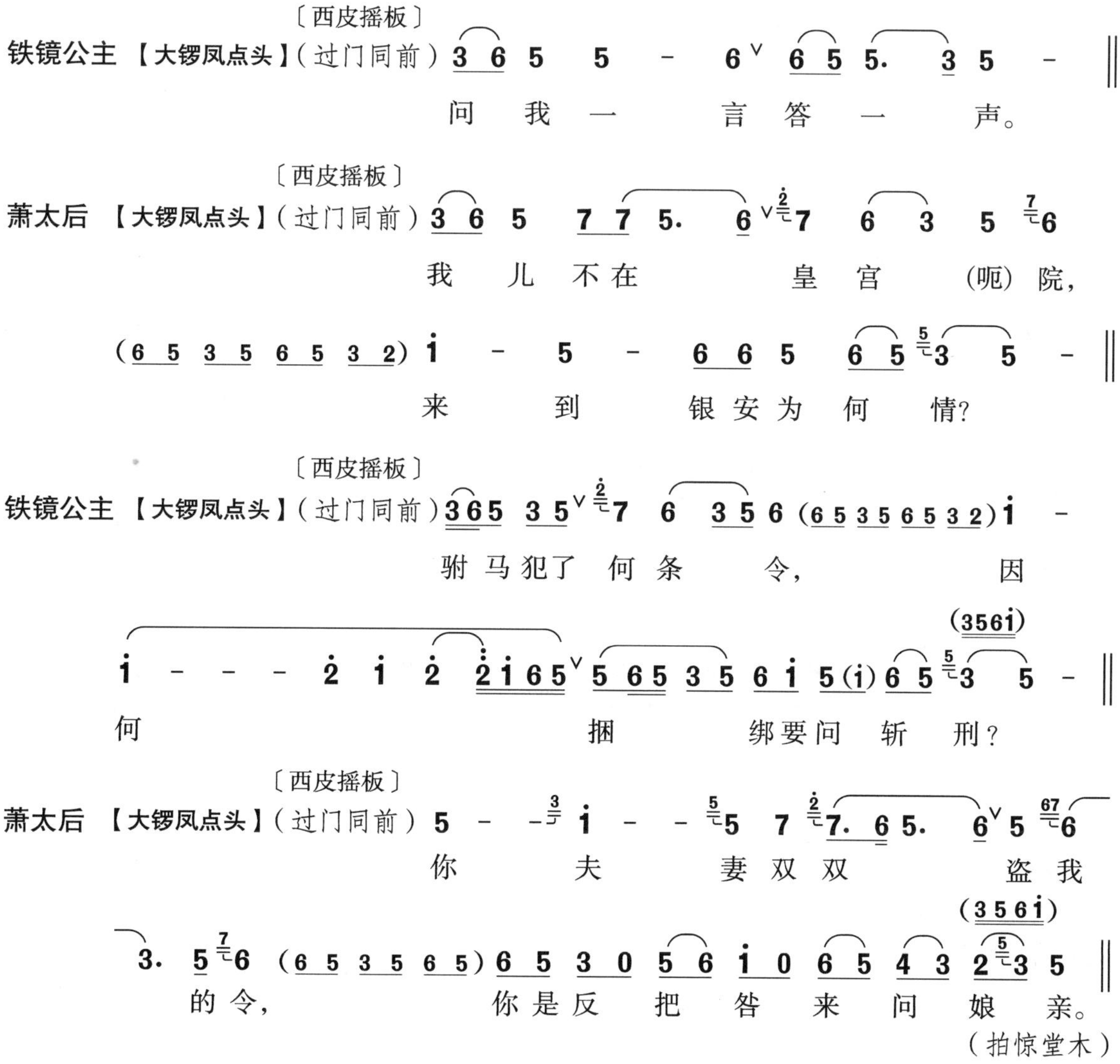

铁镜公主 母后！

〔西皮摇板〕

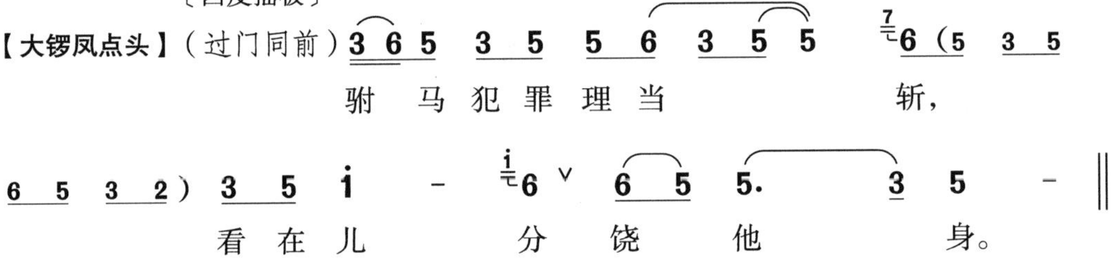

萧太后 定斩不赦！

〔亮弦〕

（5 3 6 5 – ）

铁镜公主 （哭）喂呀……

〔西皮快板〕

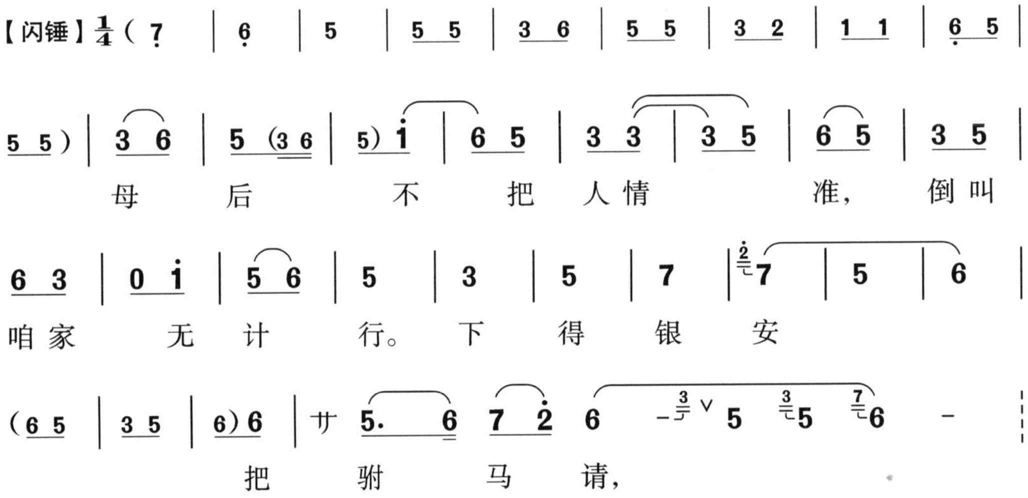

〔【大锣凤点头】铁镜公主出门到杨延辉右侧，杨延辉站起。

铁镜公主 驸马！

〔西皮摇板〕

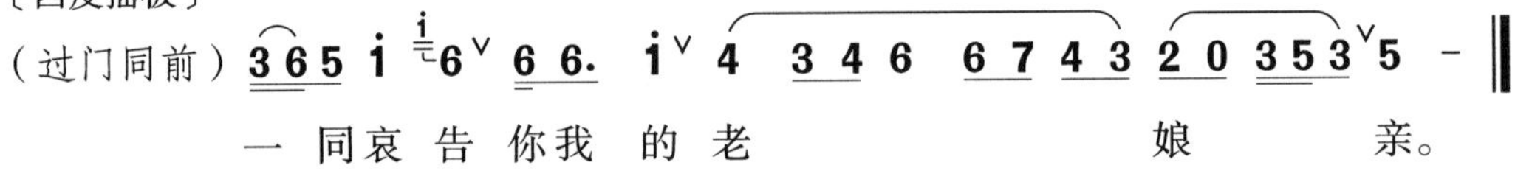

〔【大锣原场】铁镜公主招呼杨延辉一起进门，杨延辉面里站“大边”，铁镜公主面里站“小边”。

杨延辉 【叫头】太后！

铁镜公主 阿娘！

杨延辉 唉！（仓）

杨延辉 （同）太后哇！
铁镜公主 （同）母后哇！（同哭）【乱锤】（二人双腿跪下）

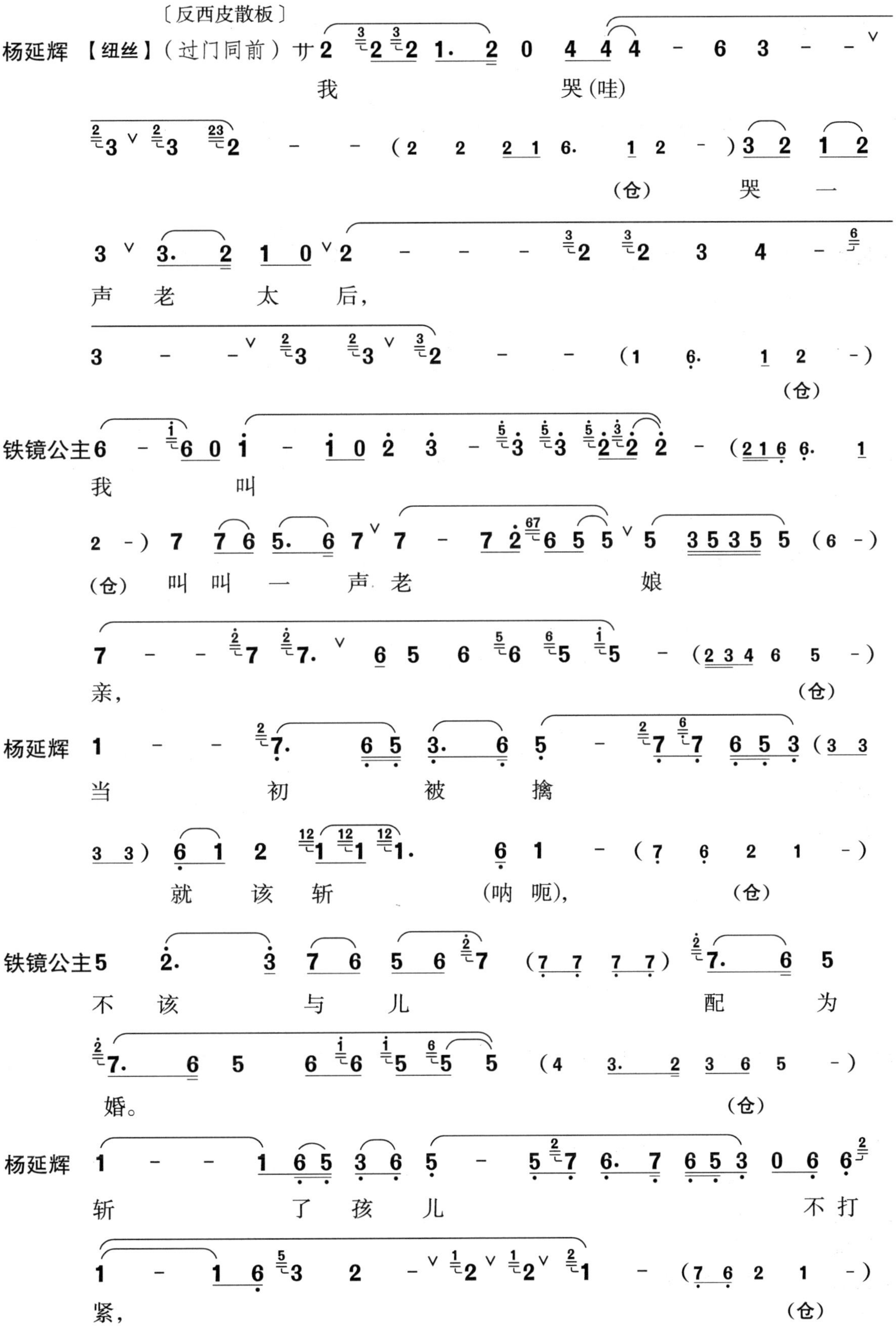
〔反西皮散板〕
杨延辉 【纽丝】（过门同前）
我 哭（哇）
（仓） 哭 一
声 老 太 后，
（仓）
铁镜公主
我 叫
（仓） 叫 叫 一 声 老 娘
亲，（仓）
杨延辉
当 初 被 擒
就 该 斩 （呐 呃），（仓）
铁镜公主
不 该 与 儿 配 为
婚。（仓）
杨延辉
斩 了 孩 儿 不 打
紧，（仓）

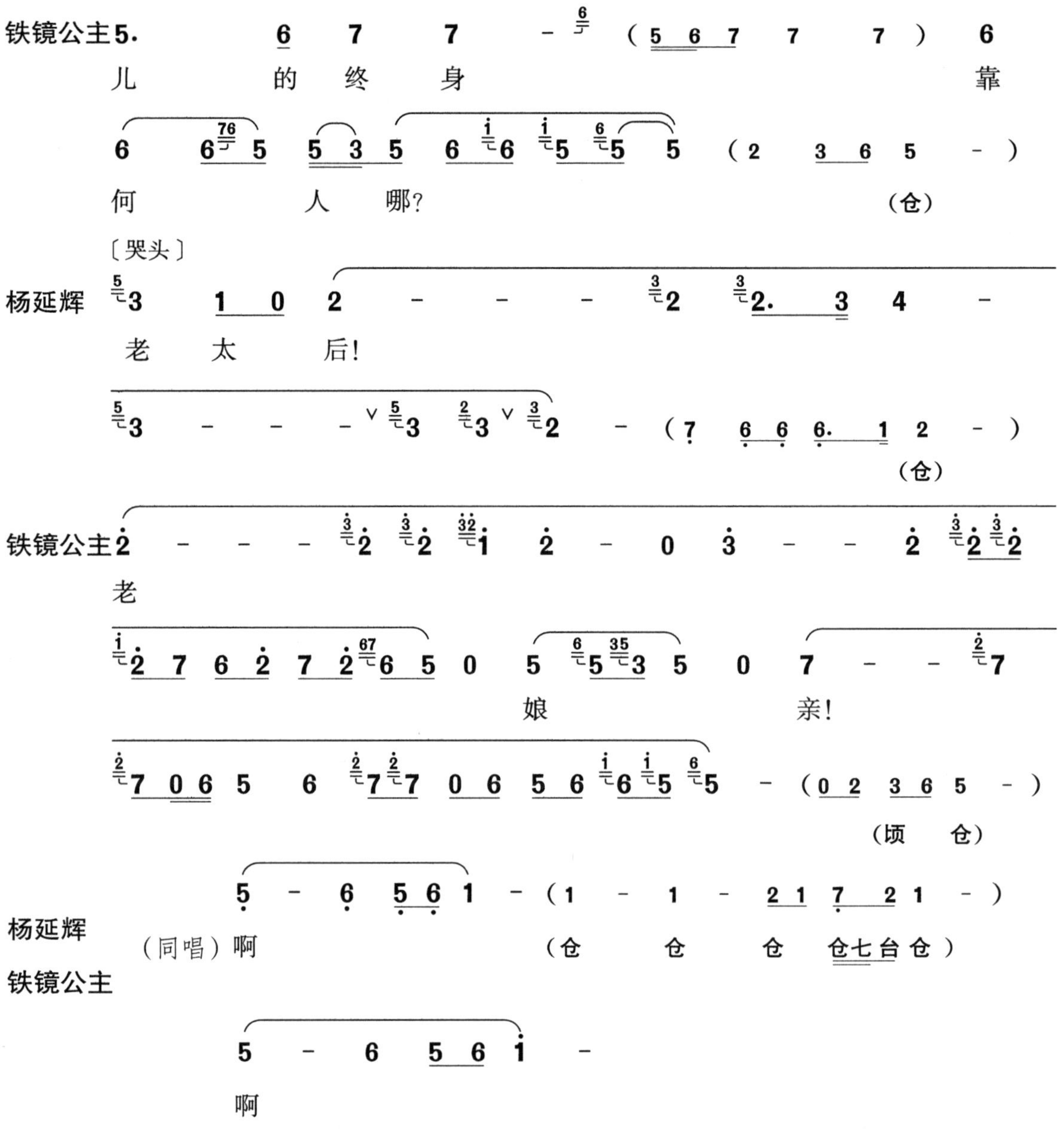

〔杨延辉站起,走到桌案左角。

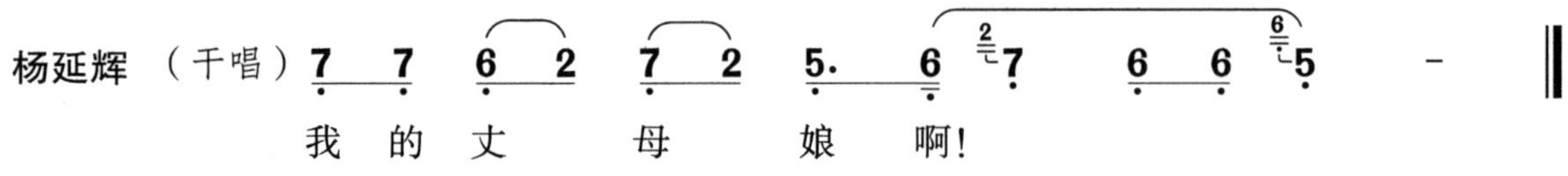

萧太后 (拍惊堂木)定斩不赦!(仓)

〔杨延辉面里瘫坐在地上。

大国舅 (往正场走,招呼二国舅)嘿,我说伙计,伙计!

二国舅 (往正场走)没法儿下台啦!

大国舅 怎么办?别瞧着呀!

二国舅 是呀!

大国舅　咱们给求个情儿吧！
二国舅　求情儿呀？
大国舅　啊。
二国舅　哎哟，这个人情儿咱们求不下来。
大国舅　喜欢咱们这样儿的。
二国舅　是呀？
大国舅　啊。
大国舅
二国舅　（互让）来，上去，上去！
〔两国舅转身面里，磕头。
二国舅　老太后在上，奴才们叩头啦！
大国舅　给您叩头啦！
萧太后　二位国舅。
大国舅
二国舅　（同）是。
萧太后　有什么话，你们就说吧！
大国舅　是。
二国舅　木易驸马犯罪，理当斩首，念其素来当差勤俭，立有大功，只可以赦，不可以斩。
大国舅　求您就开恩吧！
萧太后　哟，二位国舅，
大国舅
二国舅　（同）是。
萧太后　敢情与驸马讲情吧？
二国舅　哟，那可不敢，求您开恩吧！
大国舅　对，您开恩吧！
萧太后　你们先等等儿，先等等儿！
大国舅
二国舅　（同）是，是，是。
萧太后　我先问问二位。
大国舅
二国舅　（同）是。
萧太后　想驸马出关的时候，是你们谁放的？
大国舅
二国舅　（同）唉，放……
二国舅　（指大国舅）那是他！
大国舅　不介，不介，那天我休息。
二国舅　他放的，他放的！
萧太后　那么，把他擒回来的呢？
大国舅
二国舅　（抢着说）擒回来的那是我，是我！

萧太后 （冷笑）呵呵呵……

大国舅 （对二国舅）嘿，你瞧，怎么样？

二国舅 乐啦不是？

大国舅 有门儿。

萧太后 住了吧！（拍惊堂木）等一会儿我要你们二人的脑袋！（仓）

〔两国舅忙叩头，站起，转身面向前。

大国舅
二国舅 （同）得，又饶上俩！（站原位）

〔【紧锤】铁镜公主站起，面向前，上步。

〔西皮快板〕

1/4 (7̣ | 6̣ | 5 | 5 5 | 3 6 | 5 5 | 3 2 | 1 1 | 6̣ 5 | 5 5) |

铁镜公主 2̇ | i (6 2 | 1) i | 6 5 | 3 3 | 3 5 | 6 5 | 3 5 | 6 3 |

母 后 再 三 不应 允， 不由 咱家

0 i | 5 6 | 5 | i | 0 i | 6 | i | 3 | 5 | 6 |

怒 气 生。当 初 被 擒 就 该 斩，

（转身对萧太后）

萧太后 i | 5 | i | 6 | 5 i | 6 5 | 3 |

谁 知 他 是 姓 杨的 人。

铁镜公主 i | i | 6 | i | 3 | 5 | 6 |

斩 了 驸 马 儿 无 伴，

萧太后 3 6 | 5 | 5 | 6 i | 4 3 | 2 3 | 5 |

再 与 我 儿 配 为 婚。

铁镜公主 i | i | 6 | i | 3 | 5 | 6 |

好 马 不 把 双 鞍 配，

转〔散板〕

萧太后 艹 i – 5. 5 6 6 ∨5 – 7 2̇ ∨6 6 4 3 3 3 5 – ‖

哪 有 个长 生 不 老 的 人！

下客吧！

〔亮弦〕

(4 3. 2 3 6 5 –)

铁镜公主 喂呀……

四郎探母

〔西皮摇板〕

【大锣单楗凤点头】(过门同前) 3 5 7 6 56. (6. 5 3 5) 7 6 5 – 55

下 得 银 安 无 计 行,

4 – 3 3 0 2. 3 5 (6) 1 232 1 2 4 – – 3 3 2 2 2 – (仓)

(无奈地往外走到正场前场,两国舅也走近铁镜公主两侧)

二国舅 哎哟公主啊,到这个时候啦,不想个主意救驸马爷,您怎么发起呆来啦?

大国舅 说的是哪!

铁镜公主 哎哟,我说二位国舅哇!

大国舅
二国舅 (同)哎,公主。

铁镜公主 事到如今,我怎么连一点儿主意都没有了呢?

二国舅 哟,当事者迷。

大国舅 对,当事者迷,一点儿主意都没有了!

铁镜公主 哎哟国舅,您给我出个主意吧!

二国舅 我先问问您呐,这会儿没主意啦?当初盗令出关的时候,您那个主意都打哪儿来的呢?

铁镜公主 噢,当初盗令啊……

二国舅 怎么个起由儿?

大国舅 打谁身上起的呢?

二国舅 对啦!

铁镜公主 打阿哥身上起的!

二国舅 打阿哥身上起的呀!这会儿救驸马爷还得打阿哥身上来!

铁镜公主 哟,阿哥身上怎么来呀?

二国舅 有主意呀!

铁镜公主 您快点说呀!

二国舅 是啊,您听着!他是那姥姥家的肉,疼不够。您得把阿哥往太后怀里这么拽(读 zhuāi),您躺在地下一撒娇,什么我不活着啦,我非得寻死呀,我抹脖子啦——!您这么一闹啊,阿哥必哭,老太后一心疼小的,就把驸马爷饶了!

大国舅 这个主意好。

二国舅 是不是啊?

铁镜公主 噢,我把阿哥往太后身上这么一扔(读 rěng),

二国舅 就这么一拽!

铁镜公主 得了吧!

大国舅
二国舅 (同)啊?

铁镜公主 那要是摔了孩子呢?舍不得我的儿子!

二国舅 想不开呀,真是!您舍不得小的儿,可救不了老的儿啦!

大国舅 唉,这话可又说回来了!

二国舅 怎么说?
大国舅 您要是救了老的儿呢,何愁没有小的儿呢!
铁镜公主 照您说的。罢!

〔西皮摇板〕
【大锣凤点头】(过门同前)3 5 i ⁱ6 6 5 5 3 5 – ‖【大锣住头】
阿 哥 摔 与 老 娘 亲。

〔铁镜公主转身走到桌案前把阿哥扔给萧太后。萧太后抱阿哥转身面向"小边"台口。

铁镜公主 我不活着了!(仓)(铁镜公主拔出宝剑转身面向前假装要自刎,两国舅故做拦阻状)
大国舅
二国舅 (同)别价,别价!
铁镜公主 我抹脖子不活了!(仓)(戳着宝剑单腿跪在地上)
大国舅
二国舅 (同)那可使不得!
萧太后 别乱啦,饶了,饶了!
大国舅
二国舅 (同)公主,您别闹了,老太后赦了!
铁镜公主 赦了?
大国舅
二国舅 (同)赦了!
铁镜公主 那我也别装着玩儿了!(将宝剑交给二国舅)
二国舅 蒂根儿那就是假着儿!
大国舅 哎呀,把驸马爷搀起来啵!
〔场面开始轻击【慢长锤】。大国舅搀杨延辉。
二国舅 都吓瘫了。(对大国舅)招呼不了啦不是?(对杨延辉)您这边儿来,我给您卸下来。(欲向前给杨延辉卸手杻)
铁镜公主 (拦住二国舅)别胡巴结差事了!(卸下杨延辉手杻,放至桌上)
二国舅 (退回)我巴结不上,嘿嘿!(对杨延辉)驸马爷您更衣去吧!(杨延辉往"小边"走)您的"榻(tā)榻(tà)儿"(指"下场门")在那边哪!(杨延辉转身"下场门"下)吓糊涂了!慢走,慢走!(面向前)得嘞,一片云雾散,没事儿了!(回原位)
大国舅 得啦,回见,先换衣裳去!(回原位)
〔铁镜公主目送杨延辉更衣,转身回至正场,一望萧太后。
铁镜公主 哎哟,我说国舅哇!
大国舅
二国舅 (同)哎!(到铁镜公主向边)
铁镜公主 驸马可是赦了。
大国舅
二国舅 (同)是呀。
铁镜公主 我母后可还在那儿生气哪,这可怎么办呢?
二国舅 对了,小阿哥接不过来呀!(对大国舅)这你有什么主意?

大国舅　有主意！

二国舅　什么？

大国舅　你们娘儿俩抹个稀泥，过去赔个不是，请个安儿，不就得了吗！

二国舅　对了，对了！

铁镜公主　噢，抹个稀泥就行了？

大国舅　对了。

铁镜公主　行。

二国舅　哎，来赔个不是。（两国舅回原位）

铁镜公主　（左转身至“小边”面向萧太后）我说母后，刚才是因为您不赦驸马，我一时的莽撞。

二国舅　是呀！

铁镜公主　得了！我们这儿给您，请——安——了！（请蹲安）

大国舅　嘿，瞧着，瞧着！

〔重击【**慢长锤**】萧太后转身面向“大边”台口，转身回正场。

大国舅　好！纺丝吊面，布里儿。①

二国舅　对啦。

铁镜公主　哎呀国舅啊，不行啊！把脸儿调过去啦！

大国舅　把脸调过去啦？

二国舅　不要紧的！您再从那边儿来，迎着您的面儿再来！

大国舅　对对对！

铁镜公主　我说阿娘，您怎么不理我呀？难道说，您还跟我们小孩子一般见识吗？得了，我们这下儿又给您请——安——了！（请蹲安）

大国舅　又来一个。

〔重击【**慢长锤**】萧太后还是不理，转身面向“小边”台口。

二国舅　得，骆驼打哈欠，扭过脖儿去了！

铁镜公主　（转身回至正场）哎哟国舅，还是不行啊！

大国舅　还不行啊？我也瞧出来了。

二国舅　啊。

大国舅　事不过三。两边儿都请安啦，中间儿您再来他那么一蹲儿。

二国舅　就得了！

铁镜公主　得了，别胡支使我啦，腿都疼了！

二国舅　哎——您别想不开呀！这个赔不是呀，得是满脸儿赔笑，您那儿乐好招太后乐呀！太后一乐，众位一乐，得，完事儿，明儿见！

大国舅　哎，对啦！

铁镜公主　就这么着。咱们试试。

大国舅
二国舅　（同）哎！（往里让铁镜公主）

铁镜公主　（转身在正场面对萧太后）我说母后，您别生气了！

二国舅　别生气了！

---

①　歇后语。用纺丝做衣服面，衬布里子，取“不理”的谐音。

铁镜公主 您把阿哥呀，赏给我吧！

大国舅 得了，您赏给她吧！

铁镜公主 我又给您呐，请——安——了！（请蹲安）

大国舅
二国舅 （请安同时）瞧着，瞧着，啊，啊！怎么着？哈哈哈……

〔萧太后忍不住，一笑。

大国舅
二国舅 （同）乐了，乐了！

〔转【快长锤】大国舅、二国舅二边分下。铁镜公主上前接过阿哥，转身出门站“小边”，杨延辉穿驸马衣装“下场门”上至“大边”。抖双袖，提袖。

〔西皮快板〕

1/4（7 | 6 | 5 | 5 5 | 3 6 | 5 5 | 3 2 | 1 1 | 6 5 | 5 5）|

杨延辉 3 | 6（1 7 | 6）3 | 2 1 | 1 | 6 1 | 2（1 | 2）1 | 1 2 |

千 层 浪 里 得 活 命， 不 想

1 | 2 | 3 | 1 2 | 1 | 2 | 2 | 1 | 1 5 | 3 |

死 而 又 复 生。未 谢 太 后

2 |（3 | 2 1 | 6 1 | 2）| 卄 2 1. 3 2 － （仓）

先 谢 （呀）你，

（上步，向铁镜公主拱手）

〔小拉子〕

（‖: 2/4 2161 2 3 | 2161 2 0 :‖）

杨延辉 公主，本宫犯罪，多蒙公主讲情，我这里千谢！（拱手躬身）（仓）万谢！（拱手躬身）（仓）喏，喏，喏，还有一谢！

〔西皮摇板〕

【大锣凤点头】（过门同前）2 1 1. 3 2 1 1 6 3 2 1 ‖

我 母 道 （哇）你 是 贤 德 的 人 （呐）。

铁镜公主 驸马！

〔西皮摇板〕

【大锣一击凤点头】（过门同前）3 5 3 6 5 5. 6 7 2 6 3 5 － 6 － （仓）

母 后 得 罪 咱 赔 礼，

〔小拉子〕

（‖: 2/4 2161 2 3 | 2161 2 0 :‖）

铁镜公主 驸马，刚才我母后一时盛怒，得罪您了，没什么说的，我们这下儿给您请安了！（请安）

杨延辉 不敢！（仓）

铁镜公主 （上几步又请一安）赔罪了！

杨延辉 不敢！（仓）

铁镜公主 驸马！

〔西皮摇板〕

【闪锤】（过门同前）i̇ 5 5 6 6 5 5 3 5 – ‖【大锣凤点头】

千 万 莫 要 记 在 心。

〔西皮摇板〕

杨延辉 （无过门，紧接上一句在锣鼓中间开唱）2 1 3 ^{3}2 1 3 3 ^{3}2 （2 1

夫 妻 双 双 银 安（呐）进，

（铁镜公主、杨延辉双进门。铁镜公主站“小边”，杨延辉 正场面里单腿跪）

6̣ 1 2 1）6̣ 3 2 1 1 6 3 2 6̣ 1 ‖【大锣住头】

太 后 饶 我 命（呐）残 生。

萧太后 我说木易呀，从今以后，你可要好好地当差，你再要是私自回营探母哇，哈哈！留神你的脑袋！给我下客吧！[①]（仓）

杨延辉 谢太后！（站起）

⺁【尾声】杨延辉、铁镜公主推磨换位，双出门。

铁镜公主 这回你好好地当差吧！

杨延辉 忘不了哇！哈哈哈哈……

⺁〈尾声·合头〉大幕落。

——剧 终

---

① 此处早年也常按如下演法：

萧太后 杨四郎，赐你令箭一枝，前去把守北天门，好好地当差。要是再探母哇，哈哈！小心你的脑袋！（拍惊堂木，扔给杨延辉令箭）退班！

杨延辉 谢太后！（拾起令箭，站起）

⺁〈尾声〉四小番、四值殿官、四旗装宫女两边分下。萧太后“下场门”下。杨延辉、铁镜公主推磨换位，双出门。

铁镜公主 你听见了没有？母后命你把守北天门，这回你可得好好当差。你要是再去探母哇——

杨延辉 怎么样？

铁镜公主 你可想着早点回来！（或调侃地说：可别忘了带“回令”！）

杨延辉 取笑了！

⺁〈尾声合头〉四番兵“上场门”上，站“小边一条鞭”，带马，杨延辉上马，四番兵引杨延辉“上场门”下，铁镜公主“下场门”下。大幕落。

常保全 **整理**　　张跃鸾 **记谱**

大保国·探皇陵·二进宫

根据1960年谭富英、张君秋、裘盛戎实况演出及音配像整理

京剧是集唱、念、做、打等多项表演技艺于一身的综合艺术，剧目丰富，表演形式多种多样，只重歌唱，类似于西方歌剧的剧目也有一批，《大·探·二》就是最典型的一个代表。

《大·探·二》是旧时艺人或戏迷们对《大保国》、《探皇陵》、《二进宫》三折戏的简称，与《失街亭》、《空城计》、《斩马谡》简称《失·空·斩》，《群英会》、《借东风》、《华容道》简称《群·借·华》一样。

《大保国》剧情如下：明穆宗朱载垕死后，因太子年幼，李艳妃听政。其父太师李良企图篡位，以巧言蒙骗李艳妃将皇位让给他。定国公徐延昭和兵部侍郎杨波一同上殿谏阻，李艳妃不纳忠言，将徐、轰下金殿。

《探皇陵》剧情如下：杨波与徐延昭被李艳妃轰下金殿之后，终日思保国之事。杨波率领众家儿郎前去保护皇陵，与探望皇陵的徐延昭相遇，二人商议再次进宫面见李艳妃，二次进谏。

《二进宫》剧情如下：太师李良封锁了昭阳院，李艳妃独居宫中深深悔叹。徐延昭和杨波进谏，李艳妃以国事相托。

三出戏可以同演，取名《龙凤阁》。

演绎封建社会的帝王将相，本就是京剧的强项，《大保国》、《探皇陵》、《二进宫》这三折戏，旧时却只做三个单折演出，直到20世纪30年代，名净王泉奎将这人物贯串、情节连续的三折连缀演出，开启先河。自是《大·探·二》成了京剧正生、正旦、正净联袂演出的绝佳剧本了。

剧中，有生、旦、净自显身手的“特写镜头”，有三个角色同场竞争、珠联璧合的精彩画面。按演出习惯，《大保国》重生，《探皇陵》重净，《二进宫》重旦。当然，更多的是三个角色共同用歌唱来演绎古代的一场宫廷斗争。妙的是这场斗争不见流血，不动杀伐，只在金殿上展开。唇枪舌剑，短兵相接，在刀不血刃然却是你死我活的夺权斗争中，折射封建的皇权的无上权威。了解中国封建社会的皇权赓续、更替，审视中国封建社会夺权斗争的诡谲、阴险，该剧是一部立体的素材。

该剧以唱为主。现今我们已无法查考该剧的“音乐设计”、“唱腔设计”（在许多新编戏中，这两个“设计”是由两个部门承担的）是哪位，但从全剧的板式运用、段落分剖、唱腔衔接、结构安排来看，这位（或几位、多位）前辈绝对是熟稔舞台、善调宫商的高手。

剧中最多见的是〔二黄原板〕。剧中生、旦、净所唱的〔二黄原板〕，同曲异工，彰显个性，没有任何两段雷同。杨波大气流畅的“汉高皇路过芒砀山”，徐延昭慷慨激昂的“说什么学韩信命丧未央”，李艳妃哀婉凄绝的“李艳妃坐昭阳自思自想”，都成了自身行当范本本唱段。而生、旦、净轮唱的大段〔二黄原板〕，更是天衣无缝，高潮迭起。尤其是情节发展到李艳妃为求援助，跪倒地上时，三个角色运用了极为别致的“一块板”（即前一个角色的末一句末一字与后一个角色的头一句头一字相重叠）唱法，更是匠心独运。这一种〔二黄原板〕的唱法不仅在音乐布局上别具一格，而且十分形象地展现了争论发展到紧急关头，三人各抒己见，急欲说服对方的激烈场景。这是该剧独有的唱法，是大手笔的大制作。

该剧以唱为主，但绝不能目之为“活人唱死戏”。剧中，软弱无能的国太、贪婪阴狠的太师、嫉恶如仇的徐延昭、胸有城府的杨波，人各有貌，栩栩如生。杨波在“保国”、“进宫”的目的达到之后，还不忘讨封求官，“仗着幼主叫皇兄”。这是某些把正面人物无限拔高、全然没有七情六欲的新编戏中根本不会有的神来之笔。唯其如此，封建官场斗争的隐秘、残酷才全方位地展现在观众面前。而这一切，又都是通过歌唱来完成的。京剧歌唱的魅力之大，难度之高，负载之重，让人实实叹服了。

谭、张、裘的录音，在唱和念上有些删减，特别是《探皇陵》比一般的演法还要简练。此次整理没有调整、增加，完全按录音原样整理。

《大保国》在处理杨波和李良“殿角伺候”的调度上，有一直坐在台上的演法，也有下去再上的演法，此剧本是按下去再上的演法做的提示。

赵晓东

人物行当（《大保国》）

李艳妃	旦	二大太监	杂
李　良	净	四小太监	杂
徐延昭	净	四宫女	杂
杨　波	老生		

服装扮相（《大保国》）

李艳妃	俊扮。大头、凤冠，女黄蟒、玉带、绣花腰包，彩裤，彩鞋。
李　良	揉白脸。黑相貂、黪满，红蟒、玉带，彩裤，厚底靴。
徐延昭	勾紫色老脸。侯帽、白满，蓝蟒、玉带、苫肩，彩裤，厚底靴。
杨　波	俊扮。纱帽、黪三，白蟒、玉带、苫肩，彩裤，厚底靴。
二大太监	俊扮。太监盔，太监衣、绦子，彩裤，厚底靴。
四小太监	俊扮。小太监盔，小太监衣，彩裤，薄底靴。
四宫女	俊扮。大头、小过桥，宫女衣、腰包，彩裤，彩鞋。

道具（《大保国》）

小平台	一个	尚方宝剑	一把
桌　子	一张	铜　锤	一个
椅　子	四把	牙　笏	两个
黄桌围	一份	瓜　锤	两个
黄椅披	一份	符　节	两个
红椅披	三份	掌　扇	两个
黄大帐	一份	云　帚	两把
文房四宝	一份	印　盒（带托）	一个
王　帽（带托）	一份	文　约（带盘）	一份
功劳簿	一本		

人物行当（《探皇陵》）

赵　飞	丑	杨四郎	生
杨大郎	生	杨　波	老生
马　芳	净	四大铠（家将）	杂
杨世祥	净	徐延昭	净

服装扮相（《探皇陵》）

赵　飞　丑扮。武生巾，绣花箭衣、马褂、大带，彩裤，朝方靴。

杨大郎　俊扮。扎巾盔、黑三，红软靠，彩裤，厚底靴。

马　芳　勾红三块瓦。扎巾盔、黑满，绿软靠，彩裤，厚底靴。

杨世祥　勾黑碎脸。扎巾盔、黑一字儿、牵巾，黑软靠，彩裤，厚底靴。

杨四郎　俊扮。紫金冠，粉色软靠，彩裤，厚底靴。

杨　波　俊扮。纱帽、白三，白蟒、玉带、苫肩，彩裤，厚底靴。

四大铠（家将）　俊扮。大铠盔，大铠衣，彩裤，薄底靴。

徐延昭　勾紫色老脸。侯帽、白鬓发、白满，斗篷、风帽，白蟒、玉带、苫肩，彩裤，厚底靴。

道具（《探皇陵》）

小高台	一个	铜　锤	一个
桌　子	一张	牙　笏	一个
椅　子	一把	马　鞭	一根
黄桌围	一份	宝　剑	一把
黄椅披	一份	大　刀	一把
带缨长枪	三杆	香炉（带盘）	一个
长杆提灯	两个		

人物行当（《二进宫》）

李艳妃	旦	杨四郎	小生
徐小姐	旦	杨延昭	净
杨小姐	旦	杨　波	老生

服装扮相（《二进宫》）

李艳妃　俊扮。大头、鬓边黑茨菰结，黄帔、褶子、素腰包，彩裤，彩鞋。

徐小姐　俊扮。大头、七星额子，改良靠，彩裤，绣花薄底靴。

杨小姐　俊扮。大头、过桥，绣花褶子、腰包，彩裤，彩鞋。

杨四郎　俊扮。武生巾，粉褶子，彩裤，厚底靴。

徐延昭　勾紫色老脸。侯帽、鬓发、白满，蓝蟒、玉带、苫肩，彩裤，厚底靴。

杨　波　俊扮。纱帽、白三，白蟒、玉带、苫肩，彩裤，厚底靴。

道具（《二进宫》）

桌　子	一张	铜锤（挂彩绸）	一个
椅　子	一把	牙　笏	一个
黄桌围	一份	喜　神（太子）	一个
黄椅披	一份	坤　剑	一把

大保国

〔正场大堂桌，“大座”，后摆黄大帐，黄桌围椅披。桌上摆放王帽、印盒、文房四宝、尚方剑。**【大锣撤锣】**换**【小锣原场】**止。

〔众太监内白：“咿——！”

<二黄小开门>[1]

サ 6 6 6 6 | 2/4 (扎) 3 5 56 | 1321 6532 | 3 57 615 |

(四小太监拿瓜锤、瓜棍，二大太监拿云

3 32 3246 | 3276 56762 | 6156 32523 | 12325 2315 |

帚随音乐从“上场门”上，“站门”分站两边。二宫女手拿符节随后上，“站门”

6726 7656 | 15· 6 1612 | 32532 1612 | 32·4 3235 |

分站两边。乐队此时“加大鼓”，李艳妃缓步出场，二宫女拿掌扇在后。走至“九

6726 7656 | 12325 231 | 0 76 5·6762 | 6727 656 |

龙口”，李艳妃抖袖、整冠、端带向前走至台中。乐队声音渐弱)

6 3 5 06 | 1321 6532 | 3 5 615 | 3 32 3246 |

3276 561 | 6 5 3 23 | 1 1 1 5·7 | 6726 7656 |

1 6 1 2 | 3 2 1 2 | 3 2 3 5 | 6723 7656 |

李艳妃念〔引子〕:珠帘高卷,金钩挂，黄罗伞，保定哀家。

1643 231 | 0 5 675 | 6 57 656 | 6 3 5 6 |

---

① <二黄小开门>在舞台演出时可依现场需要决定演奏的长、短，按动作提示，李艳妃入“大座”，宫女、太监归里分两边站定后随时收住。

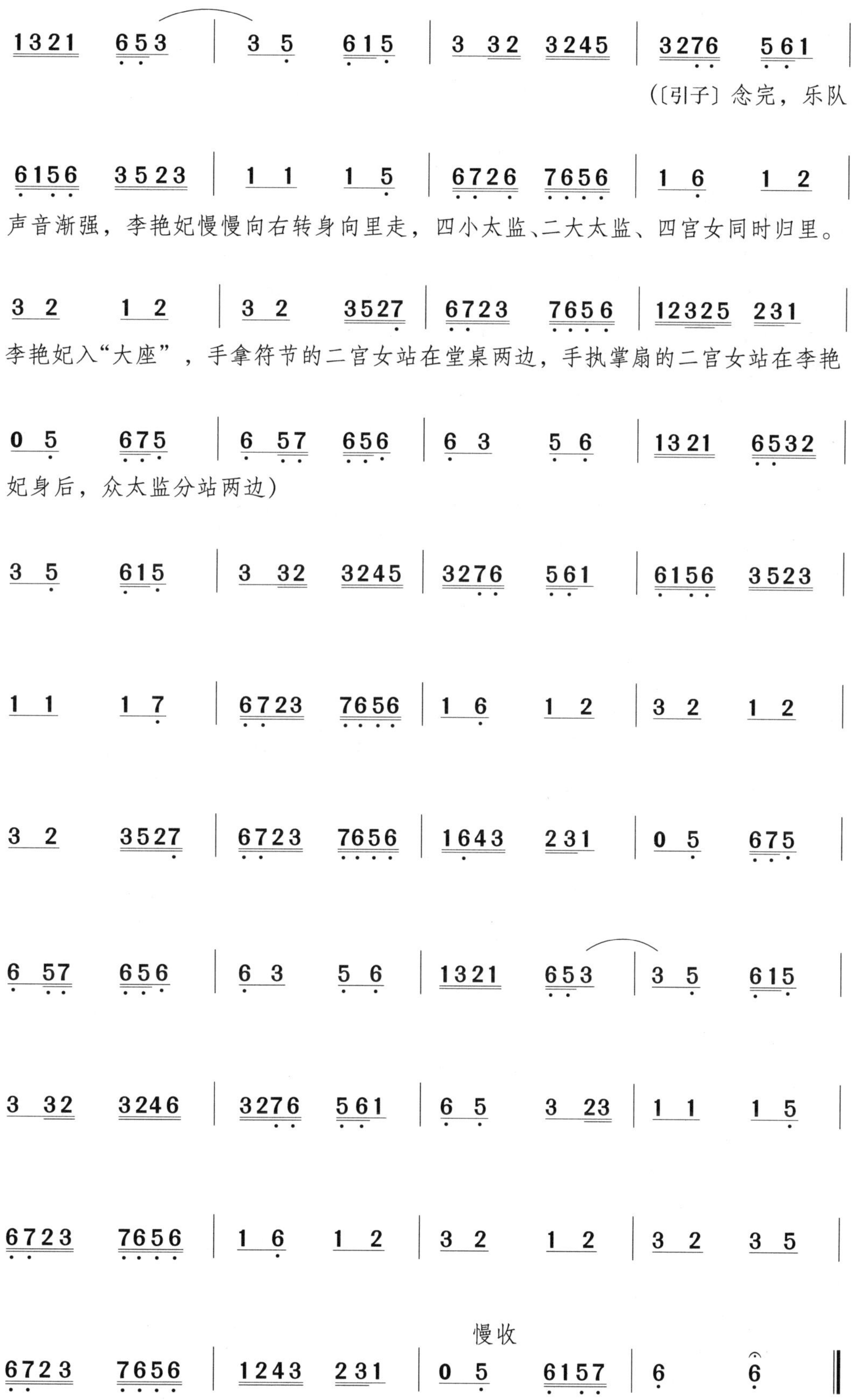
（〔引子〕念完，乐队
声音渐强，李艳妃慢慢向右转身向里走，四小太监、二大太监、四宫女同时归里。
李艳妃入“大座”，手拿符节的二宫女站在堂桌两边，手执掌扇的二宫女站在李艳
妃身后，众太监分站两边）
慢收

李艳妃 （念诗）老王晏驾命归西，
满朝文武整华夷。
多亏众卿来扶助，
保定哀家立帝基。（扎）
哀家，李艳妃。老王晏驾，太子年幼，多亏众卿保定哀家已登大宝。今当早朝。内侍！

大太监 （“大边”的）有。

李艳妃 传旨朝房文武，有本早奏，无本卷帘退班。

大太监 领旨。（走至台中）国太有旨：无本卷帘退班哪！

〔李良内白：“李良有本启奏。”

大太监 随旨上殿。（走回“大边”原位）

〔李良内白：“领旨。”

〔**【小锣打上】**李良抱牙笏上至“小边”台口。

李　良 （念）全凭三寸舌，
打动女王心。**【小锣二击】**（上殿至台中面向里）
臣，李良见驾，国太千岁。

李艳妃 平身。

李　良 千千岁！

李艳妃 赐绣墩。（“大边”的大太监搬椅子）

李　良 谢座。**【小锣二击】**（“大边”入座）

李艳妃 太师上殿，有何本奏？

李　良 （抱牙笏，向李艳妃）臣启国太：今当各国王子进贡之年，倘若前来，观见我朝，珍珠帘内女王登基，将宝撤回，回到他邦，定起反意。有道是：一载干戈动，十年不太平！

李艳妃 （略思）依太师之见？

李　良 依臣之见，将江山社稷让与哪家沾亲带故之臣，执掌三年五载，候幼主成龙，原业归宗。

李艳妃 （略思）太师此言差矣！想满朝文武，至亲不过你我父女，就将江山让与太师，执掌三年五载，候幼主成龙，原业归宗。

李　良 恐满朝文武不服。

李艳妃 无妨，待哀家写下滕国文约，哪怕他文武不服。

李　良 谢国太。

李艳妃 殿角伺候。

李　良 遵旨！**【小锣五击】**（“下场门”下，小太监撤座）

李艳妃 内侍！

二大太监 有。

李艳妃 看文房四宝过来。

二大太监 领旨。

〔**【小锣单击】**“大边”的大太监到“下场门”拿托盘和大黄手本，“小边”的大太监磨墨。

李艳妃 （拿笔，蘸墨，提笔（大大大大大乙台）眼望前方）嗳！【小锣叫头】喂呀，先王啊……（放笔哭介）

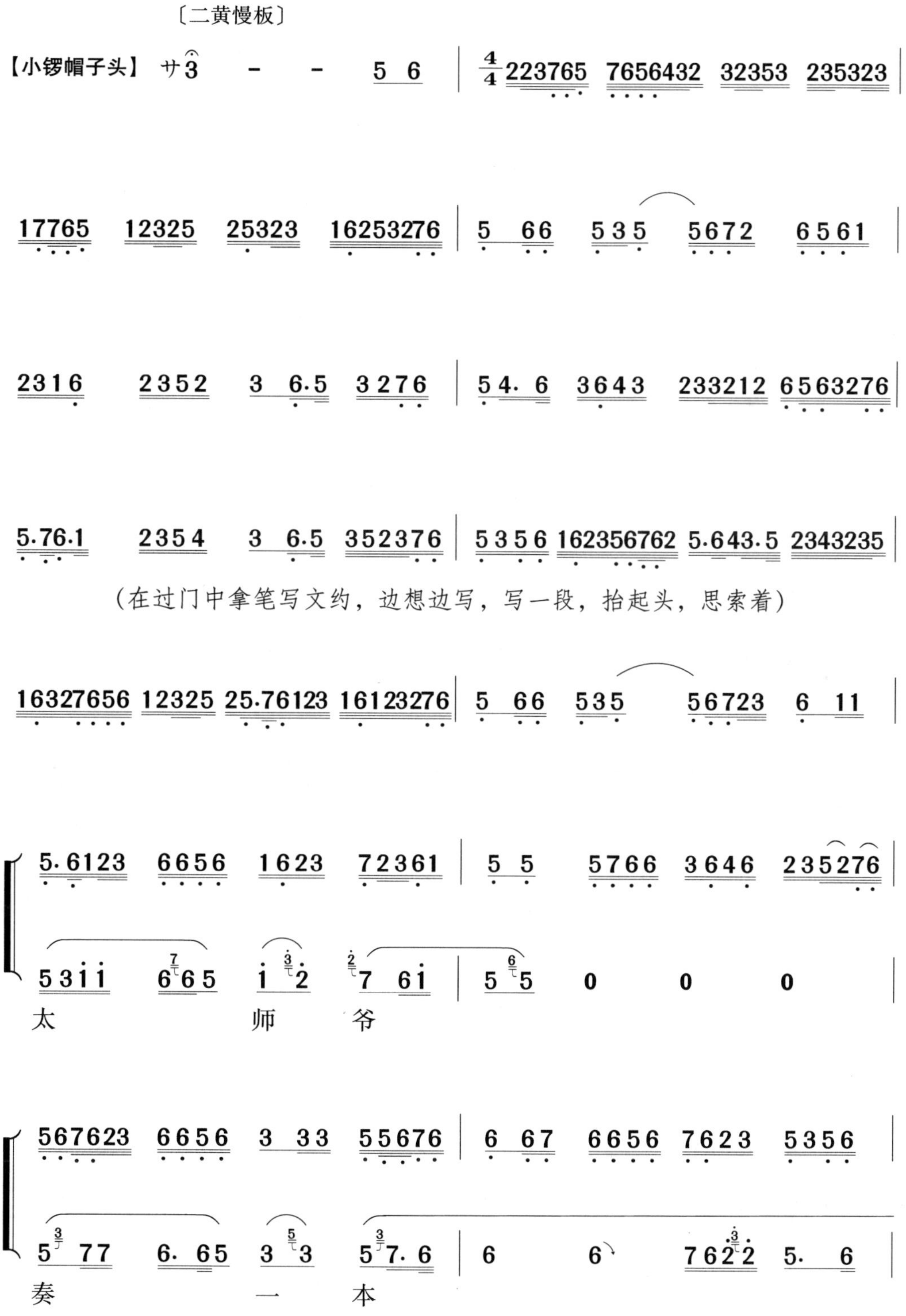

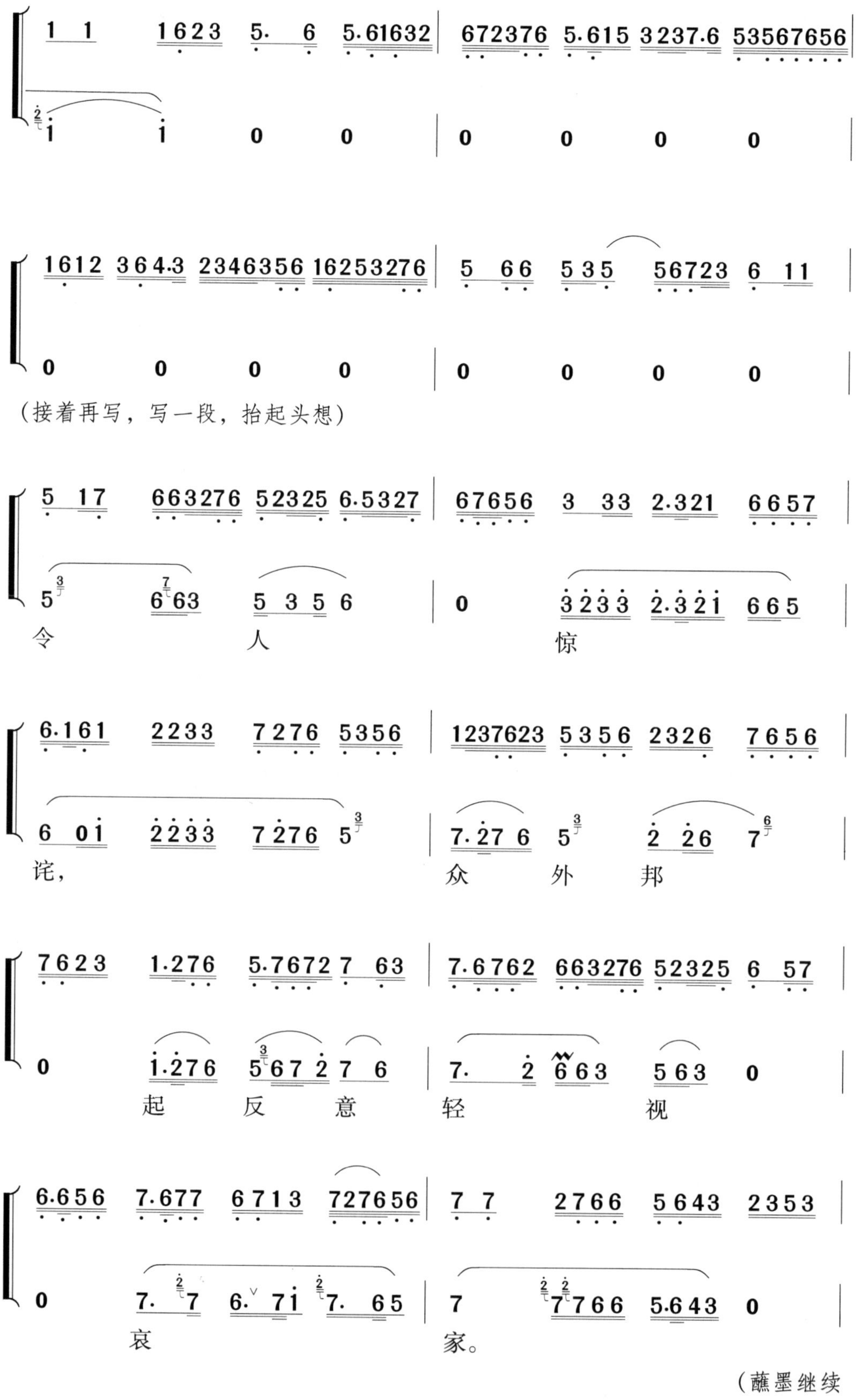
（接着再写，写一段，抬起头想）
令 人 惊
诧，
众 外 邦
起 反 意 轻 视
哀 家。
（蘸墨继续

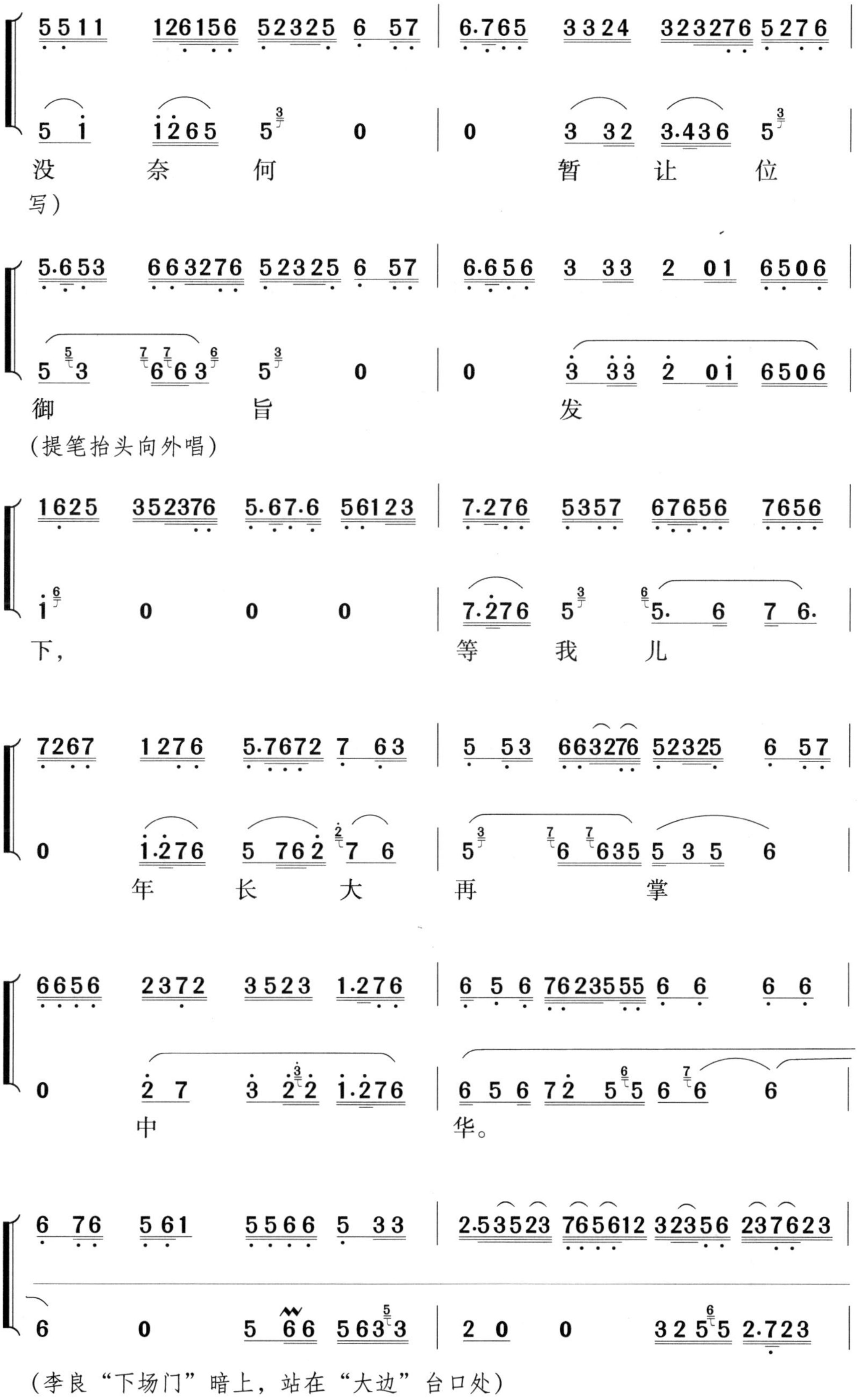
没 奈 何 暂 让 位
写）
御 旨 发
（提笔抬头向外唱）
下， 等 我 儿
年 长 大 再 掌
中 华。
（李良“下场门”暗上，站在“大边”台口处）

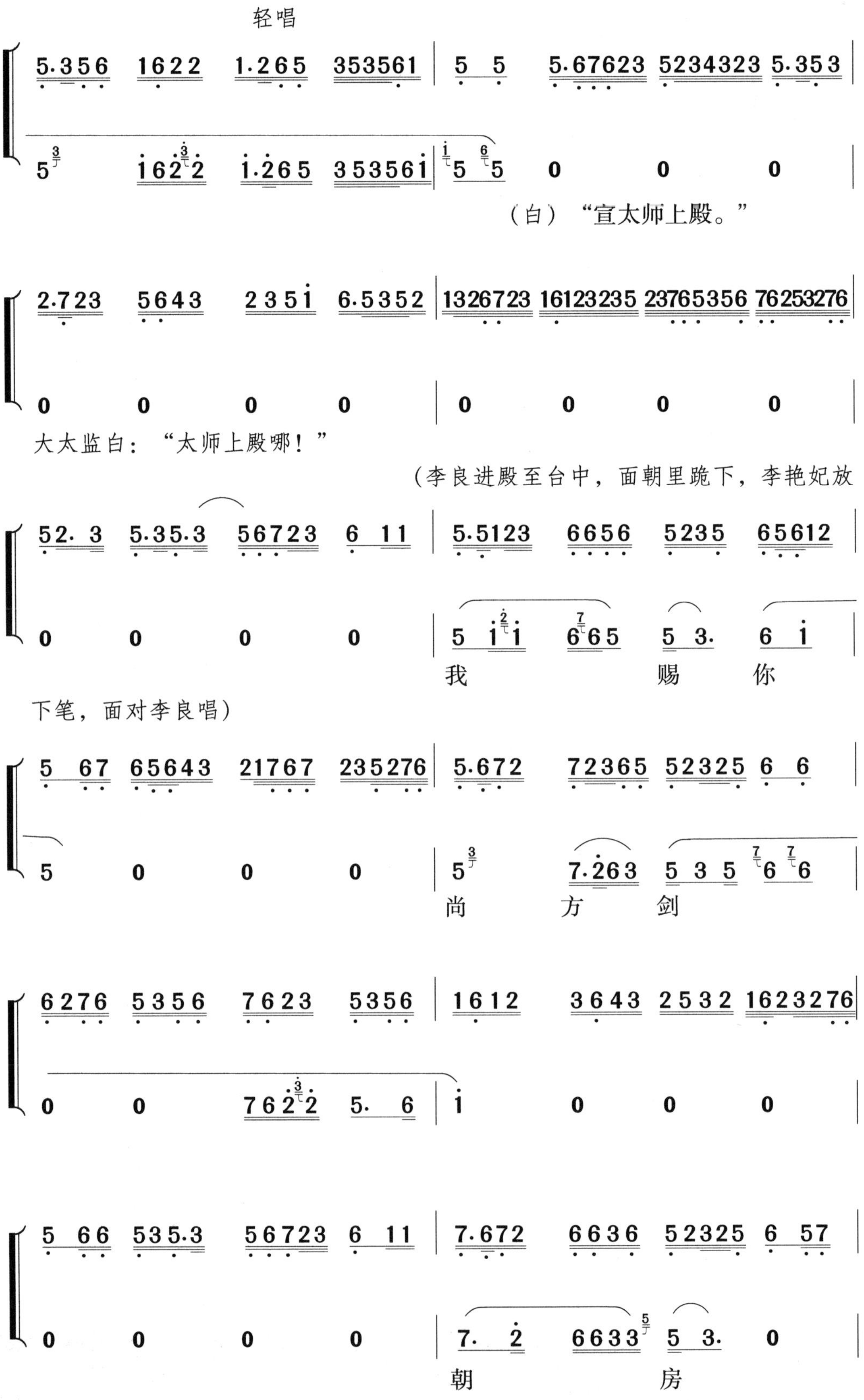
轻唱
（白）“宣太师上殿。”
大太监白：“太师上殿哪！”
（李良进殿至台中，面朝里跪下，李艳妃放
我 赐 你
下笔，面对李良唱）
尚 方 剑
朝 房

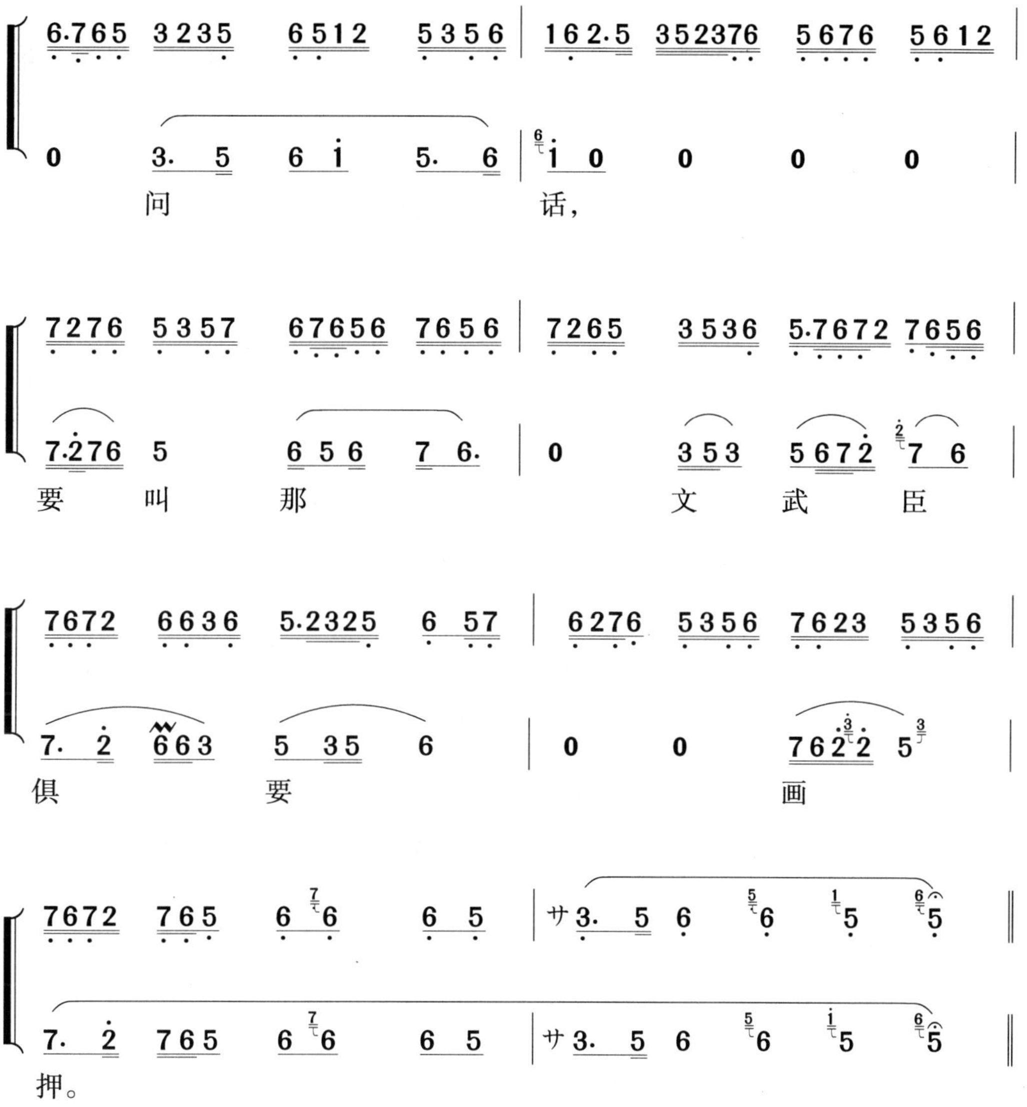

李　良　谢国太！

〔【小锣凤点头】“大边”的大太监将尚方剑交给李良，“小边”的大太监接过李良的牙笏放在堂桌上，李良起身，转身，面向外站在台中。

〔二黄摇板〕

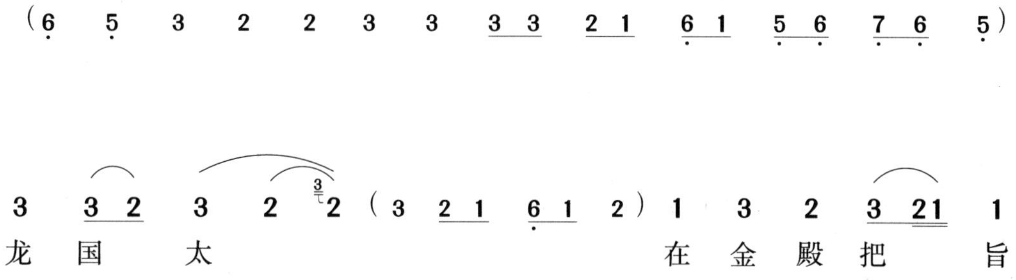

2 1（6 5 6 7 6 1）2 3 3 1. 2 3（6）3 21 1

传 下， 好 似 猛 虎 生 爪

2 2.（3 2 1 6 1 2 3 4 3 2 1 6 1 2）3 2 2 1

牙。 公 公 带

1（6 5 6 7 6 1）3 2 1 1 2 1 －

路 文 班 下，

〔【小锣抽头】“大边”大太监手托盘，盘上放着文约，领起来走向“下场门”，“小边”大太监随后，李良跟随，走向“大边”，面向“下场门”。

〔二黄摇板〕

（过门同前）2 2 1 2 3 2 2 1 6 1 2 －（2 1 6 1 2）‖

众 位 大 人 前 来 画 押。

〔众大臣内白：“太师，来到朝房有何事议？”

李 良 国太将江山社稷让与老夫，执掌三年五载，候幼主成龙，原业归宗。请列位大人前来画押。

〔众大臣内白：“江山只有争斗，哪有擅让之理！我等不押。”

李 良 老夫有朱红宝剑在此！（举剑）

〔众大臣内白：“太师不必动怒，我等画押就是。”

李 良 这便才是。（欲转身走）

〔杨波内白：“且慢哪！”（**大大大大大大乙台**）

李 良 （又回身）答话者何人？

〔杨波内白：“兵部侍郎杨波。”

李 良 哦，杨大人敢是前来画押？

〔杨波内白：“学生不押，上殿面奏。”

李 良 呀呸！老夫坐江山，有你不多，无你也不少哇！

〔二黄摇板〕

【小锣凤点头】（过门同前）2 2 3 2 3 2 1 1 3 2 1 1 2

那 杨 波 不 画 押 真 真 胆(呐)

1（6 5 6 7 6 1）3 2 3 1 2 3 3 0 3 3 21 1 2

大， 有 老 夫 坐 江 山， 我 先 把 他

2（2 3 4 3 2 1 6 1 2）3 3 2 2 1 1 1 ^{3}2 1 1 –
杀。 公 公 带 路 武 班 下，

〔【小锣抽头】二大太监走至“小边”，李良随后向至“小边”台口处。

〔二黄摇板〕

（过门同前）2 2 3 3 ^{3}2 1 1 1 ^{6}1 2 –（2 1 6 1 2）‖
众 位 王 侯 前 来 画 押。

〔众王侯内白：“太师来到朝房有何事议？”

李　良　国太将江山社稷让与老夫执掌三年五载，候幼主成龙，原业归宗。请列位王侯前来画押。

〔众王侯内白：“江山只有争斗，哪有擅让之理，我等不押。”

李　良　老夫有朱红宝剑在此！（举剑）

〔众王侯内白：“太师不必动怒，我等画押就是。”

李　良　嗯，这便才是。（欲转身走）

〔徐延昭内白：“且慢哪！”（**大大大大大大乙台**）

李　良　答话者何人！

〔徐延昭内白：“定国公徐。”

李　良　哦，徐老千岁敢是前来画押？

〔徐延昭内：“老夫不押，上殿面奏。”

李　良　哎呀！这个老儿不押，我的江山去了一大半了！

〔二黄摇板〕

【小锣凤点头】（过门同前）1 3 3 2 3 2 1 1 6 2 1 2 2 1
那 杨 波 不 画 押 我 却 不(哇) 怕，

（6 5 6 7 6 1）2 2 3 2 1 1 2 3 0 3 3
徐 延 昭 吼 一 声 我 胆

2 1 1 2 ^{3}2.（3 2 1 6 1 2 3 4 3 2 1 6 1 2）1
战 如 麻。 将

3 2 1 2 1 6 3 2 1 1 2 1 –
身 儿 且 到 那 龙 书 案 下，

〔【小锣抽头】二大太监进殿，将文约放在桌上。归原位，李良进殿跪台中，向里。

〔二黄摇板〕

(过门同前)1 3 2 3 3 3 2 1 2 3 2 1 6 1 2 2 -(2 1 6 1 2)‖

这江 山臣不 坐 让 不得别家。

满朝文武俱已画押，唯有徐、杨二家不押，国太降旨。

李艳妃 殿角伺候。

李　良 领旨。（起来，左转身，抱着宝剑出殿，【小锣一击】“下场门”下）①

李艳妃 内侍。

大太监 有。

李艳妃 宣徐、杨二家上殿。

大太监 领旨。（走至台中）国太有旨，徐、杨二家上殿哪！（回“大边”原位）

〔徐延昭内白：“领旨呀！”

〔【紧锤】徐延昭右手握锤，左手提蟒“上场门”上，至“九龙口”处，将锤交与左手抱着。转【大锣抽头】向前走至“小边”台口。

〔二黄摇板〕

徐延昭 (过门同前) 3 3 2 3 - 2 0(3 2 1 6 1 2) 4 3. 3 -

徐 延 昭 出 朝 房

(3 2 4 6 3) 5 3 - 3 2 2 2 - - - 2 3 -

气 冲 牛 斗，

【大锣单楗凤点头】(过门同前) 2 1 2 1 2 3 2 3 (3 6 1 2

尊一 声 两(呃) 班 中

3) 2 1 1 1 2 - 2 (3 2 1 6 1 2 3 2 1 6 1

文 武 公 侯。

2) 3 2 1 1 1 3 2321 1 - (6 5 6 7 6 1) 6 3

先 王 爷 晏 了 驾 太(呀)

① 此处李良也可坐在台上“大边”。

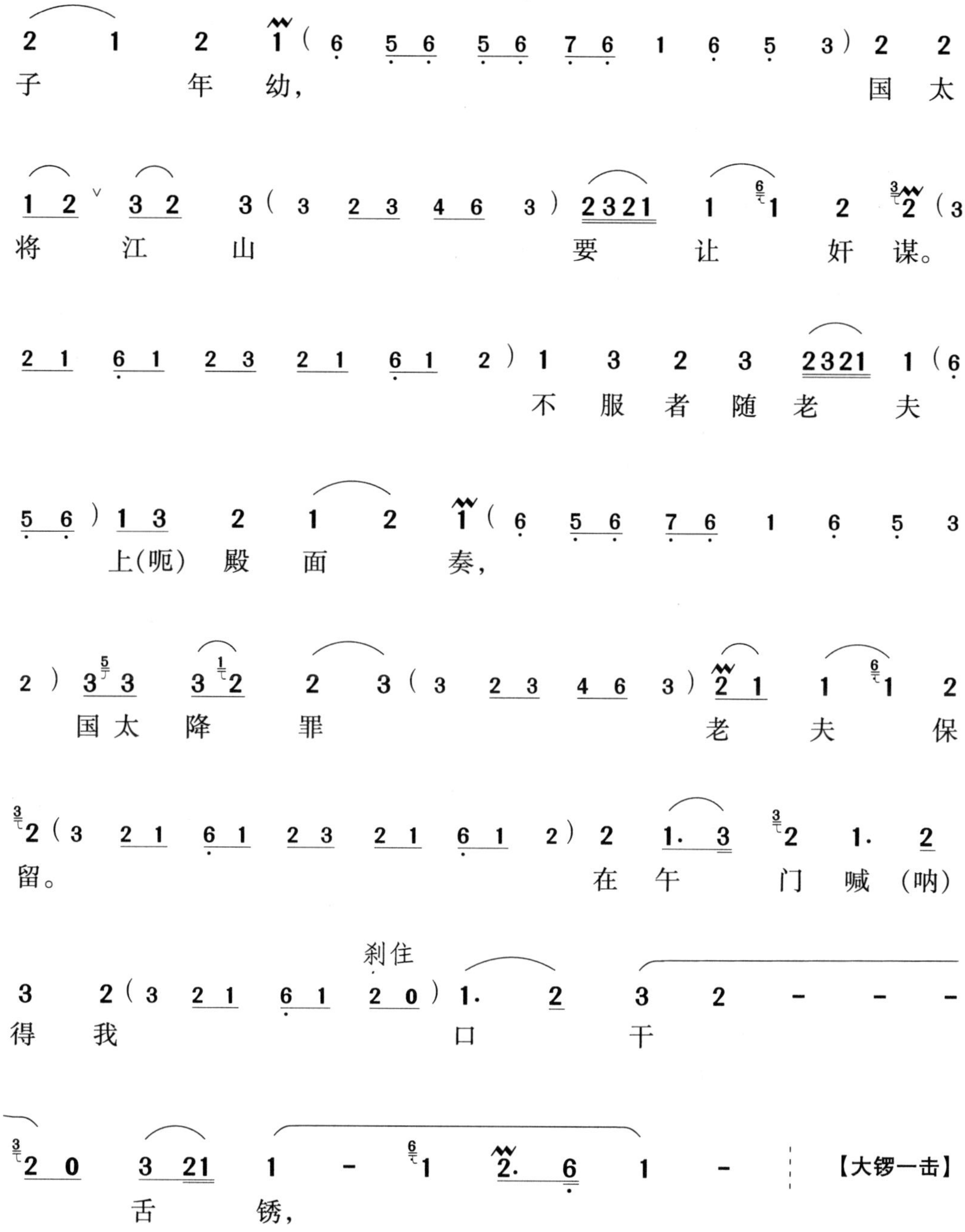

〔杨波内白：“千岁慢走。”

〔二黄摇板〕

徐延昭 【单楗大锣凤点头】（过门同前）

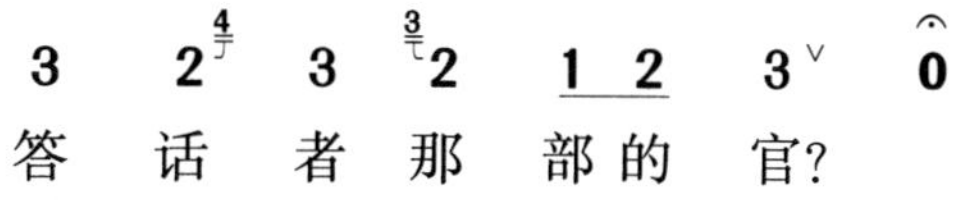

〔杨波内白：“兵部杨波。”

徐延昭

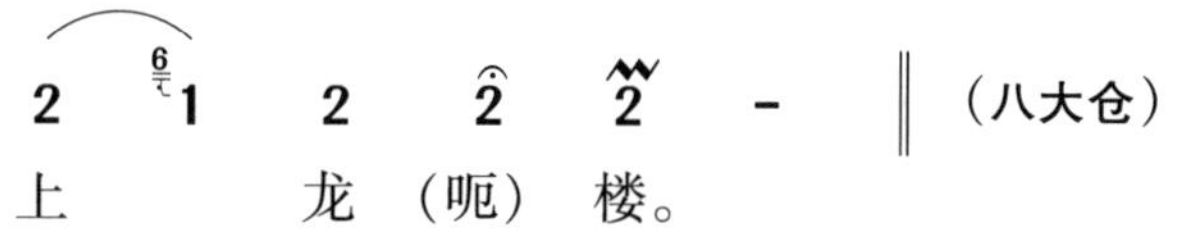

杨 波 千岁慢走！（边念边快步走上，右手拿牙笏，左手提蟒。【快纽丝】走至台口）

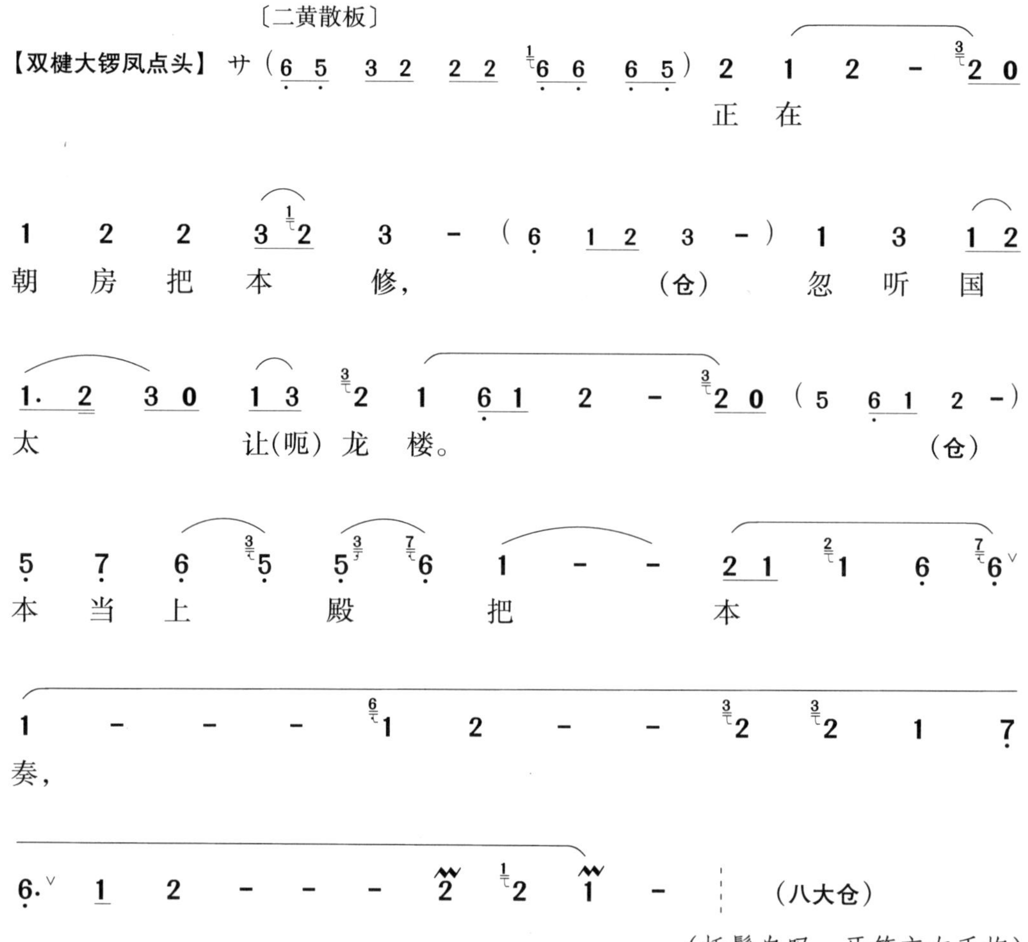

（托髯自叹，牙笏交左手抱）

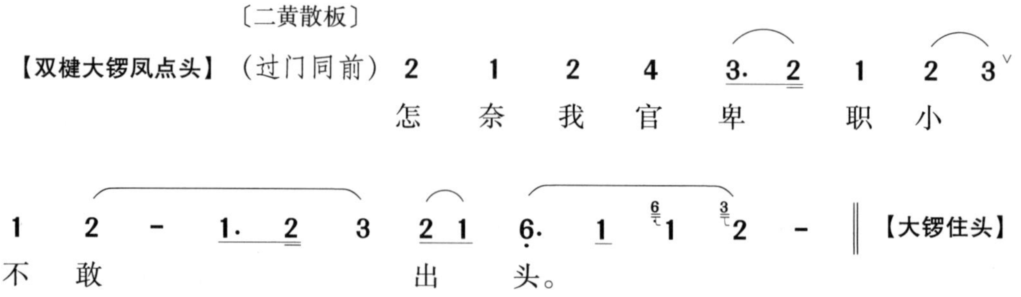

（杨波走近徐延昭，二人并排站立于“小边”台口）

杨　波　参见千岁。
徐延昭　杨大人，慌慌张张为了何事？
杨　波　学生正在朝房修本，忽听国太要将江山社稷，让与奸贼李良。千岁可曾画押？
徐延昭　老夫岂肯画押。大人可曾画押？
杨　波　学生怎敢与奸贼同党。不曾画押。
徐延昭　既未曾画押，就该上殿面奏。
杨　波　本当上殿面奏，怎奈官卑职小，不敢出头。
徐延昭　只要你忠心保国，说什么官大官小，老夫保你满门无事。
杨　波　既有千岁做主，学生拼着性命不要，也要顶上几本。
徐延昭　好，随我来。

「【长锤】二人会意，抖袖，原位上步。李良从“下场门”上，至“大边”台口站立。

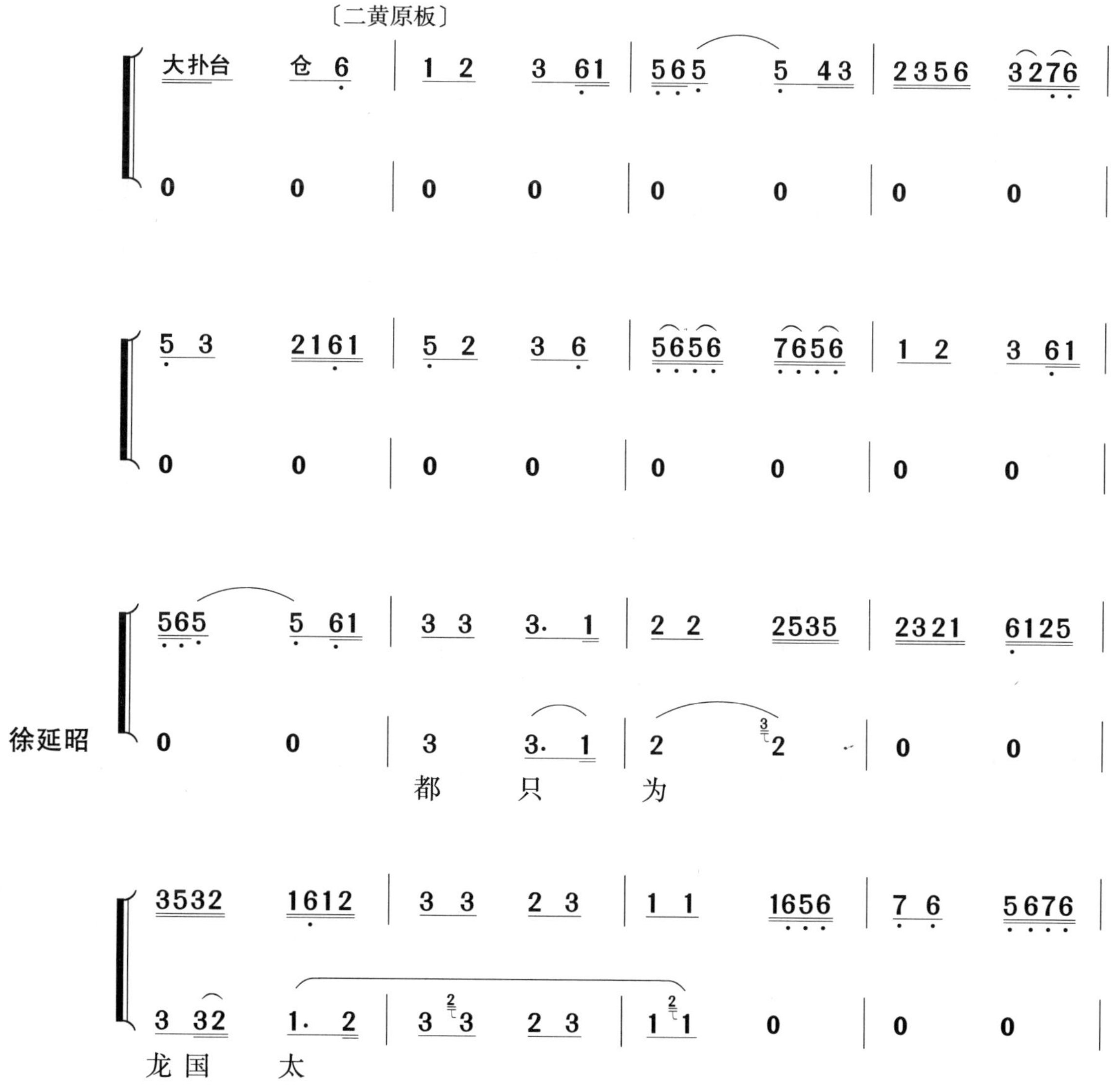

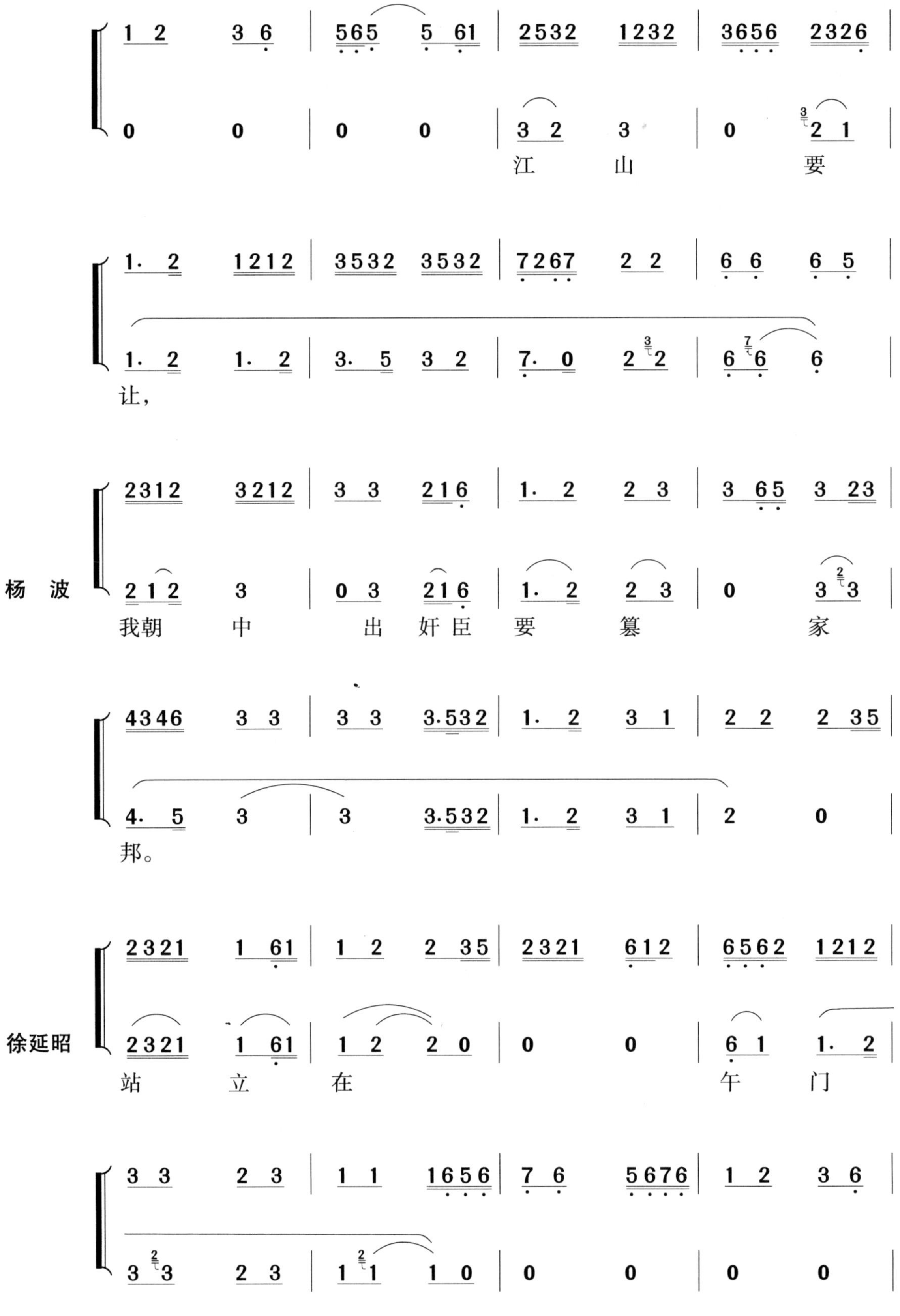
江 山 要
让，
杨 波
我朝 中 出 奸 臣 要 篡 家
邦。
徐延昭
站 立 在 午 门

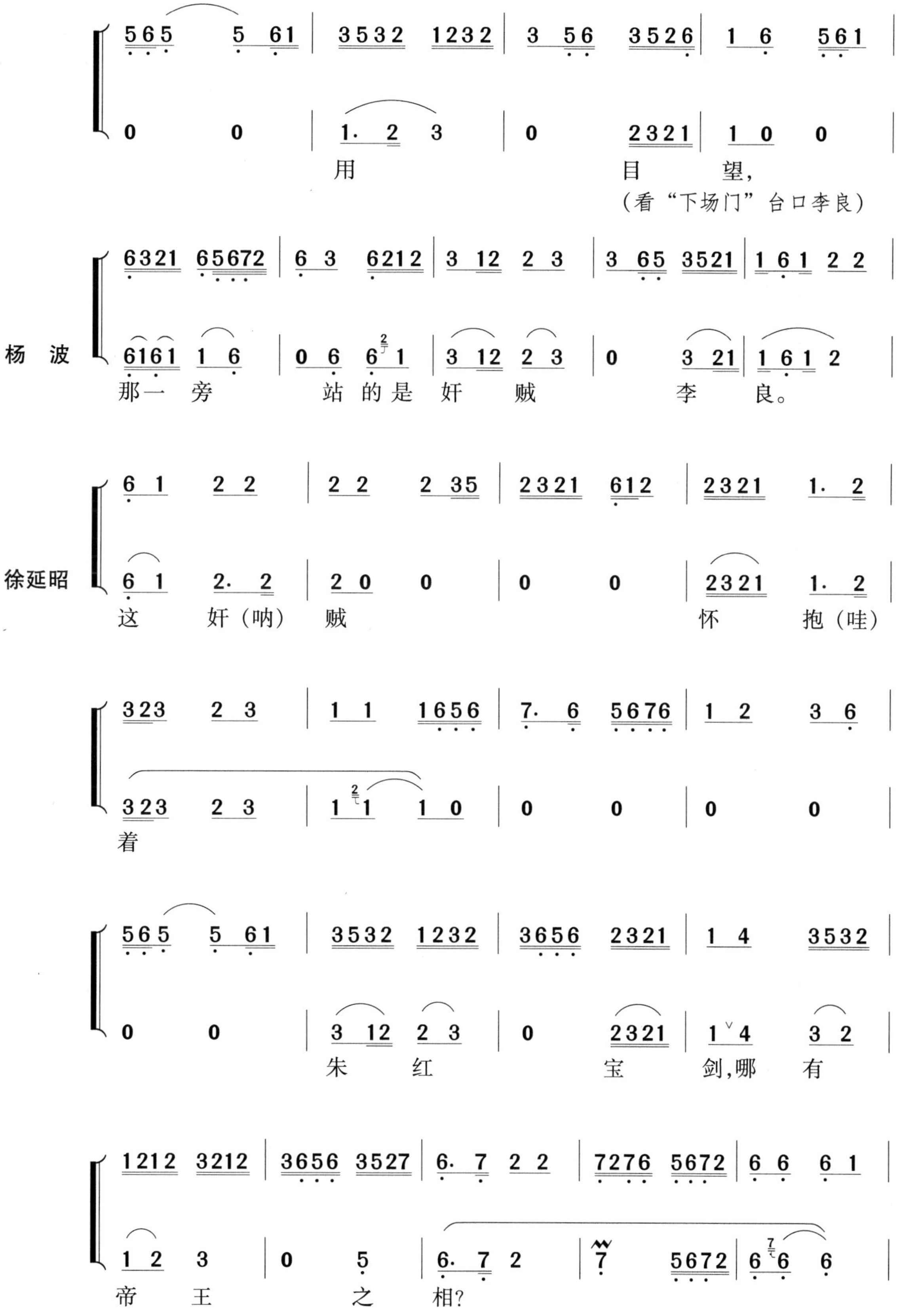
用 目 望，
（看“下场门”台口李良）
杨 波
那一 旁 站的是 奸 贼 李 良。
徐延昭
这 奸（呐） 贼 怀 抱（哇）
着
朱 红 宝 剑，哪 有
帝 王 之 相？

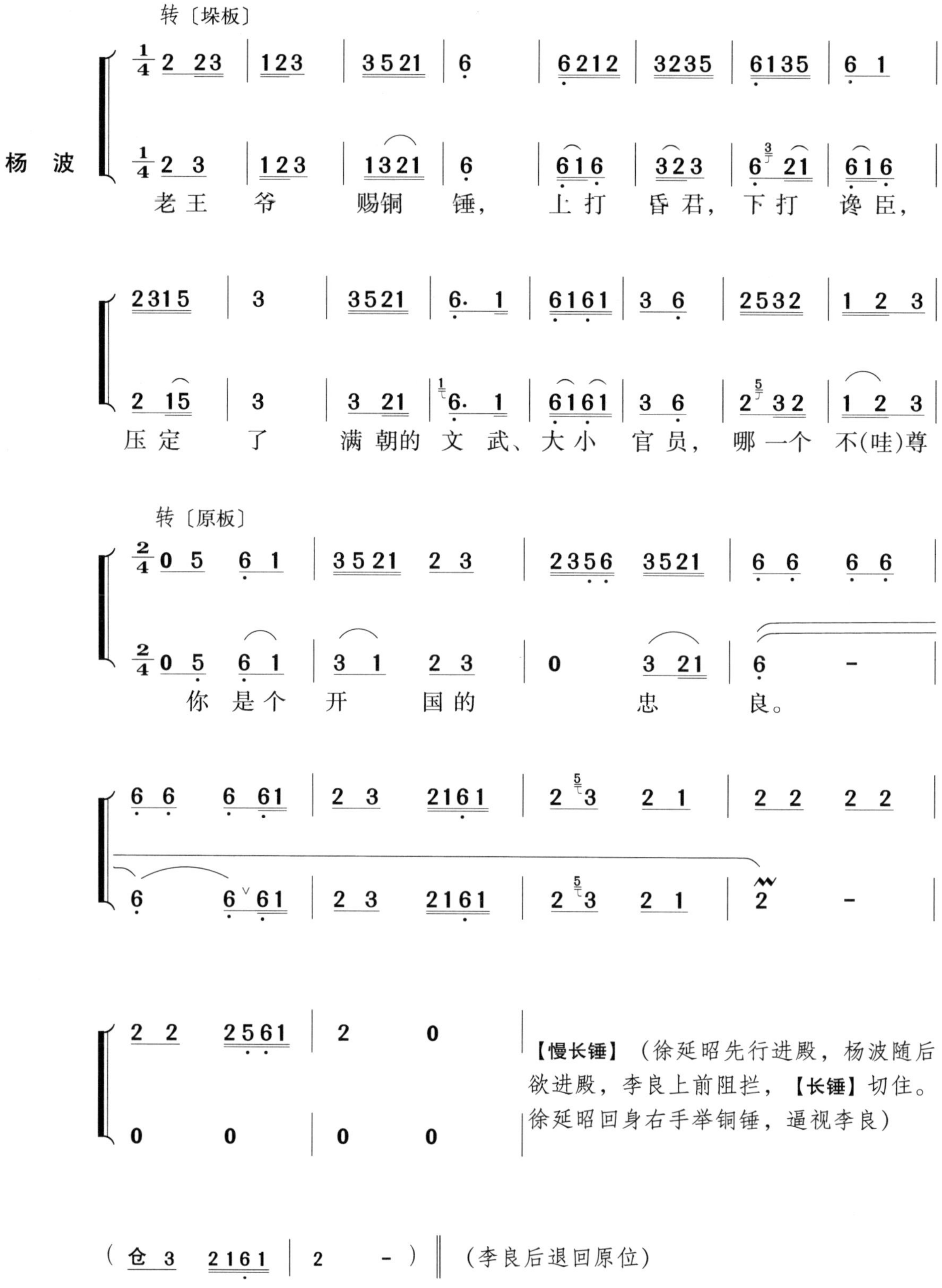

徐延昭 嗯!

〔【慢长锤】徐、杨同上殿,徐延昭站“大边”,杨波站“小边”。

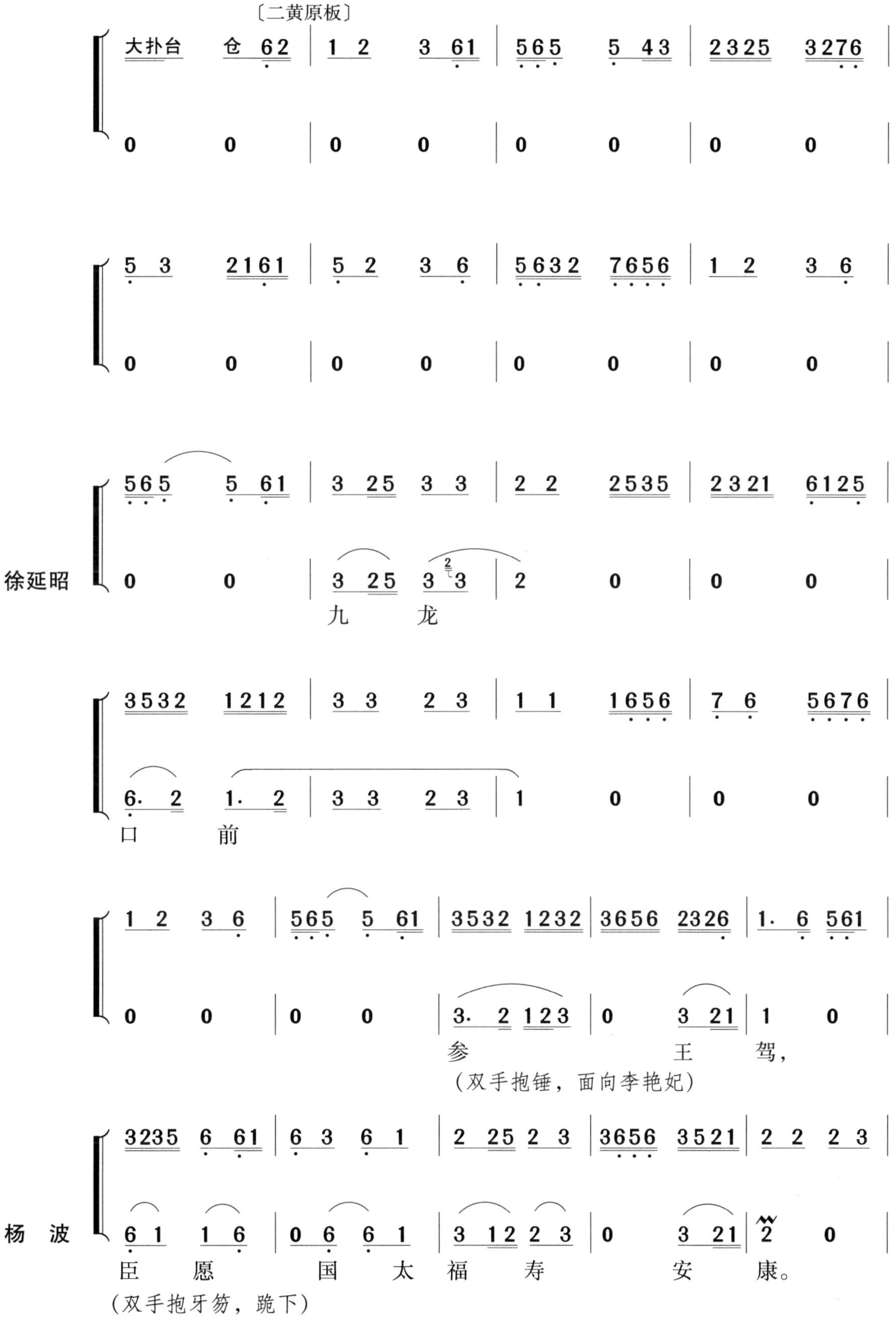
〔二黄原板〕
大扑台 仓
徐延昭
九 龙
口 前
参 王 驾，
（双手抱锤，面向李艳妃）
杨 波
臣 愿 国 太 福 寿 安 康。
（双手抱牙笏，跪下）

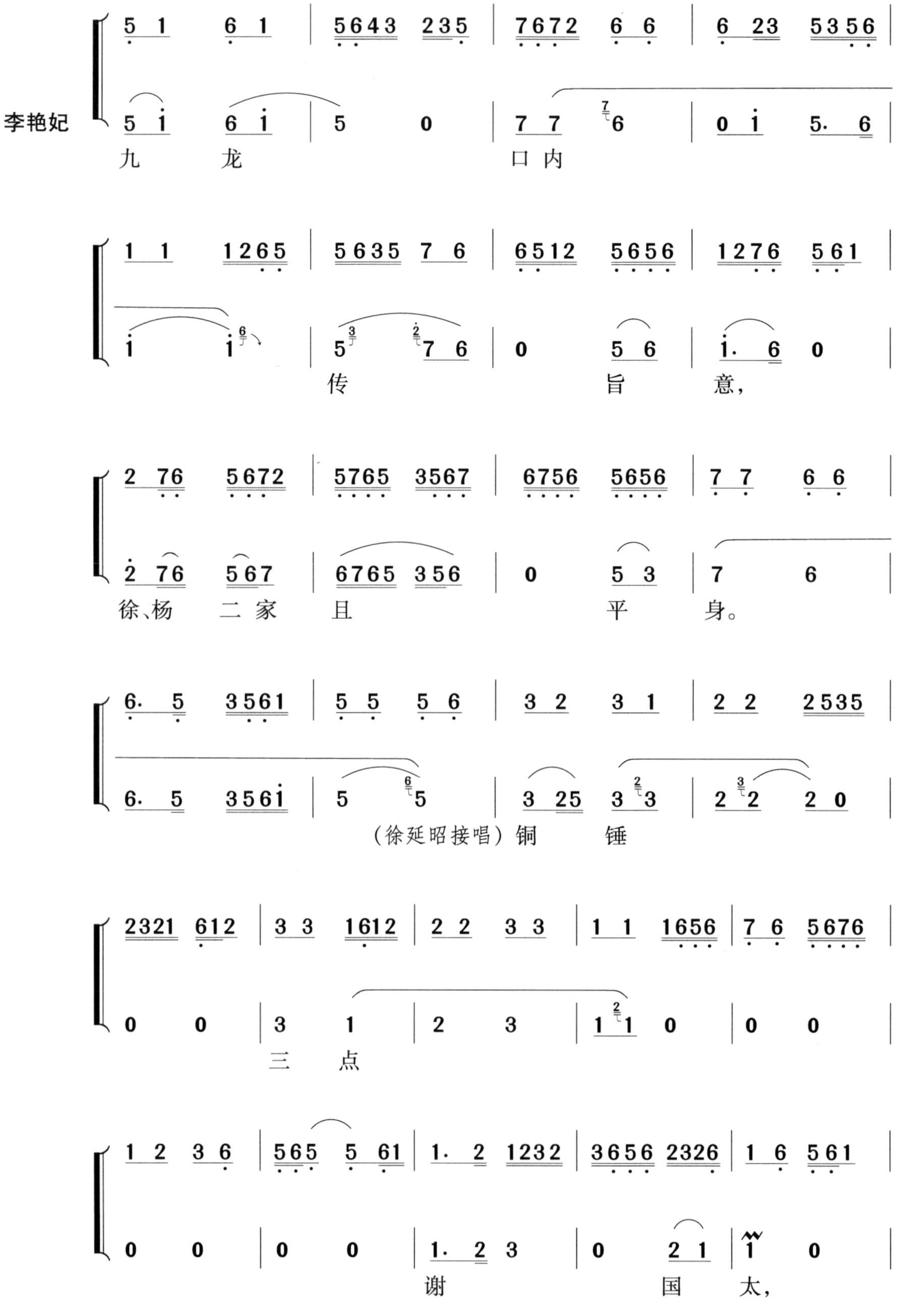
李艳妃
九 龙 口内
传 旨 意，
徐、杨 二 家 且 平 身。
（徐延昭接唱）铜 锤
三 点
谢 国 太，

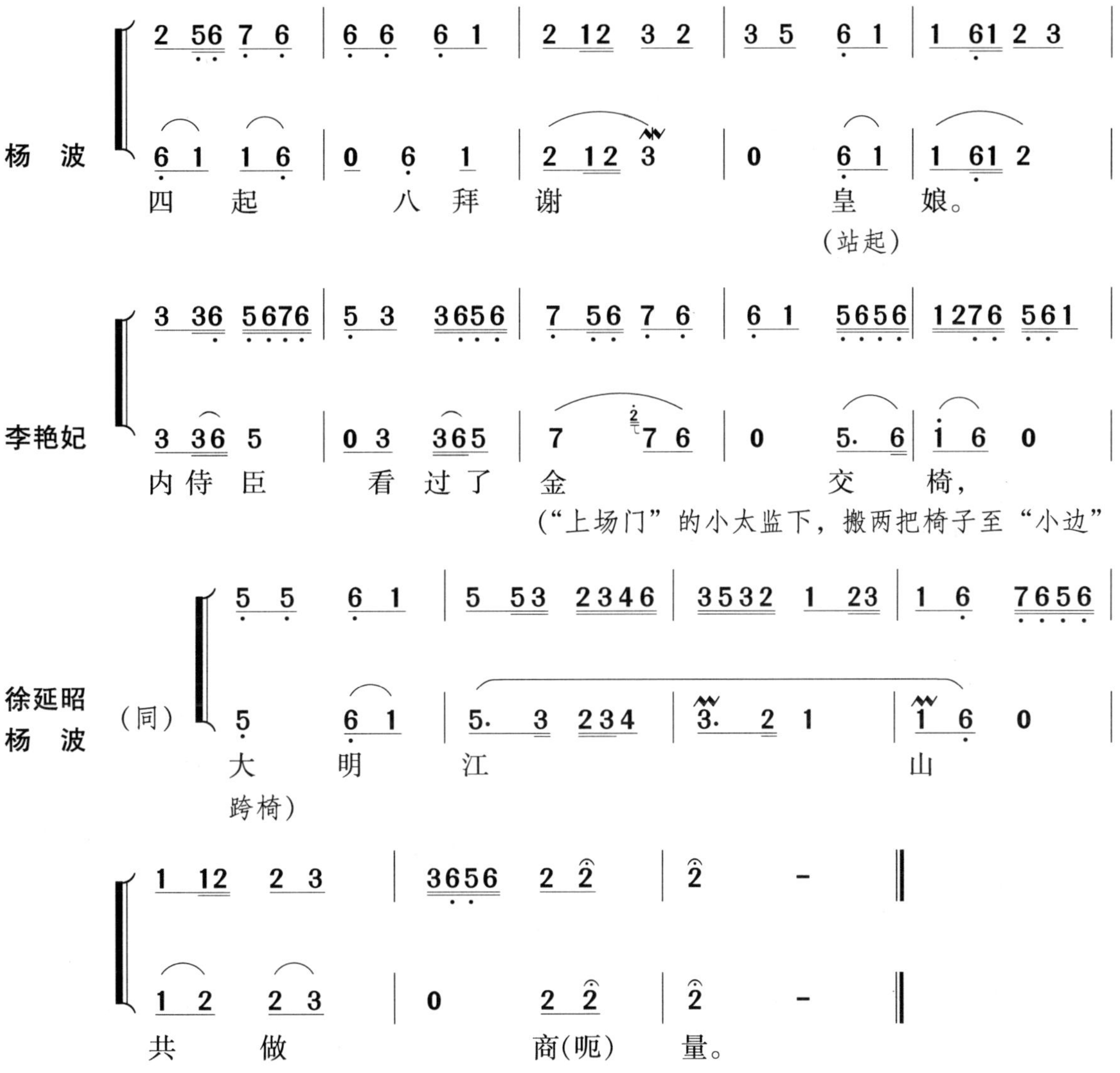

〔【大锣原场】徐、杨同至“小边”入座,徐延昭坐里,杨波坐外。

徐延昭 杨 波 (同)宣臣等上殿,有何国事议论?

李艳妃 二卿有所不知,今有各国王子前来进贡,观见我朝女王登基,回到他邦定起反意。有道是:一载干戈动,十年不太平。今将江山让与太师,执掌三年五载,候幼主成龙,原业归宗。满朝文武俱已画押,唯有二卿不押,是何理也?

徐延昭 杨 波 (同)江山只有争斗,哪有擅让之理。臣等不押。

李艳妃 哀家凤心已定,不必多奏。(**大 大 大大乙 台**)(转过脸去)

徐延昭 (对杨波)大人。

杨 波 千岁。

徐延昭 有何本章,当殿奏来!

杨 波 是。**【小锣二击】**(走至台中,面向李艳妃跪下,太监撤杨的椅子)臣启国太,臣杨波有道太平本章，不知可容臣启奏？

李艳妃　当殿奏来。

杨　波　容奏。【小锣归位】（站起，走至“大边”，双手抱牙笏，面向李艳妃）

（念诗）忆昔元朝侵华地，

世上多少古今奇。【小锣二击】

山崩地裂石鼓现，

风起云回星斗移。

李艳妃　奏来！

杨　波　容奏。

〔二黄三眼〕稍快

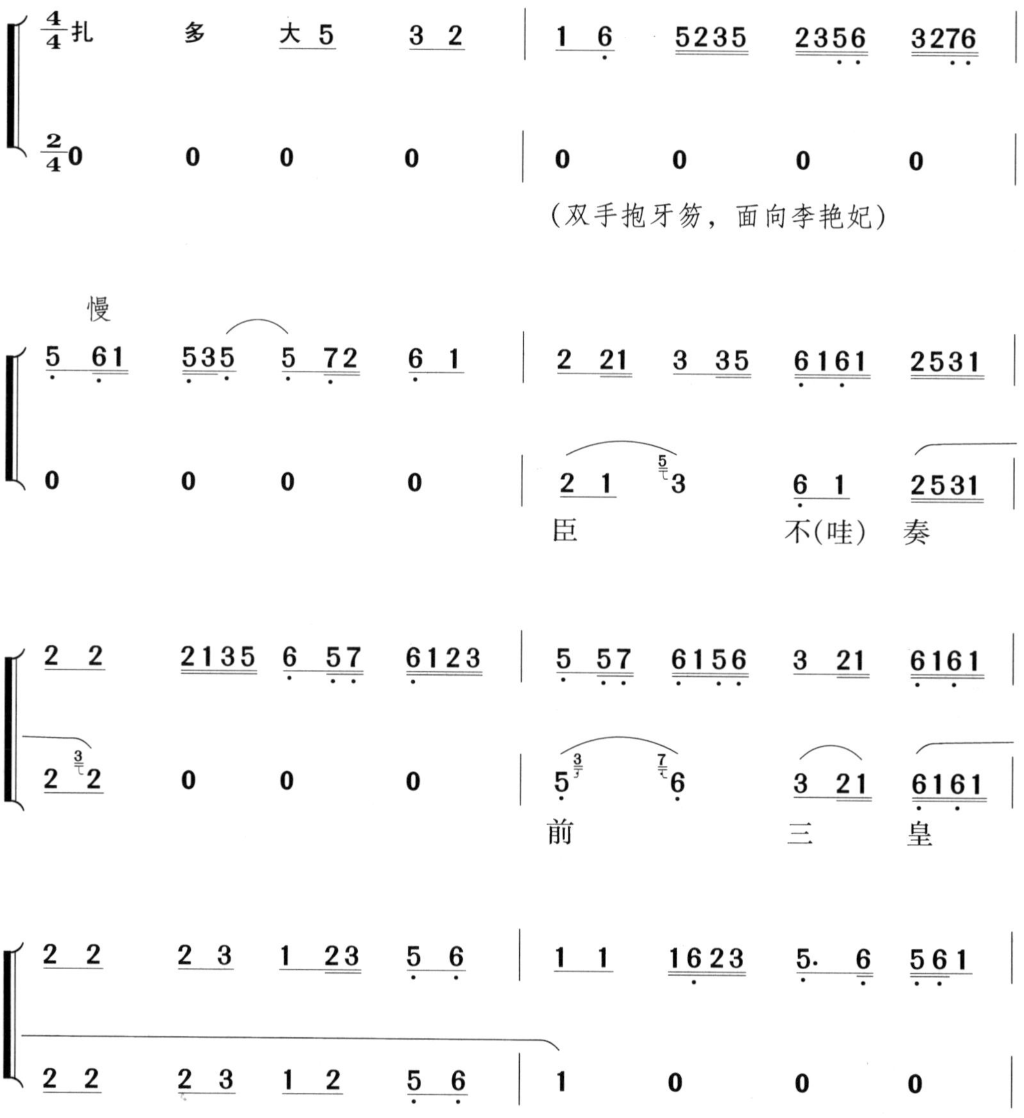

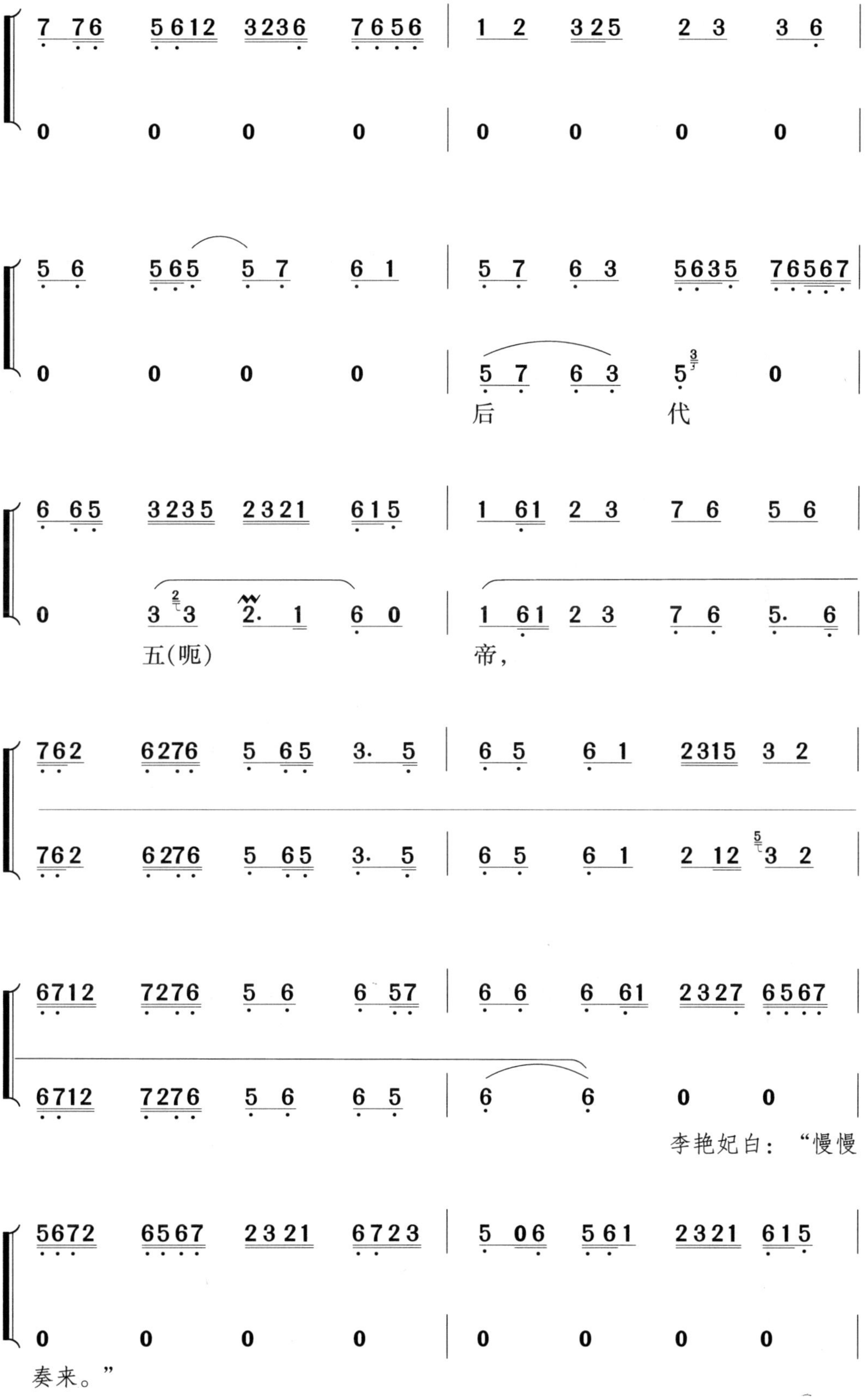
后
代
五(呃)
帝,
李艳妃白:“慢慢
奏来。”

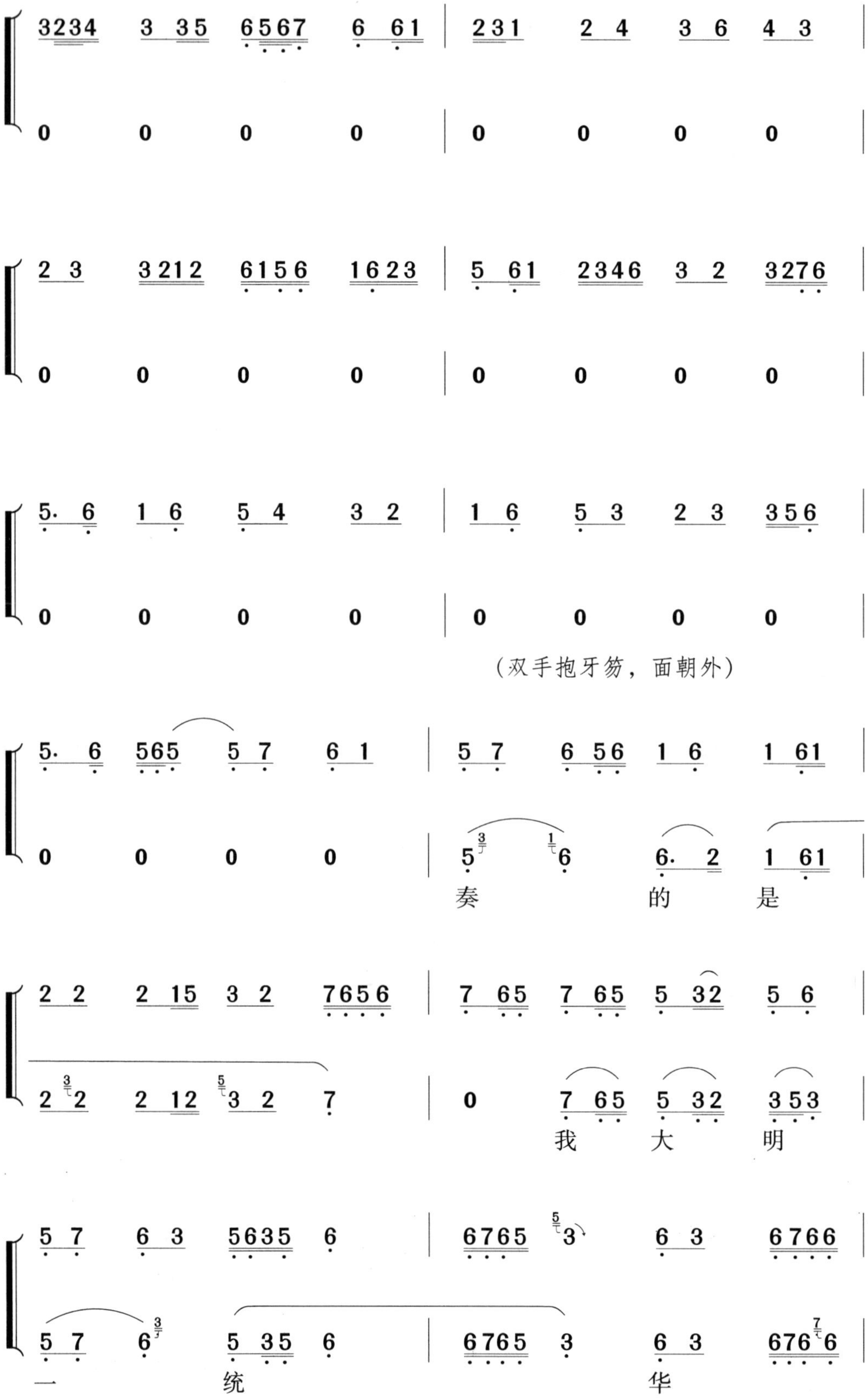
（双手抱牙笏，面朝外）
奏 的 是
我 大 明
一 统 华

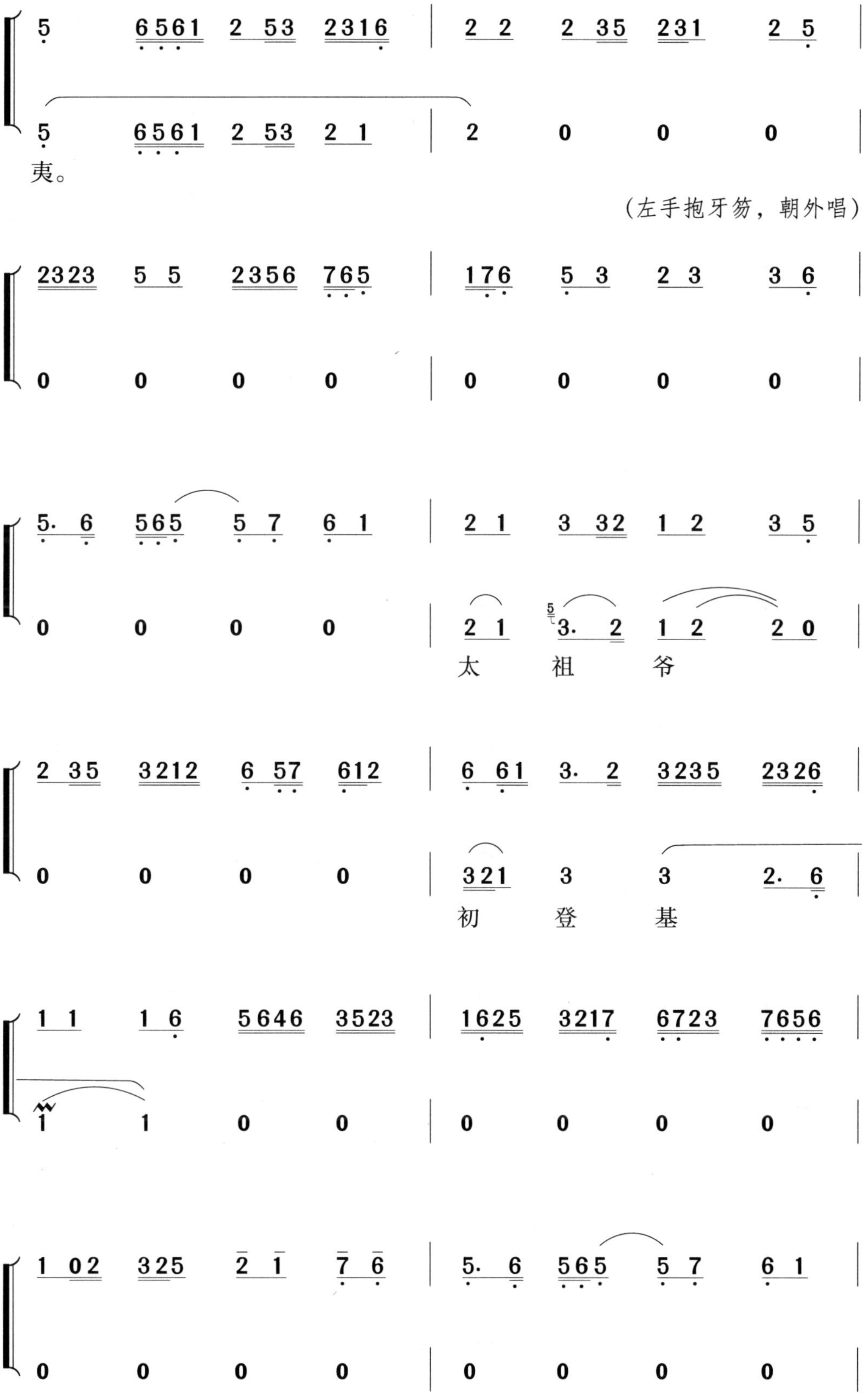
夷。
（左手抱牙笏，朝外唱）
太 祖 爷
初 登 基

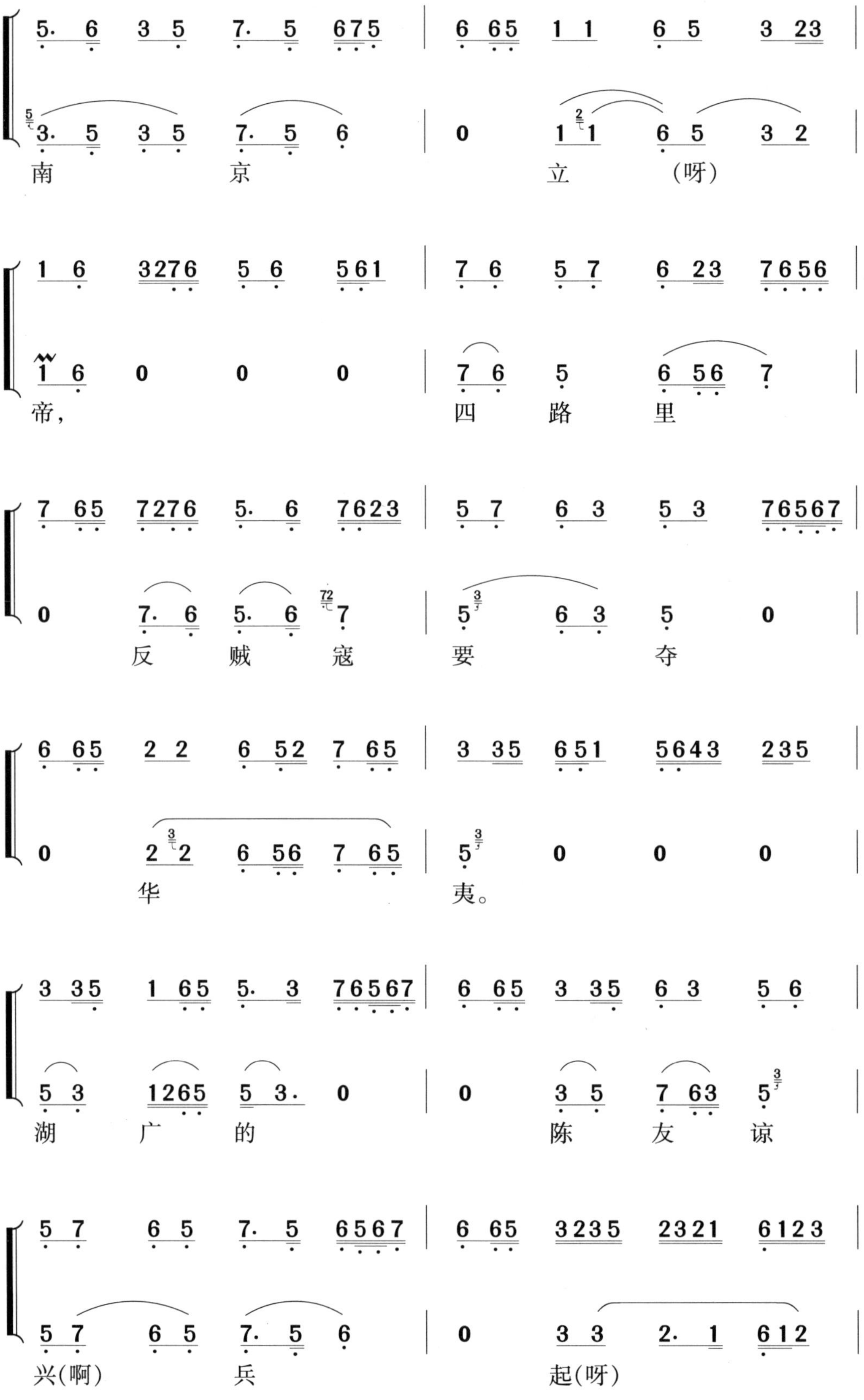
南 京 立 (呀)
帝，四 路 里
反 贼 寇 要 夺
华 夷。
湖 广 的 陈 友 谅
兴(啊) 兵 起(呀)

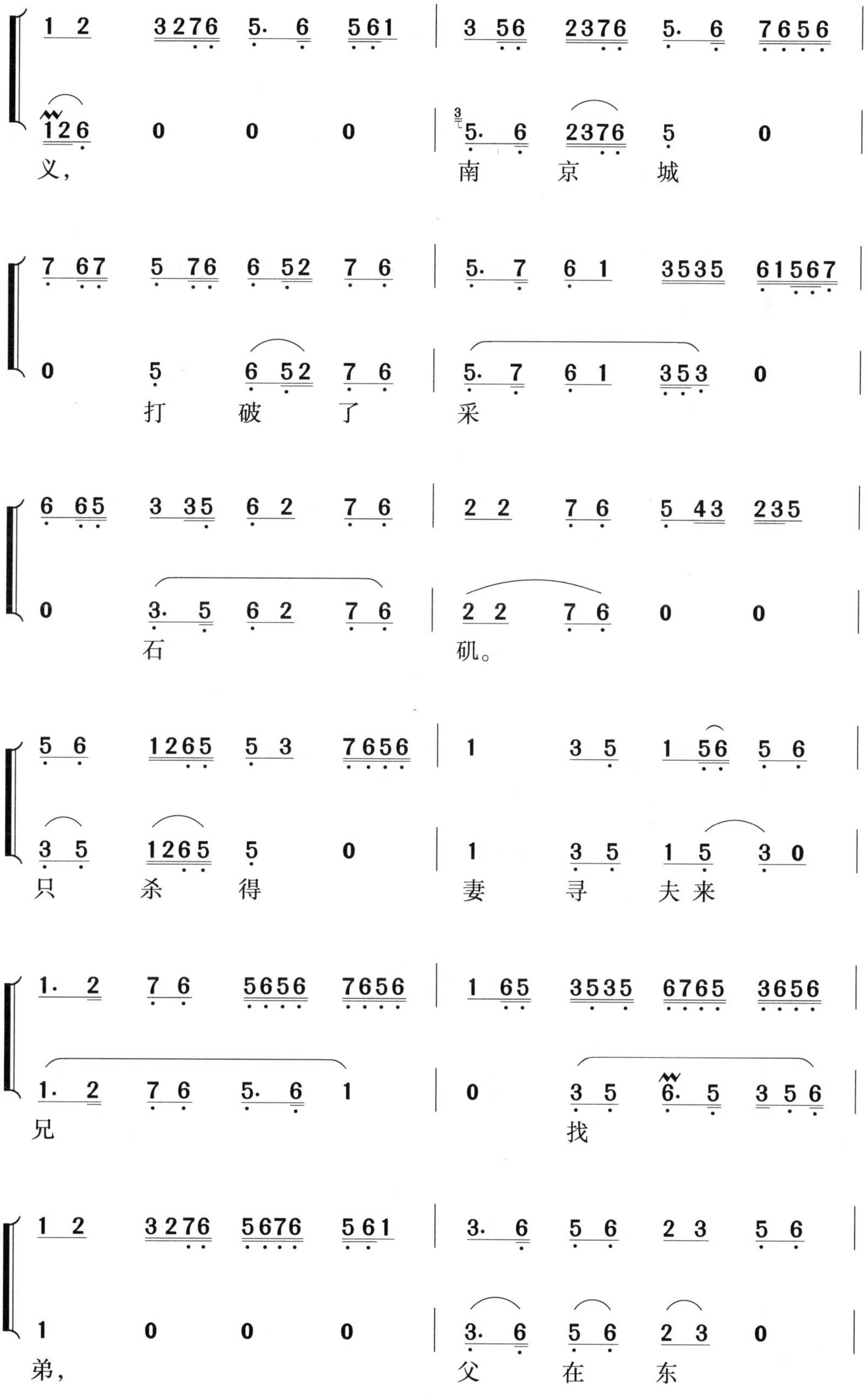
义，
南 京 城
打 破 了 采
石 矶。
只 杀 得
妻 寻 夫来
兄
找
弟，
父 在 东

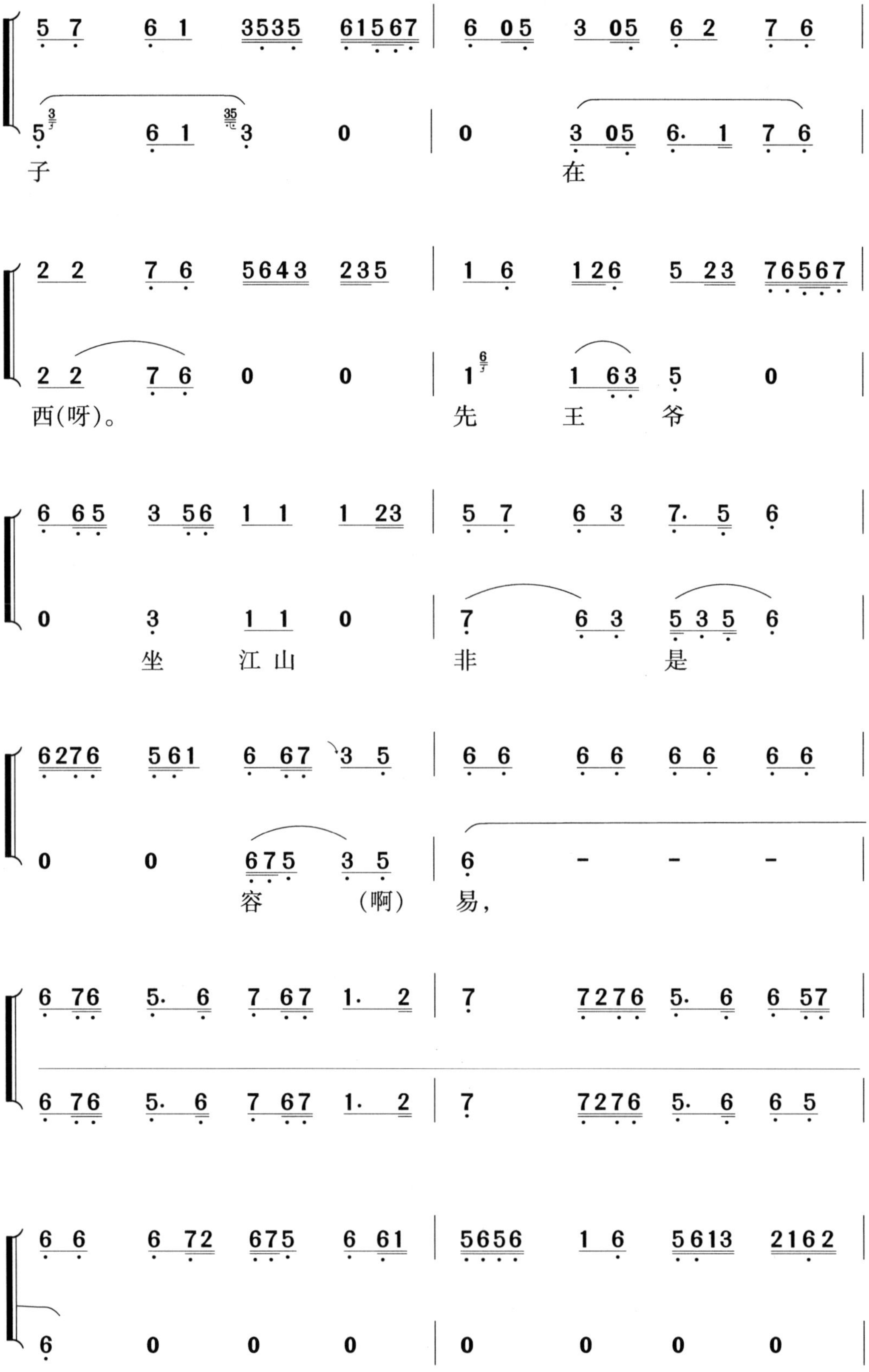
子 在
西(呀)。 先 王 爷
坐 江 山 非 是
容 (啊) 易，

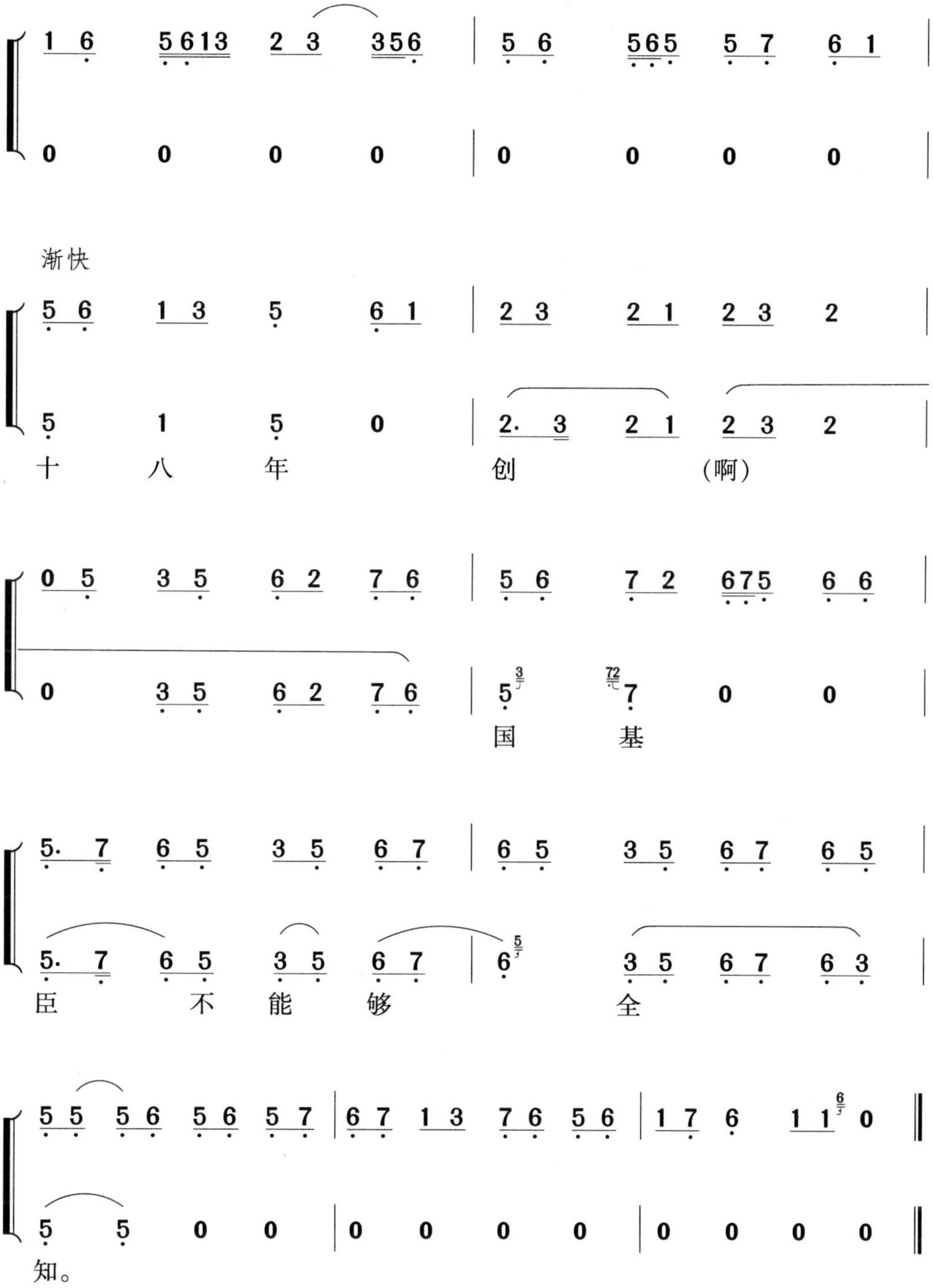

(随尾乐走至台中，面朝里跪)

李艳妃 为何不往下奏?

杨 波 臣不能全记。

李艳妃 何人全记?

杨 波 徐老千岁知晓。

李艳妃　殿角伺候。

杨　波　谢国太。

〔**【小锣住头】**杨波站起，右转身，出殿，“上场门”下。

李艳妃　徐皇兄。

徐延昭　臣。（双手抱锤，面向李艳妃）

李艳妃　老王得的谁家江山，哪家社稷？当殿奏来。

徐延昭　老王得的元朝江山，顺帝社稷。

李艳妃　有何为证？

徐延昭　有诗为证。

李艳妃　奏来！

徐延昭　容奏。**【大锣归位】**（双手抱锤，面向李艳妃）

（念诗）七九六十三，

老王赶大元。**【小锣二击】**

赶在红罗山，

偶遇一角端。**【小锣三击】**

海内铜桥现，

七人渡北番。**【小锣二击】**

元朝不绝后，

国太！

李艳妃　皇兄。**【大锣一击】**

徐延昭　大明坐江山。

李艳妃　奏来。

徐延昭　容奏。

〔**【慢长锤】**原地站起，锣鼓转**【夺头】**。

〔二黄原板〕

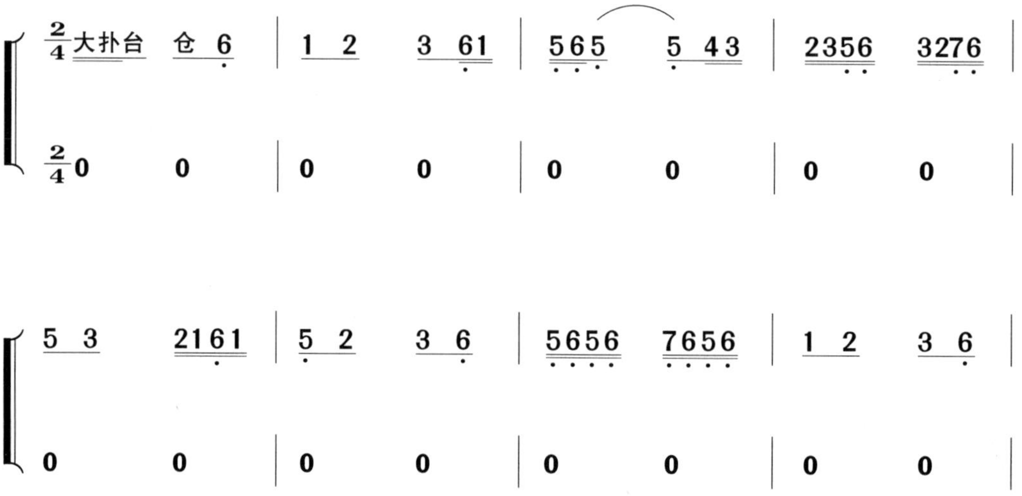

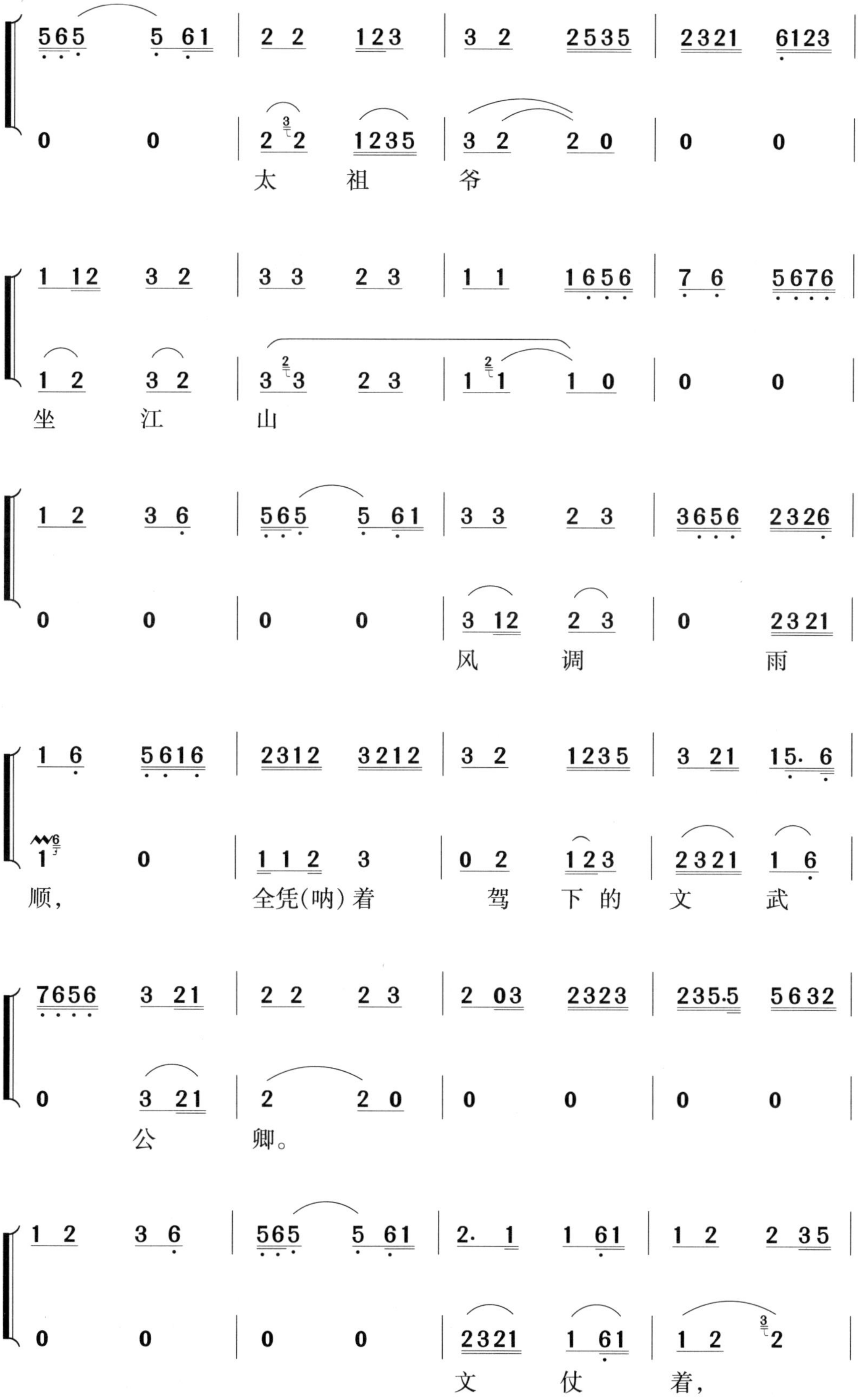
太 祖 爷
坐 江 山
风 调 雨
顺，全凭(呐)着 驾 下 的 文 武
公 卿。
文 仗 着，

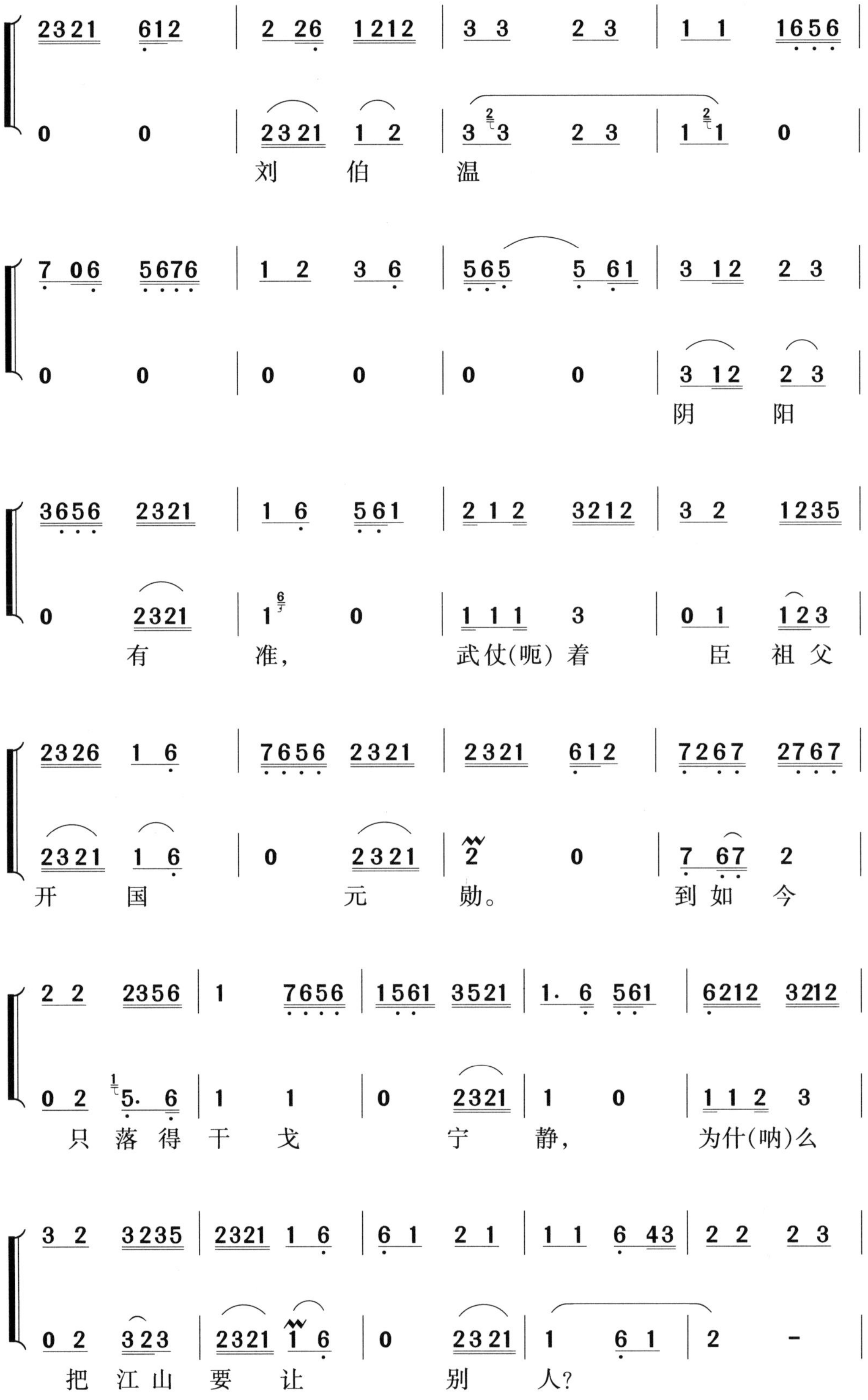
刘 伯 温
阴 阳
有 准， 武仗(呃)着 臣 祖 父
开 国 元 勋。 到 如 今
只 落 得 干 戈 宁 静， 为什(呐)么
把 江 山 要 让 别 人？

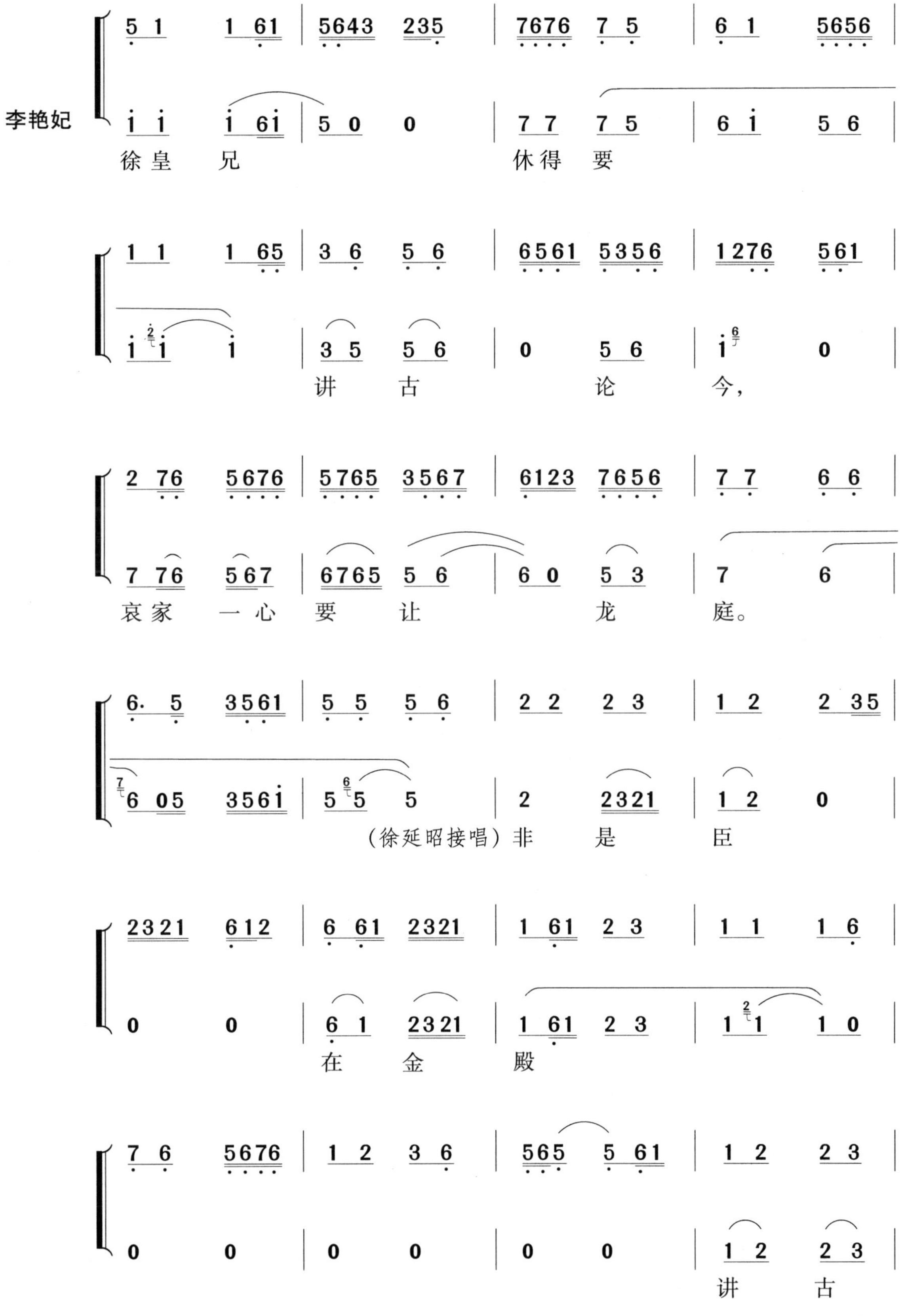
李艳妃
徐皇兄 休得要
讲古 论 今，
哀家 一心 要 让 龙 庭。
（徐延昭接唱）非 是 臣
在 金 殿
讲 古

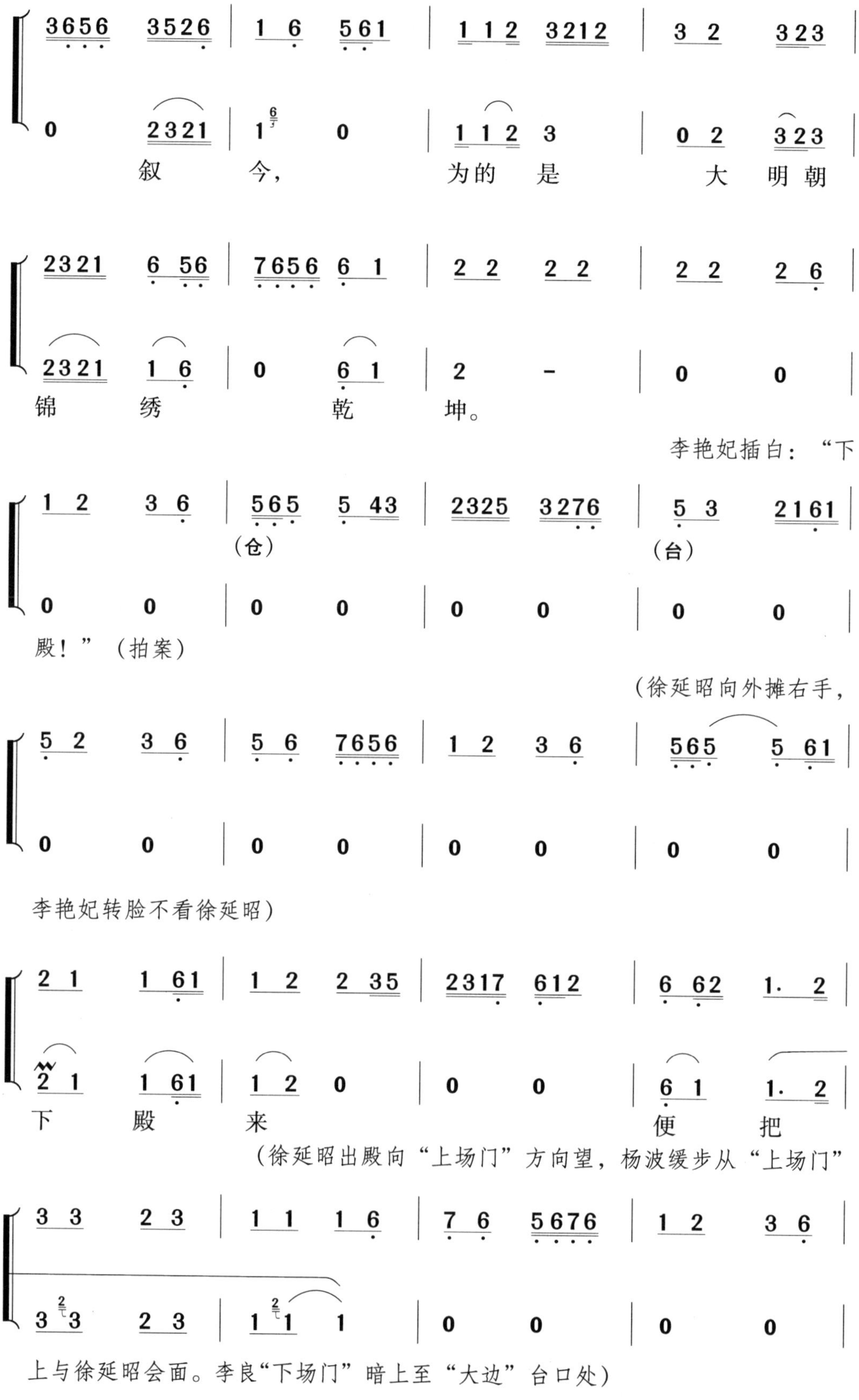
叙 今，为的 是 大 明朝
锦 绣 乾 坤。
李艳妃插白：“下
（仓）
（台）
殿！”（拍案）
（徐延昭向外摊右手，
李艳妃转脸不看徐延昭）
下 殿 来 便 把
（徐延昭出殿向“上场门”方向望，杨波缓步从“上场门”
上与徐延昭会面。李良“下场门”暗上至“大边”台口处）

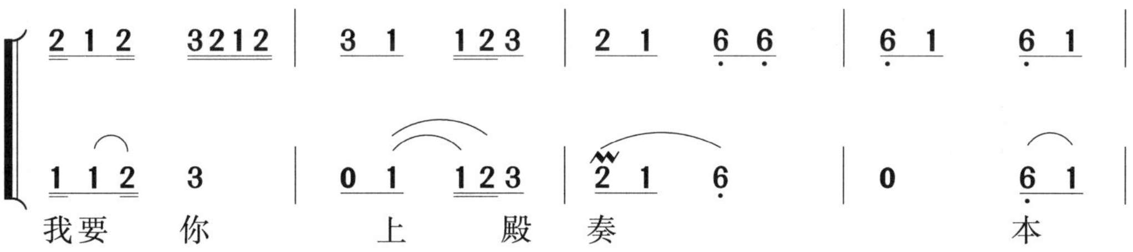

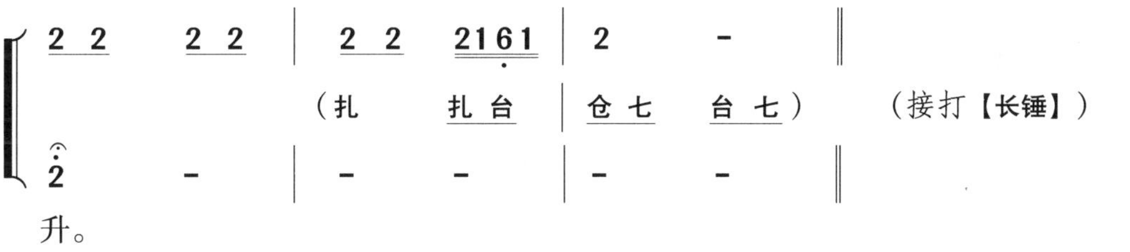

〔【长锤】徐延昭转身进殿，杨波随后，李良仗剑欲拦，徐延昭转身举锤逼视李良。锣鼓切住。

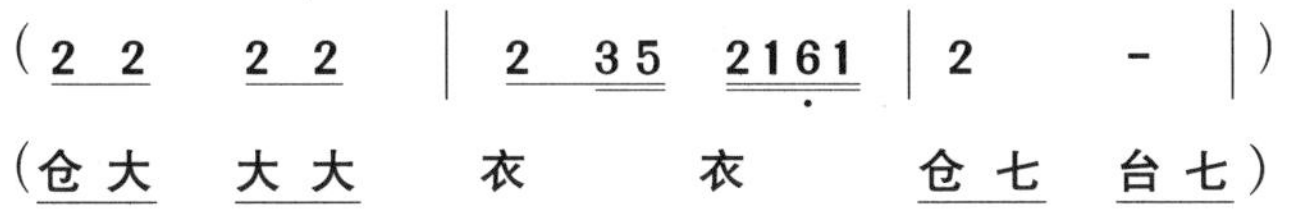

徐延昭 （发威）嗯！——

〔【慢长锤】李良惧怕，撤回原位。徐延昭至“小边”坐原座位，杨波进殿至“大边”站。

〔二黄原板〕

杨 波

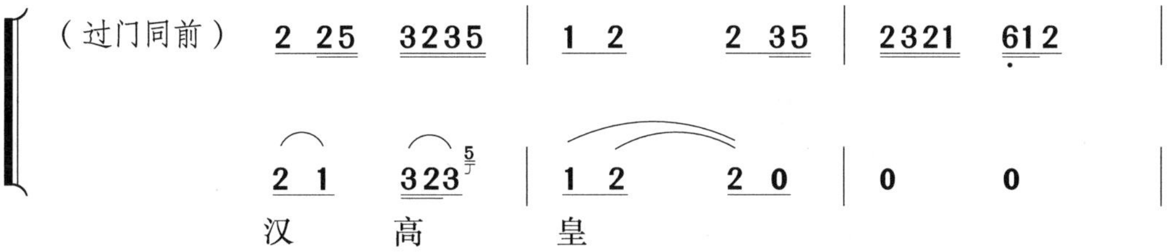

（杨波双手抱牙笏，奏本姿势）

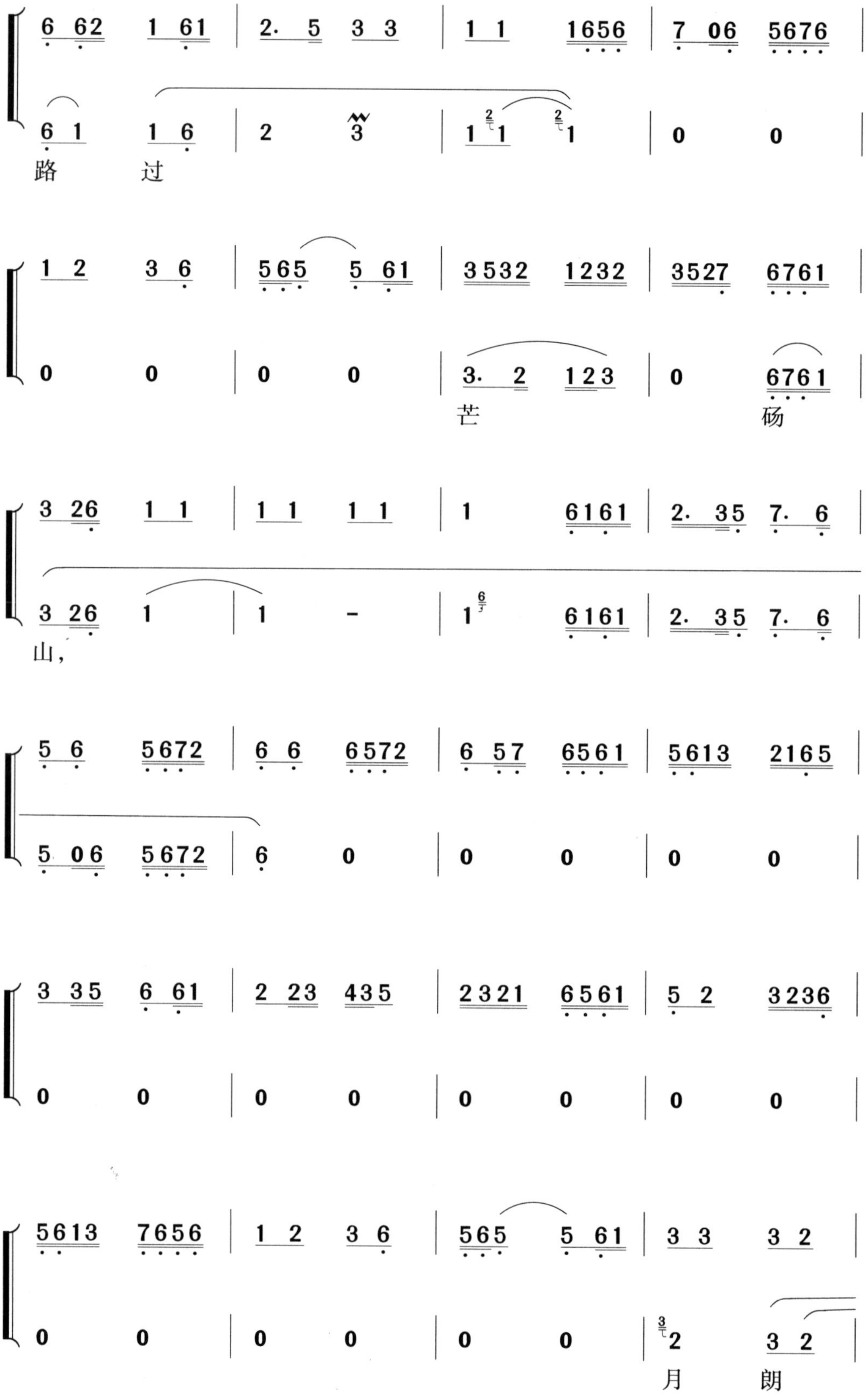
路
过
芒
砀
山，
月
朗

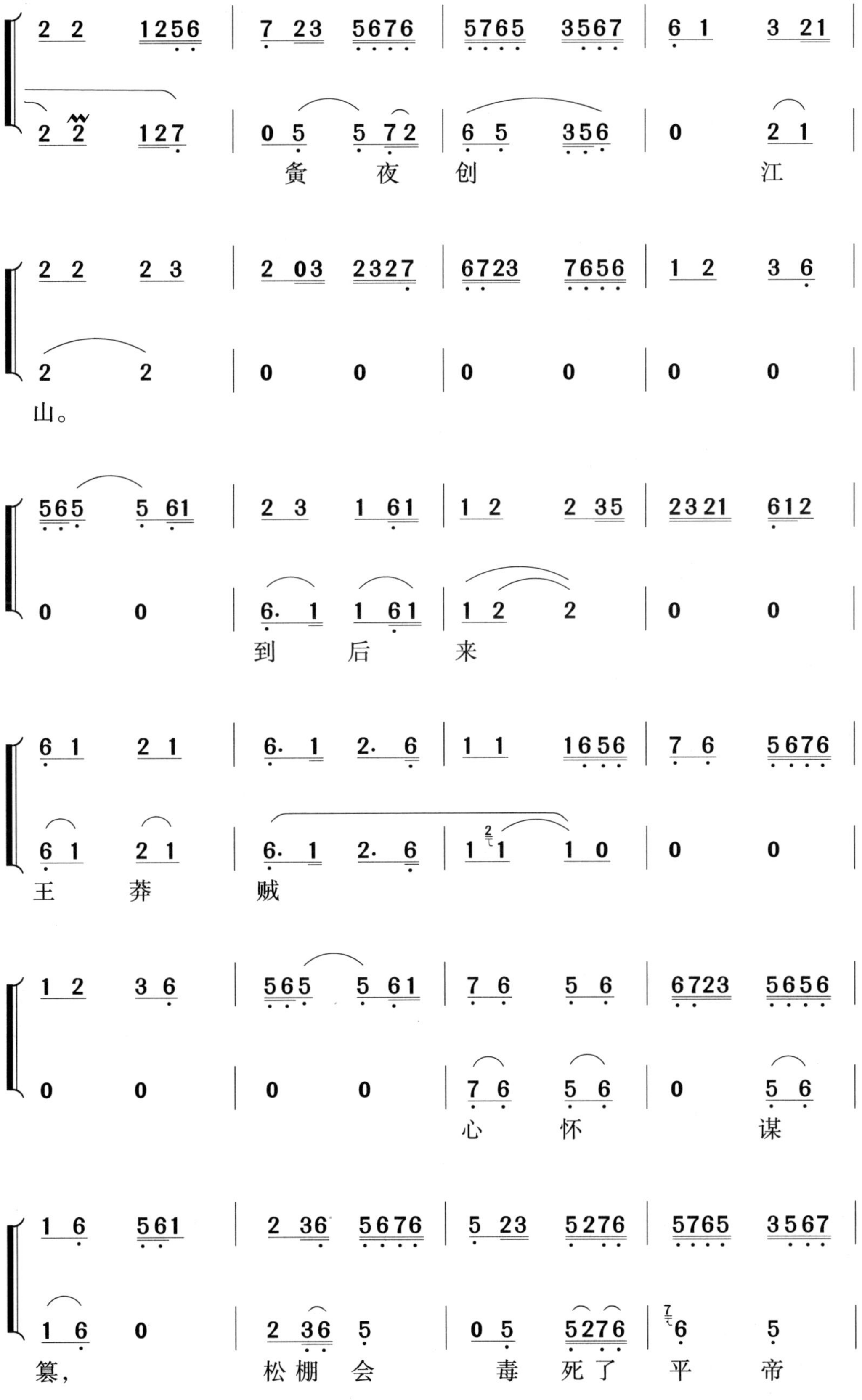
夤 夜 创 江
山。
到 后 来
王 莽 贼
心 怀 谋
篡，松 棚 会 毒 死 了 平 帝

李艳妃 太师顶本。（李良进殿跪“大边”，杨波走至“小边”跪）

李　良 在。

〔二黄摇板〕

【小锣凤点头】（过门同前）

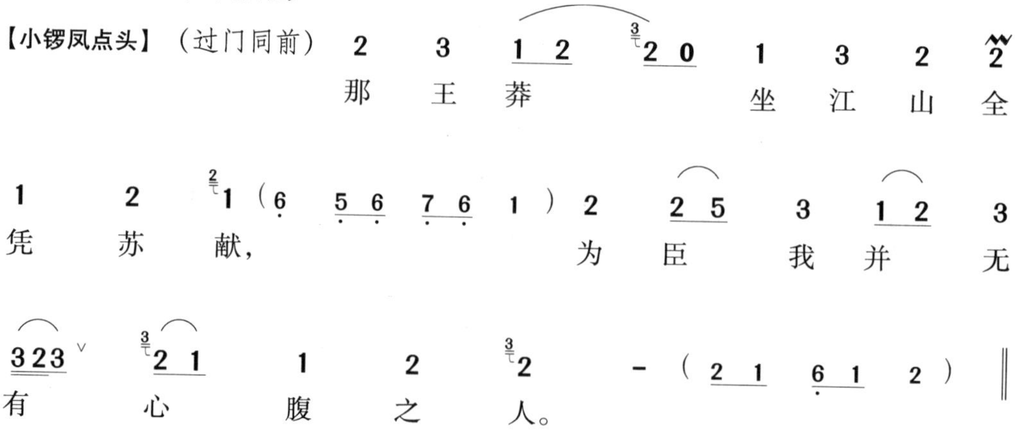

杨　波 那田子裕在你府中常来常往，可以算得心腹之人。

李　良 那田子裕乃内侍之臣，他算不得心腹之人。

杨　波 算得的。

李　良 算不得。

杨　波 算得的。

李　良　算不得。
李艳妃　算不得。（拍案）
徐延昭　（原座位站起，高声的）算得——！
李　良　（惧怕的，面向徐延昭）算得，就算得。
　　〖【长锤】李良撤回“下场门”下，杨波走向“上场门”下，徐延昭原地站立。

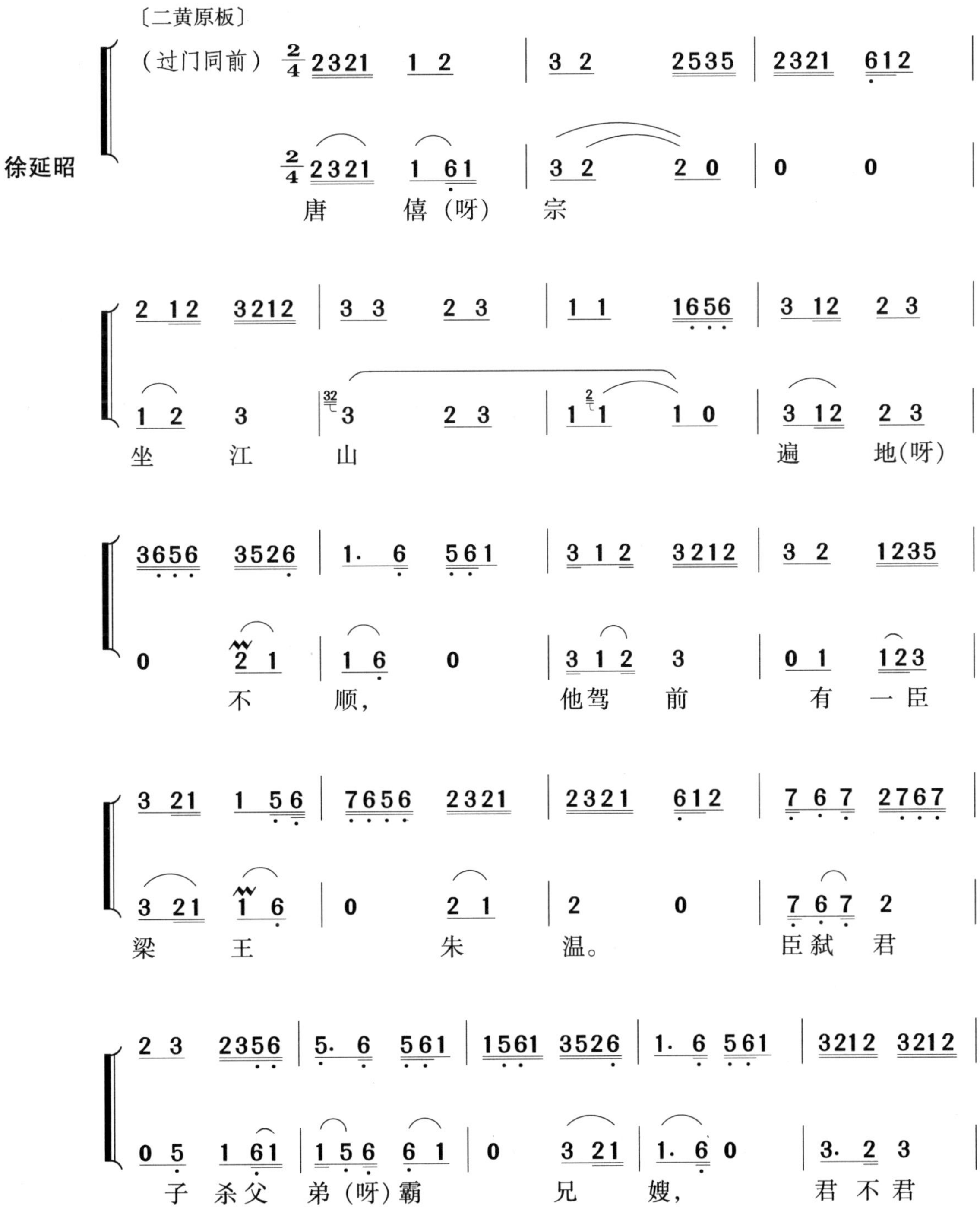

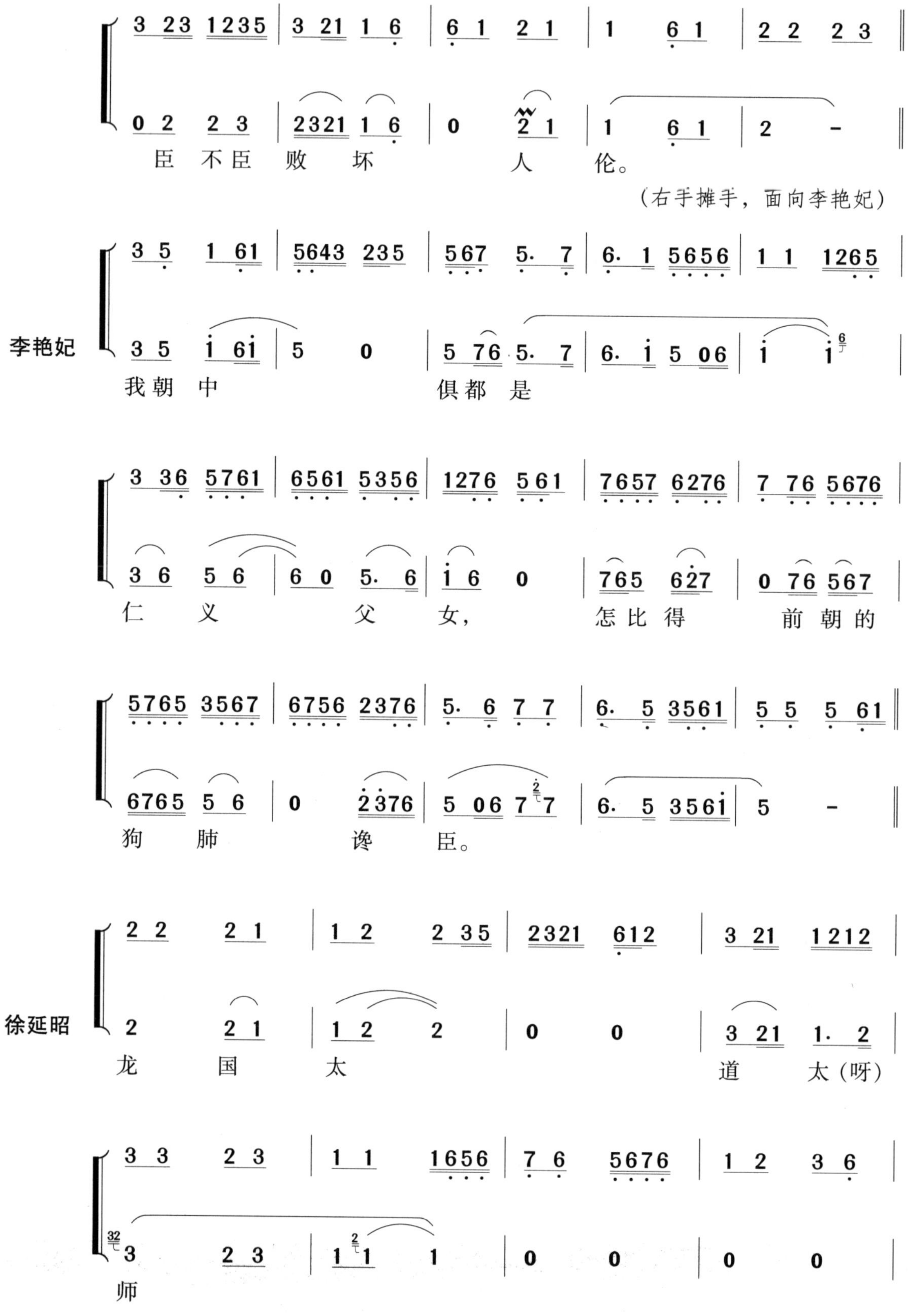
臣 不臣 败 坏 人 伦。
（右手摊手，面向李艳妃）
李艳妃
我朝 中 俱都 是
仁 义 父 女， 怎比得 前 朝 的
狗 肺 谗 臣。
徐延昭
龙 国 太 道 太（呀）
师

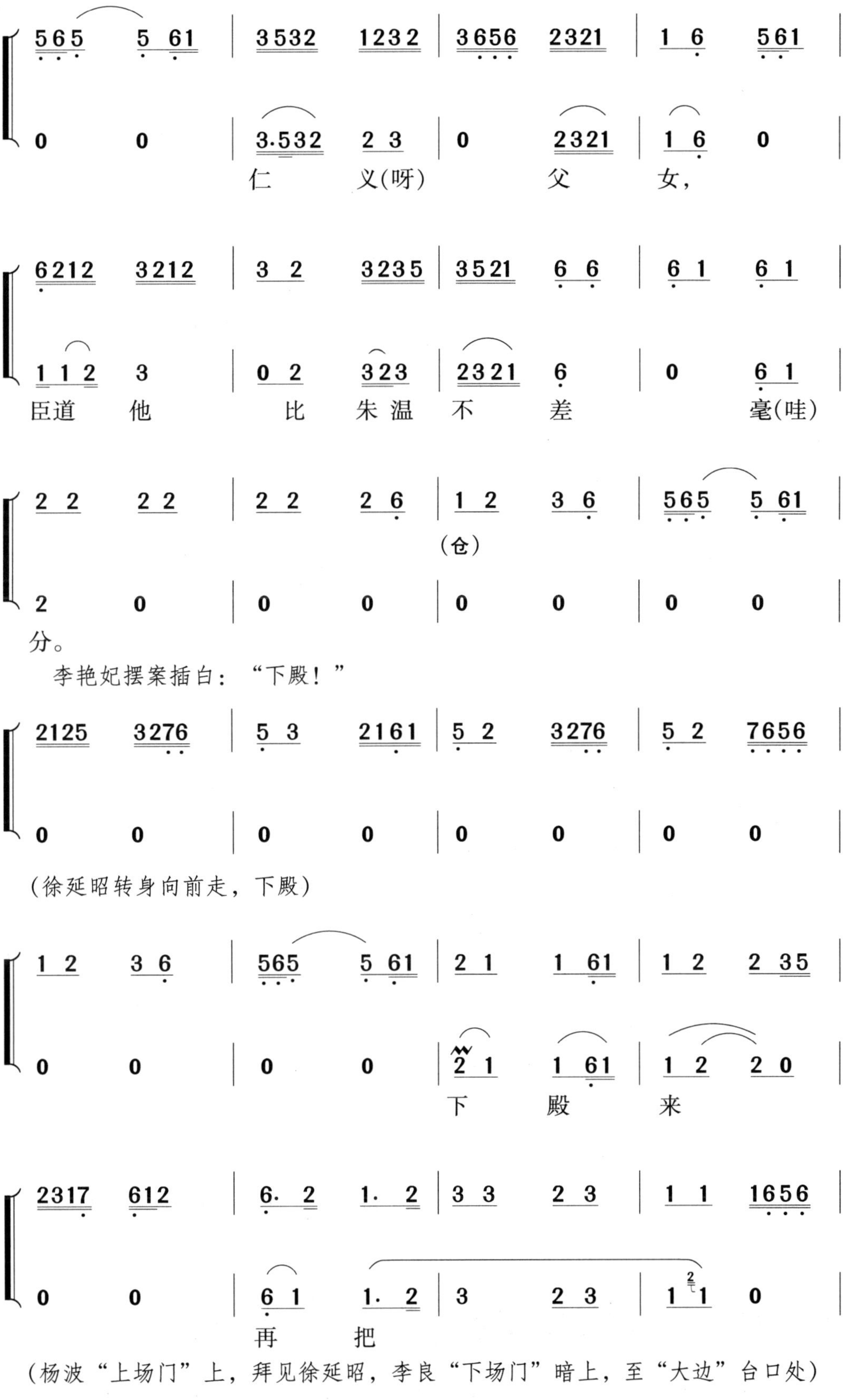
仁 义(呀) 父 女，
臣道 他 比 朱温 不 差 毫(哇)
(仓)
分。
李艳妃摆案插白：“下殿！”
(徐延昭转身向前走，下殿)
下 殿 来
再 把
(杨波“上场门”上，拜见徐延昭，李良“下场门”暗上，至“大边”台口处)

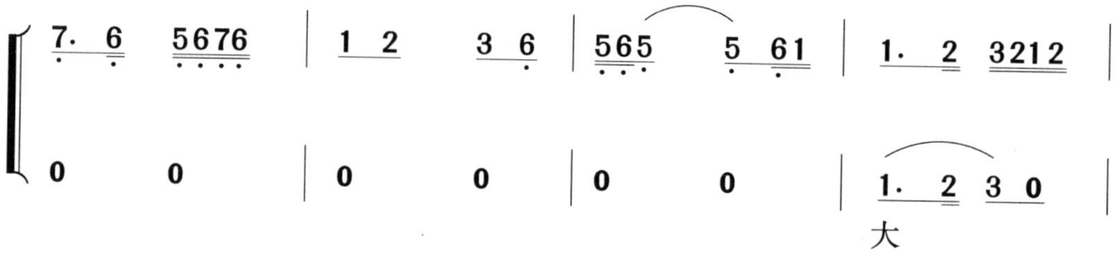

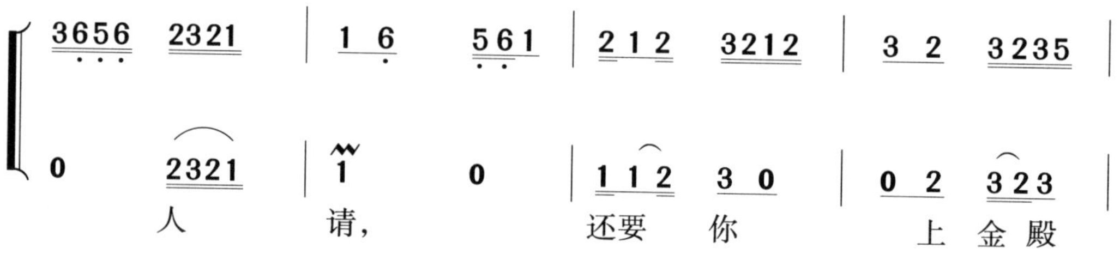

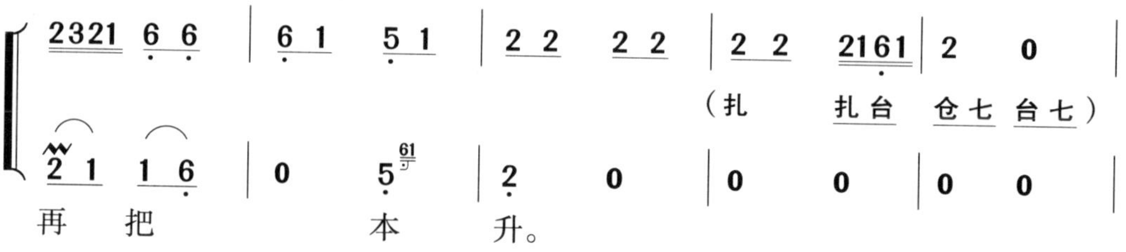

〔【长锤】徐延昭上殿，杨波随后，李良上前欲拦杨波，徐延昭举锤逼视李良。【长锤】切住。【夺头】李良撤回原位，徐延昭入原座位。

〔二黄原板〕

杨　波

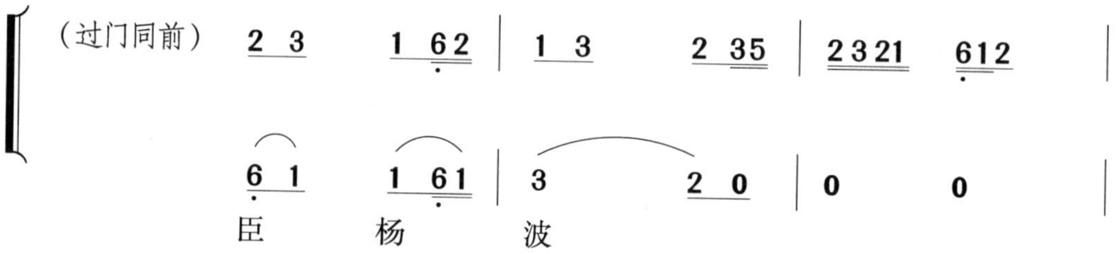

（走至“大边”）

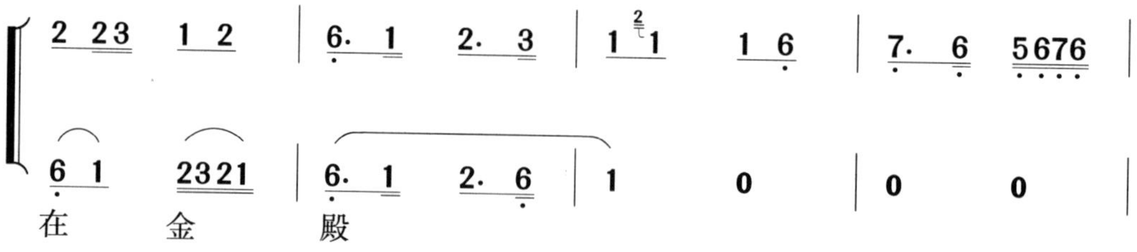

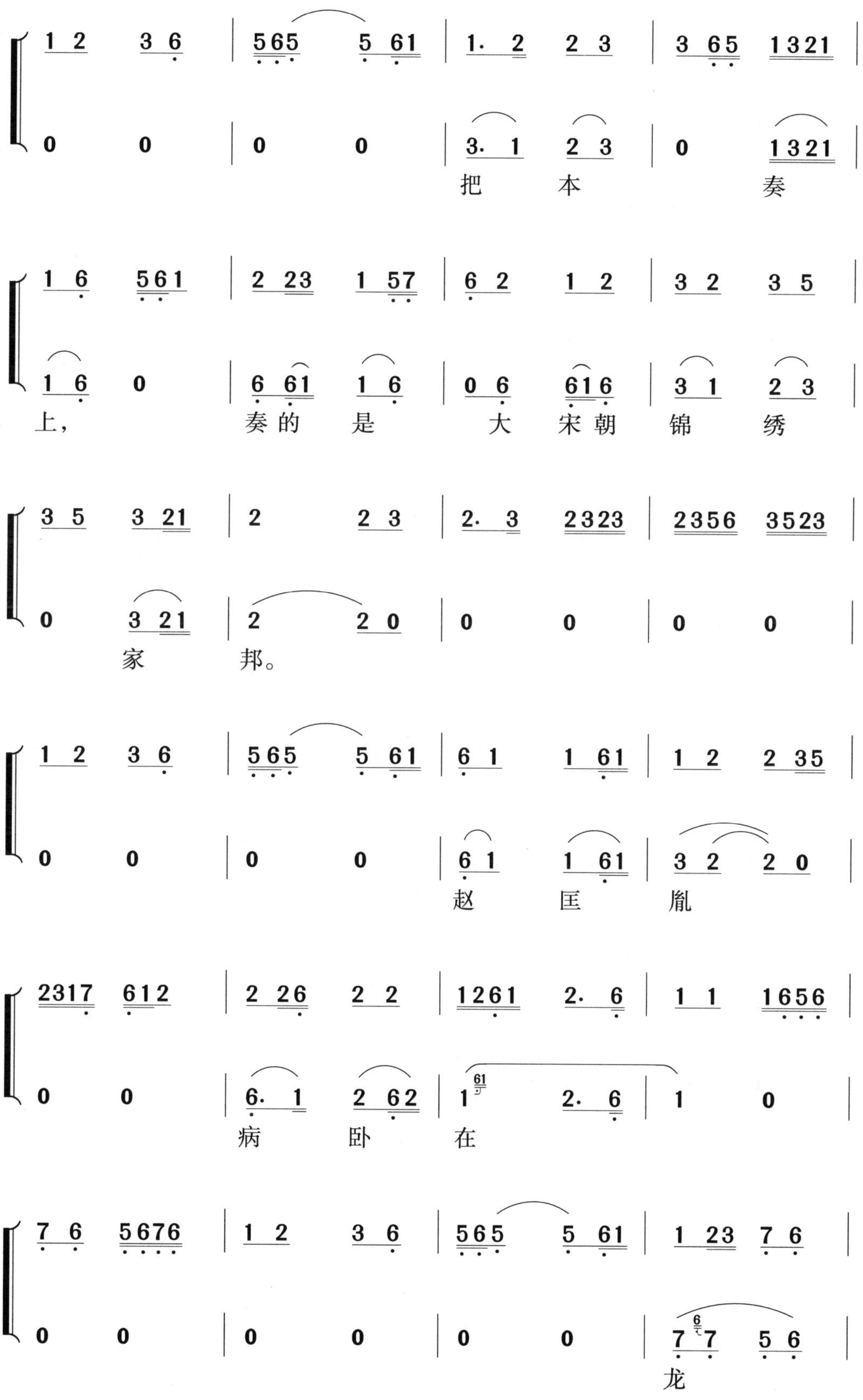
把 本 奏
上， 奏 的 是 大 宋 朝 锦 绣
家 邦。
赵 匡 胤
病 卧 在
龙

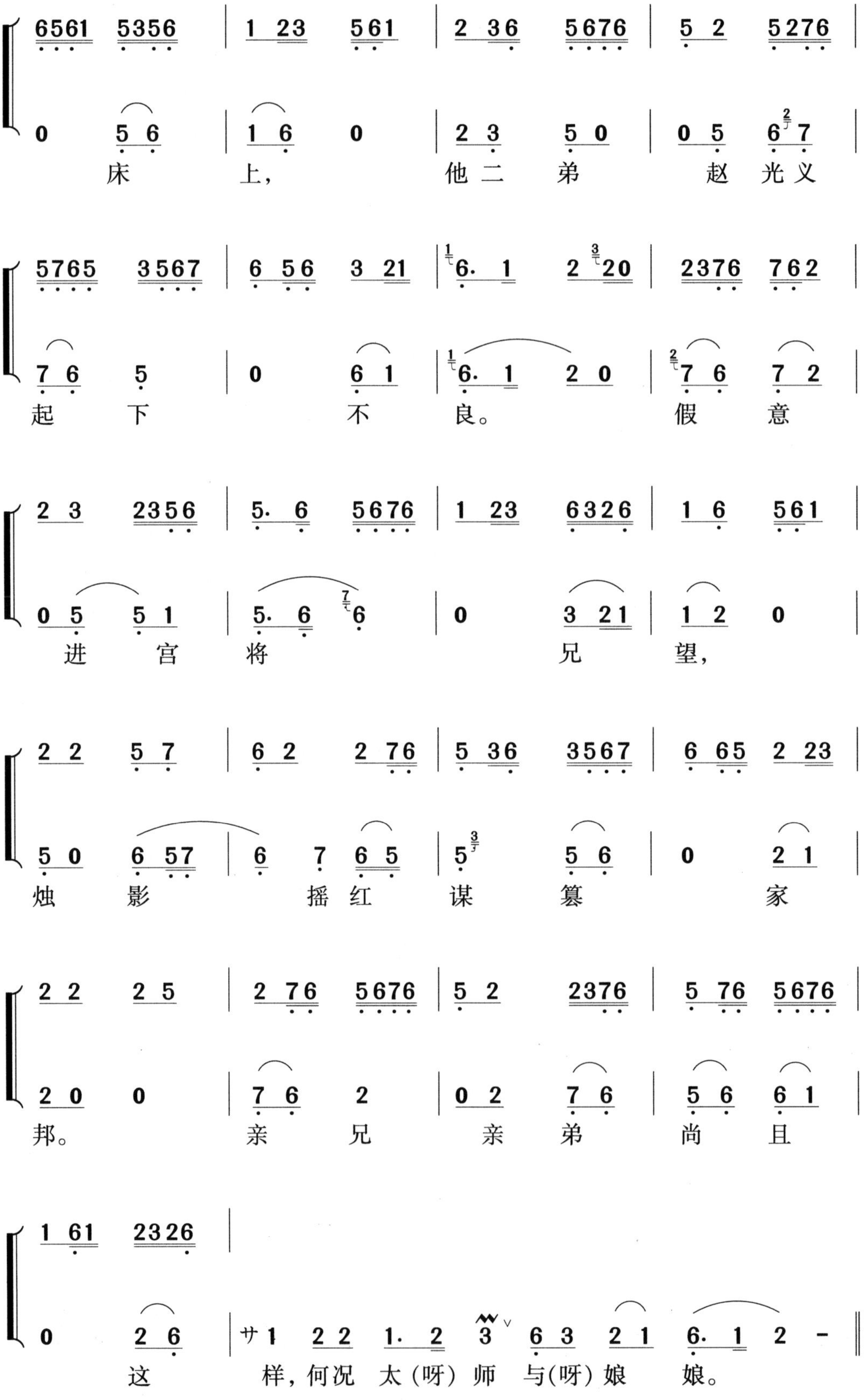
床 上，他二弟 赵光义
起 下 不 良。假 意
进 宫 将 兄 望，
烛 影 摇红 谋 篡 家
邦。亲 兄 亲 弟 尚 且
这 样，何况 太（呀）师 与（呀）娘 娘。

李艳妃 太师顶本。

李　良 在。

〔【小锣凤点头】李良进殿跪“大边”，杨波走向“小边”跪。

〔二黄摇板〕

李　良 (过门同前) 3 3　2 1　2 ³2　1　3　2　6 1　1　2 1·（6　5 6　7 6

有老臣　坐江山久　坐不让，

1）2　1　2　3 2　3　2　3 ˅ 2 1　1　2　³2　－（2 1　6 1　2）‖

责打我四　十板　发　入高墙。

杨　波 住了，你是甚等样人，发不得高墙。

李　良 发得。

杨　波 发不得。

李　良 发得。

李艳妃 发得，（拍案）发得的！

徐延昭 （站起，向前上一大步，高声）发不得！

李　良 发不得就发不得。（站起，在“大边”）

〔【快纽丝】杨波兴奋地站起，站在台中靠“小边”处。徐延昭在原地位站立，太监撤下徐延昭的座位。

〔二黄散板〕

杨　波 (过门同前) 1　3　2　³2　2. 5　⁵3 ˅ 3　3　3　－　4　－　－　－　4　3　－

杨波　奏　本气昂昂　(呃)，

〔二黄散板〕

李　良 【大锣凤点头】(过门同前) 3　2　－　2　1 2　3　2 1　1　2　－

我暂　坐几　载又　何妨?

徐延昭 住了!

〔【大锣凤点头】徐延昭上步至台中，杨波走向“小边”。

〔二黄散板〕

(过门同前) 3　3　4　4　3（0 3　2 3　4 6　3）3　3

你坐江（呢）山　谁保

2 3　5.　⁶1　1　–　–　2　¹2　3　–　（仓）
你　　（呀）？！

李艳妃　住了！（站起）

「【大锣凤点头】（徐延昭、杨波、李良均面向李艳妃）

〔二黄散板〕

（过门同前）2　1　2　3　3　–　–　³2（6　1　2　3　–）
不　用　你　徐、杨

2　–　2 0　3　–　5　2 1　6　1　–　⁶1　³2　–
自　　为　　王。

杨　波　（八大仓）哎呀！

〔二黄散板〕

【快纽丝】（过门同前）2 5　3　2　³2 0　6　3　2　2　1
（上步至靠近台中）龙　国　太　与　奸　贼　做　主

6 6　1（6　5　–）1　2　2　³²3　2　1　3　–　³2（5
张，（仓）倒　叫　杨　波　着　了　慌　（呃）。

6　1　2）3 5　5　6　5³　1　–　1　6　5 6　1
回　头　我　对　千　岁　（呀）讲，

（夹白）千岁呀！

「【大锣凤点头】杨波在台中，徐延昭上步站在杨波右边。

〔二黄散板〕

杨　波　（过门同前）1　2　3　1 2　3　2　2 1　6　1　2　–　【大锣住头】
抖　抖　精　神　打　李　良。
（右手握拳，示意徐延昭，做打人的样子）

徐延昭　（摆摆手）老夫年迈，我打不动了。

杨　波　千岁虽然年迈，有道是：虎老雄心在。可以打得奸贼！

徐延昭　哦，打得的？

杨　波　打得的。

徐延昭　好，闪开了！

〔【**大锣凤点头**】徐延昭与杨波换位，徐延昭走向台中，杨波走向“小边”。

〔二黄散板〕

徐延昭　(过门同前)　3 3　3 3　4　3　3　(仓)　2　2　3　3

蛟龙　正在　沙　滩　困，　忽　听　春　雷

2　1　2　(仓)　6　1　3　2　2 1　1　2　1　-

响　一　声。　向　前　抓　住　袍　和　带，

〔【**大锣凤点头**】徐延昭右手拿铜锤，右手抓住李良玉带，拉至台中，李良哀求着。

〔二黄散板〕

(过门同前)　3　3　3 2　2　3　3　1　-　-

金　殿　之　上　(呃)　我　打

0 2　3 5　2　2　2　-　‖　(八大仓)

谗　(呐)　臣。(一锤打在李良头上，李良痛叫“哎呀！”)

〔【**大锣凤点头**】李艳妃挥手制止，徐延昭打李良肚子，李叫喊，拉李良“推磨”左转一圈，杨波趁时从后面踢李良。杨波走回“小边”，徐延昭拉着李良站在“大边”。

〔二黄散板〕

李艳妃　(过门同前)　3　1　2　-　2 0　3　5　5　2 2　1

(站起)　徐、杨　做　事　太　欺　情，

渐快

7 6　5 6　2　7 2　6 5　3 5　6. 1　5　-　‖

敢　在　金　殿你　打　皇　亲！

〔【**大锣凤点头**】徐延昭手始终拉着李良，李良不断发出哀求声。

〔二黄散板〕

徐延昭　(过门同前)　1　3　2321　1　2　2　1(仓)　6　1. 2

皇　亲　国　戚　臣　不　打，　打　的　是

3 3 2 1 6. 3 2 （仓）‖
谋 朝 篡 位 的 臣。 （再打李良，李连声叫喊）

〔二黄散板〕
李艳妃 【大锣凤点头】（过门同前）3 6 5 6 6 6 3 5 6 i
手 摸 胸 膛 想 一 想，

渐快
2 5 6 7 6 7. 2 6 6 5 3. 5 6. i 5 ‖
他 是 哀 家 的 什 么 人？

〔二黄散板〕
徐延昭 【大锣凤点头】（过门同前）1 3 2 2 2 1 1 2 2 1（6 5 6
（拉着李良）太师 爷不 过 是 娘 娘 父，

7 6 1）2 1 2 3 2 1 2 3 2 1 6. 1 2 ‖
（仓） 他 不 该 三 番 两 次 谋 乾 坤。

〔【仓】徐延昭用锤再打李良，李良哀叫“老夫挨不起了！”徐随即放手。李良在“大边”外面站，徐延昭站在“大边”堂桌旁，杨波站在“小边”。

〔二黄散板〕
李艳妃 【大锣凤点头】（过门同前）3 i 2 - 2 0 7 6 3 5 5 2 2 i 5
江 山 虽 不 是 太 师 挣，论

2 2 - - - 2 2 7 6 5 6 7 2 6 5 3 5 6. i 5 ‖
功 劳 也 要 他 坐 几 春 （呐）！

〔二黄散板〕
徐延昭 【大锣凤点头】（过门同前）3 3 2 4 3 3 3 3 1 2 3 -
大 人 看 过 功 劳 簿 （哇）！

〔【冲头】杨波“上场门”下，去取功劳簿。徐延昭缓步走至台中靠“小边”站，李良站在“大边”。杨波手拿功劳簿再上，站在“小边”，翻阅功劳簿，面对徐延昭。

杨　波　啊千岁，这功劳簿上无有奸贼的名字呀！

〔李良急忙上前，指着杨波手上的功劳簿。

李　良　呃，喏喏喏，头一个就是我的名字啊。

徐延昭
杨　波　（同向李良）呸！

〔【长锤】李良懊丧地走回“大边”原位。徐延昭缓步走向“大边”，在堂桌旁边站立。杨波站在“小边”。

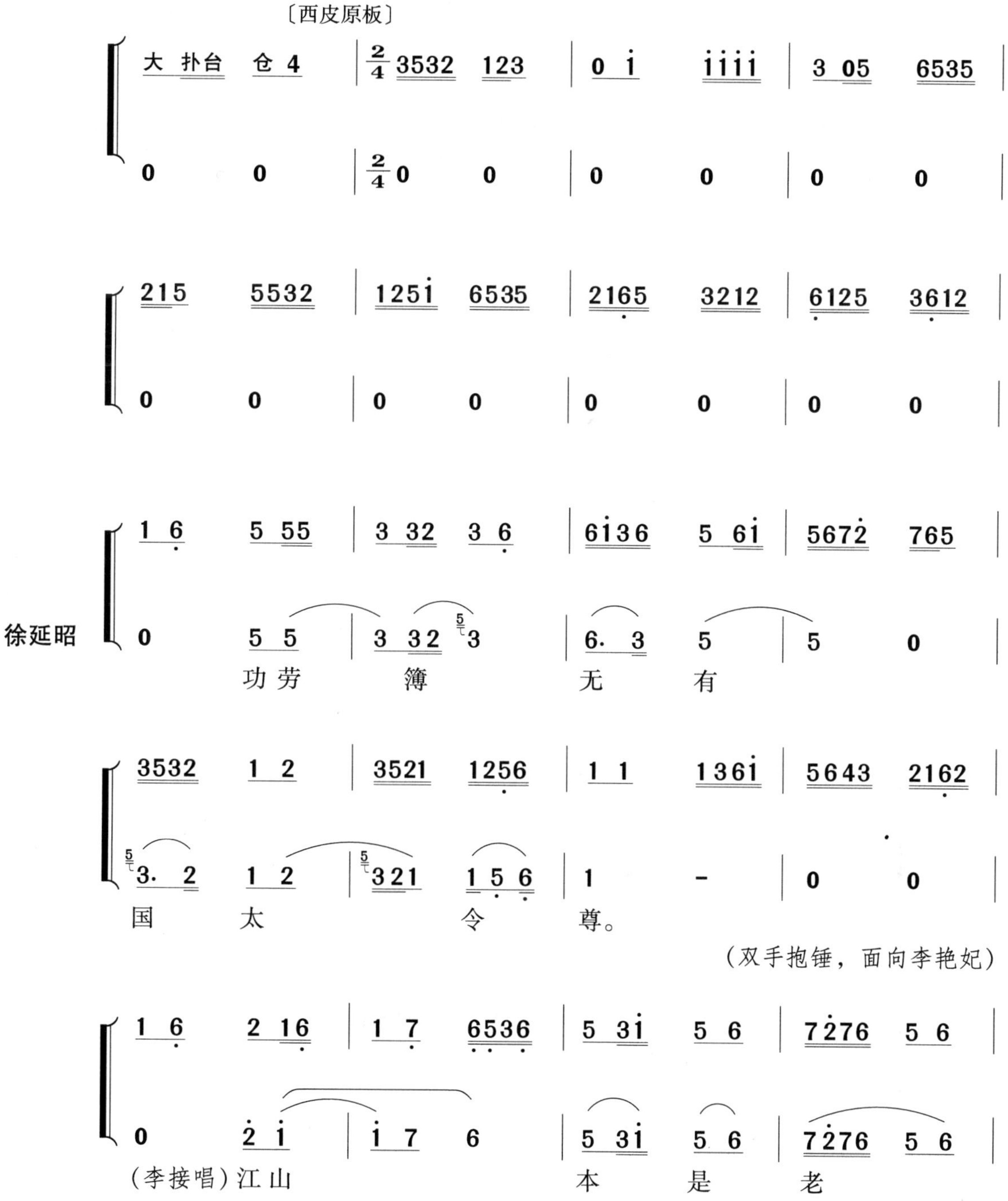

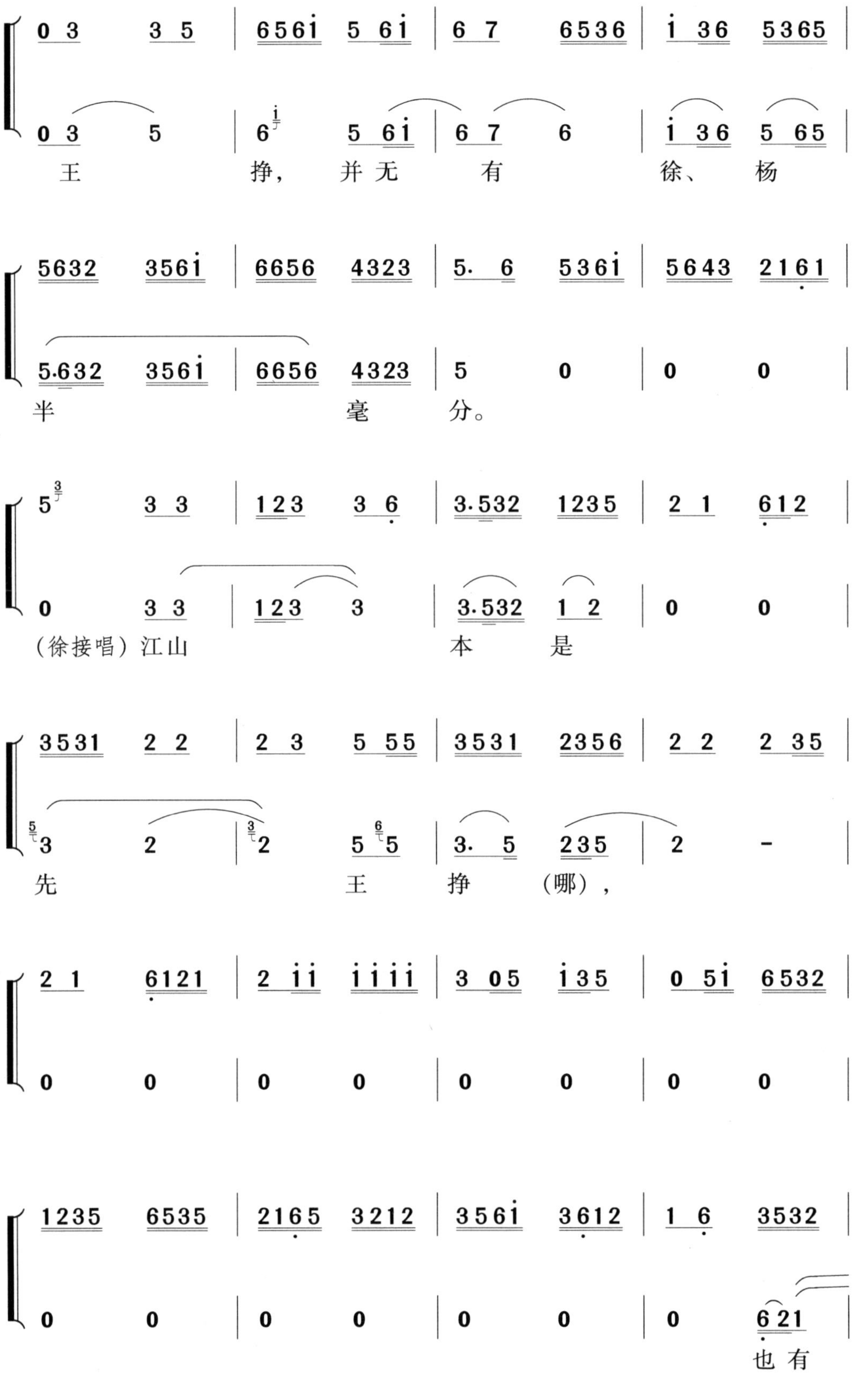
王 挣，并无 有 徐、杨
半 毫 分。
（徐接唱）江山 本 是
先 王 挣 （哪），
也有

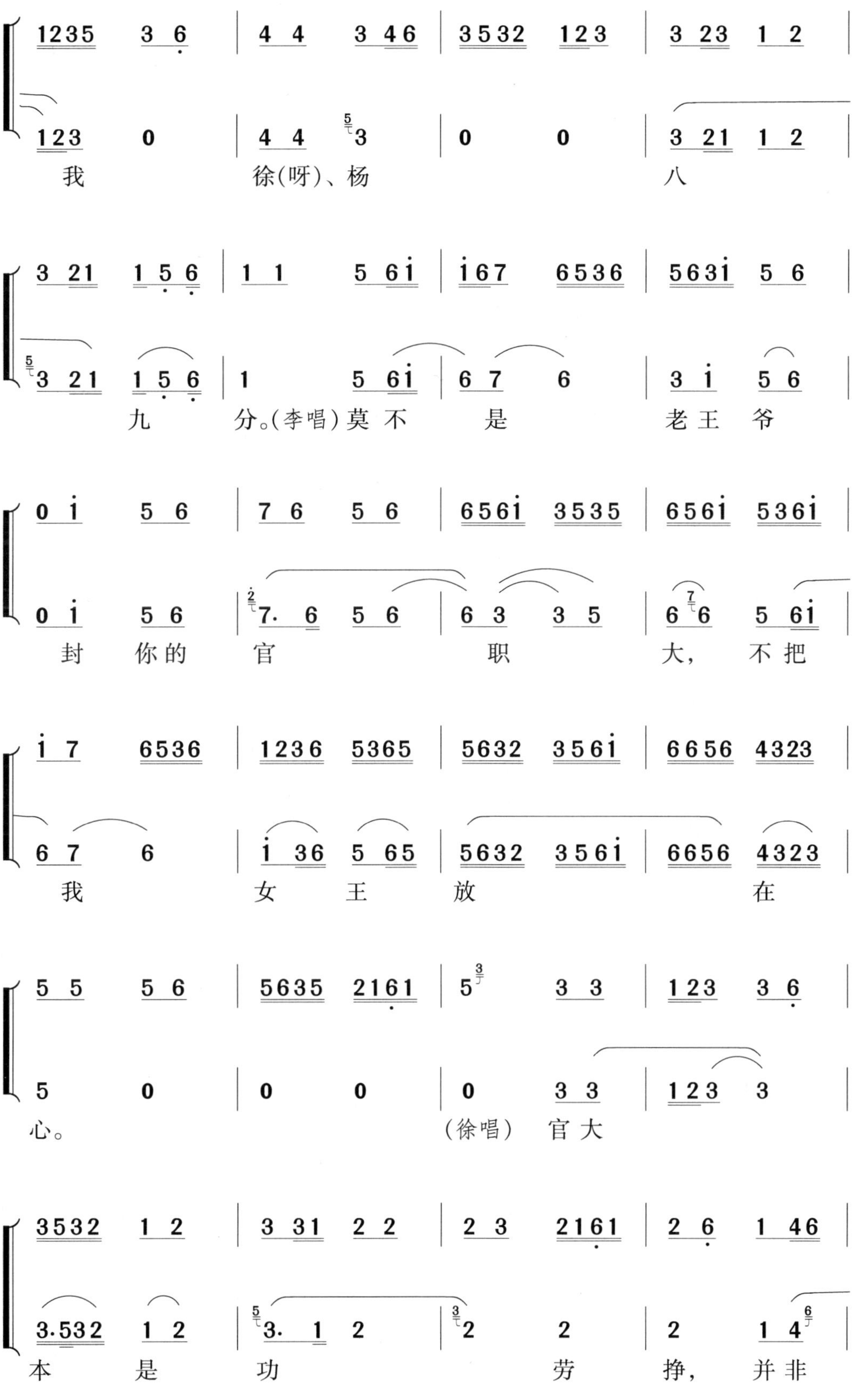
我 徐(呀)、杨 八
九 分。(李唱)莫 不 是 老 王 爷
封 你 的 官 职 大, 不 把
我 女 王 放 在
心。 (徐唱) 官 大
本 是 功 劳 挣, 并 非

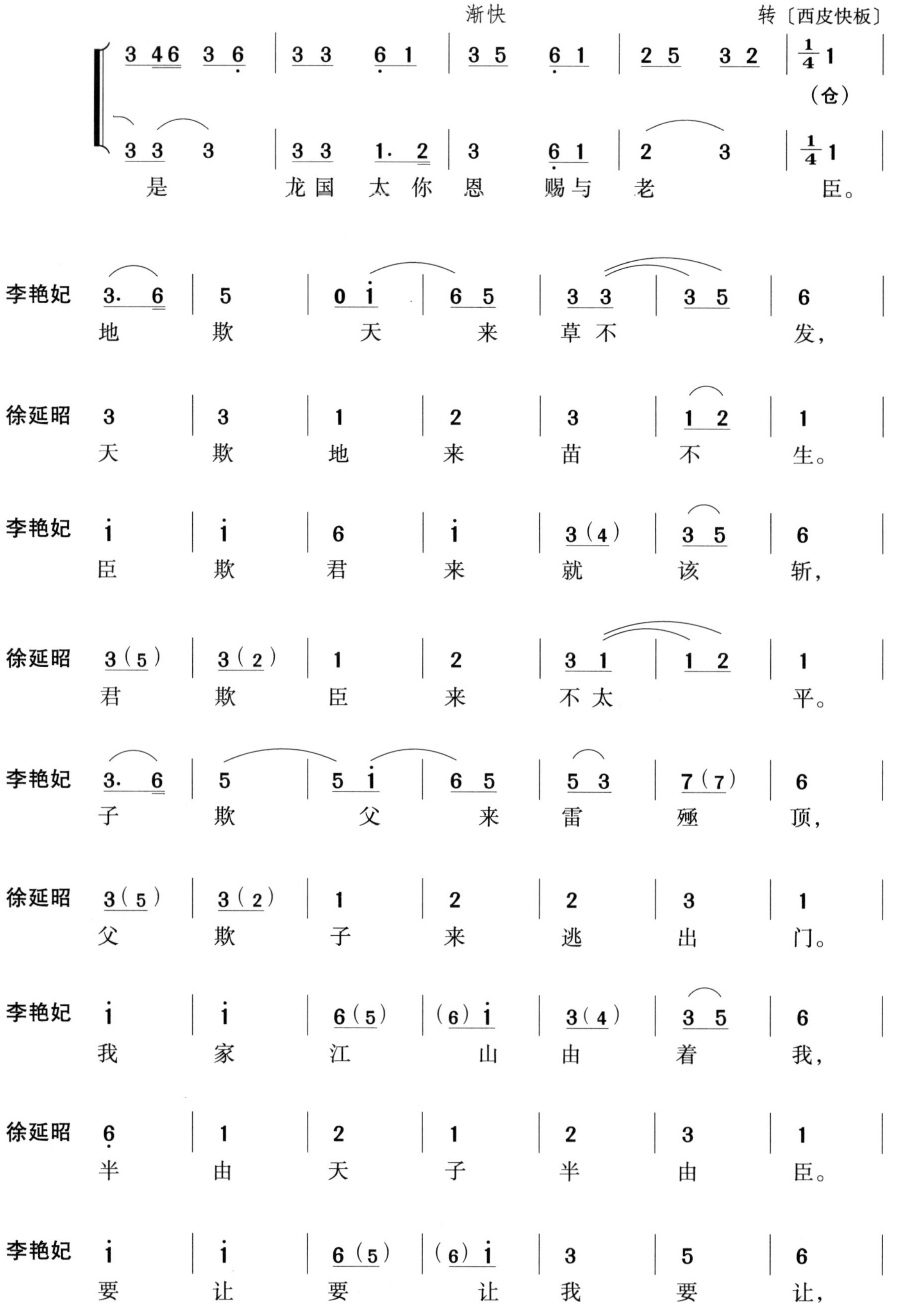
渐快
转〔西皮快板〕
（仓）
是 龙国太你恩赐与老 臣。
李艳妃
地 欺 天 来 草不 发，
徐延昭
天 欺 地 来 苗 不 生。
李艳妃
臣 欺 君 来 就 该 斩，
徐延昭
君 欺 臣 来 不太 平。
李艳妃
子 欺 父 来 雷 殛 顶，
徐延昭
父 欺 子 来 逃 出 门。
李艳妃
我 家 江 山 由 着 我，
徐延昭
半 由 天 子 半 由 臣。
李艳妃
要 让 要 让 我 要 让，

徐延昭　3 | 3 | 2 | 3 | 3 | 1 2 | 1 |
　　　　不　能　不　能　万　不　能，

李艳妃　1̇ | 1̇ | 1̇ | 3 6 | 5 | 艹（大大）2̇ 1̇ 2̇ - - - 1̇ 1̇ 1̇ -
　　　　金　镶　玉　玺　朝　下　打，

〔李艳妃边唱边用手托住印盒，然后高高举起。

徐延昭　（不用过门）（仓）3. 6 5̂ - 3 2 1 6̣ 1 1 ‖
　　　　铜　锤　打　你　个　碎　纷　纷。

〔徐延昭走至台中，边唱边举锤打向李艳妃。

〔二小太监瓜锤架住，二大太监、杨波拦阻。**【大锣长尖】**转接**【冲头】**众人散开，李艳妃放下印盒坐下，徐延昭和杨波在“小边”。

杨　波　啊千岁，自盘古以来，哪有臣打君的道理，你我上前请罪。

徐延昭　大人上殿请罪。（示意杨波上殿）

杨　波　是。**【大锣五击头】**（进殿跪在台中，面向里）启奏国太，徐、杨二家有欺君之罪，请主定夺。

李艳妃　从今以后，朝中有事无事，不与徐、杨二大奸党相干。下殿！（拍案）

杨　波　谢国太！**【大锣五击头】**（起身，转身下殿。与徐延昭会面）啊千岁！国太传旨下来，从今以后，朝中有事无事，不与徐、杨二大奸党相干。千岁，你我这样忠心保国，事到如今只落得“奸党”二字。

徐延昭　你我站在午门，看哪个敢让江山。

杨　波　是呀，看看哪个敢坐社稷。

徐延昭　请！

〔**【冲头】**杨波从徐延昭前面走向“上场门”下。徐延昭向前上步。

徐延昭　**【叫头】**哈哈！（仓仓顷仓）哈哈！**【大锣三击】**
啊——（托髯大笑）哈！……

〔**【冲头】**徐延昭向右转身，由“上场门”下场。

〔李良随徐延昭下场的锣鼓走向“小边”台口，指着“上场门”方向。

李　良　呸！两个大大的奸臣！

李艳妃　太师上殿。

李　良　臣。（急忙上殿至台中间向里跪）

〔西皮流水板〕

李艳妃　**【小锣凤点头】** 1/4（6̣ | 6̣ | 5 | 5 5 | 3 6 | 5 5 |

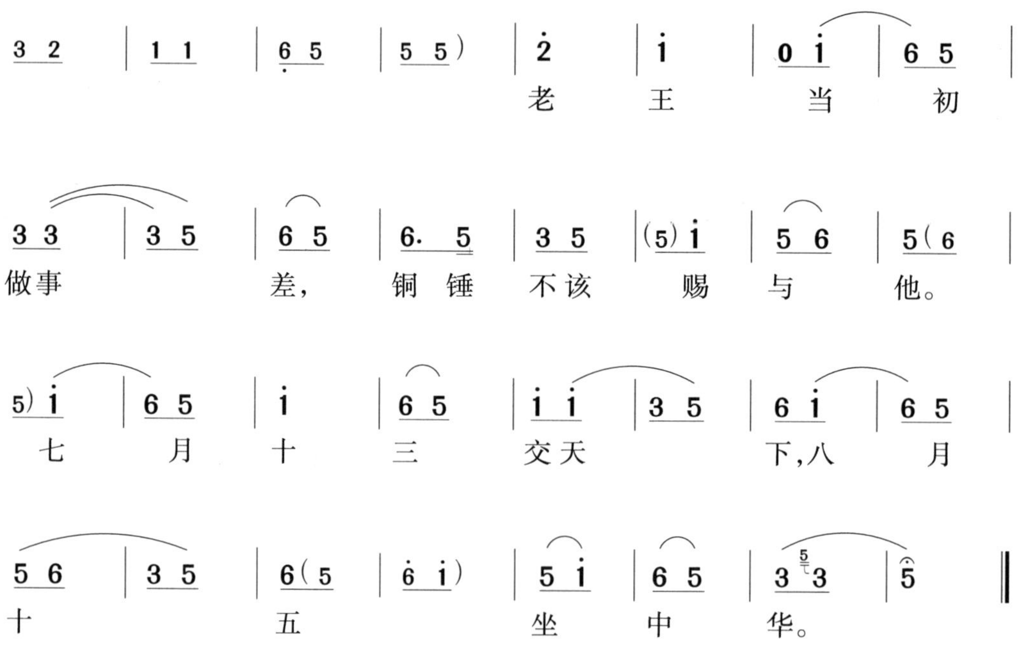

〔【小锣抽头】李艳妃“下场门”下，宫女、小太监两边分下。

李 良 谢国太！

〔【小锣抽头】大太监将印交给李良，将尚方剑拿回放在桌上，李良抱印站在台中。

哈哈哈……

〔西皮摇板〕

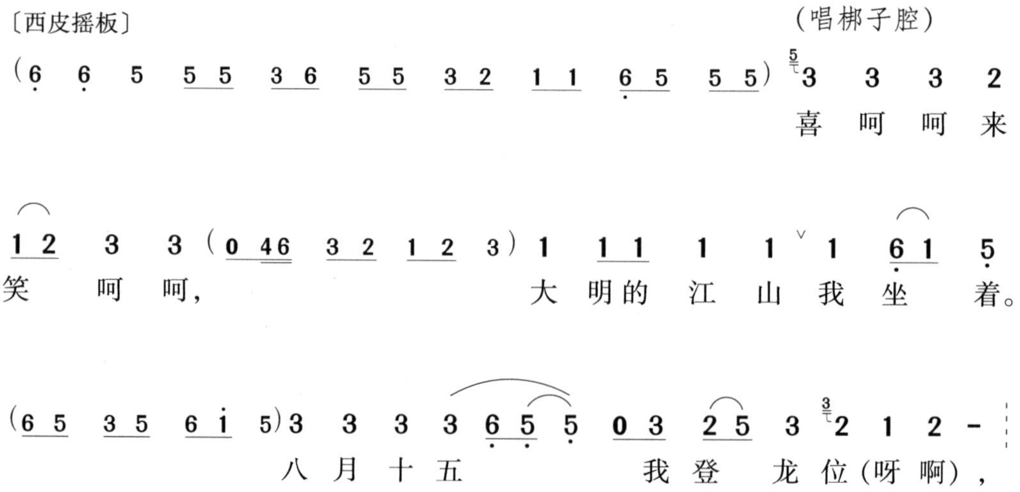

〔【小锣抽头】二大太监“插门”“下场门”下，李良至“下场门”处回身。

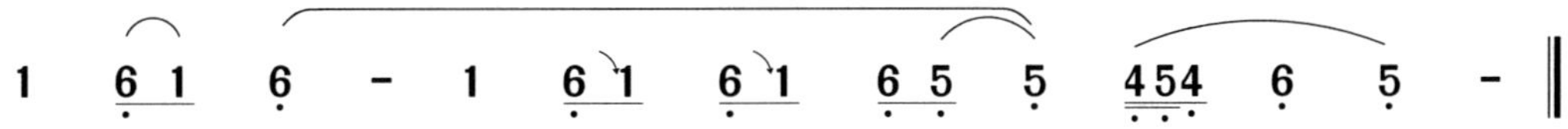

哈哈哈…… (笑)

〔奏唢呐曲牌<尾声>后半段。

〔李良双手抱印，随<尾声> “下场门”下场。

(如《大保国》不做单折演出,则不奏<尾声>，而奏**【大锣原场】**接《探皇陵》)

探 皇 陵

第一场

〔空场。**【缓锣】**

〔**【水底鱼】**赵飞骑马“上场门”上，走至台中央。

赵　飞　（勒马通名）赵飞。**（仓匝）**奉了爹爹将令，提调众家哥弟，就此马上加鞭。

〔**【水底鱼】**打马，“下场门”下。

第二场

〔空场。

〔**【一锤锣】**接**【原场】**杨家四将（杨大郎、马芳、杨世祥、杨四郎）及赵飞“上场门”“挖门”，四将分站两边，赵飞在中间。

赵　飞　你等可曾到齐？

四　将　俱已到齐，提调我等为了何事？

赵　飞　见了爹爹，再做计较，请。

四　将　请。

〔**【大锣原场】**四将“插门”“下场门”下，赵飞随后跟下。

第三场

〔正场桌，设“小座”。

〔杨波内唱。

〔二黄导板〕

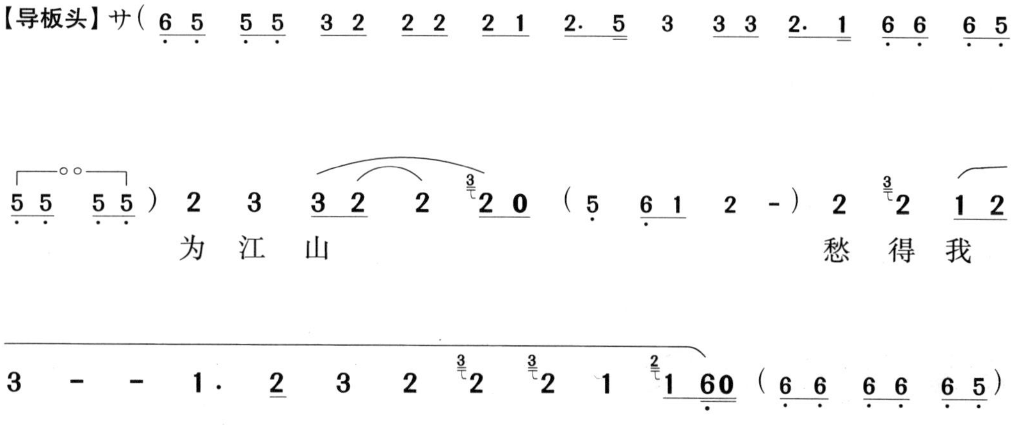

2 2 1. 2 3 - - 2 3 2 3 2. 1 6 (6 5 7 6)
须 发 皓

1 3 2 - - - 1 2 1 2 1 2 -
然，

〔【吊钹】杨波"上场门"上，【原场】走至"九龙口"。

杨　波　【叫头】（拱手向天）天哪！（仓仓顷仓）天！【住头】想我杨波，为了大明江山，七日七夜，只落得须发（托髯）皓然了。

〔二黄散板〕

【纽丝】(过门同前) 1 3 1. 2 3 1 3 2 2 (5 6 1 2) 3. 6 5763
（走至台中）好 似 子 胥 过 昭 关。（仓）但 愿

5 7. (2) 6 (5672 6) 3 3 1 - - 1 2 2 1 - -
赵 飞 搬 兵 转，

〔【纽丝】杨波左转身向里走，坐"小座"。

〔二黄散板〕

(过门同前) 1 2 1 1. 2 3 (3) 1 - 7. 0 3 2 2 -
重 振 大 明 锦 江 山。

〔【大锣原场】四将"搭轿"赵飞在中间从"上场门"上，走至台前分开向里横站一排。

赵　飞
四　将　（同）参见爹爹。（一同躬身拜见）

杨　波　站立两厢。

赵　飞
四　将　（同）啊！【大锣住头】（四将分站两边，赵飞站在"大边"）

杨　波　人马可曾齐备？

赵　飞　俱已齐备。

杨　波　随定为父保护皇陵去者！

赵　飞
四　将　（同）啊！

〔【急急风】四将、赵飞"插门""下场门"下。杨波右手从桌上拿牙笏左手提蟒

在中间亮相，锣鼓切住。(**八大仓**)向左转身，向里亮住，**【原场】**“下场门”下。

第四场

［正中设小高台，黄帐子，高台上摆放王帽一顶，两边摆放蜡台。

［**【缓锣】**接**【初更鼓】**

［徐延昭内唱。

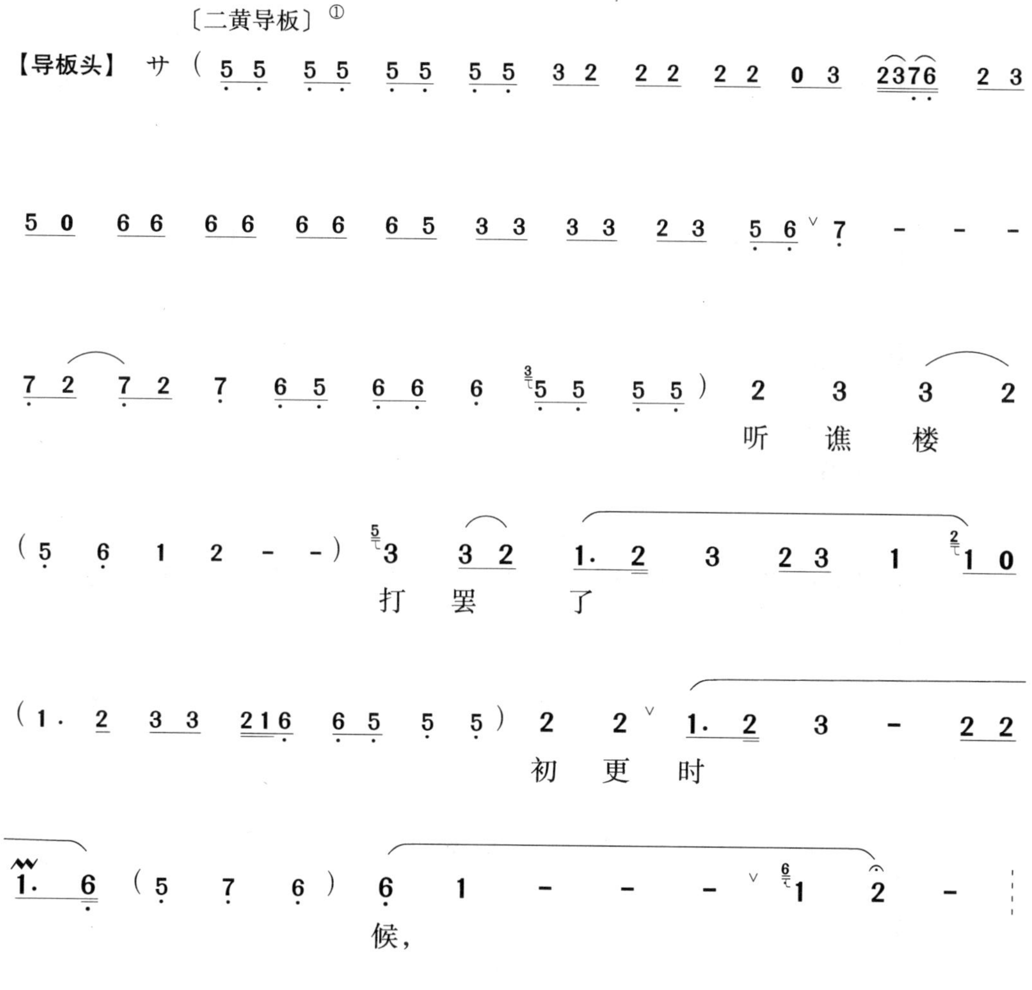

［**【原场】**四大铠“上场门”上，头、二家提灯，三家抱锤，四家托盘香炉至“九龙口”站“斜胡同”，徐延昭上场(居中)，至“九龙口”停住。**【大锣帽子头】**

① 《探皇陵》单折演出时，此唱段共计12句，即：“听谯楼打罢了初更时候，开山府来了我定国王侯。先王爷晏了驾太子年幼，恨李良起反心谋篡龙楼。叫家将掌红灯龙凤阁走，见皇陵不由臣珠泪交流。徐延昭三叩首把本启奏，尊一声我主爷细听从头。李良贼在金殿把本启奏，龙国太将江山要让奸谋。为臣我在皇陵紧紧把守，但愿得杨家将早早回头。”

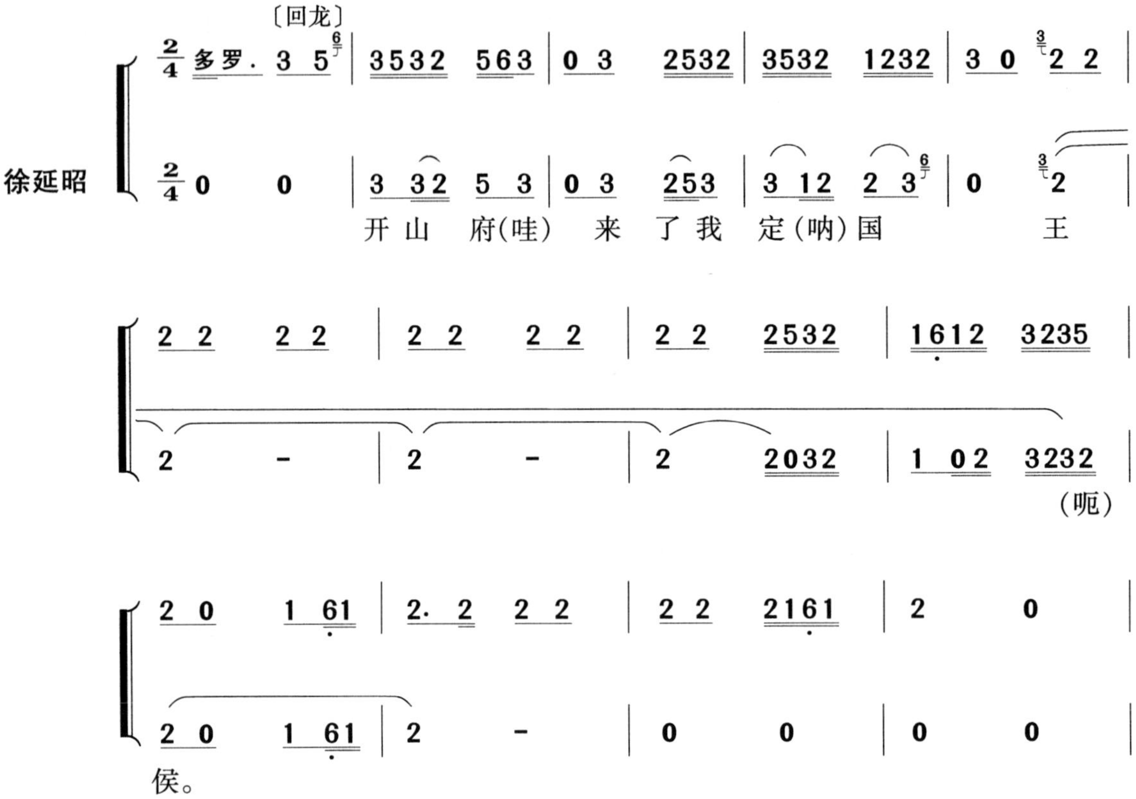

〔【长锤】四大铠向前走，“扯正”，徐延昭走至中间台口处。

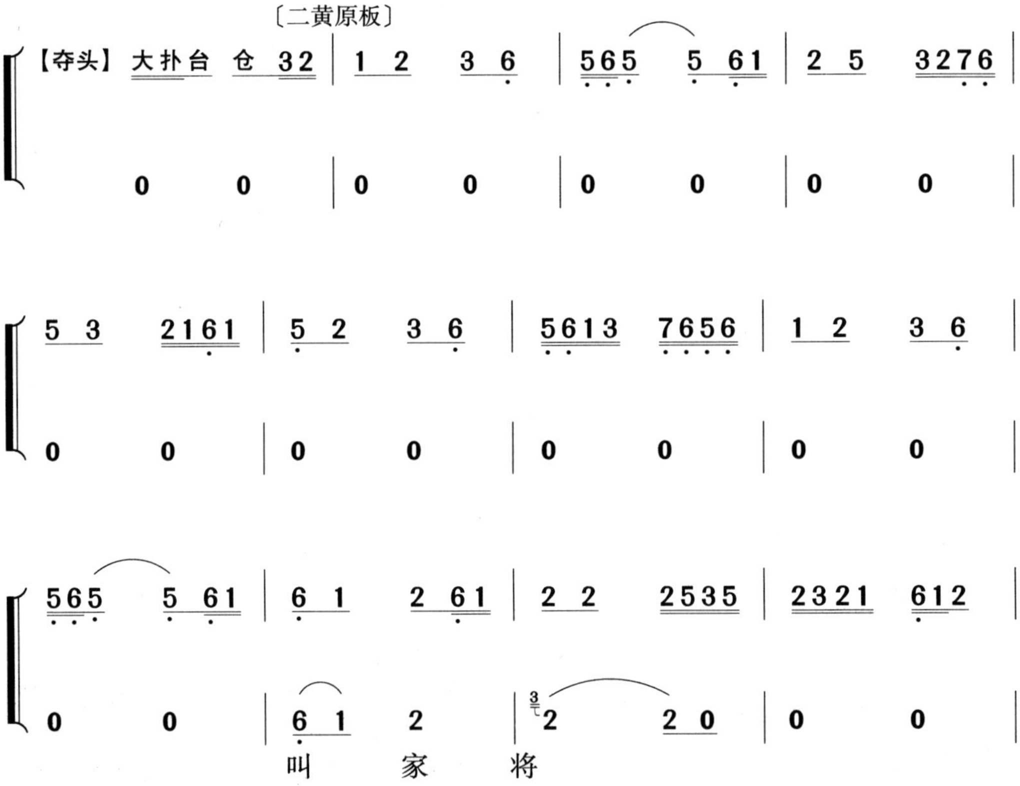

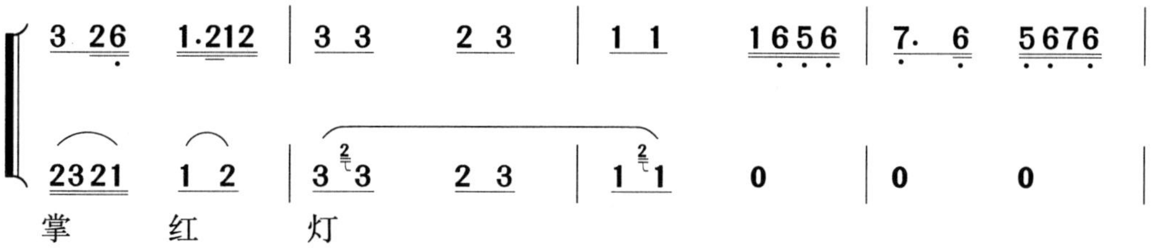

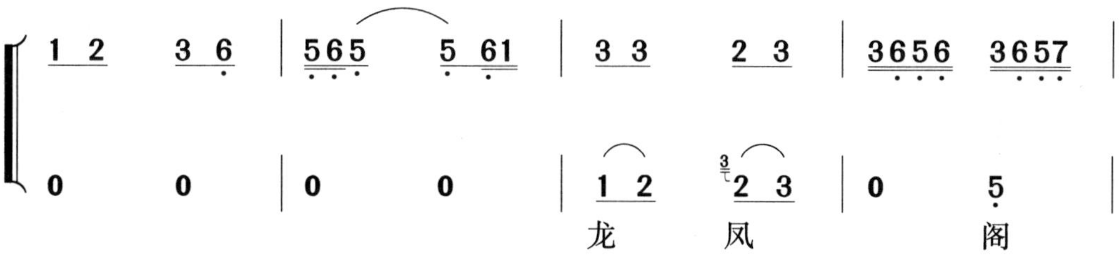

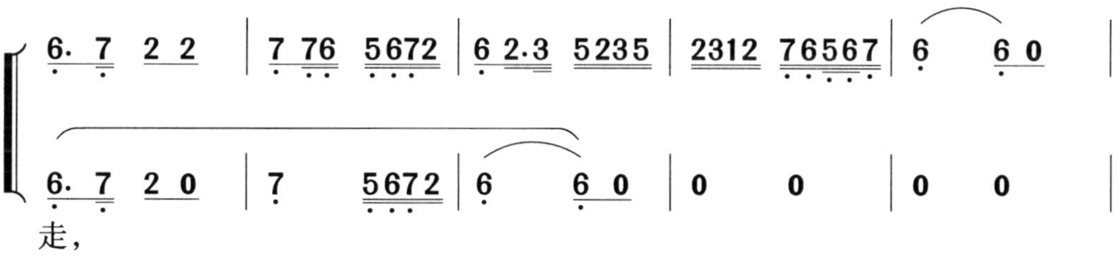

〔【**长锤**】四大铠“插门”、走圆场，徐延昭随后走。四大铠至台右前，走上台阶。动作向“大边”处，随即走“挖门”分站两边，表示已进入皇陵。另一家将摆放香炉。锣鼓切住。再起【**长锤**】徐延昭踩着锣鼓点子节奏上台阶，进皇陵后站“大边”。

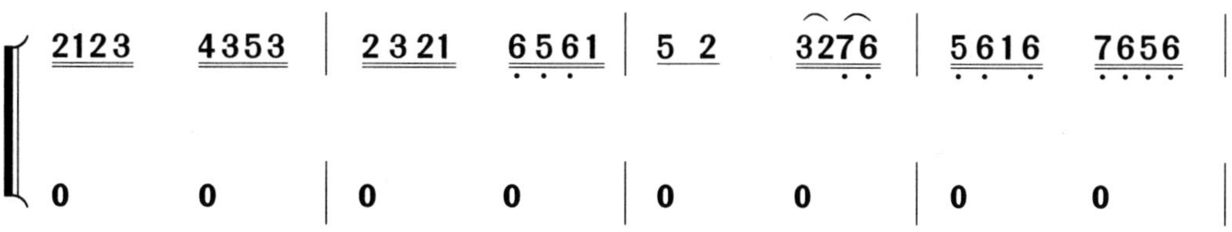

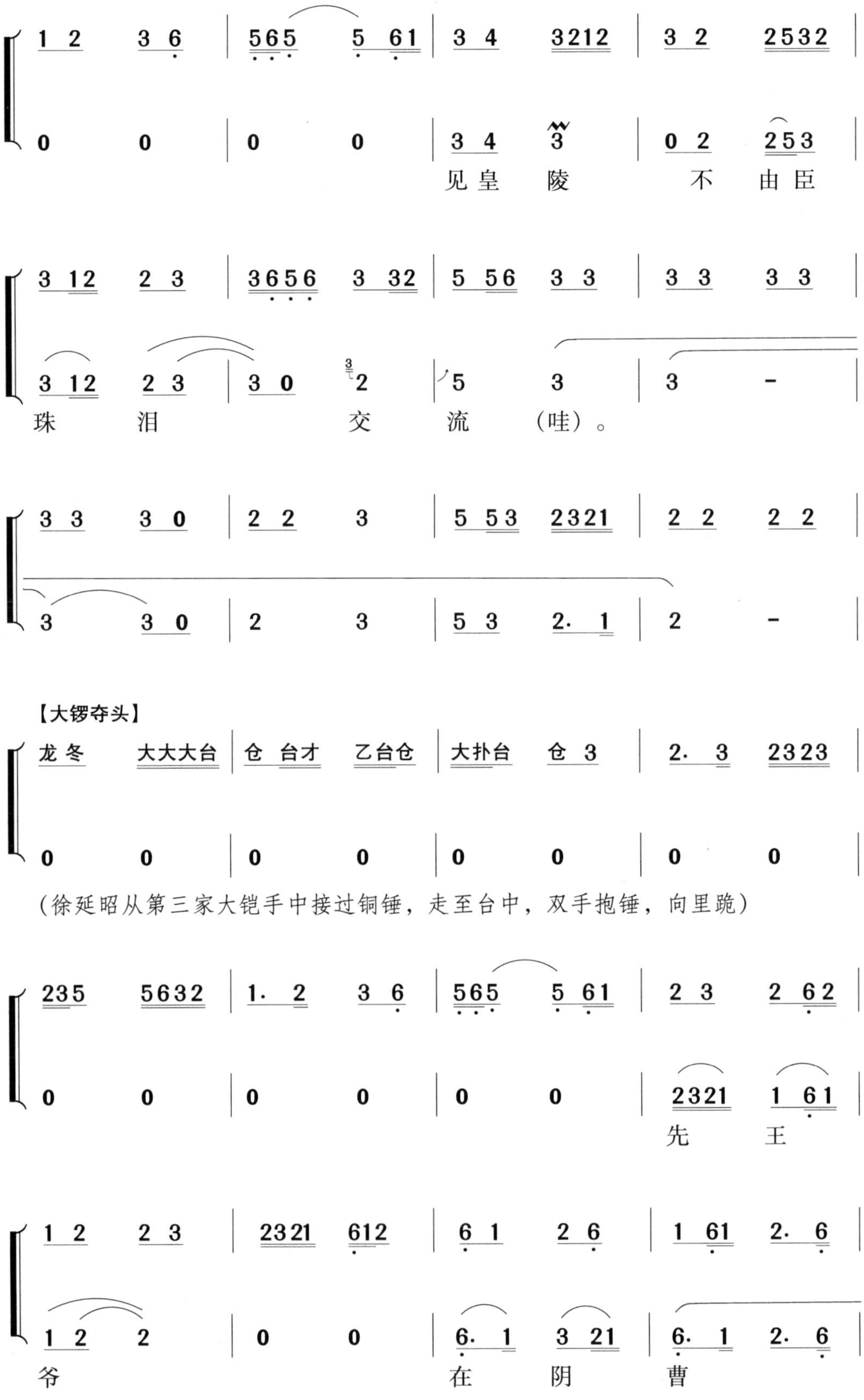
见皇陵 不由臣
珠 泪 交 流 （哇）。
【大锣夺头】
龙冬 大大大台 仓 台才 乙台仓 大扑台 仓 3
（徐延昭从第三家大铠手中接过铜锤，走至台中，双手抱锤，向里跪）
先 王
爷 在 阴 曹

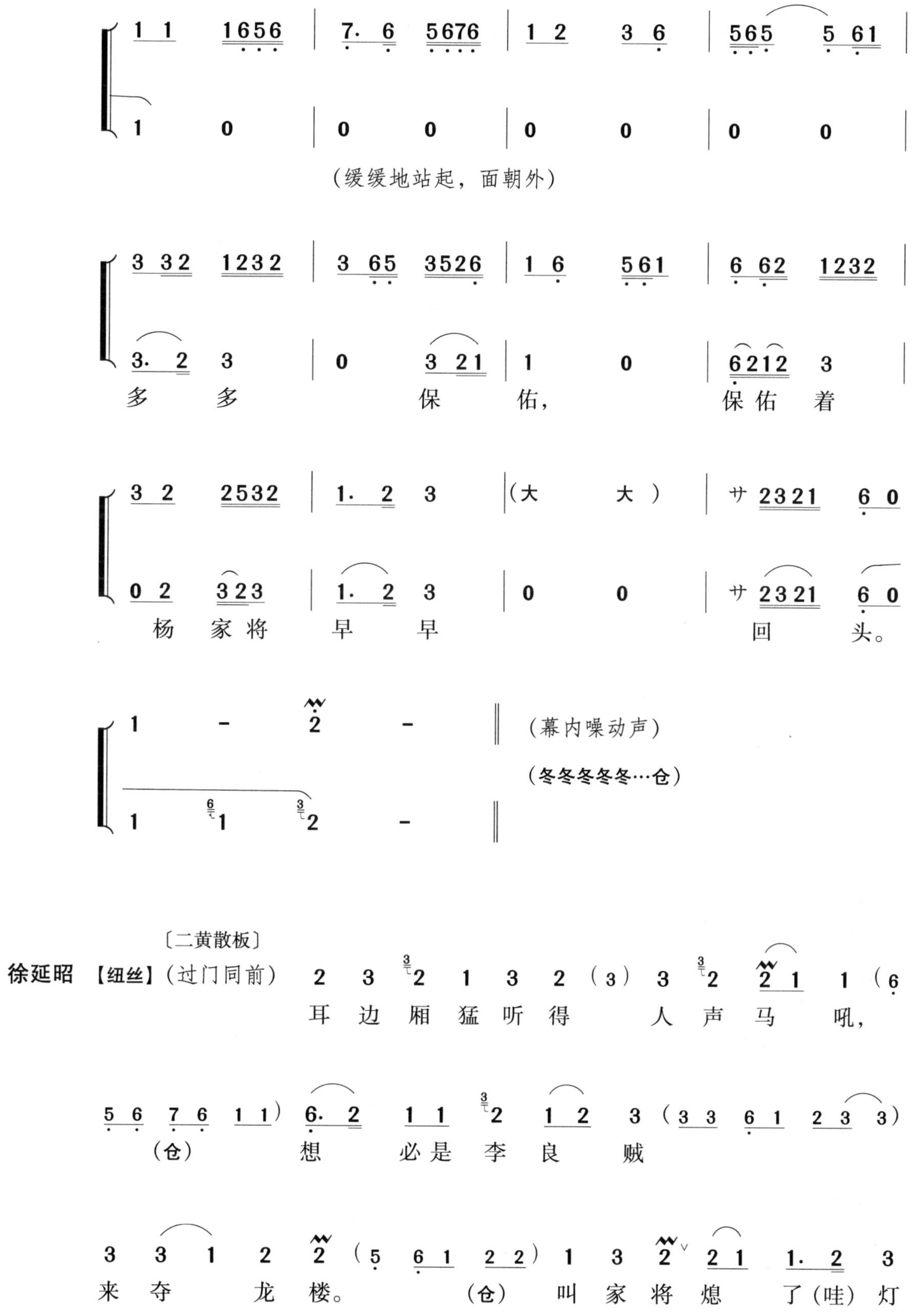
（缓缓地站起，面朝外）
多 多 保 佑， 保 佑 着
（大 大）
杨 家 将 早 早 回 头。
（幕内噪动声）
（冬冬冬冬冬…仓）
〔二黄散板〕
徐延昭 【纽丝】（过门同前）
耳 边 厢 猛 听 得 人 声 马 吼，
（仓） 想 必 是 李 良 贼
来 夺 龙 楼。 （仓） 叫 家 将 熄 了（哇）灯

（6 1 2 3 3）3 2 2321 1 - - - 6 2.6 1 -
龙 棚 等 候，

〔【纽丝】四家将领“倒插门”下台阶，“下场门”下。徐延昭随后下台阶归台中间。

〔二黄散板〕

徐延昭 （过门同前）3 3 3 32 12 3（6 12 33）3 3 6 1 - - 1 2 -‖
今 日 里 为 国 家 一 命 罢 休。

〔【纽丝】赵飞及四将“上场门”上“一条鞭”，杨波随上至“小边”台口，徐延昭归“大边”。

〔二黄散板〕

杨　波 （过门同前） 1 32 20 21 1 6 21 1. 2 3 1 1 -
众 家 儿 郎 且 随 定，

〔二黄散板〕

【大锣凤点头】（过门同前） 1 2 3 23 1 - - 60
见 了 千 岁 礼

3 21 6. 1 2 -‖ 【大锣住头】
相 迎。

〔徐延昭站在中，杨波在“小边”。

杨　波　（面对徐）参见千岁。

徐延昭　杨大人，带领众家儿郎，敢莫是夺取皇陵？

杨　波　（惊讶）哎呀呀！学生怎敢。我带领众家孩儿，前来保护皇陵。

徐延昭　好，见过老夫。

杨　波　（向赵飞及四将）过来见过千岁。

众　将　是。【大锣五击】（赵飞在中，四将前后各两个“搭轿”走向台前向里站成一排）参见千岁。

徐延昭　罢了。（众将归两边，赵飞站“大边”）你等埋伏在两廊。

众　将　是。

徐延昭　杨大人。（杨波应声）同四公子。

杨家四将　在。

徐延昭　随老夫进宫去者。

〔【大锣原场】徐延昭在前，杨波在后，杨四郎随后，“下场门”下。赵飞与其余三将“扯斜”，随杨四郎之后，“下场门”“对下”。

二 进 宫

第一场

〔【撤锣】正场桌，“小座”。
〔李艳妃内白：“先王啊！——”

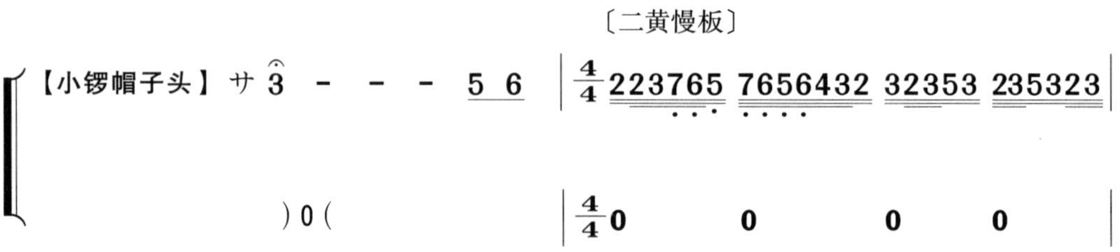

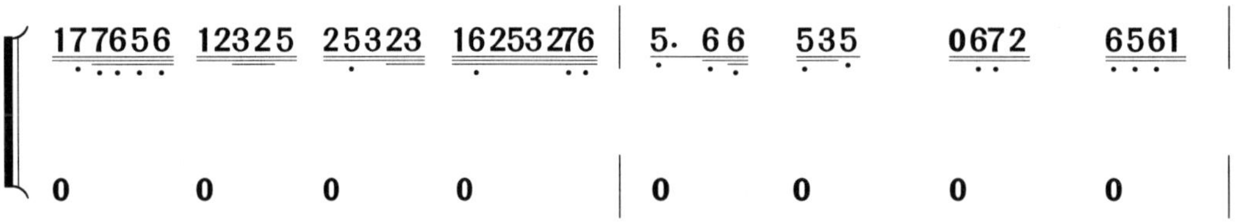

（徐小姐在左，杨小姐抱太子在右，二人

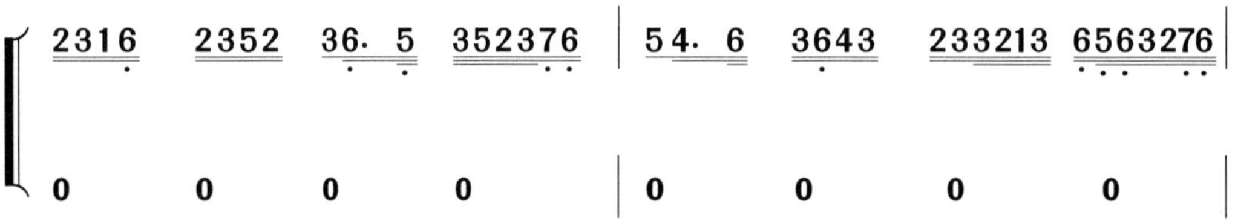

在过门中从“上场门”缓步上场，至台口分开，站两边。李艳妃随后从“上场

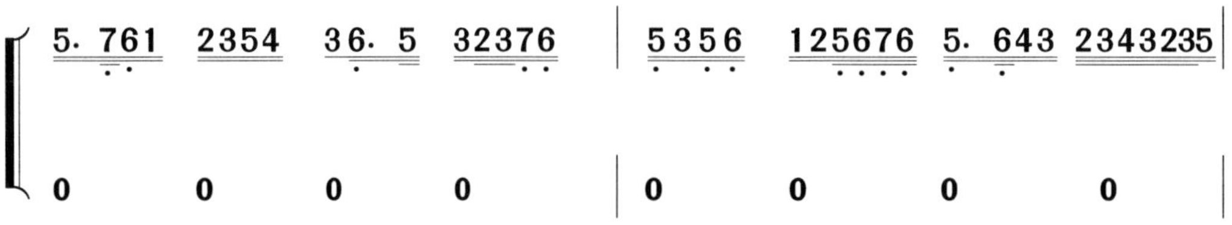

门”上，一亮，至“九龙口”靠前一点，抖袖，待唱）

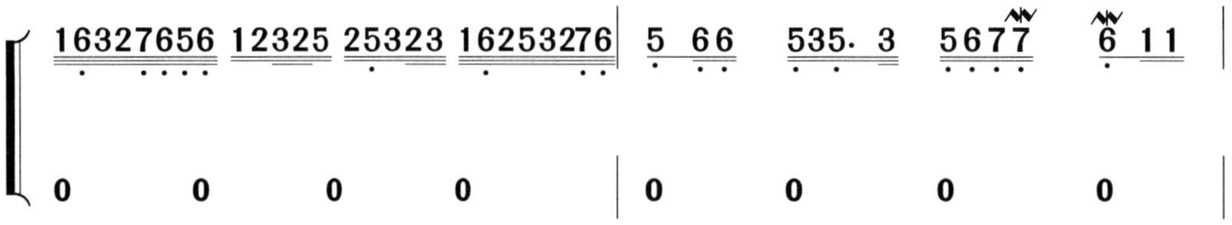

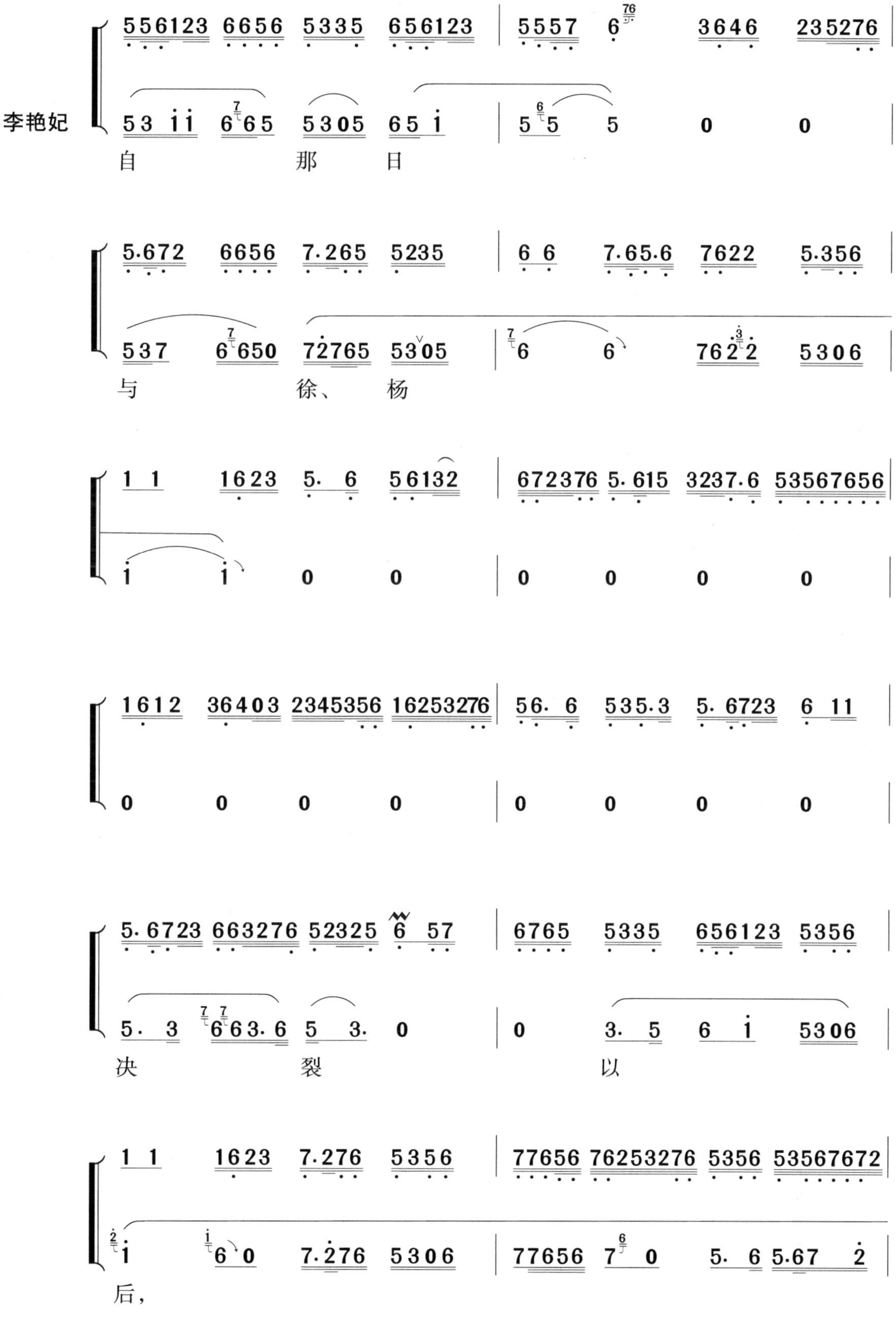
李艳妃
自 那 日
与 徐、杨
决 裂
以
后，

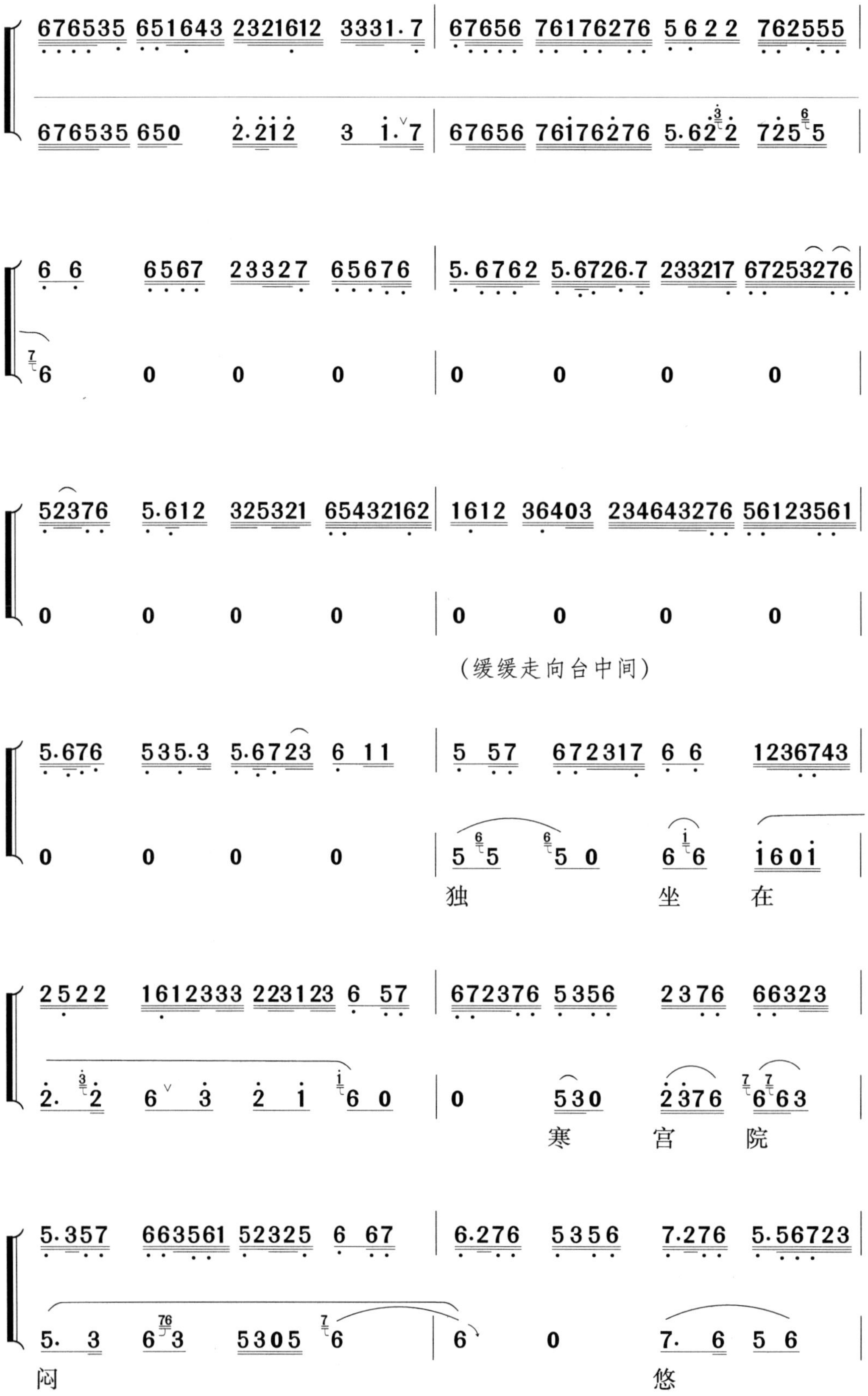
（缓缓走向台中间）
独 坐 在
寒 宫 院
闷 悠

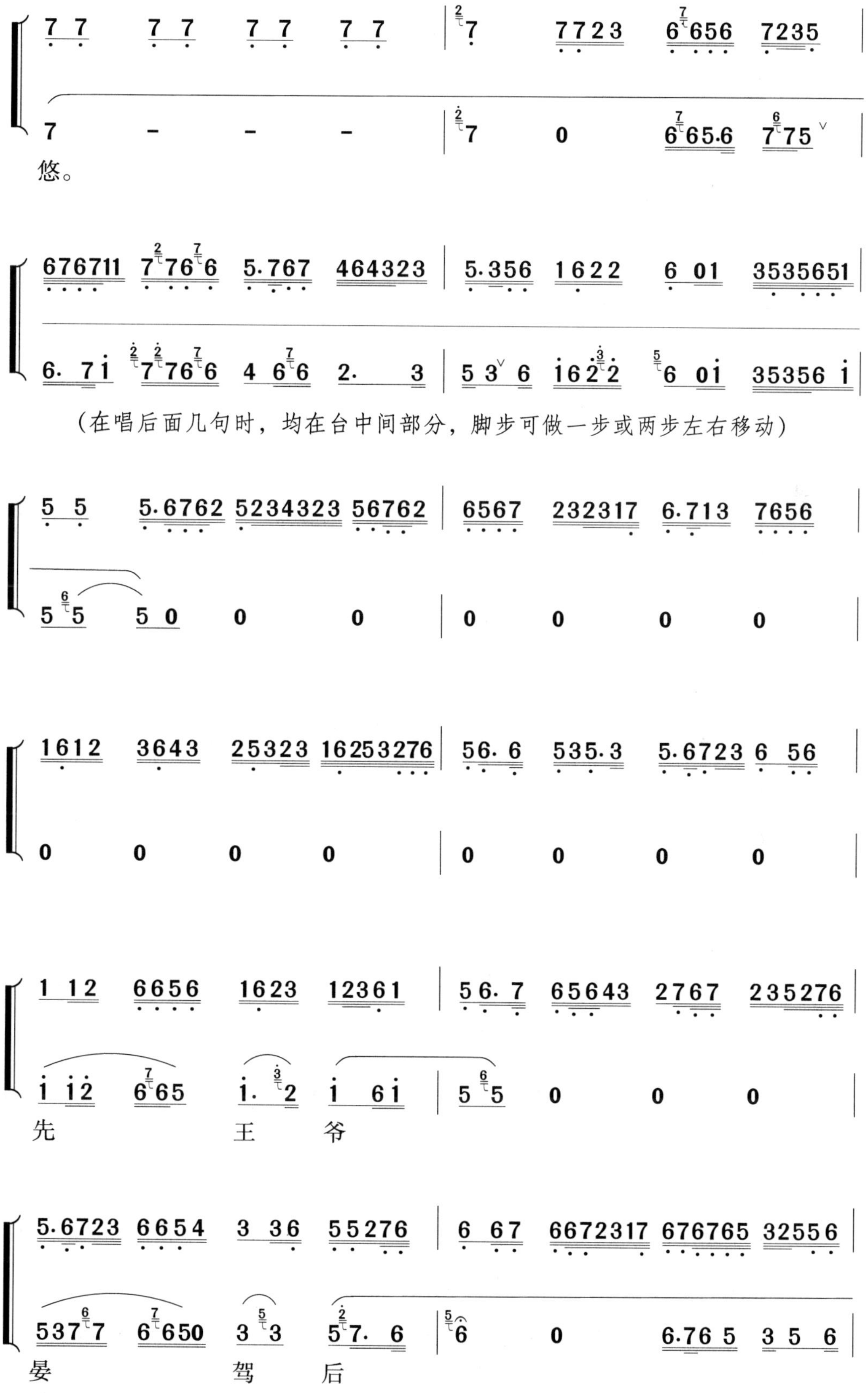
悠。
（在唱后面几句时，均在台中间部分，脚步可做一步或两步左右移动）
先 王 爷
晏 驾 后

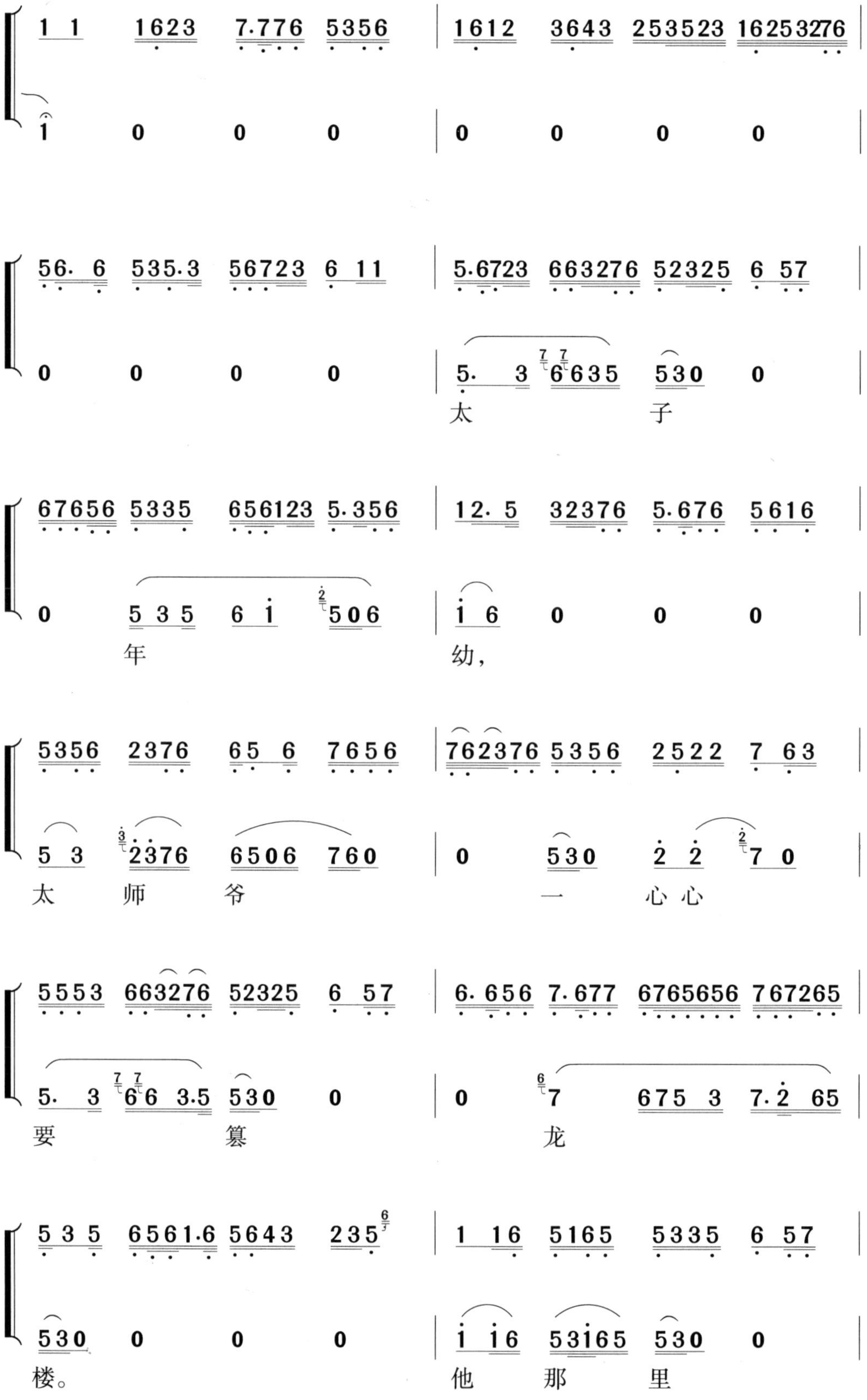
太 子
年 幼，
太 师 爷 一 心心
要 篡 龙
楼。 他 那 里

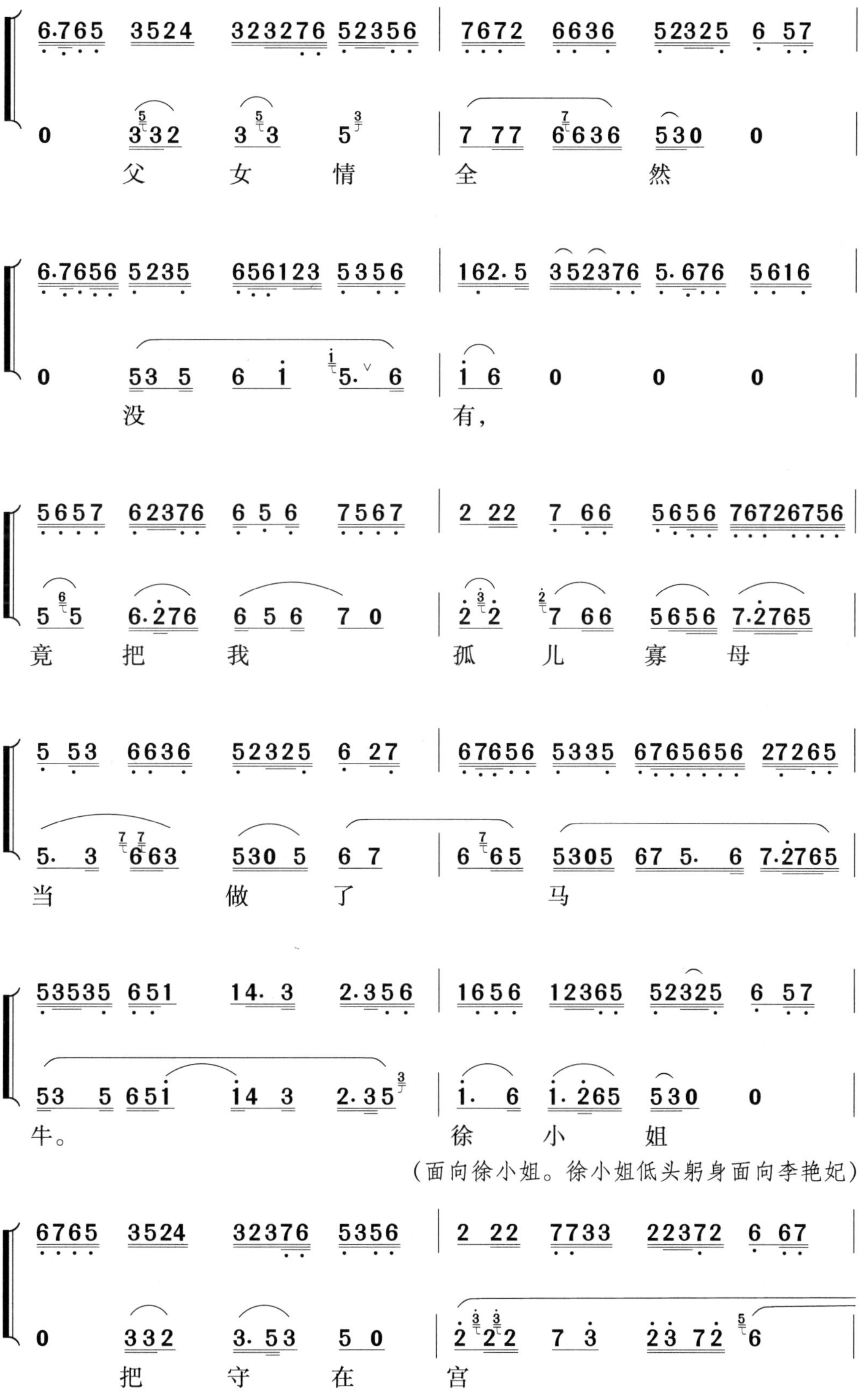
父 女 情 全 然
没 有，
竟 把 我 孤 儿 寡 母
当 做 了 马
牛。 徐 小 姐
（面向徐小姐。徐小姐低头躬身面向李艳妃）
把 守 在 宫

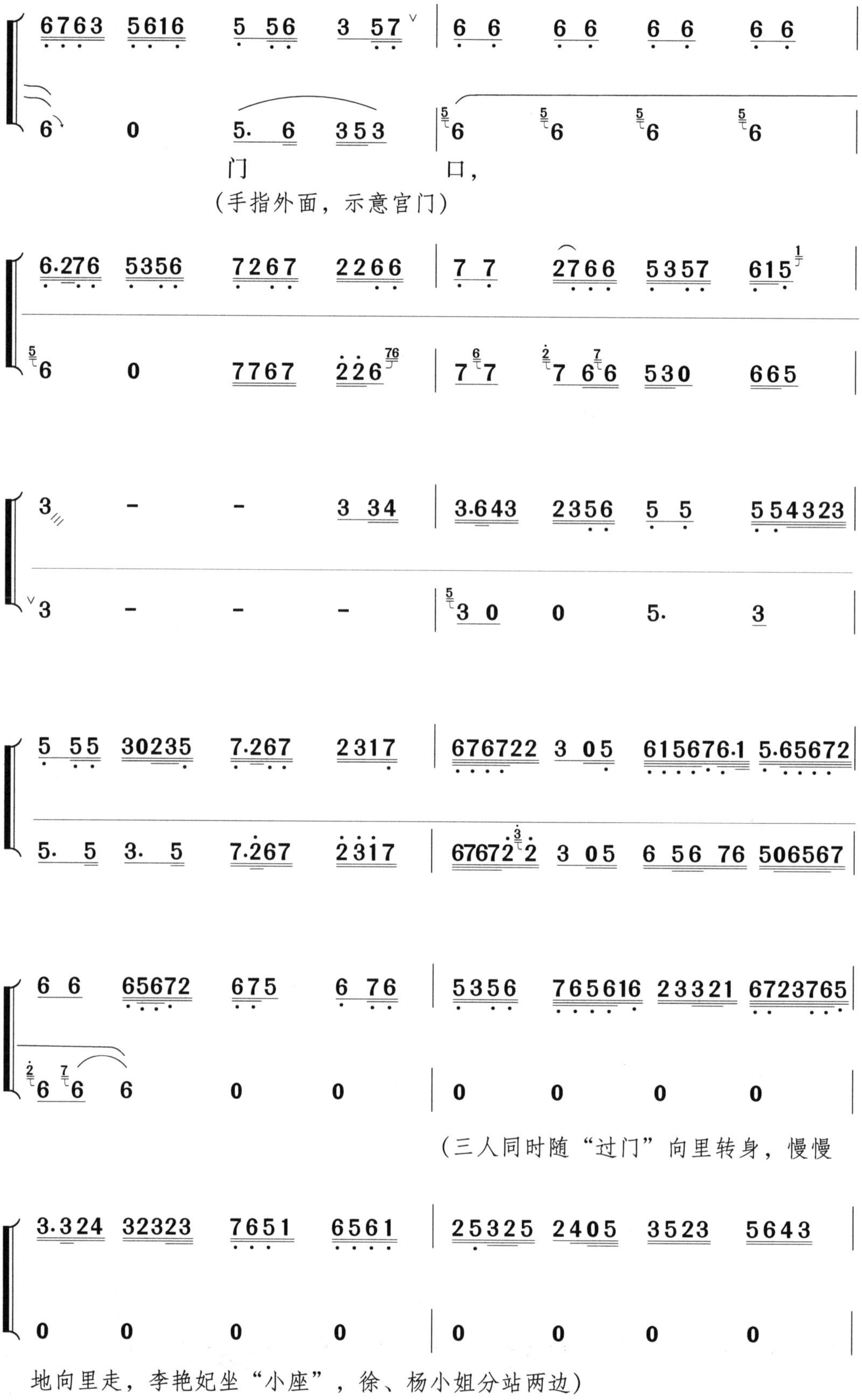
门
口，
（手指外面，示意宫门）
（三人同时随“过门”向里转身，慢慢
地向里走，李艳妃坐“小座”，徐、杨小姐分站两边）

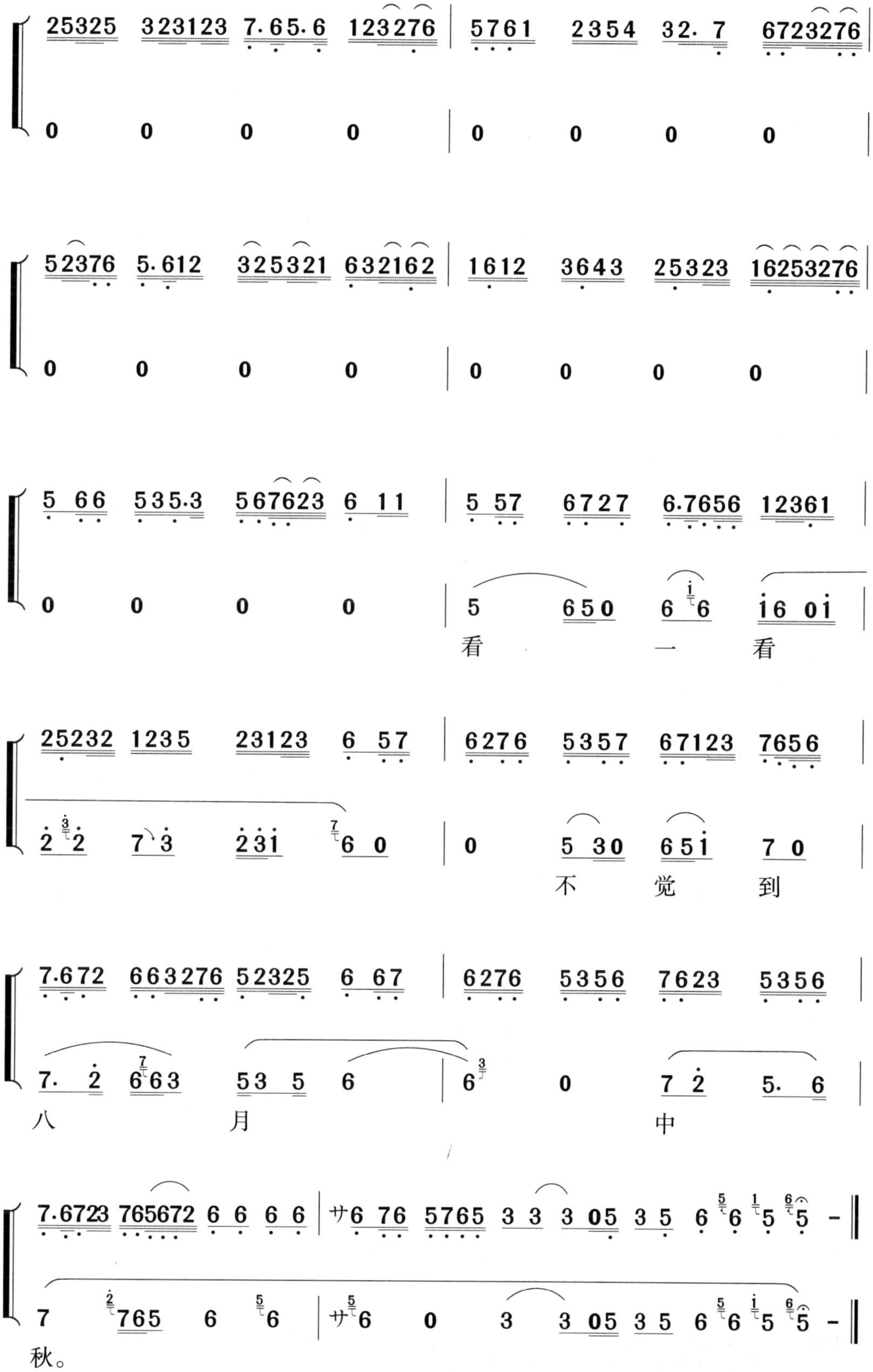

（杨小姐慢慢地将太子交与李艳妃，李艳妃抱着太子慢慢坐下，忧心忡忡）

〔徐延昭内白："大人请！"

〔杨波内白："千岁请！"

〔【撞金钟】杨四郎"上场门"上，至"小边"台口靠边站立。徐延昭在前，杨波随后二人同时"上场门"上，至"小边"台前。

〔二黄散板〕

徐延昭 （过门同前）3 3 4 3（1. 2 3）2. 5 3 12 2 - 2 3 - -（5 5）
探罢皇陵 到 昭 阳， （仓）

杨 波 3 2 1 1. 2 3 -（1. 2 3）2 - 2 3. 5 2
宫门上锁 贼 李

2. 1 6 1. 2 35 23 2 -（5 6 1 2 -）
良。 （仓）

徐延昭 3 2 2 61 1（1 -）2 1 2 2 1. 6 1 - -（65 5 5）
铜锤付与 大 人 掌， （仓）
（将铜锤交给杨波，杨波接过锤，转身面向杨四郎）

杨 波 12 2 3 1. 2 3 - 3 21 6 6. 1 2 -‖
锤 击宫门 禀 皇 娘。（将铜锤交给四郎，四郎右手接过锤，向外）

〔二黄散板〕

杨四郎 【大锣散凤点头】（过门同前）3. 6 5 6 6 6 56 i -
铜 锤 一 举 双 环（呐）断，（用锤做击门动作）

〔【散长锤】徐小姐走出拔宝剑，与杨四郎"一过合"、"二过合"，架住。

〔二黄散板〕

徐小姐 （过门同前）76 56 7 7 6 65 6 6 5 5 -‖【住头】（二人兵器一绕，架住）
你 是 何人叩宫 环。

徐延昭 杨 波 （同）嗯！

〔徐小姐、杨四郎二人分开，面向徐、杨。

徐延昭（同时念）我儿休要动手。此乃四公子，见礼。
杨　波（同时念）我儿休要动手。此乃徐小姐，见礼。

〔杨四郎将铜锤交给杨波，杨波将铜锤交给徐延昭。徐小姐将剑入鞘。

杨四郎（走上前，向徐小姐）小将有礼。（拱手）
徐小姐 还礼。（拜揖。杨四郎走回“小边”原位）
徐延昭 我儿启奏国太，徐、杨二家宫门求见。
徐小姐（转身入内）启奏国太，徐、杨二家宫门候旨求见。
李艳妃（显出惊喜）宣他二人进宫。
徐小姐 国太有旨，徐、杨二家进宫。
徐延昭
杨　波（同）领旨。
徐延昭 大人，
杨　波 千岁！
徐延昭 此番进宫，将保国之事奏与国太。
杨　波 全仗千岁。
徐延昭 大人请！
杨　波 千岁。（站在原地，与徐延昭成“八字”）

〔二黄慢板〕

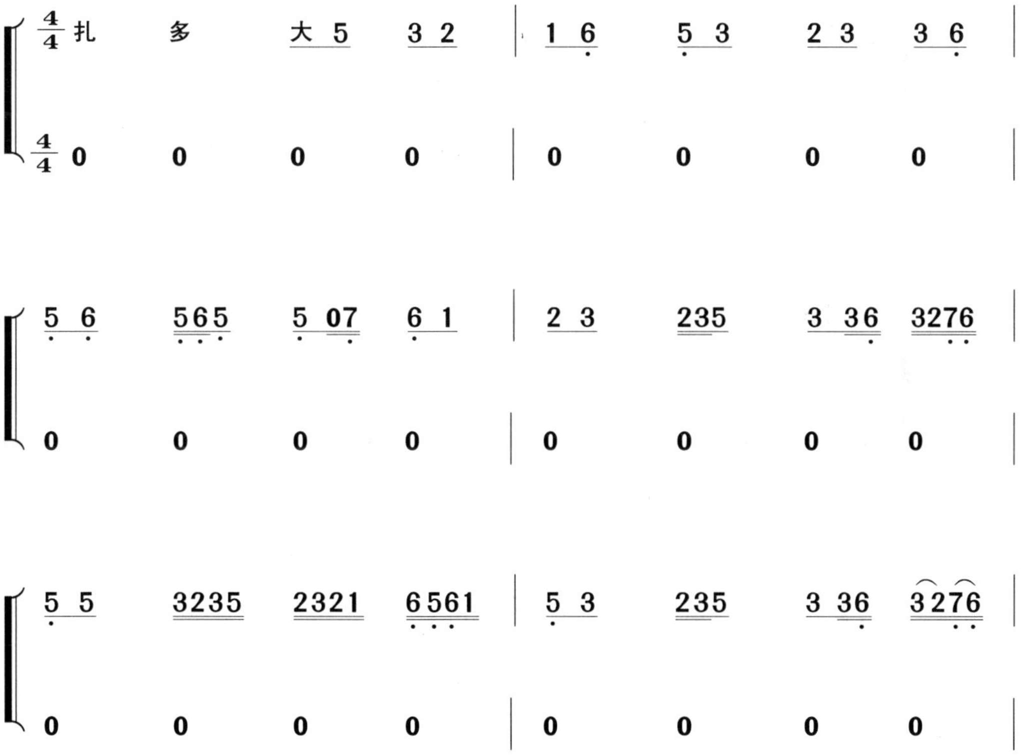

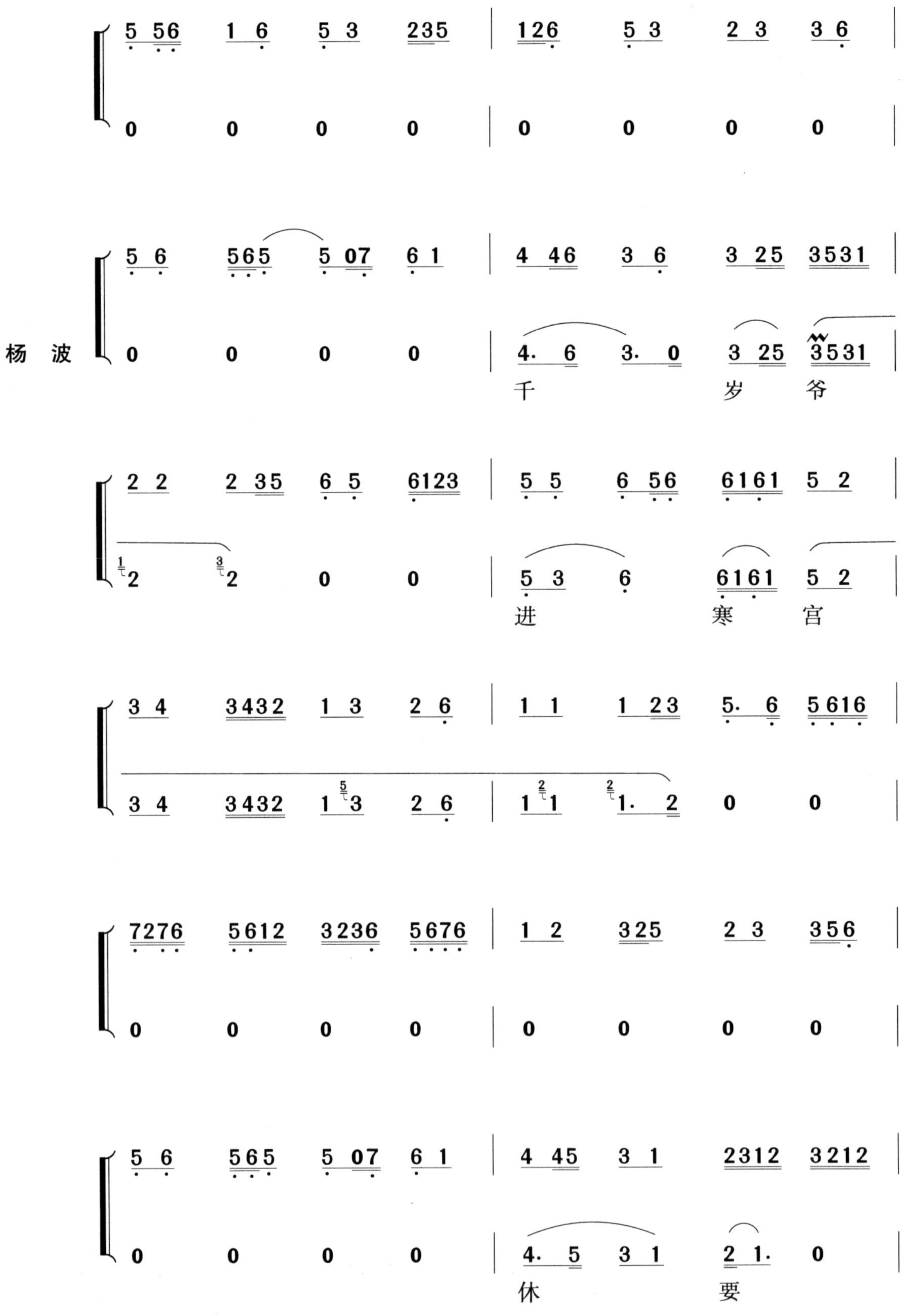
杨 波
千 岁 爷
进 寒 宫
休 要

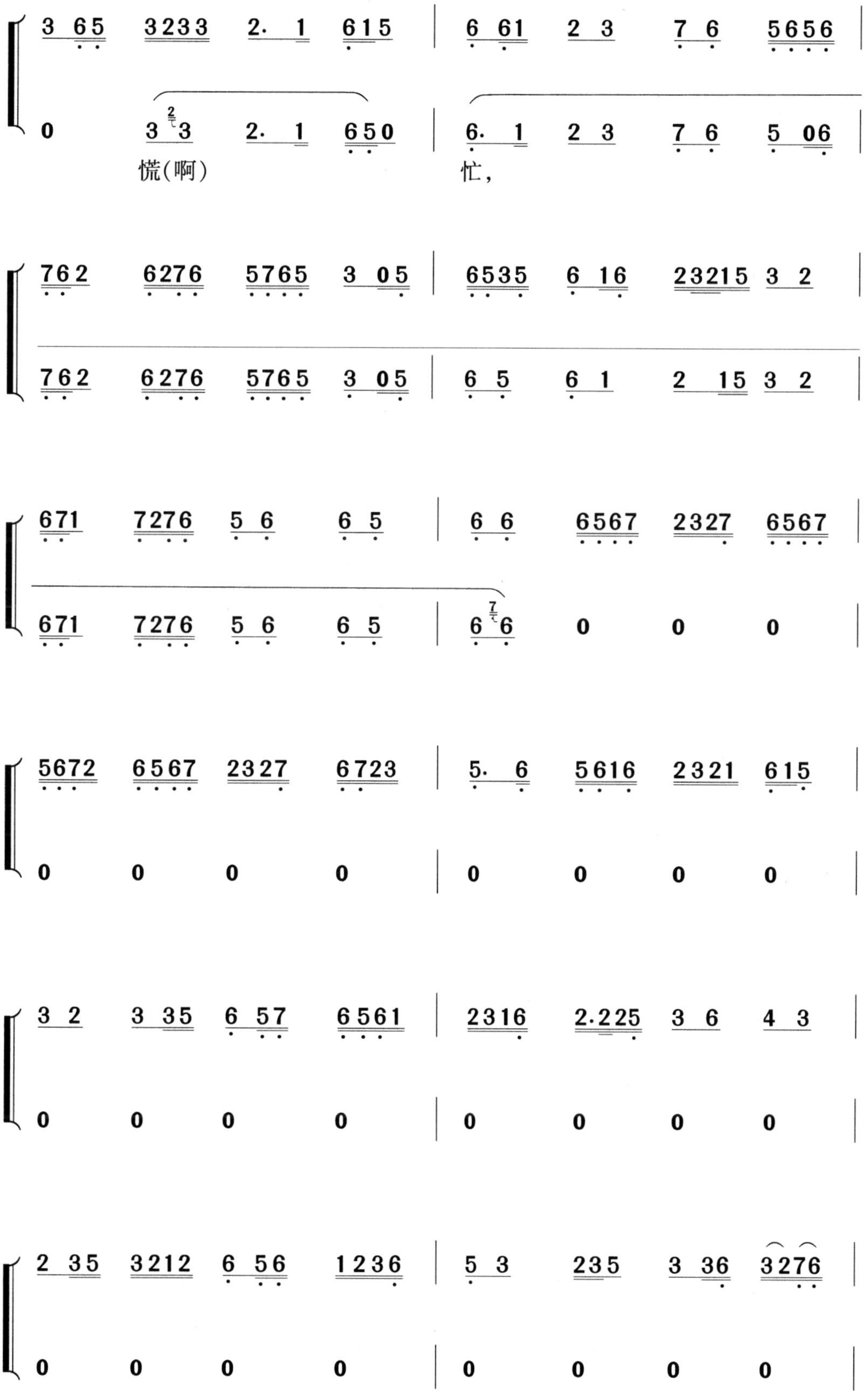
慌(啊)
忙,

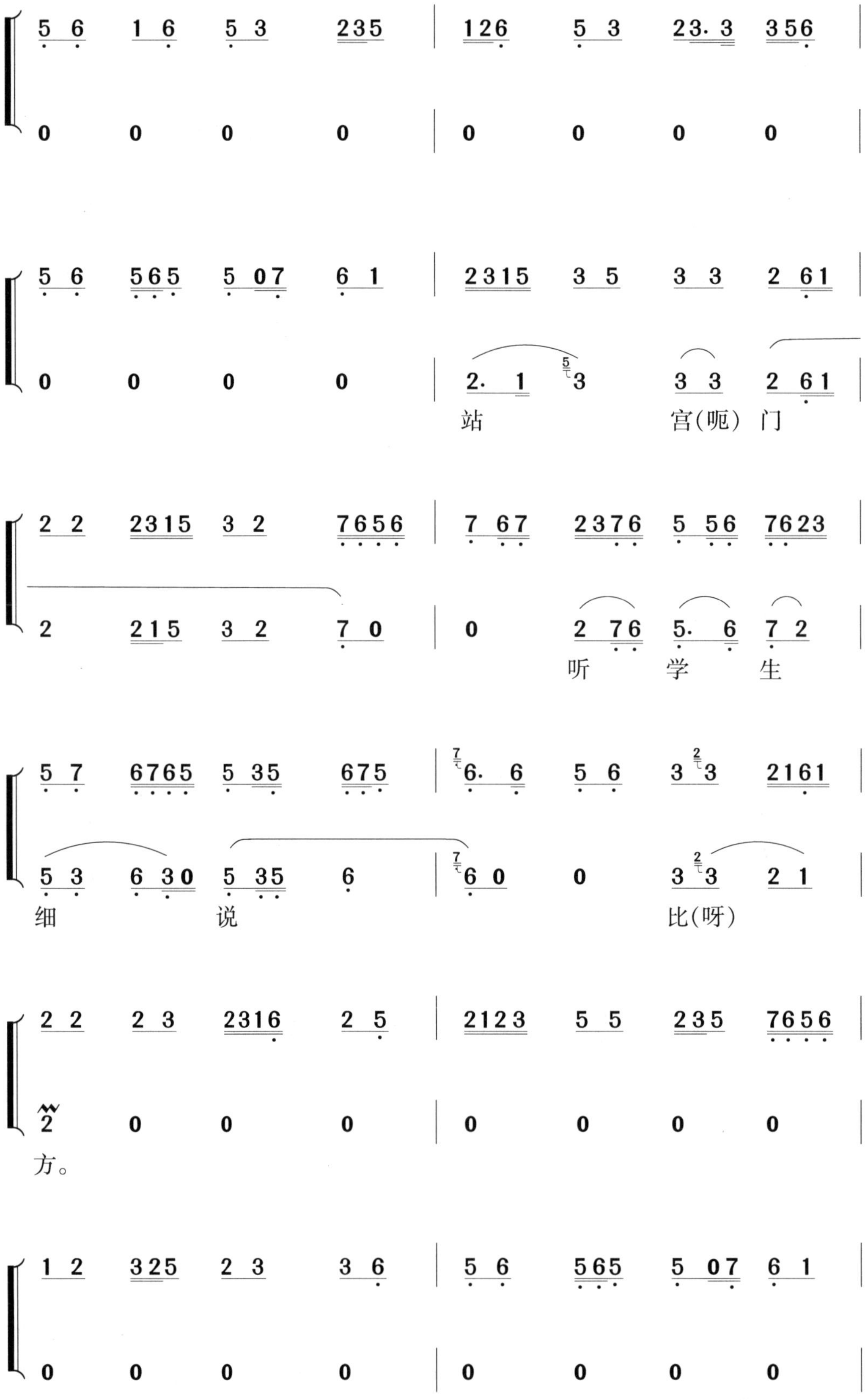
站 宫(呃) 门
听 学 生
细 说 比(呀)
方。

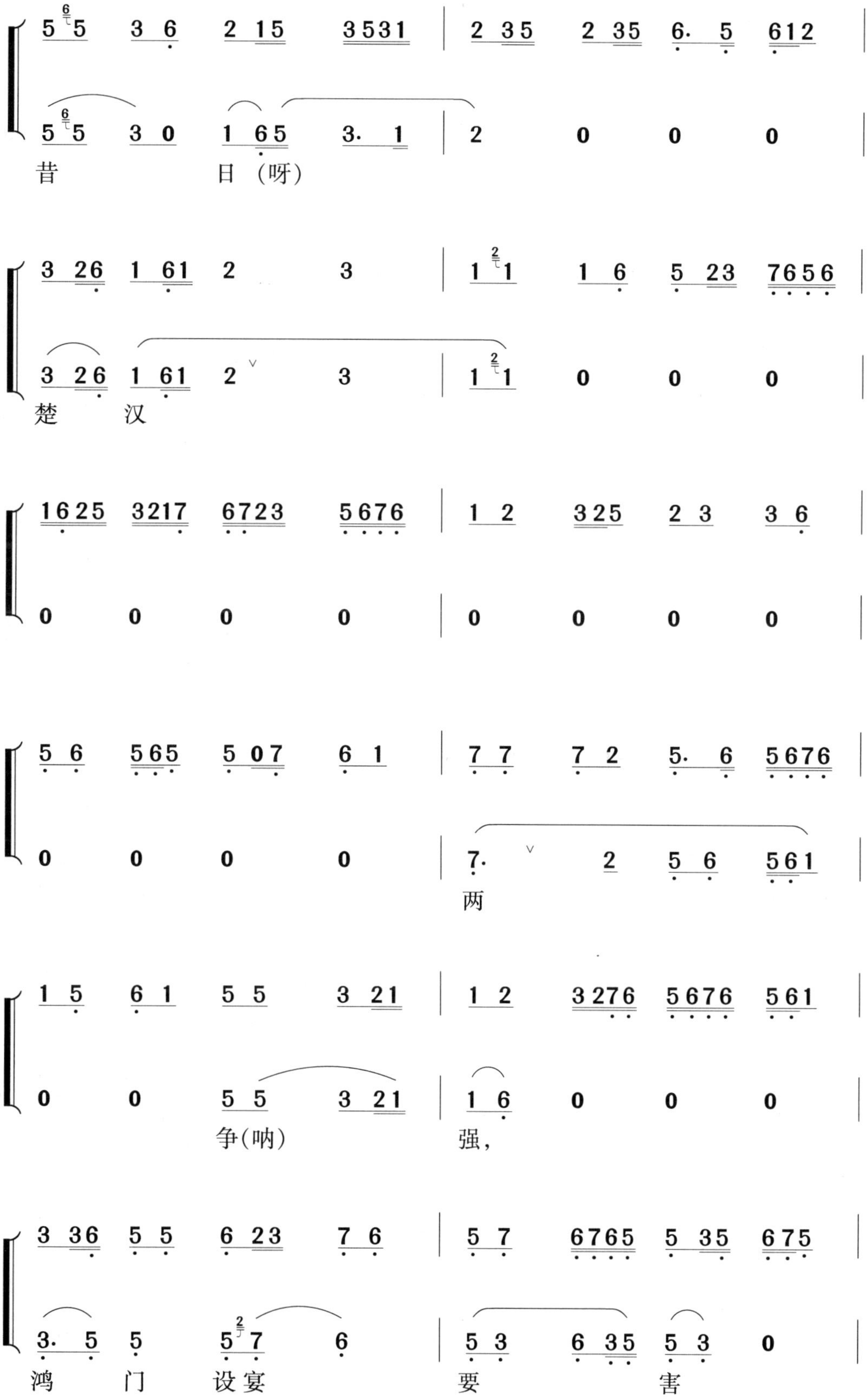
昔 日（呀）
楚 汉
两
争(呐) 强，
鸿 门 设宴 要 害

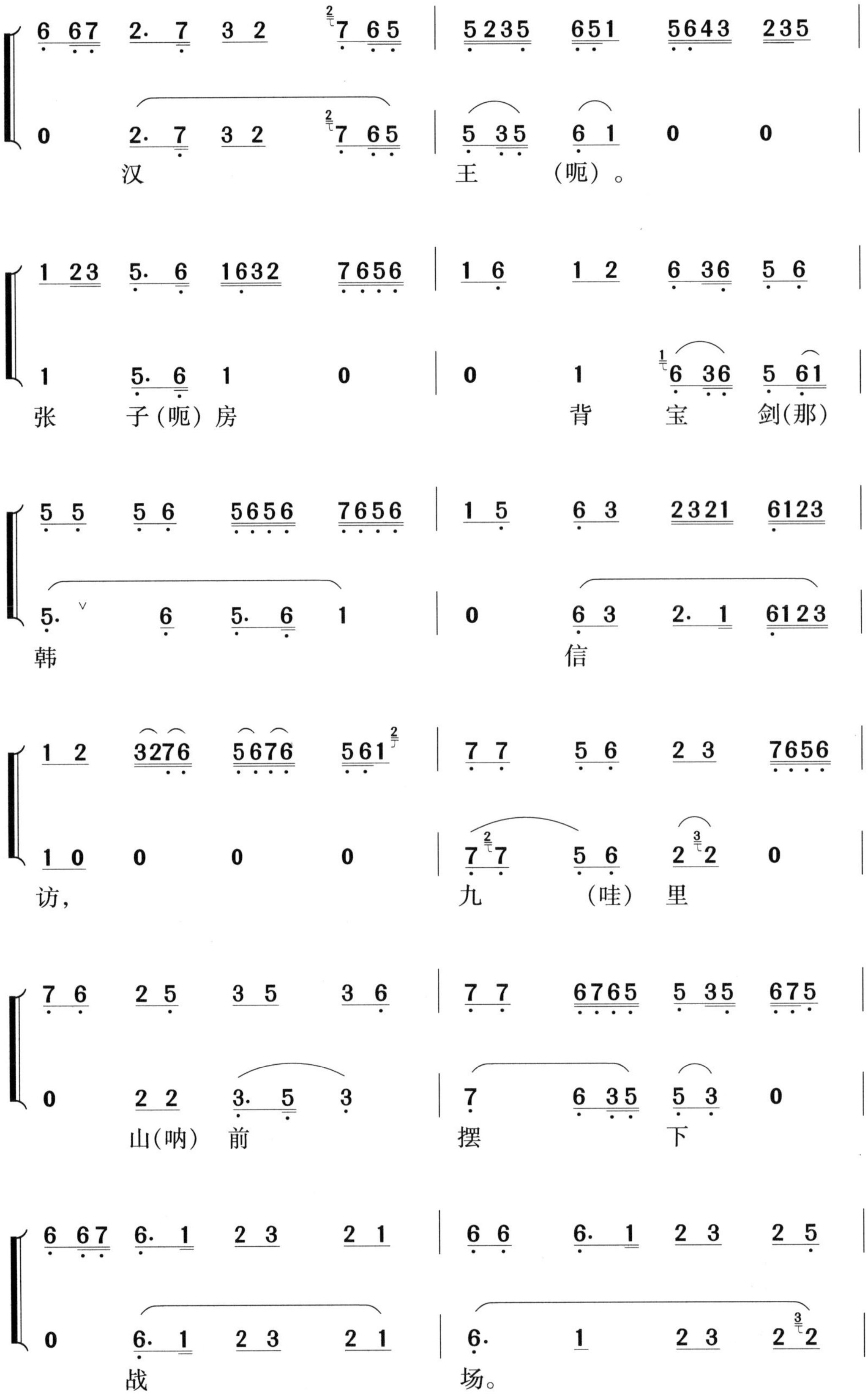
汉 王（呃）。
张 子（呃）房 背 宝 剑(那)
韩 信
访， 九 （哇） 里
山(呐) 前 摆 下
战 场。

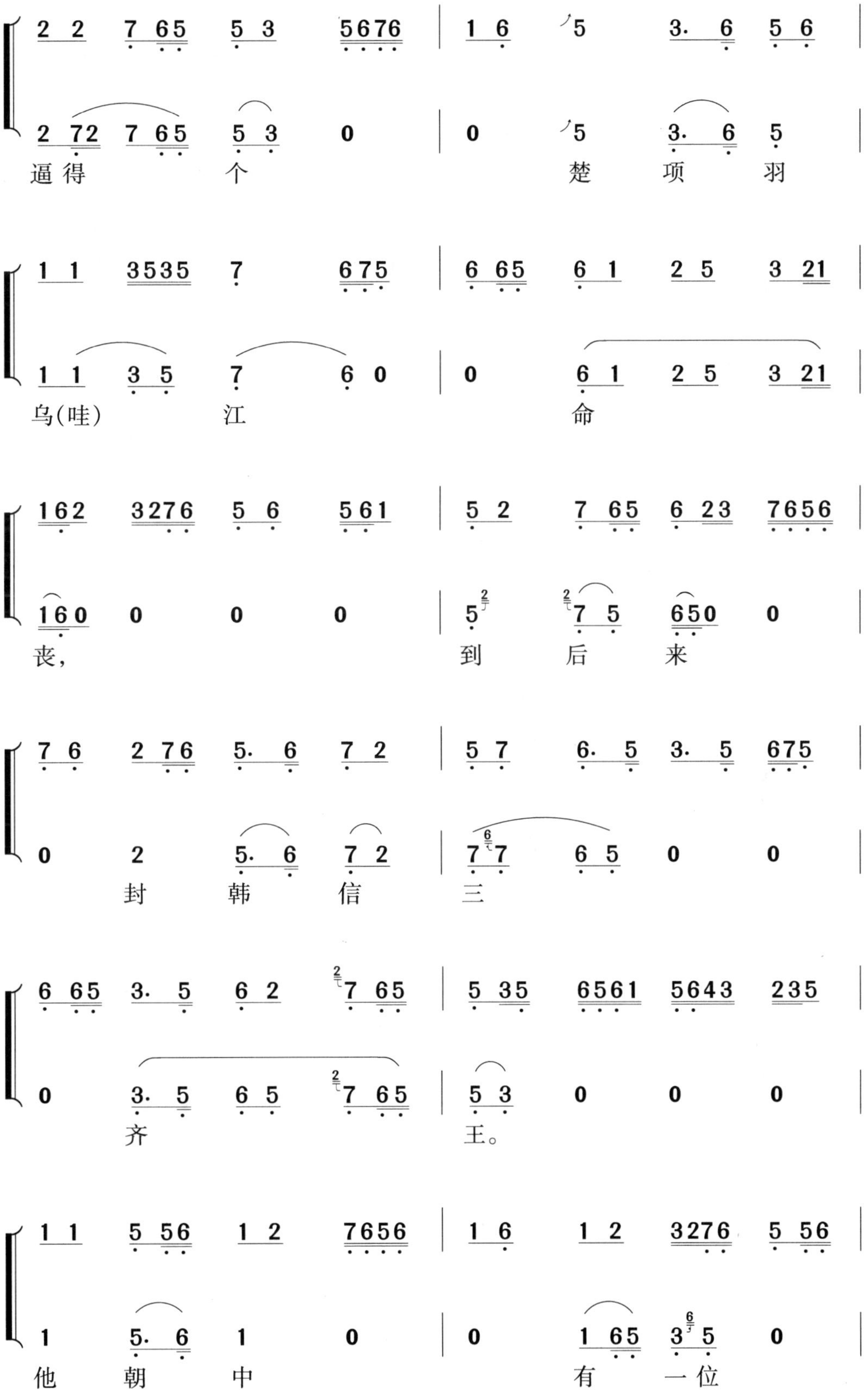
逼得 个 楚 项 羽
乌(哇) 江 命
丧, 到 后 来
封 韩 信 三
齐 王。
他 朝 中 有 一位

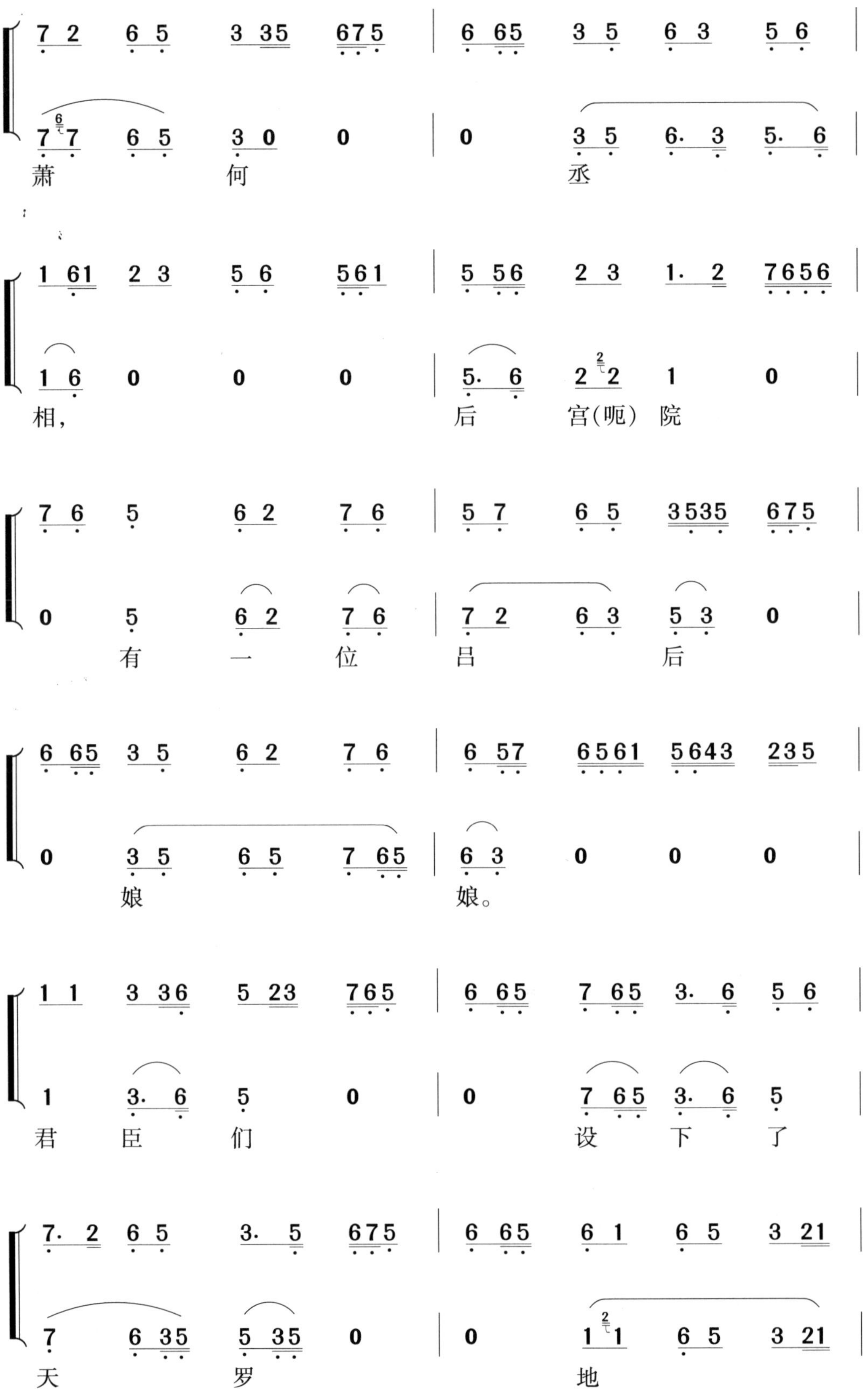
萧 何 丞
相， 后 宫(呃) 院
有 一 位 吕 后
娘 娘。
君 臣 们 设 下 了
天 罗 地

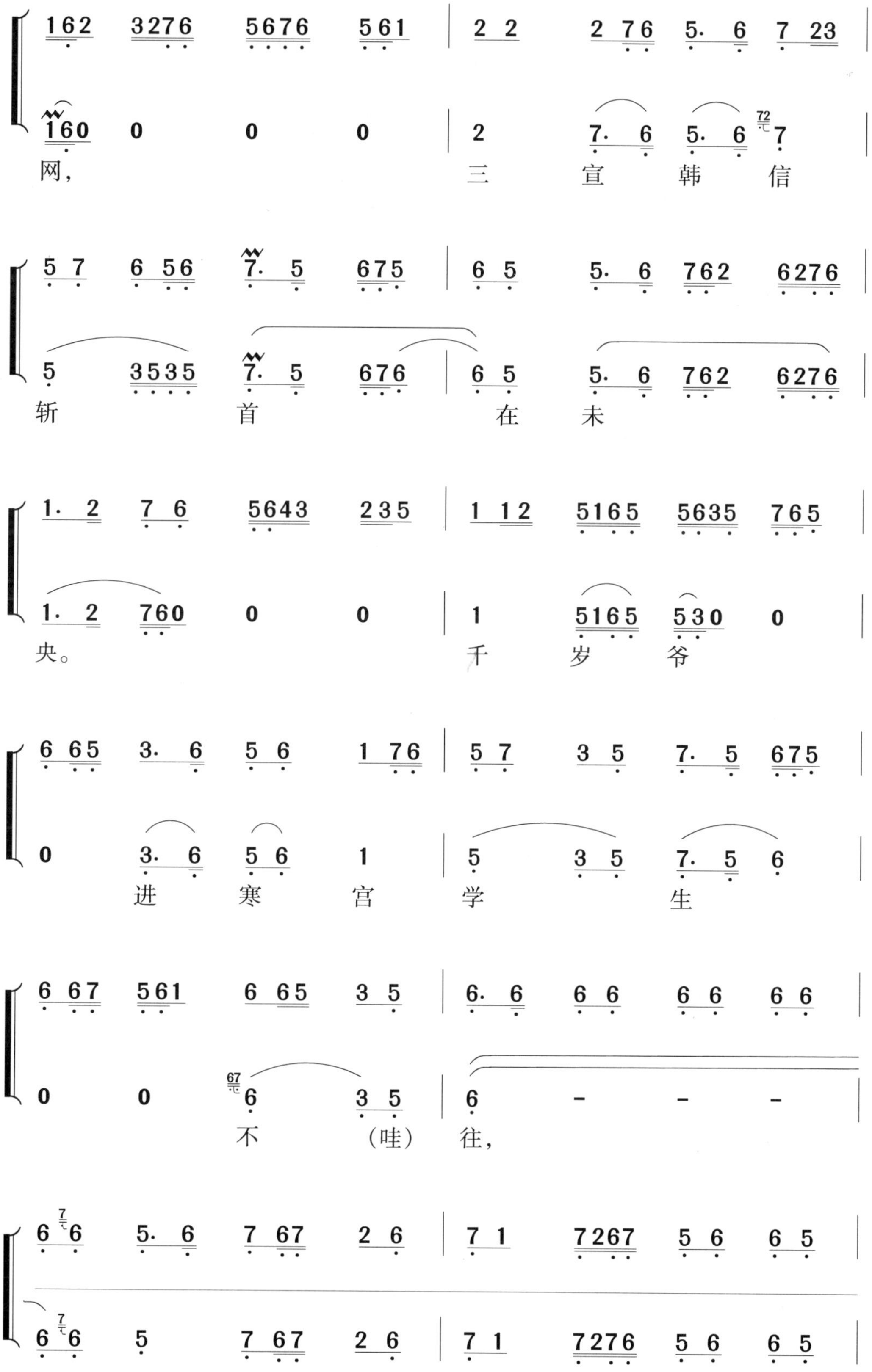
网，
三 宣 韩 信
斩 首 在 未
央。
千 岁 爷
进 寒 宫 学 生
不 （哇） 往，

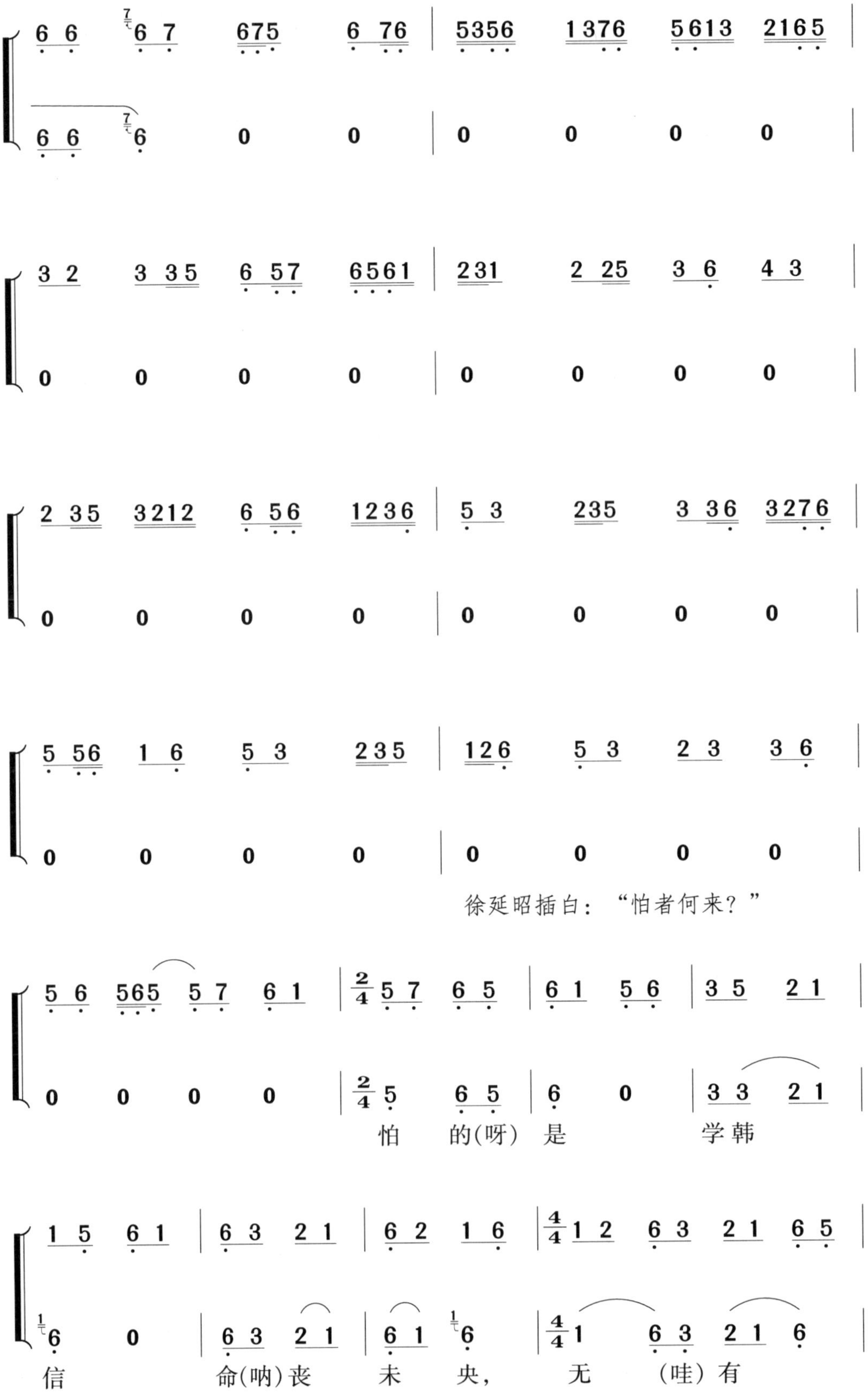
徐延昭插白："怕者何来？"
怕 的(呀) 是 学韩
信 命(呐)丧 未 央， 无 (哇)有

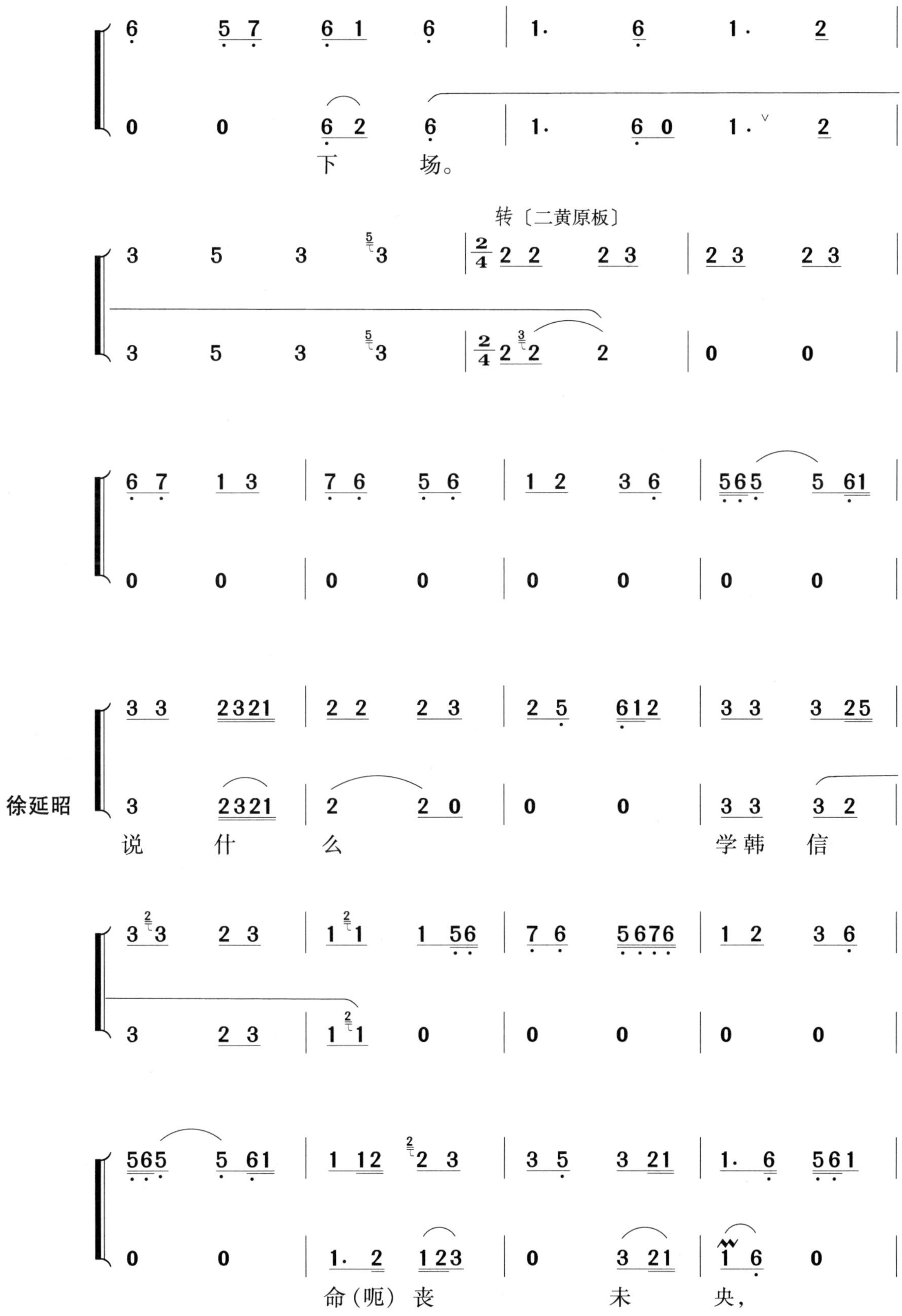
下 场。
转〔二黄原板〕
徐延昭
说 什 么
学韩 信
命（呃）丧 未 央，

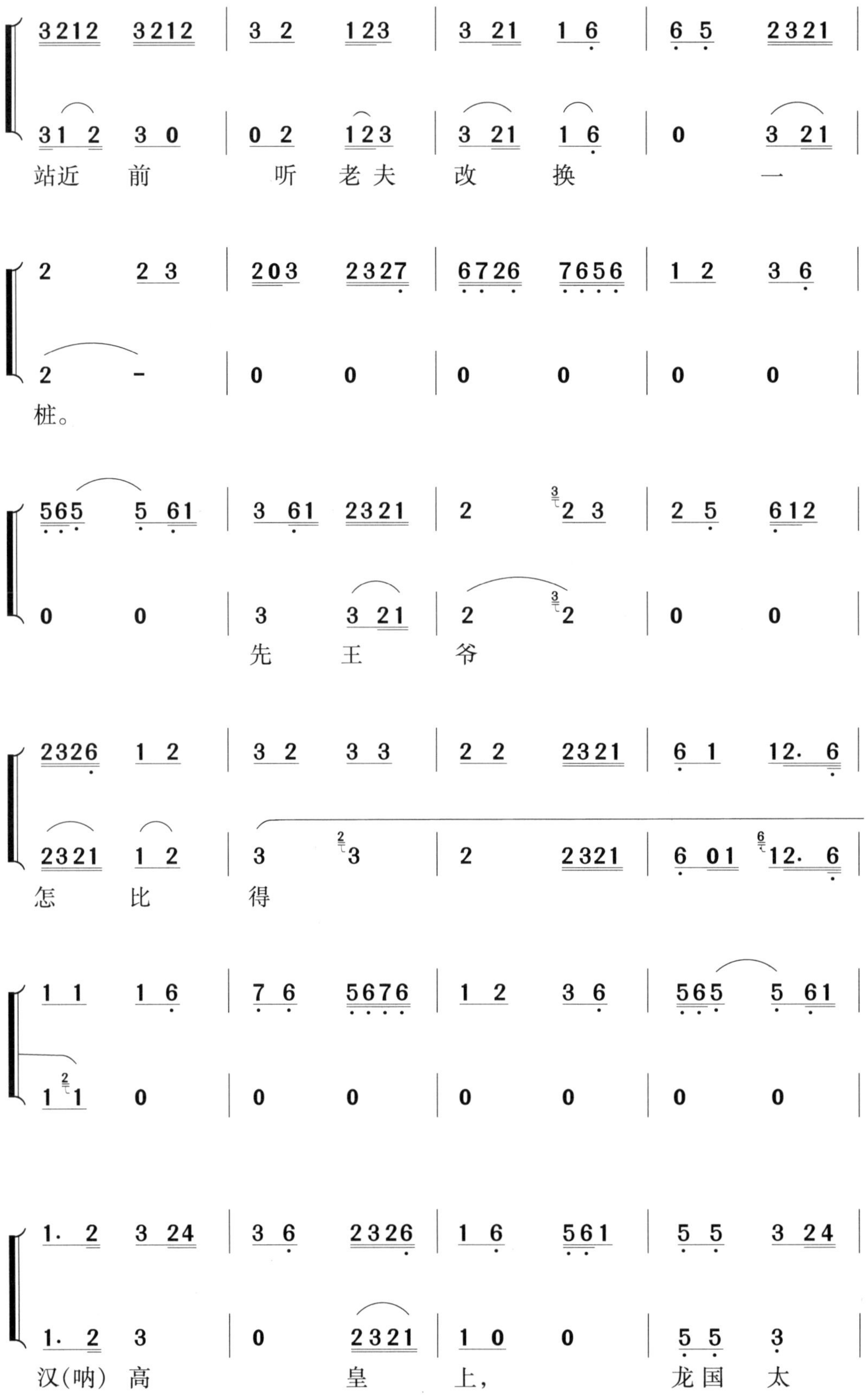
站近 前 听 老 夫 改 换 一
桩。
先 王 爷
怎 比 得
汉(呐) 高 皇 上， 龙 国 太

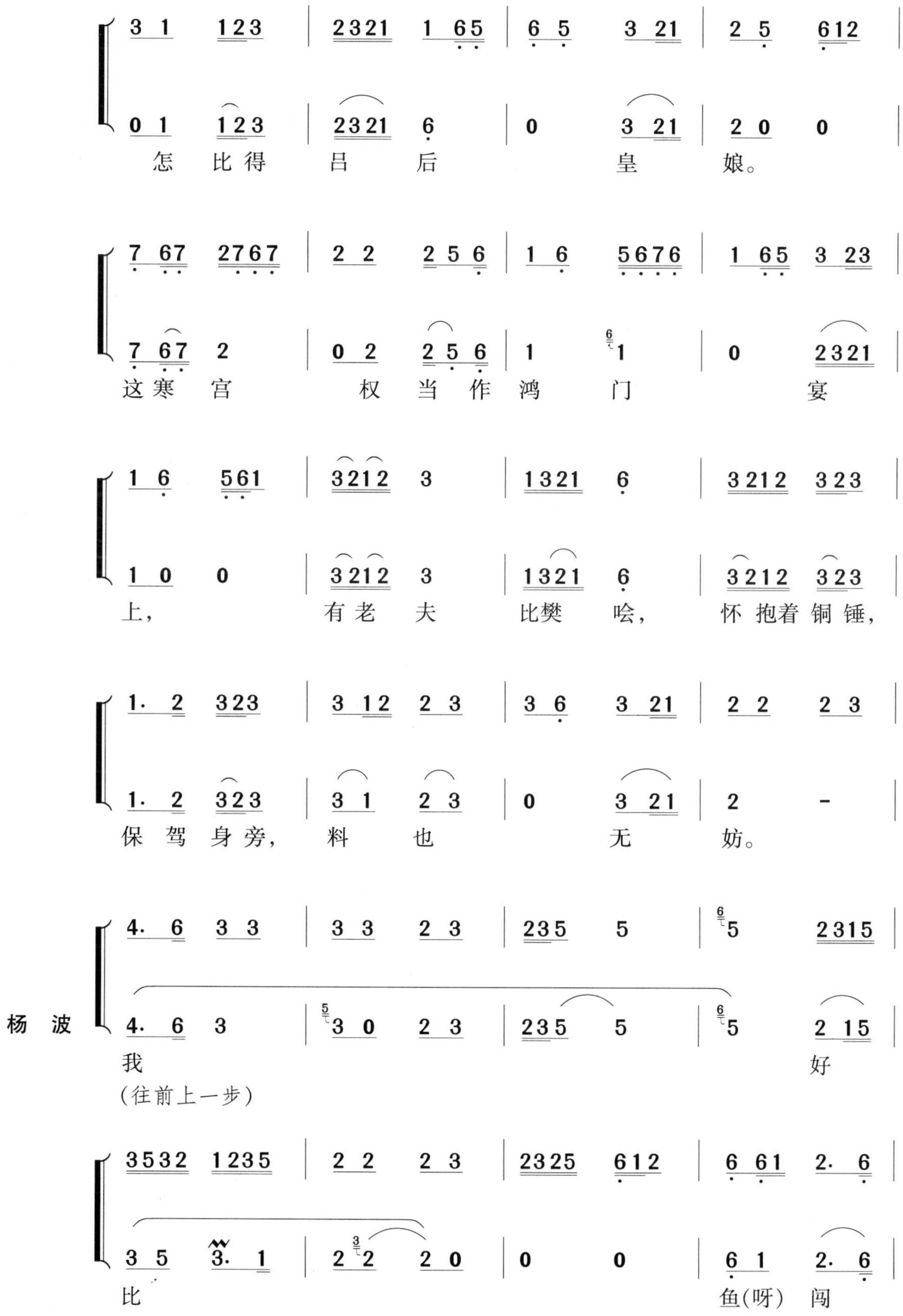
怎 比得 吕 后 皇 娘。
这寒 宫 权 当 作 鸿 门 宴
上， 有老 夫 比樊 哙， 怀 抱着 铜 锤，
保 驾 身旁， 料 也 无 妨。
杨 波
我 好
（往前上一步）
比 鱼(呀) 闯

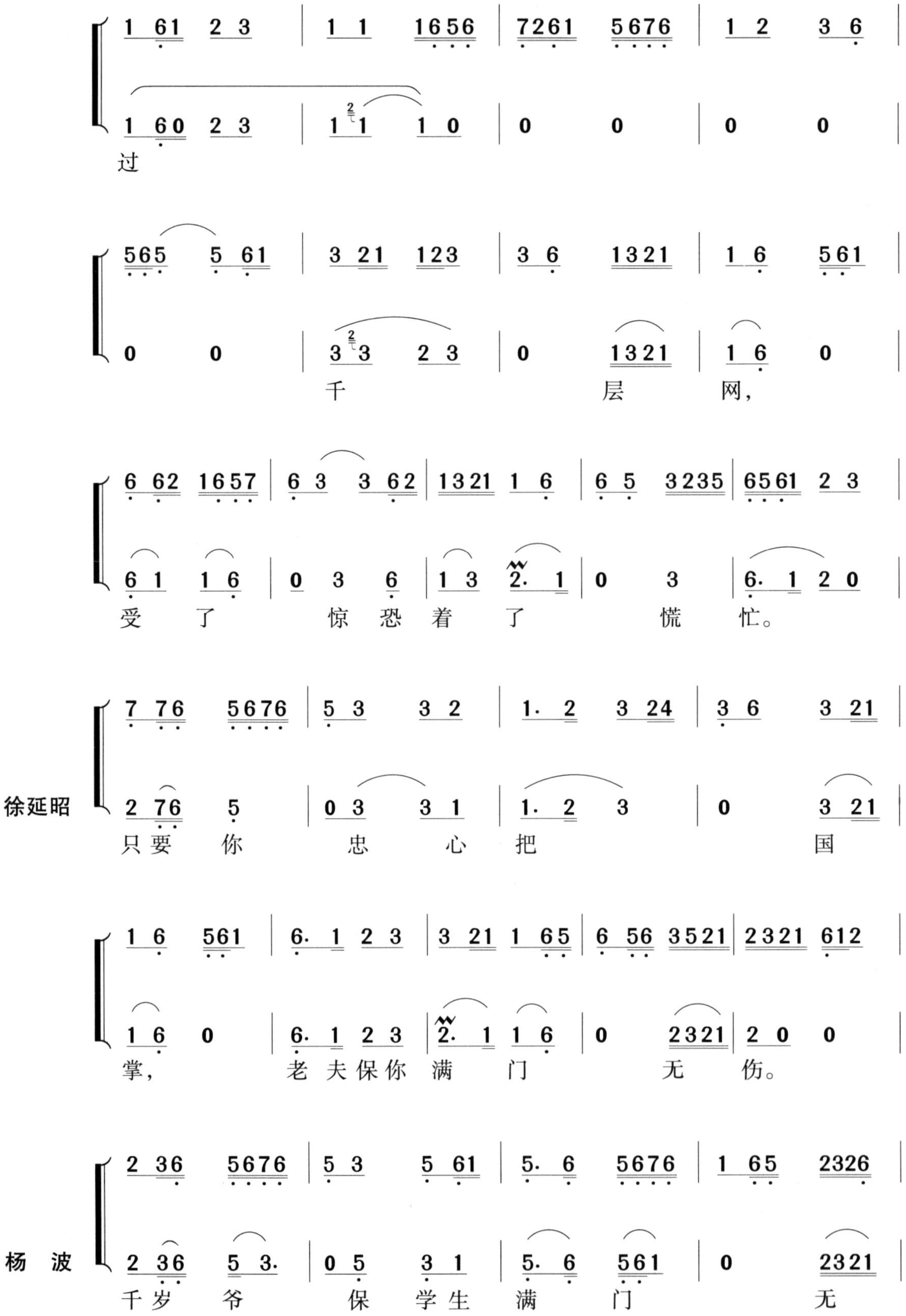
过
千 层 网，
受 了 惊 恐 着 了 慌 忙。
徐延昭
只要 你 忠 心 把 国
掌， 老 夫 保 你 满 门 无 伤。
杨 波
千岁 爷 保 学生 满 门 无

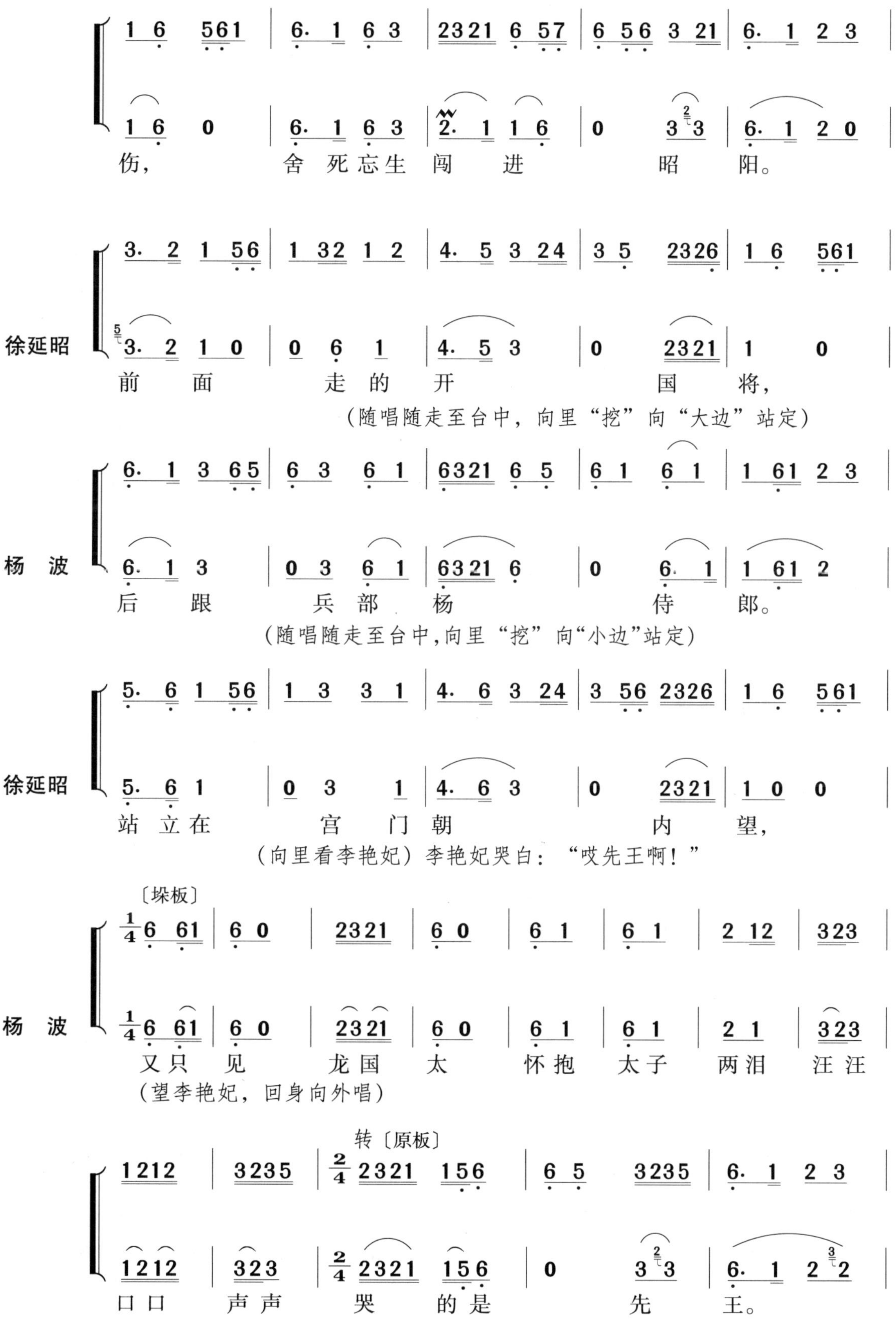
伤，舍死忘生闯进昭阳。
徐延昭
前面走的开国将，
（随唱随走至台中，向里“挖”向“大边”站定）
杨波
后跟兵部杨侍郎。
（随唱随走至台中，向里“挖”向“小边”站定）
徐延昭
站立在宫门朝内望，
（向里看李艳妃）李艳妃哭白：“哎先王啊！”
〔垛板〕
杨波
又只见龙国太怀抱太子两泪汪汪
（望李艳妃，回身向外唱）
转〔原板〕
口口声声哭的是先王。

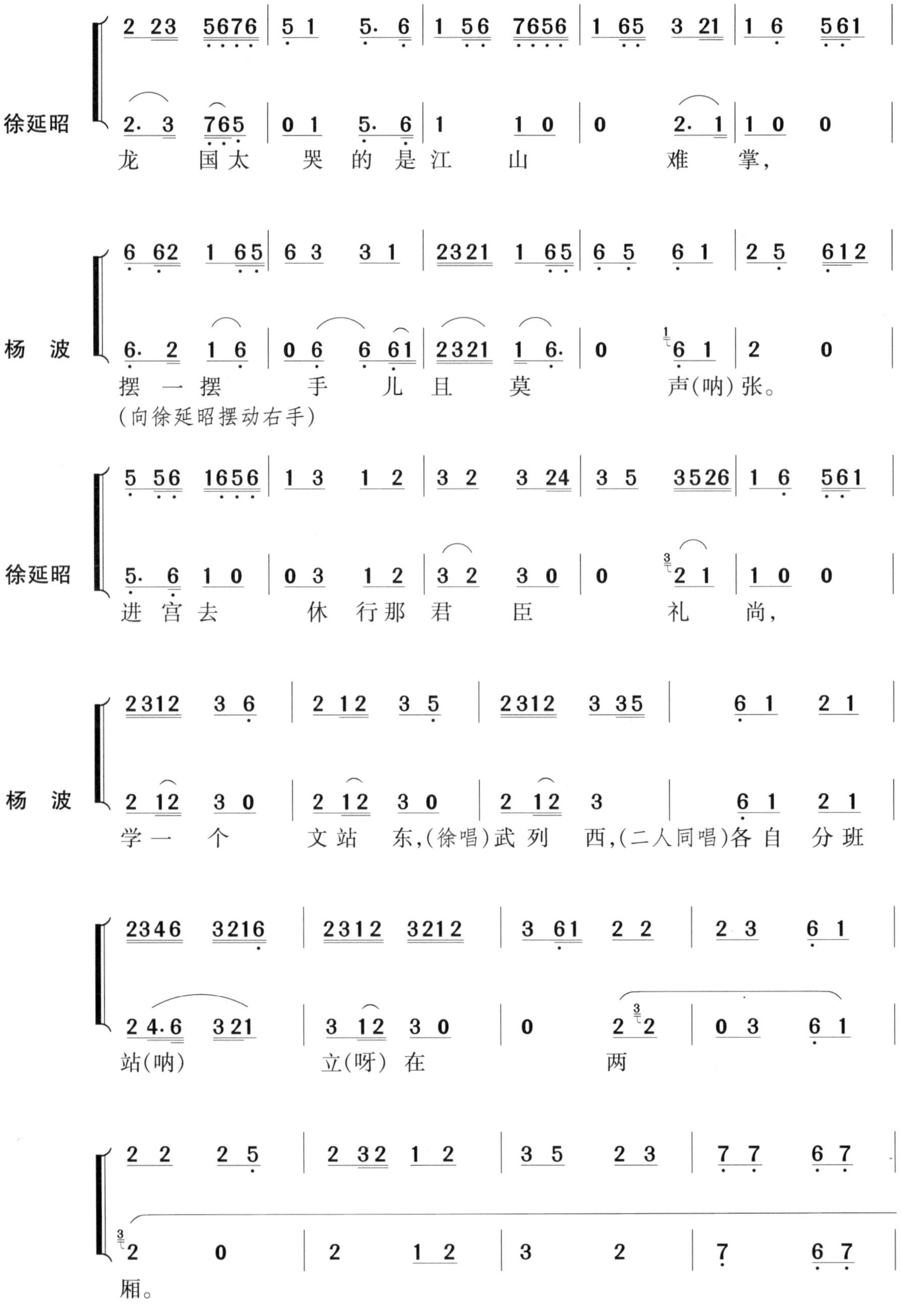
徐延昭
龙 国太 哭 的 是 江 山 难 掌,
杨 波
摆 一 摆 手 儿 且 莫 声(呐)张。
(向徐延昭摆动右手)
徐延昭
进 宫 去 休 行 那 君 臣 礼 尚,
杨 波
学 一 个 文 站 东,(徐唱)武 列 西,(二人同唱)各 自 分 班
站(呐) 立(呀) 在 两
厢。

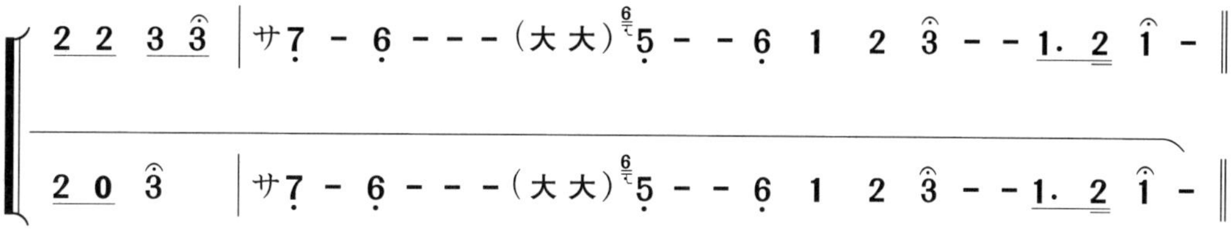

李艳妃 （哭白）先王啊！

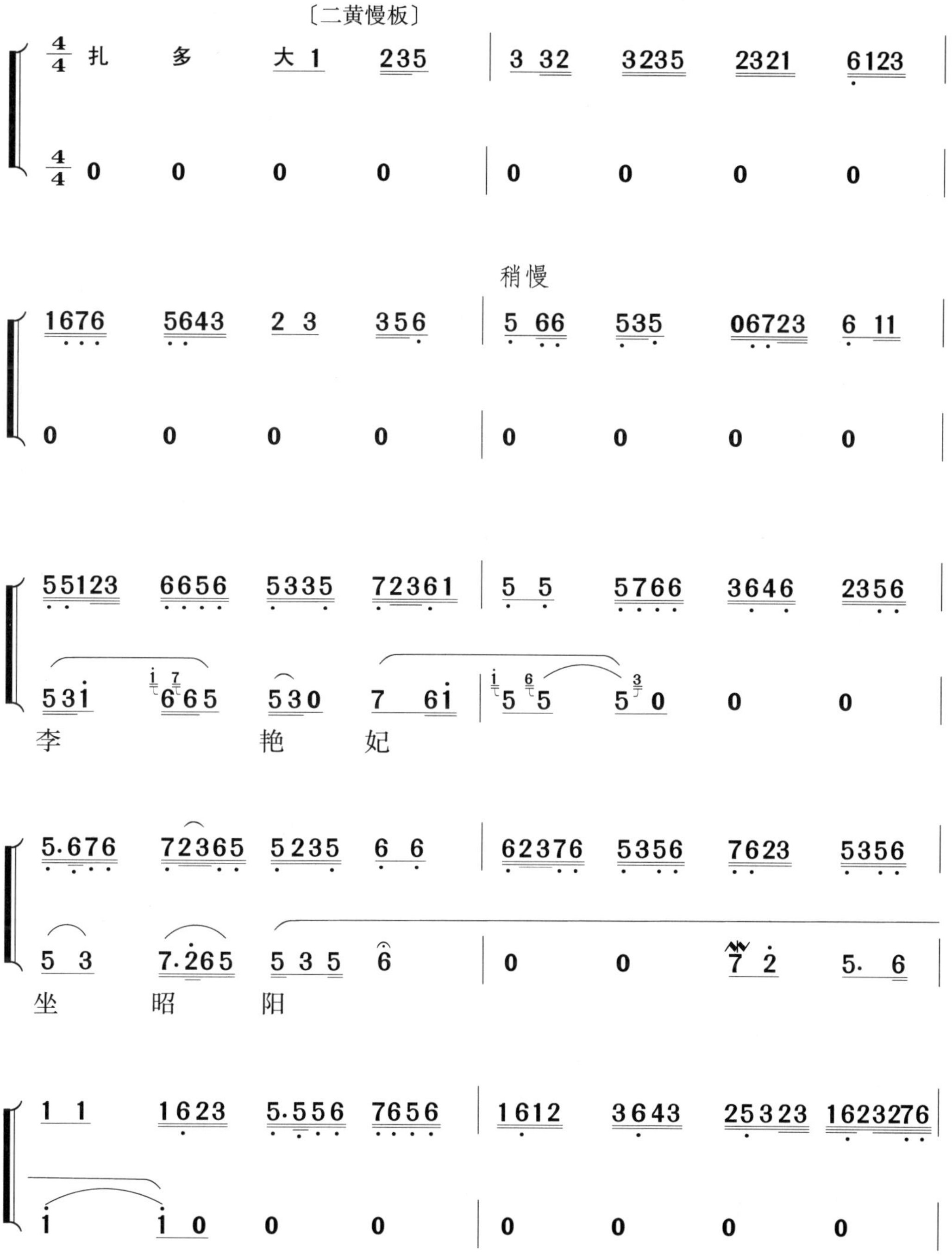

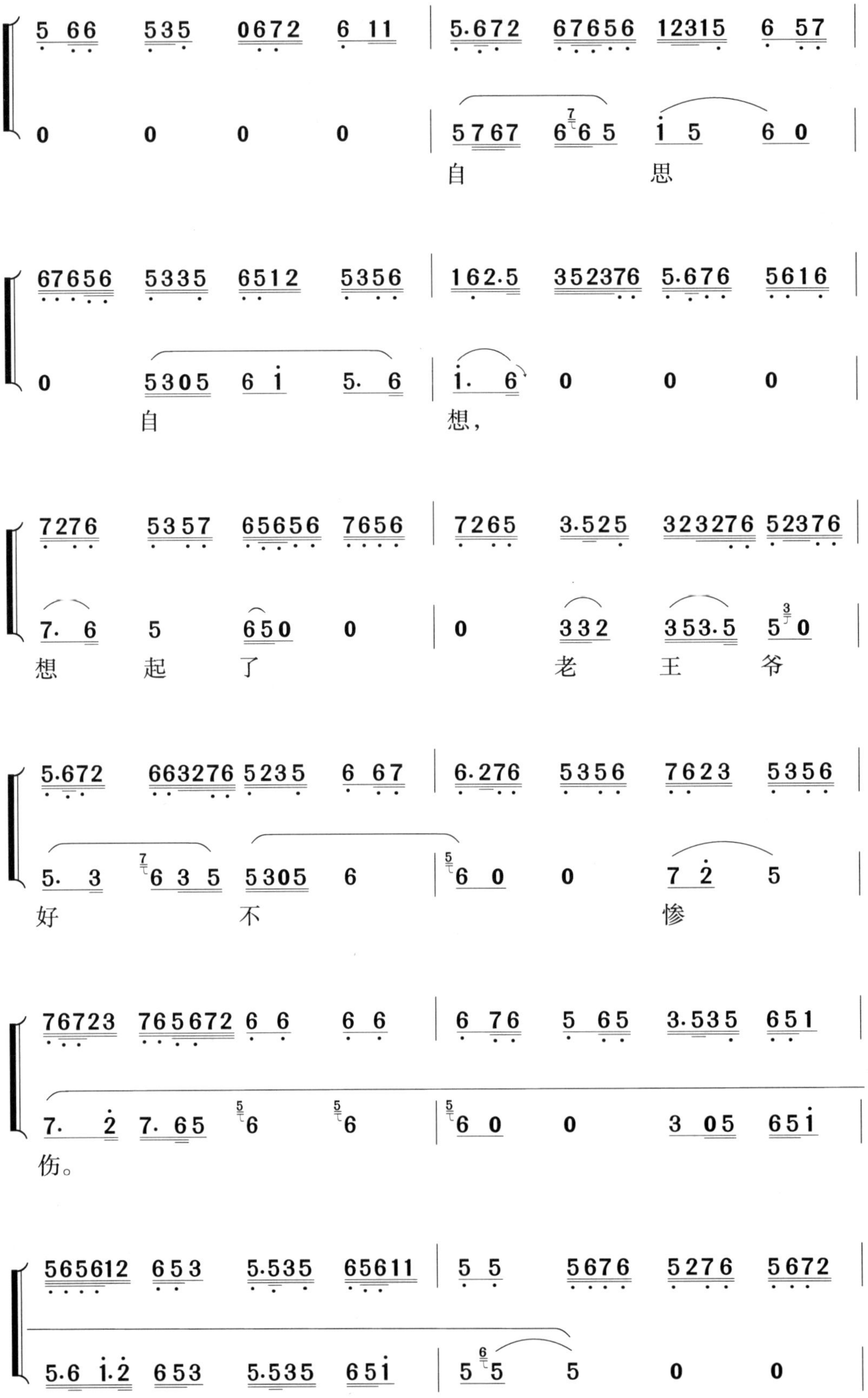
自 思
自 想，
想 起 了 老 王 爷
好 不 惨
伤。

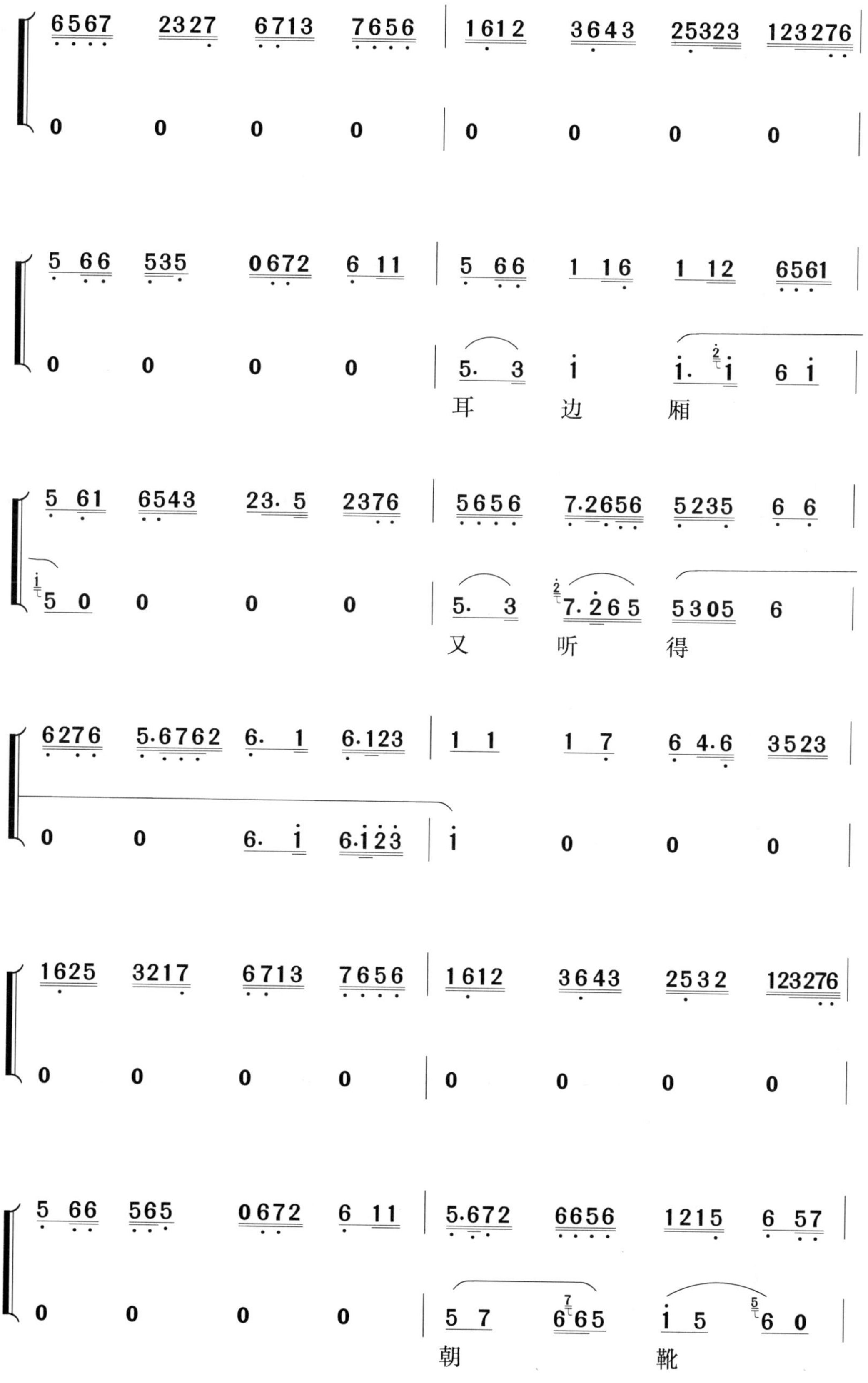
耳 边 厢
又 听 得
朝 靴

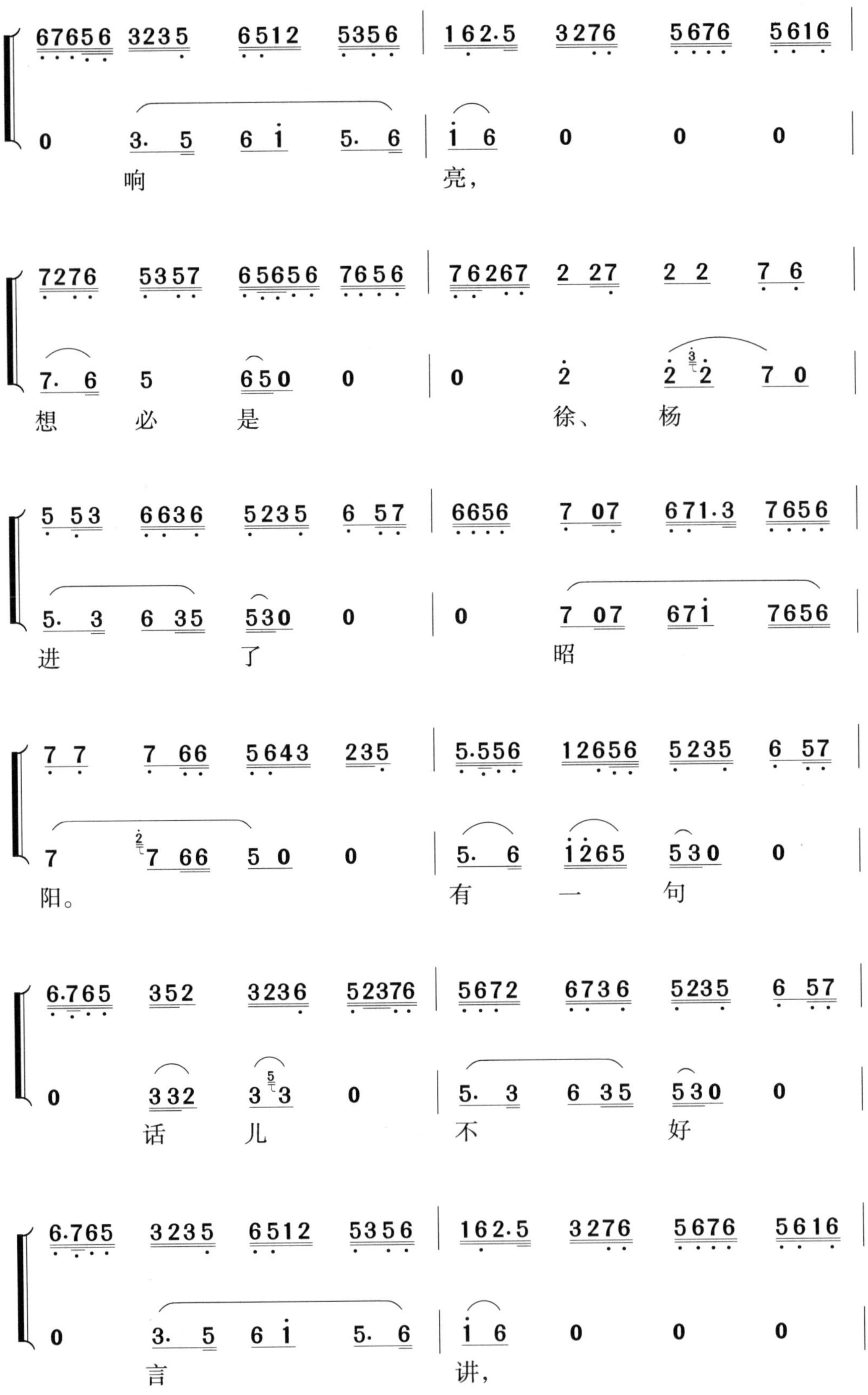
响 亮，
想 必 是 徐、 杨
进 了 昭
阳。 有 一 句
话 儿 不 好
言 讲，

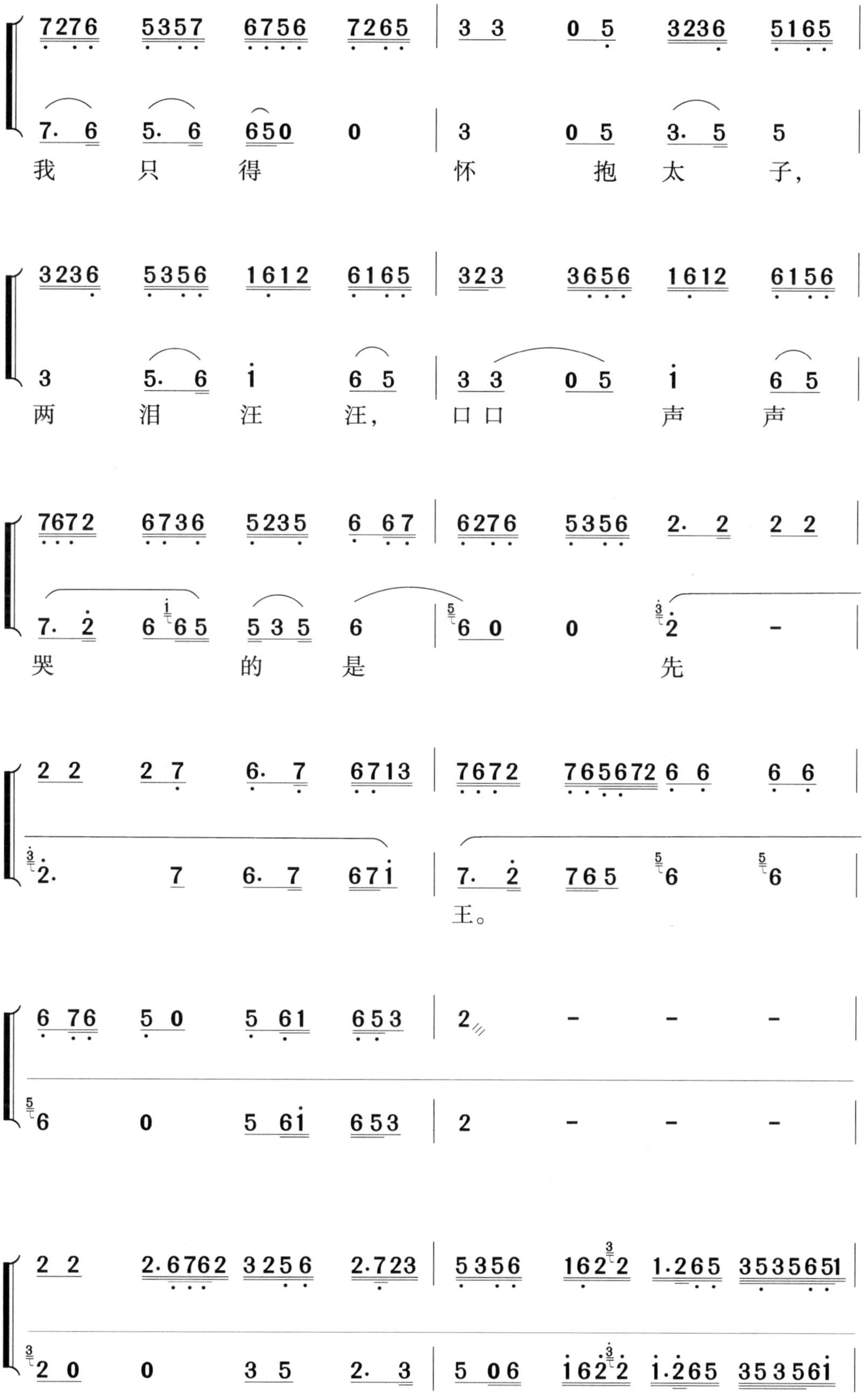
我 只 得 怀 抱 太 子，
两 泪 汪 汪，口口 声 声
哭 的 是 先
王。

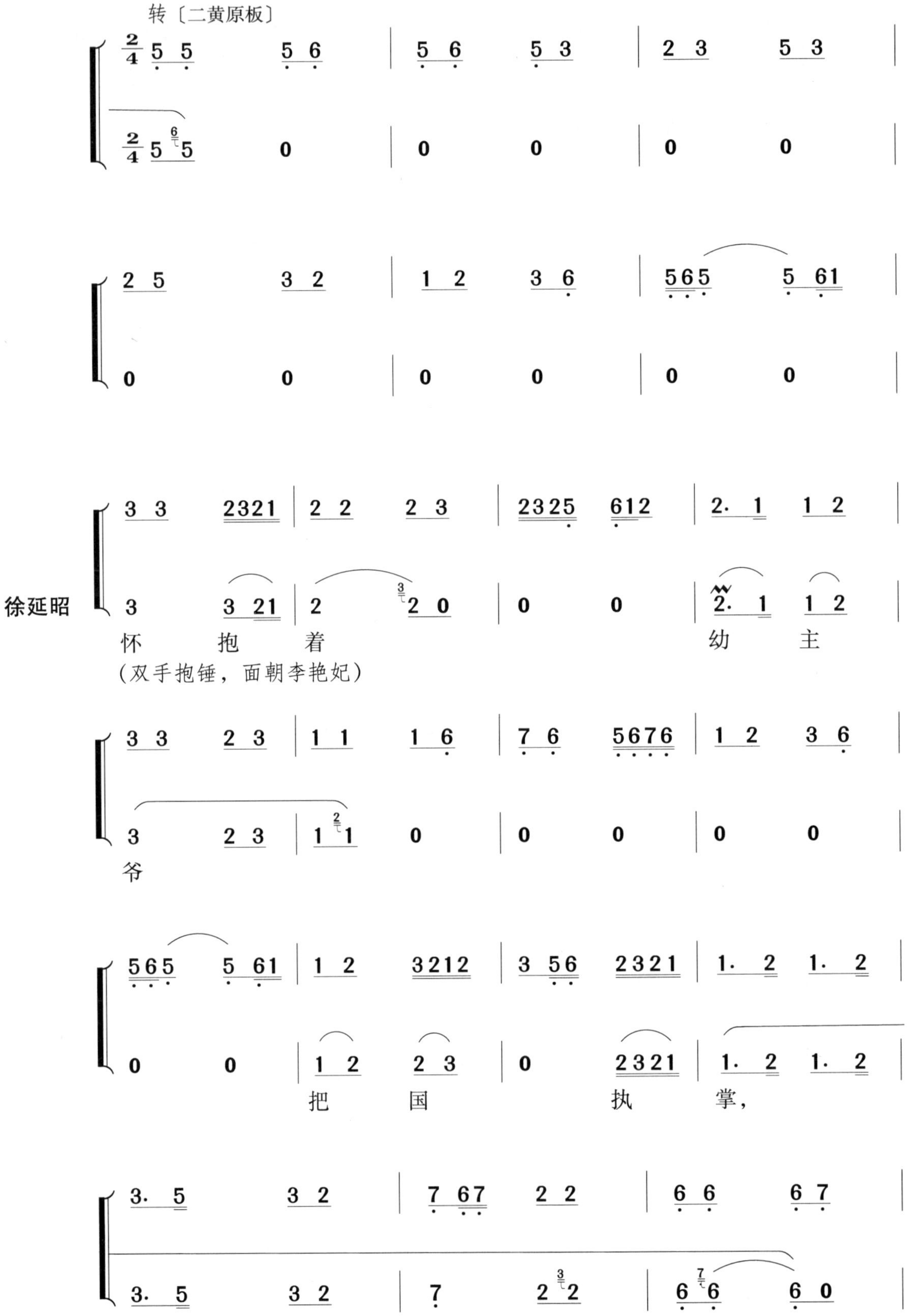
转〔二黄原板〕
徐延昭
怀 抱 着 幼 主
(双手抱锤，面朝李艳妃)
爷
把 国 执 掌，

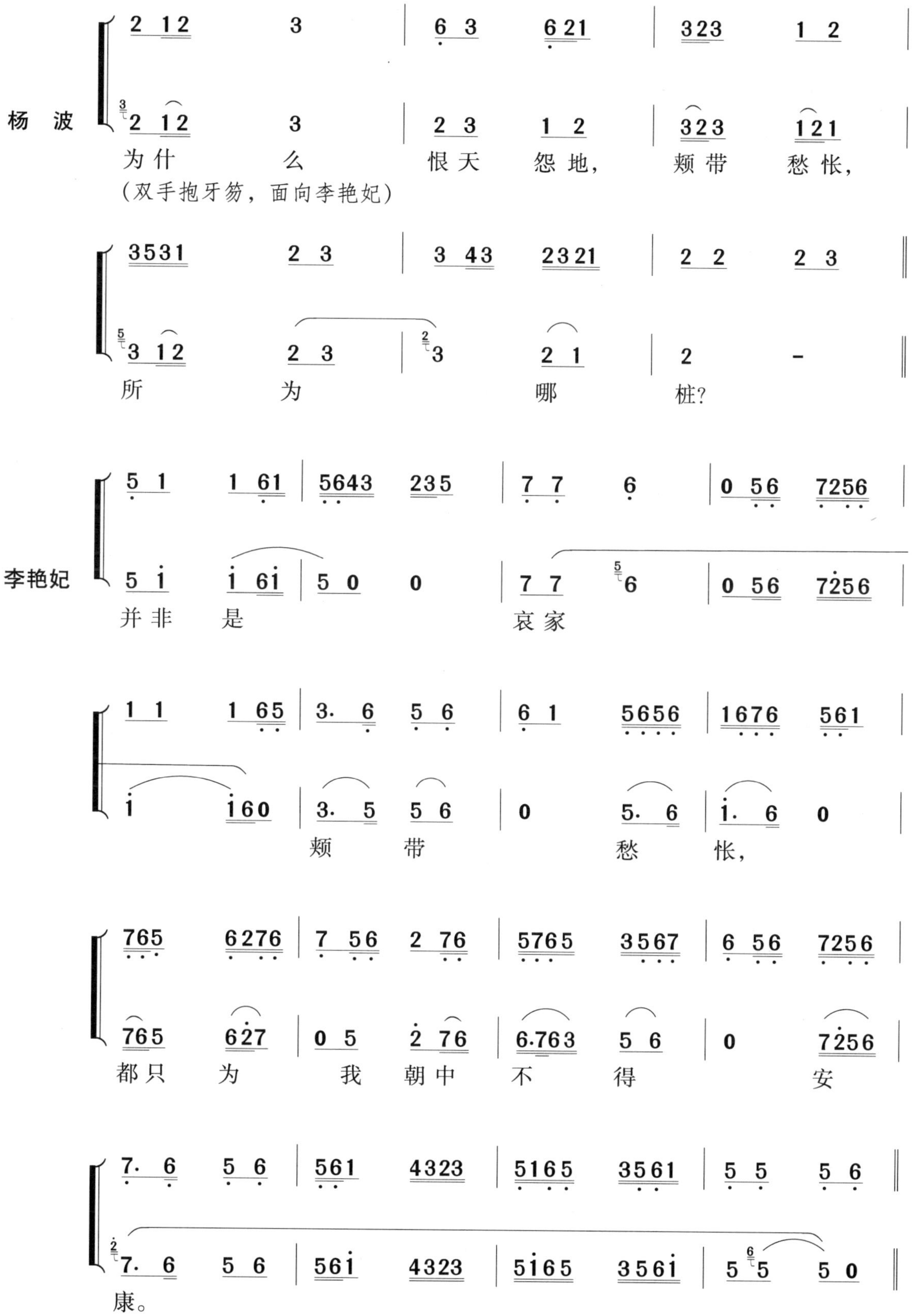
杨波
为什么恨天怨地，颊带愁怅，
（双手抱牙笏，面向李艳妃）
所为哪桩？
李艳妃
并非是哀家
颊带愁怅，
都只为我朝中不得安
康。

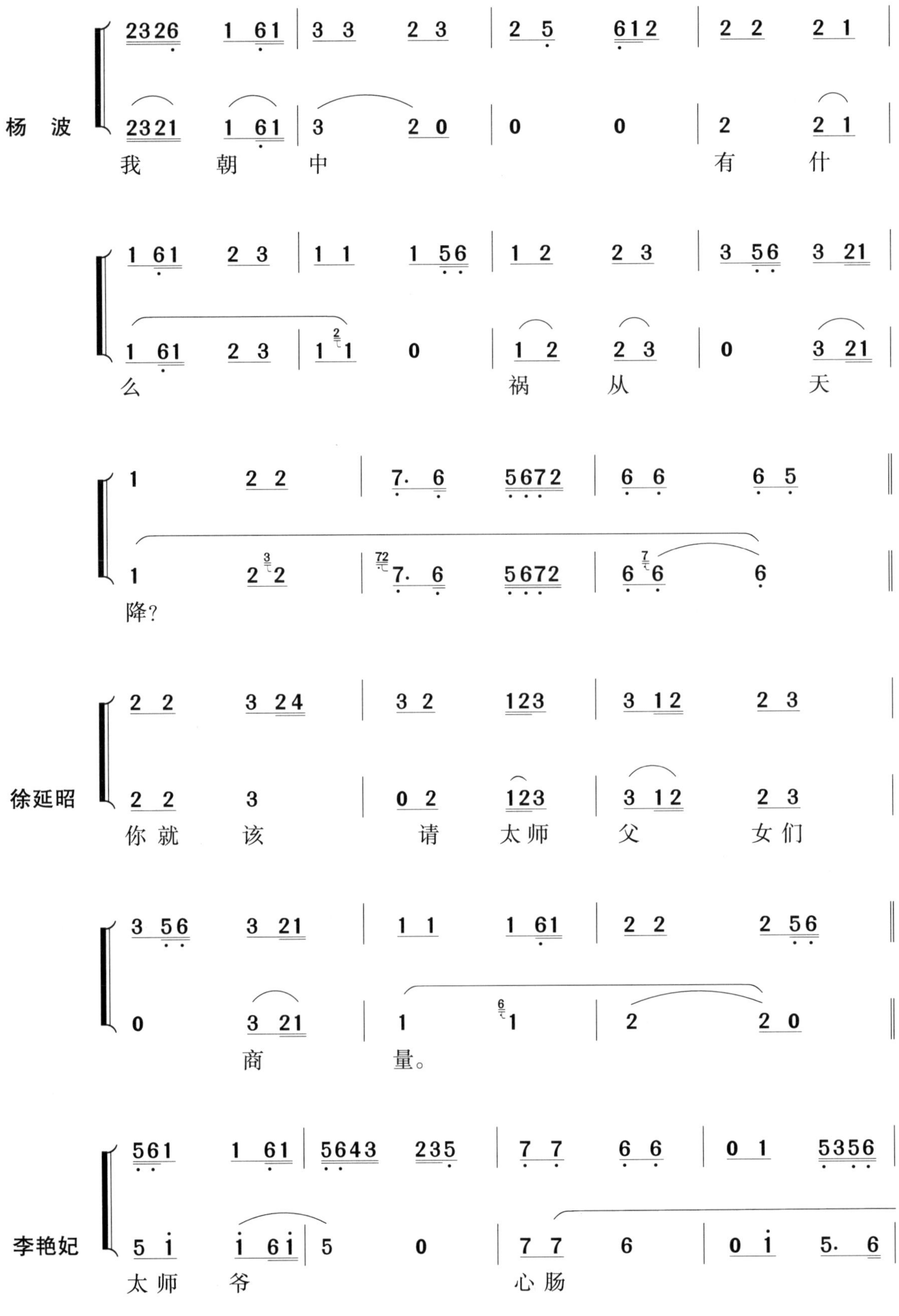
杨 波
我 朝 中 有 什
么 祸 从 天
降?
徐延昭
你就 该 请 太师 父 女们
商 量。
李艳妃
太 师 爷 心 肠

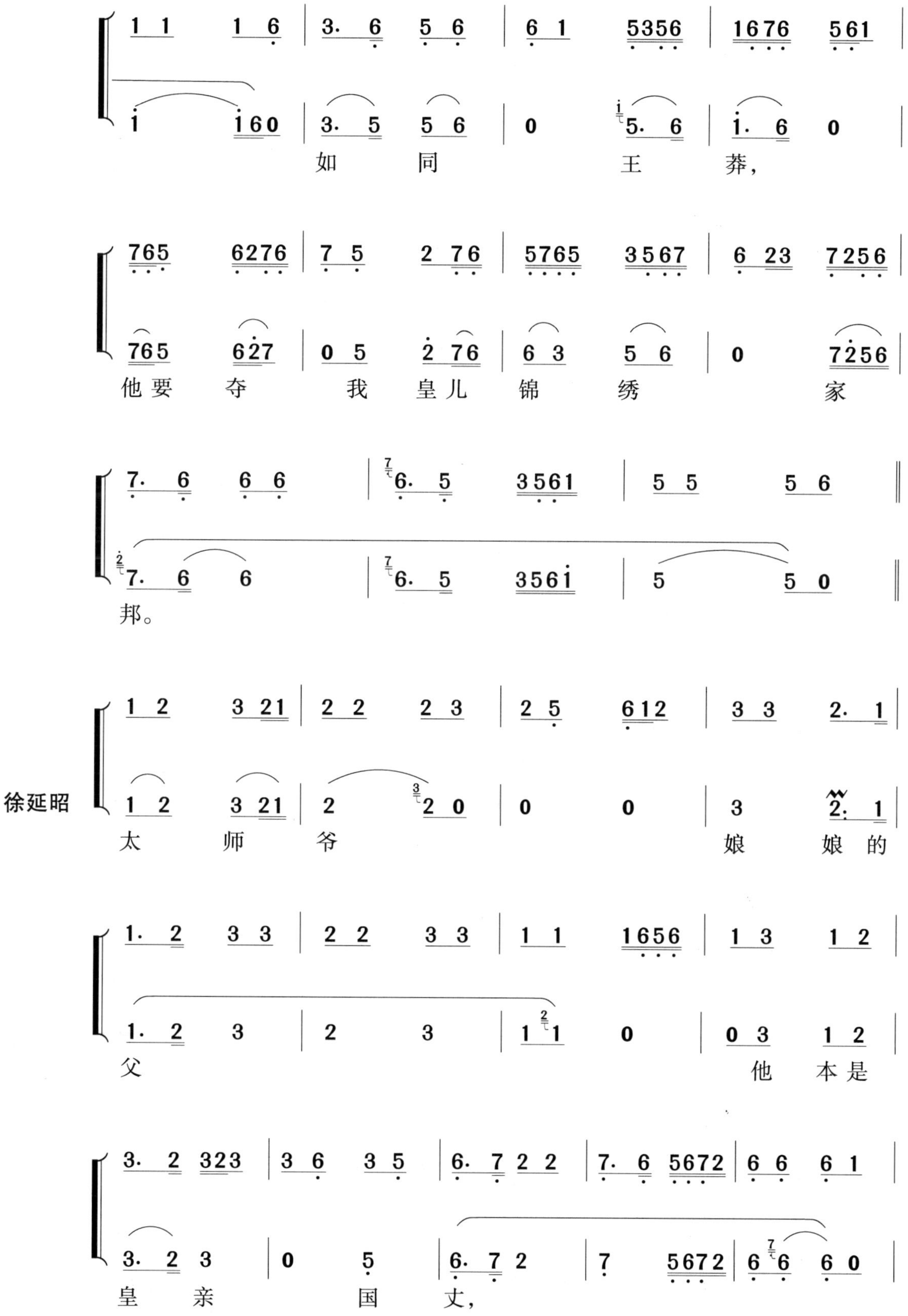
如 同 王 莽，
他要 夺 我 皇儿 锦 绣 家
邦。
徐延昭
太 师 爷 娘 娘 的
父 他 本是
皇 亲 国 丈，

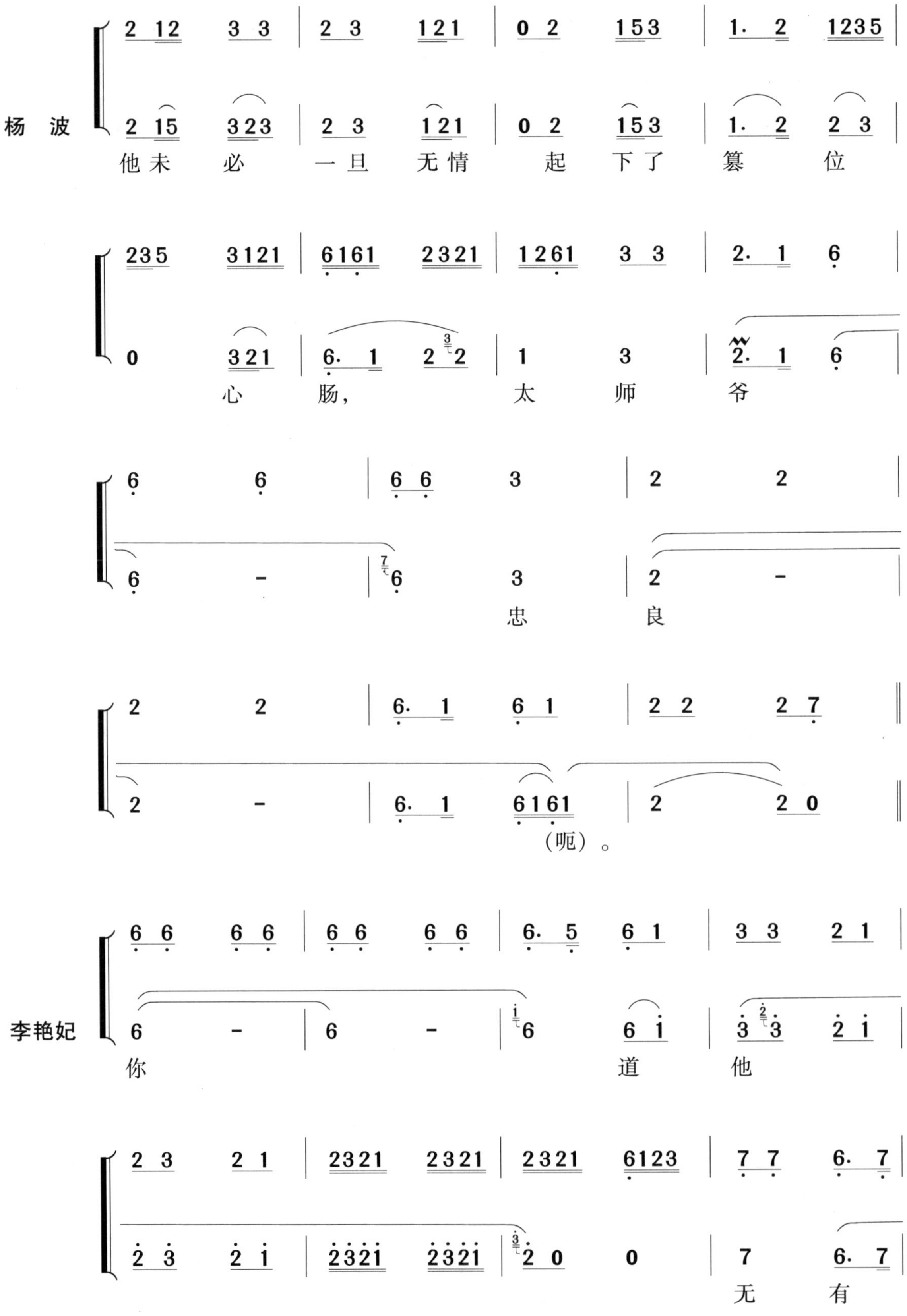
杨 波
他未必一旦无情起下了篡位
心肠，太师爷
忠良
（呃）。
李艳妃
你道他
无有

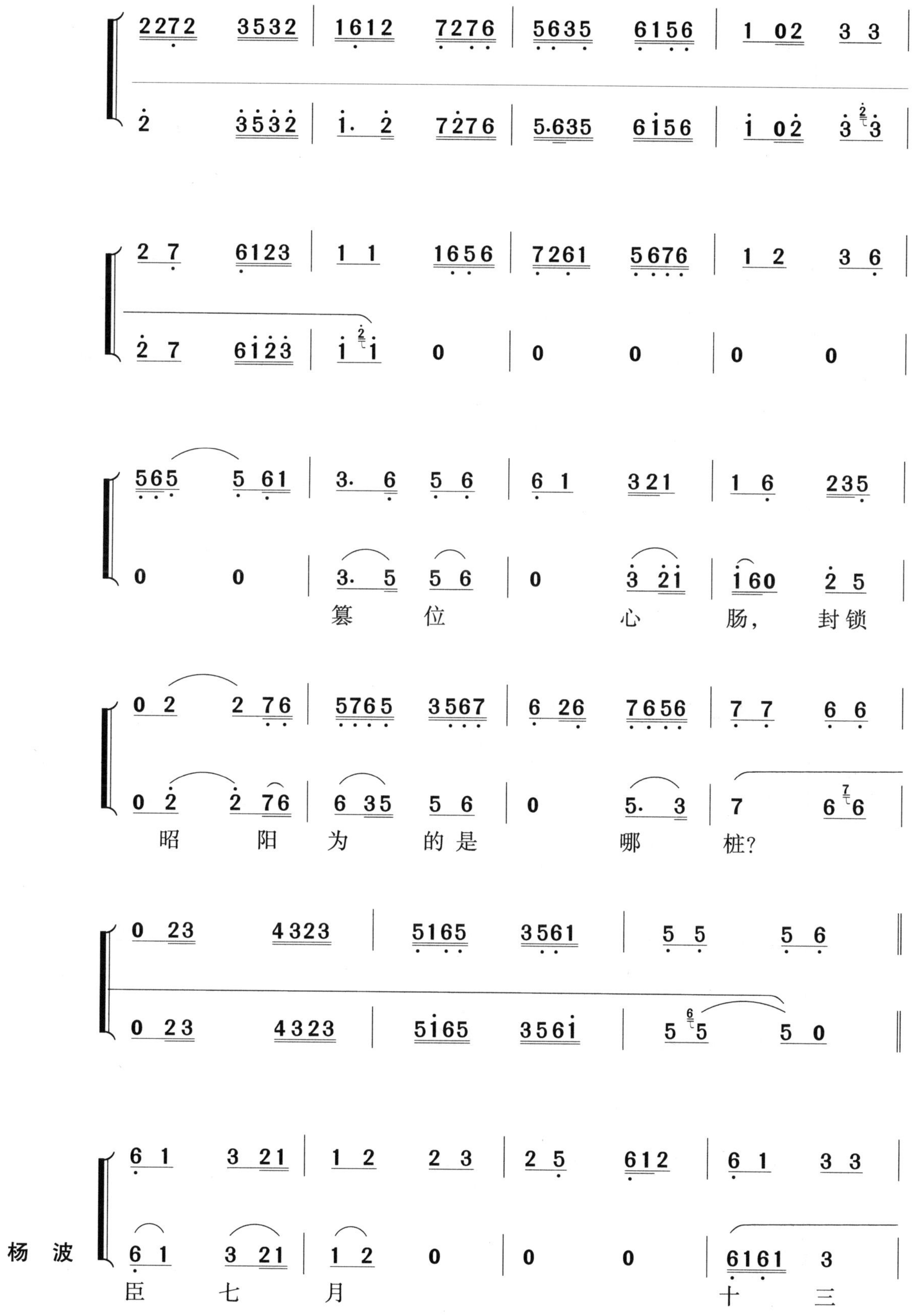
篡 位 心 肠，封锁
昭 阳 为 的是 哪 桩？
杨 波
臣 七 月 十 三

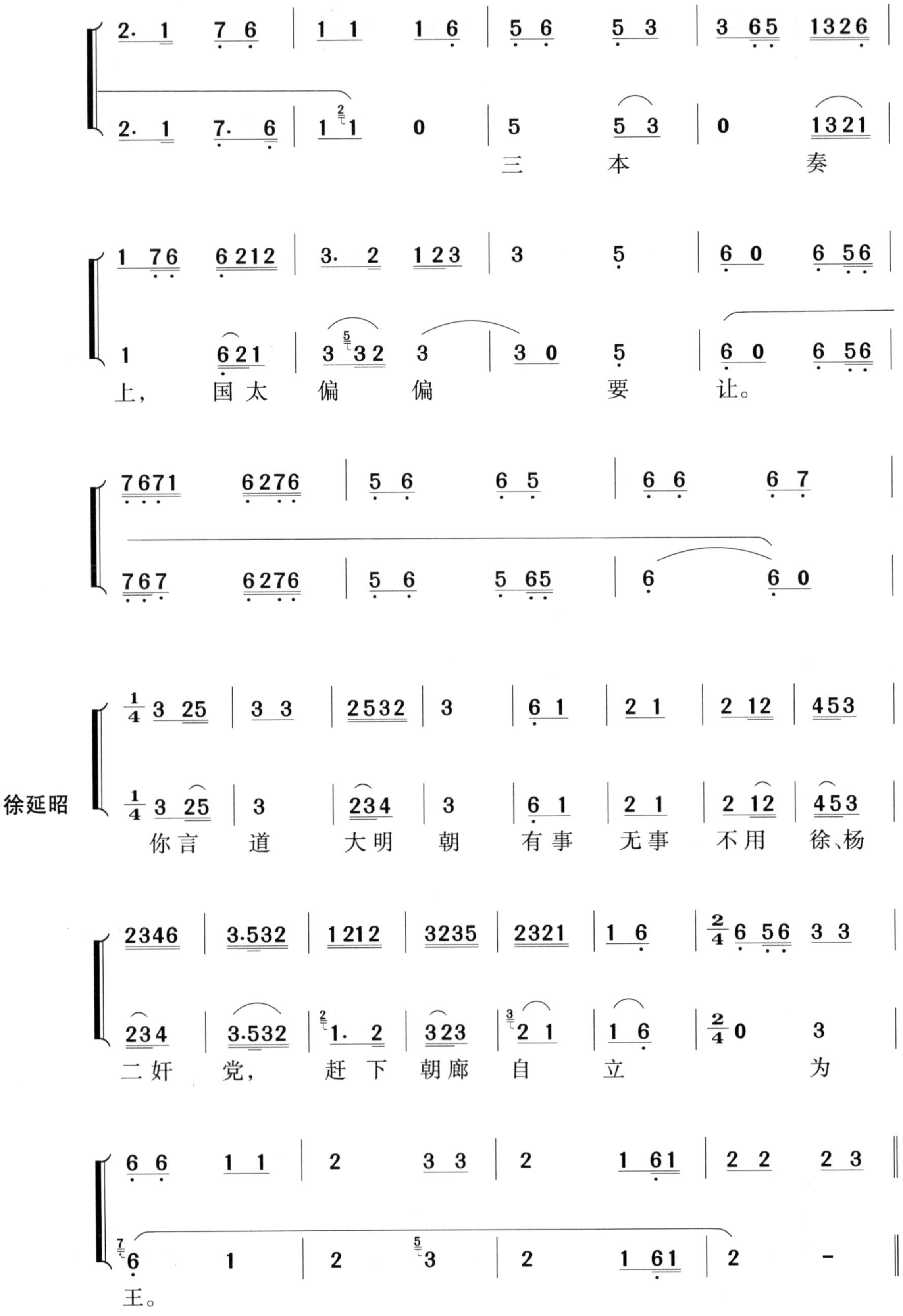
三 本 奏
上，国 太 偏 偏 要 让。
徐延昭
你言 道 大明 朝 有事 无事 不用 徐、杨
二奸 党，赶 下 朝廊 自 立 为
王。

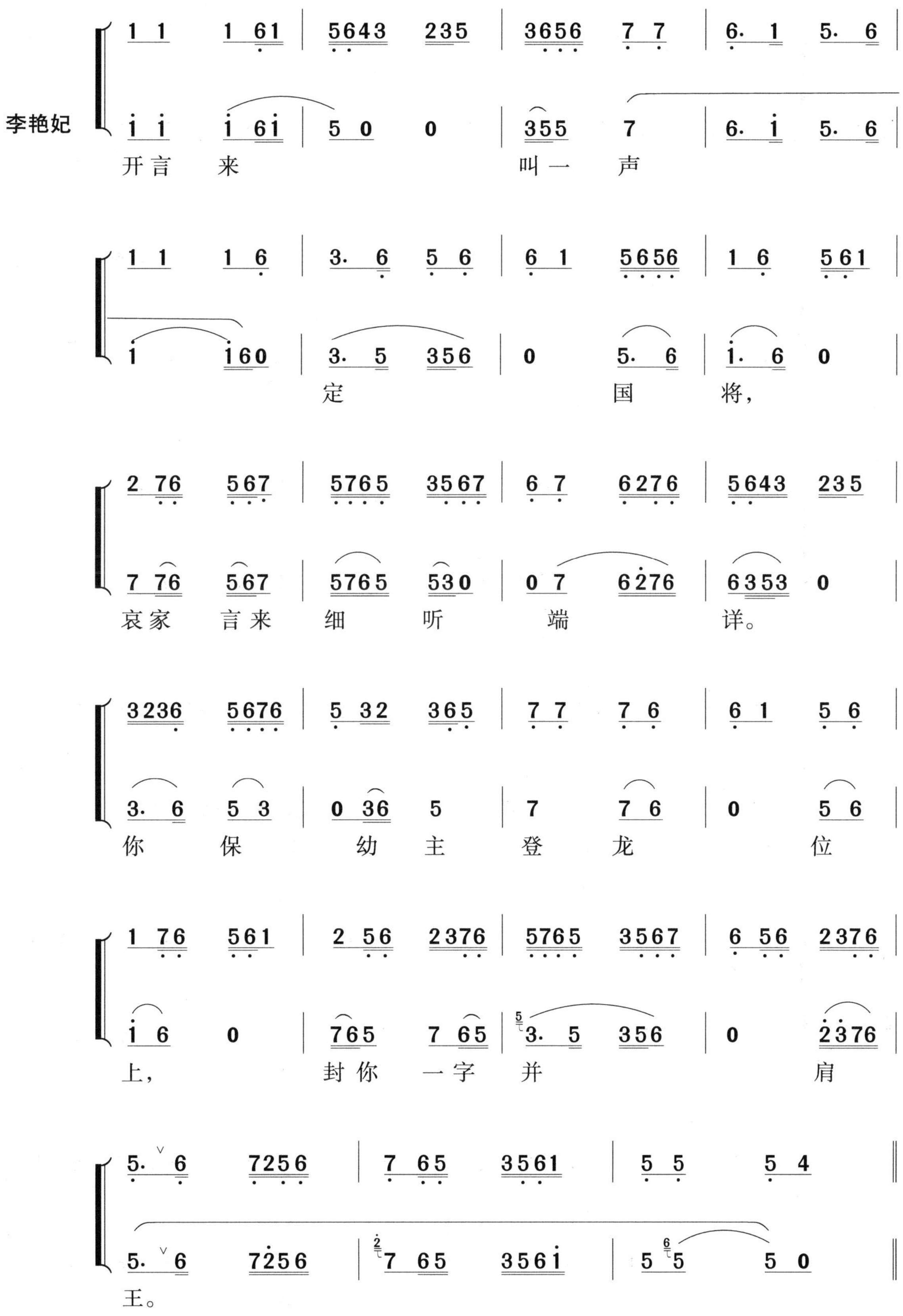
李艳妃
开言来 叫一声
定 国 将，
哀家 言来 细 听 端 详。
你 保 幼 主 登 龙 位
上， 封 你 一 字 并 肩
王。

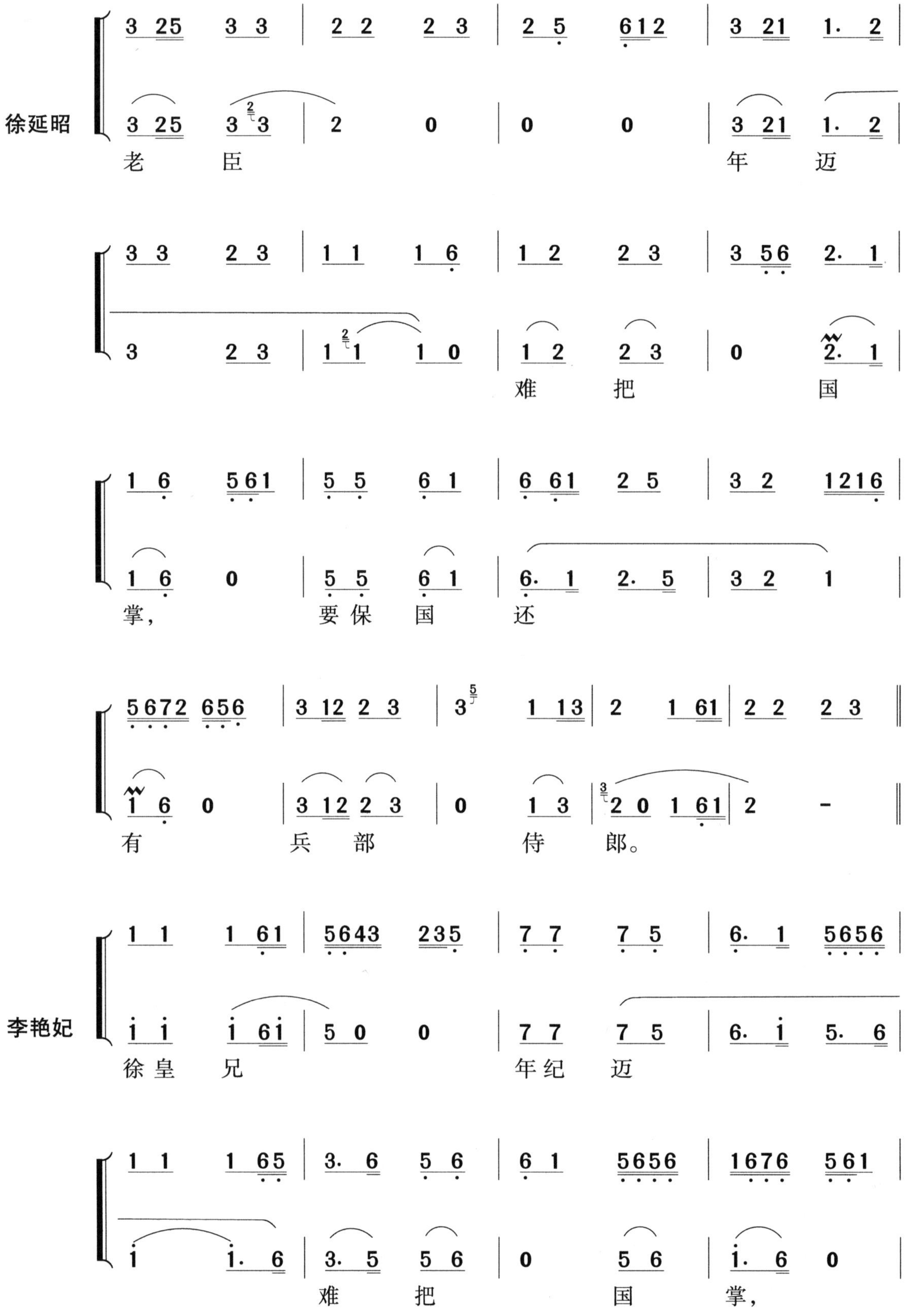
徐延昭
老 臣 年 迈
难 把 国
掌， 要保 国 还
有 兵 部 侍 郎。
李艳妃
徐皇 兄 年纪 迈
难 把 国 掌，

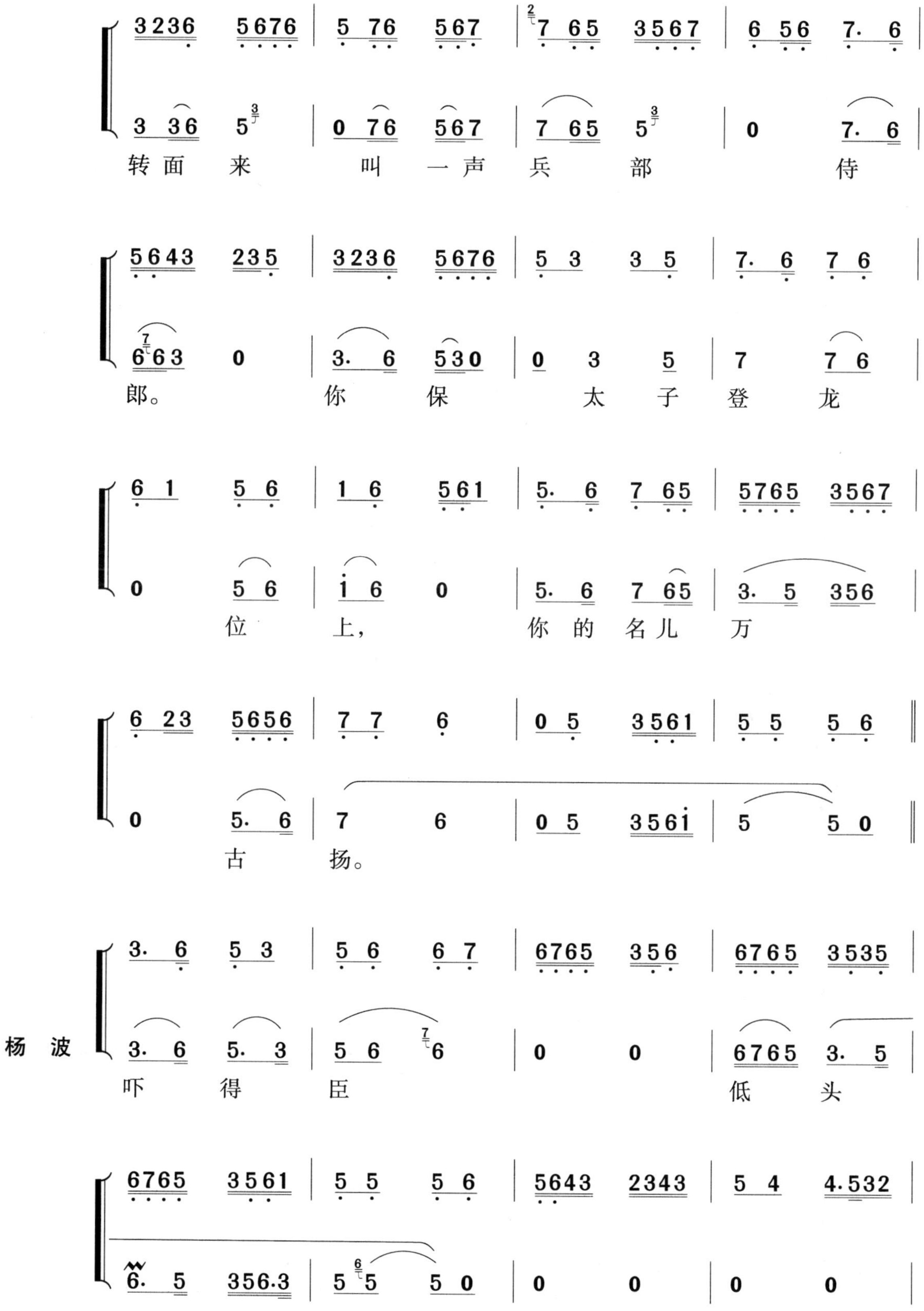
转面来叫一声兵部侍
郎。你保太子登龙
位上，你的名儿万
古扬。
杨波
吓得臣低头

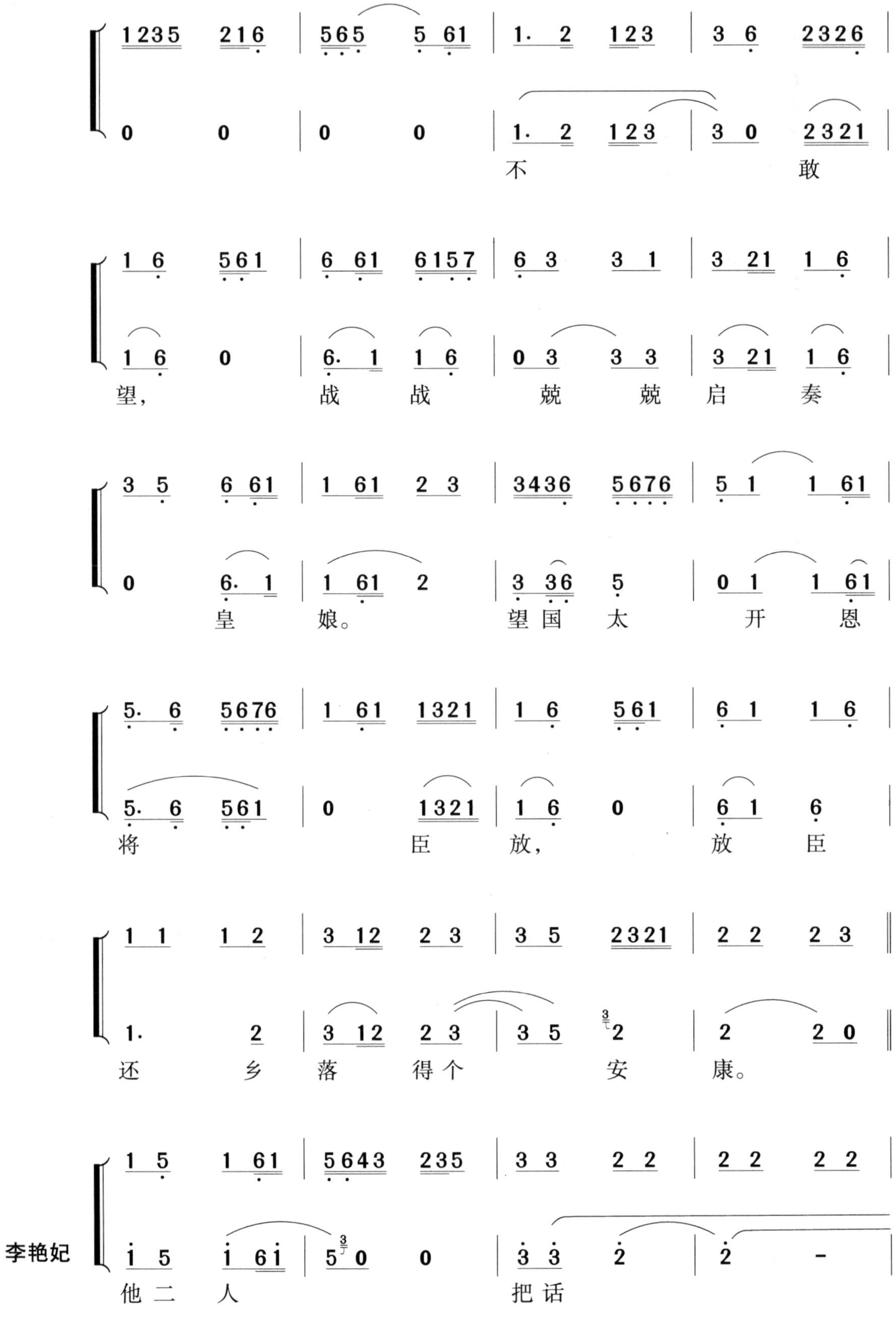
不 敢
望， 战 战 兢 兢 启 奏
皇 娘。 望国 太 开 恩
将 臣 放， 放 臣
还 乡 落 得个 安 康。
李艳妃
他二 人 把话

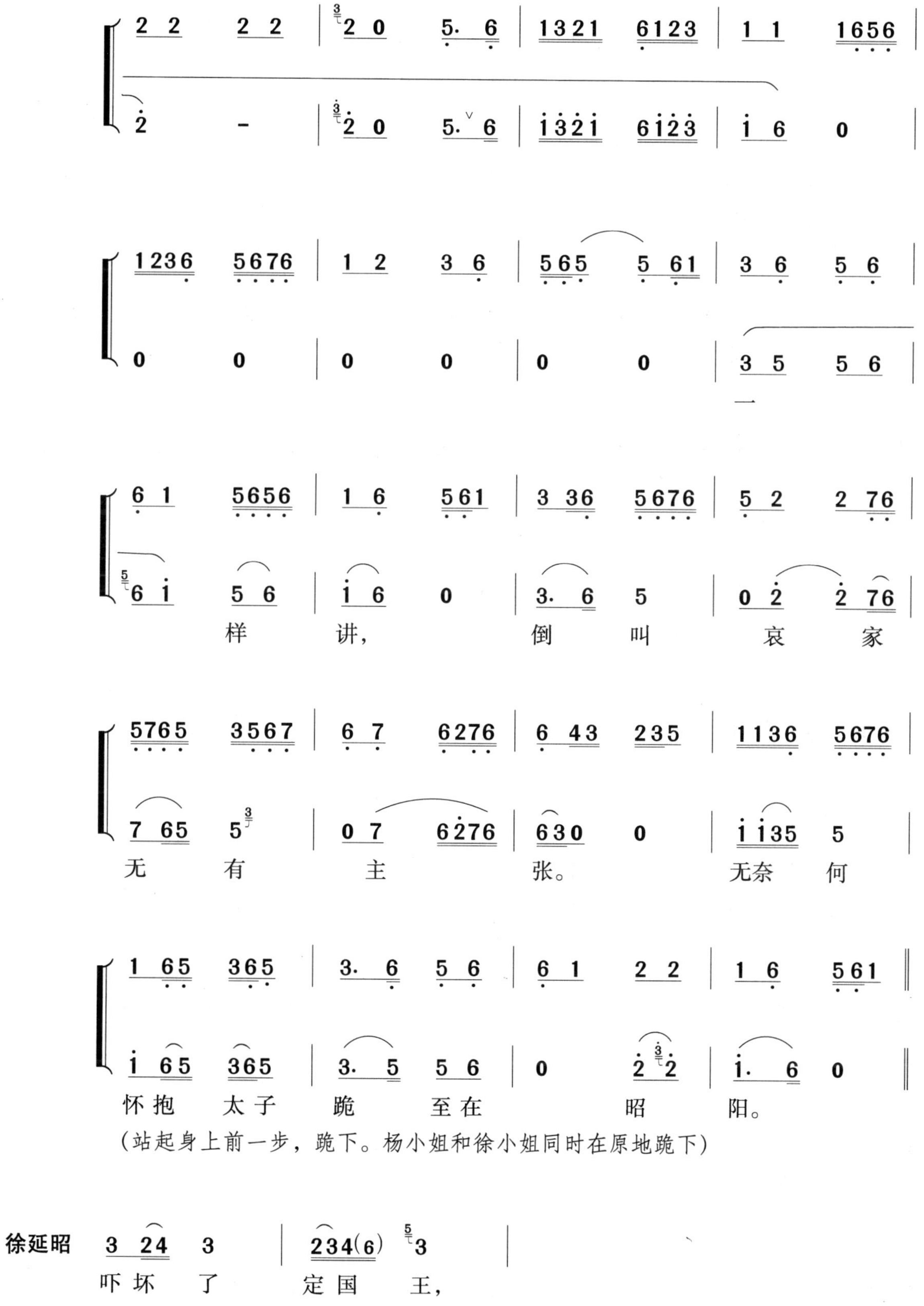

(随唱，随在原地跪下，双手抱锤)

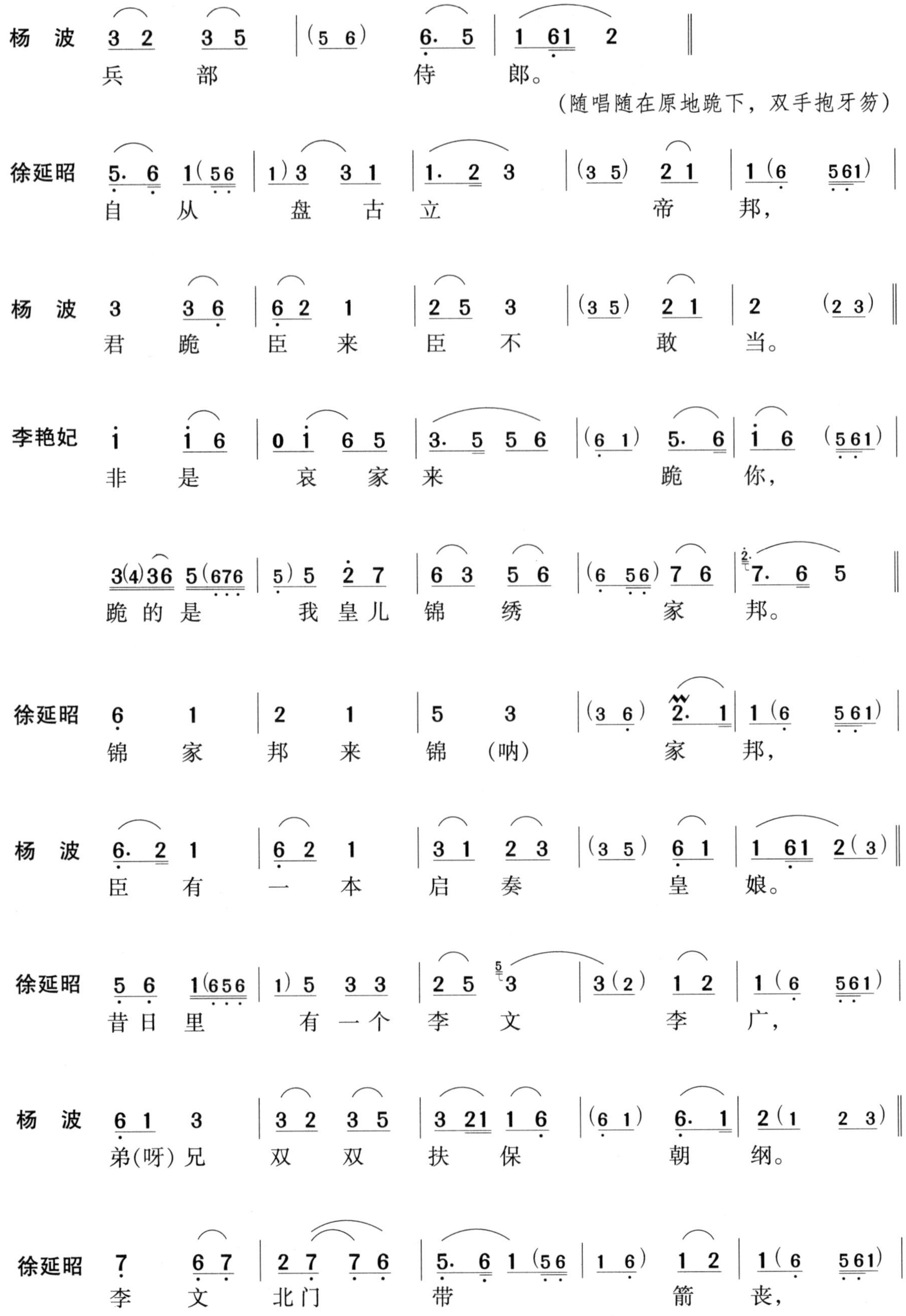
杨波
兵部侍郎。
(随唱随在原地跪下，双手抱牙笏)
徐延昭
自从盘古立帝邦，
杨波
君跪臣来臣不敢当。
李艳妃
非是哀家来跪你，
跪的是我皇儿锦绣家邦。
徐延昭
锦家邦来锦(呐)家邦，
杨波
臣有一本启奏皇娘。
徐延昭
昔日里有一个李文李广，
杨波
弟(呀)兄双双扶保朝纲。
徐延昭
李文北门带箭丧，

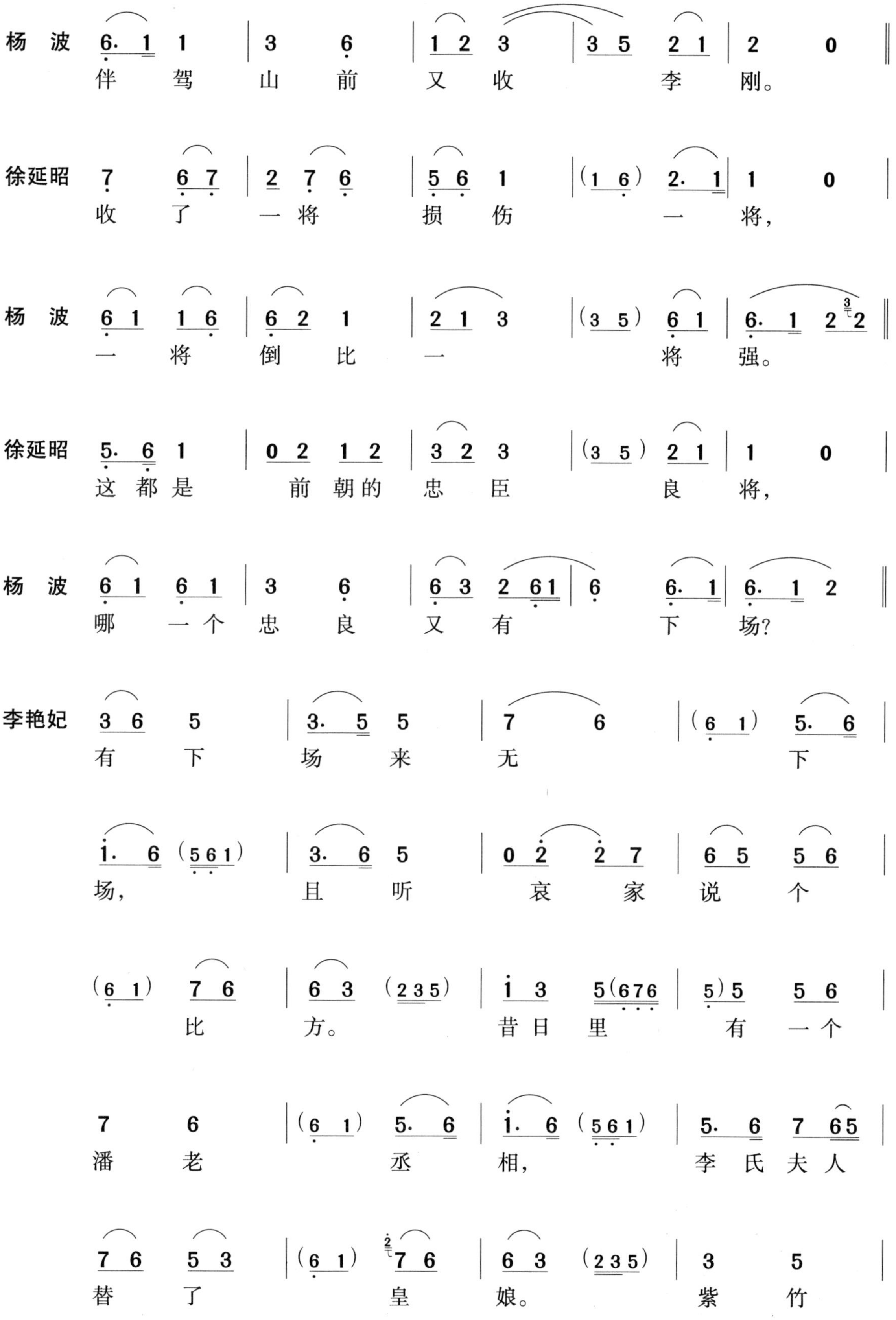
杨 波
伴 驾 山 前 又 收 李 刚。
徐延昭
收 了 一 将 损 伤 一 将，
杨 波
一 将 倒 比 一 将 强。
徐延昭
这 都 是 前 朝 的 忠 臣 良 将，
杨 波
哪 一 个 忠 良 又 有 下 场？
李艳妃
有 下 场 来 无 下
场，且 听 哀 家 说 个
比 方。昔 日 里 有 一 个
潘 老 丞 相，李 氏 夫 人
替 了 皇 娘。紫 竹

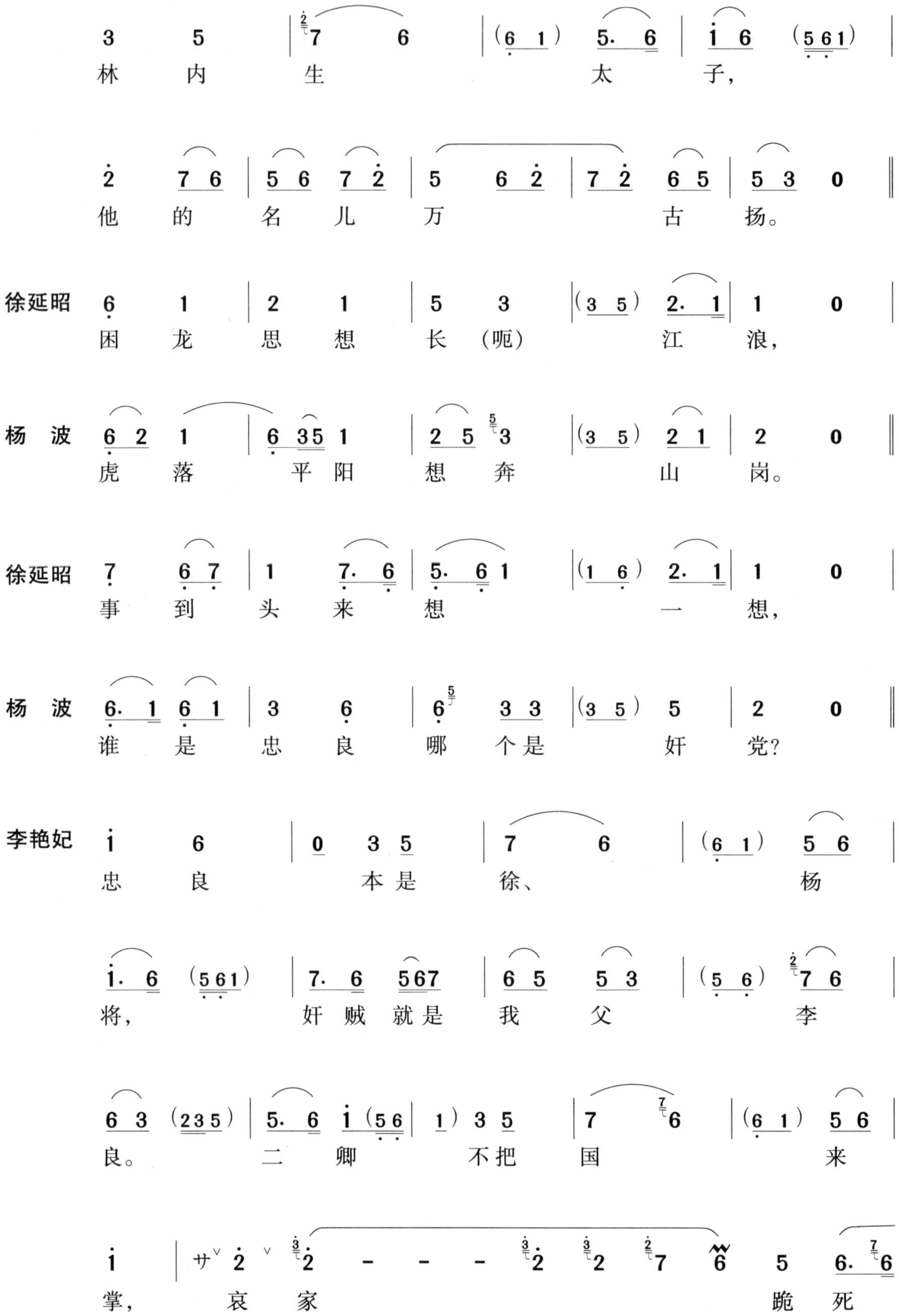
林 内 生 太 子，
他 的 名 儿 万 古 扬。
徐延昭
困 龙 思 想 长（呃） 江 浪，
杨 波
虎 落 平 阳 想 奔 山 岗。
徐延昭
事 到 头 来 想 一 想，
杨 波
谁 是 忠 良 哪 个 是 奸 党？
李艳妃
忠 良 本 是 徐、 杨
将， 奸 贼 就 是 我 父 李
良。 二 卿 不 把 国 来
掌， 哀 家 跪 死

5 6　7　-　-（大 大）（5. 6　7　7）6 5　7 2　2 72
在　昭

6 2　7 2　6 5　3. 5　6　-　6 6　5　-　‖
阳。

〔二黄摇板〕

徐延昭　【小锣凤点头】（6　5　3　2　2　3　3　3 3　2 1　6 1　5 6　7 6

5　5）3　3　2. 4　3　3 3　3 2　2　3　-　-　|
铜　锤　一　举　娘 娘　请　上，
（右手举锤，李艳妃起入座，徐、杨小姐站起归原位站）

〔二黄摇板〕

杨　波　【小锣凤点头】（过门同前）1　2　3　2　3　1 3　2　2 61　2　-　‖
用　手　搀　起　定(呐)　国　王。

「杨波站起。右手翻水袖，随唱随上前搀起徐延昭，然后回“小边”原位。徐延昭仍站“大边”原位。

〔二黄摇板〕

徐延昭　【小锣一击】（过门同前）2　2　2　1 3　2　1　2　1. 6　1（7 6
回　头　来　奏 一　道　太　平　本　章，

5 6　7 6　1）2　3　3 2　2 3　3　1　2　2　-　‖
杨　波　搬　来　众　家　儿　郎。

李艳妃　呀！

【小锣凤点头】（过门同前）3　3 2　1　-　2　-　2（2 3　4 3　2 1
听　说　是

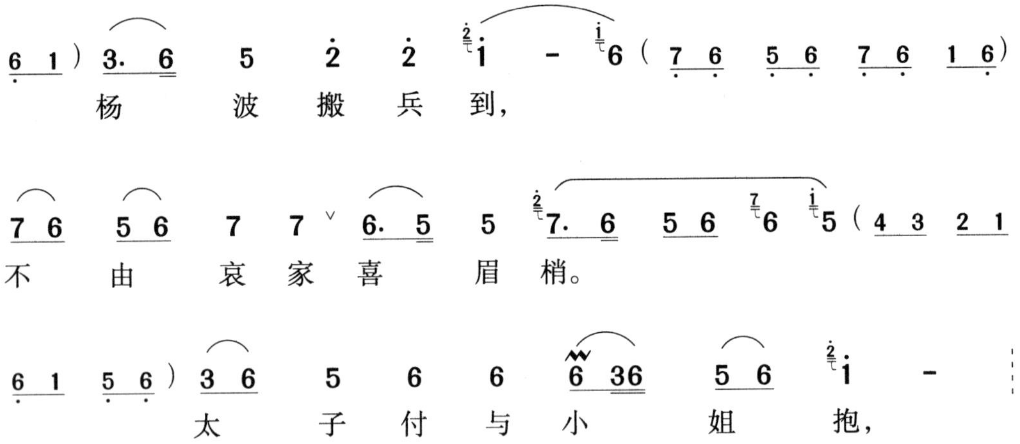

(李艳妃将太子交与徐小姐)

〔二黄摇板〕

徐小姐 【小锣凤点头】(过门同前)

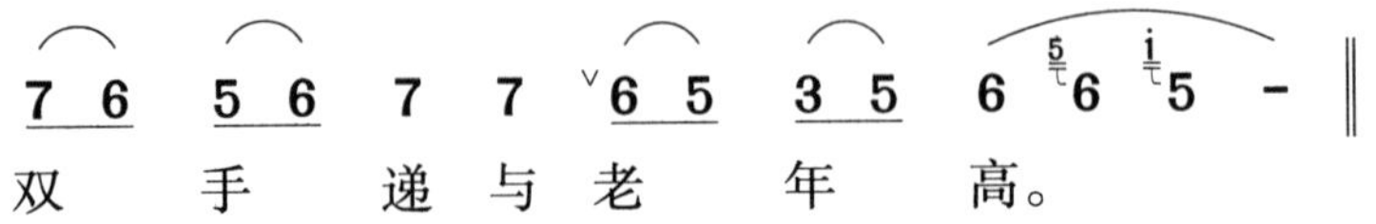

(徐小姐抱太子面对徐延昭)

(随唱随将太子交与徐延昭，徐延昭将铜锤顺着靠在左手臂上并将太子放在右手臂上，转身走近杨波)

〔二黄摇板〕

徐延昭 【小锣凤点头】(过门同前)

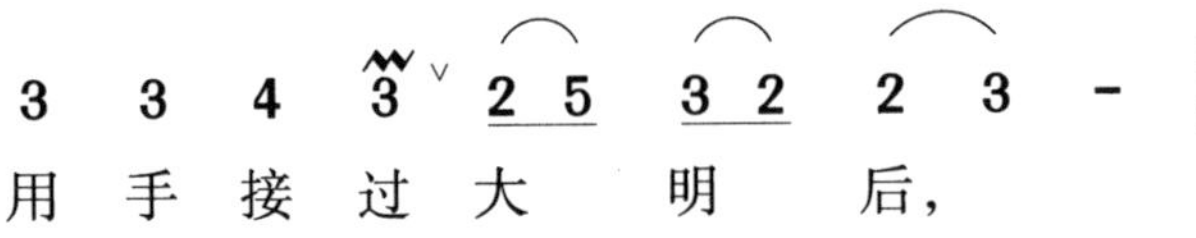

【小锣一击】

徐延昭 大人。

杨　波 千岁！

〔二黄摇板〕

徐延昭 【小锣凤点头】(过门同前)

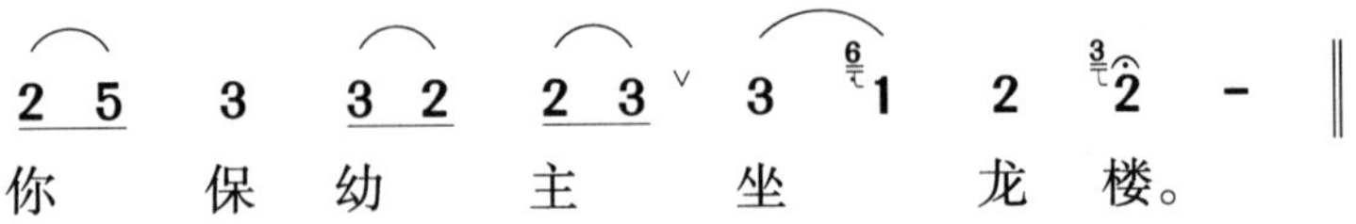

(将太子交与杨波，杨波左手抱太子，转身向外)

〔二黄摇板〕

杨　波 【小锣凤点头】(过门同前)

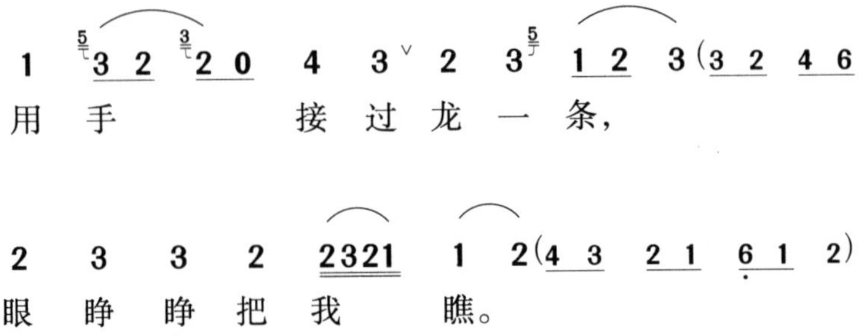

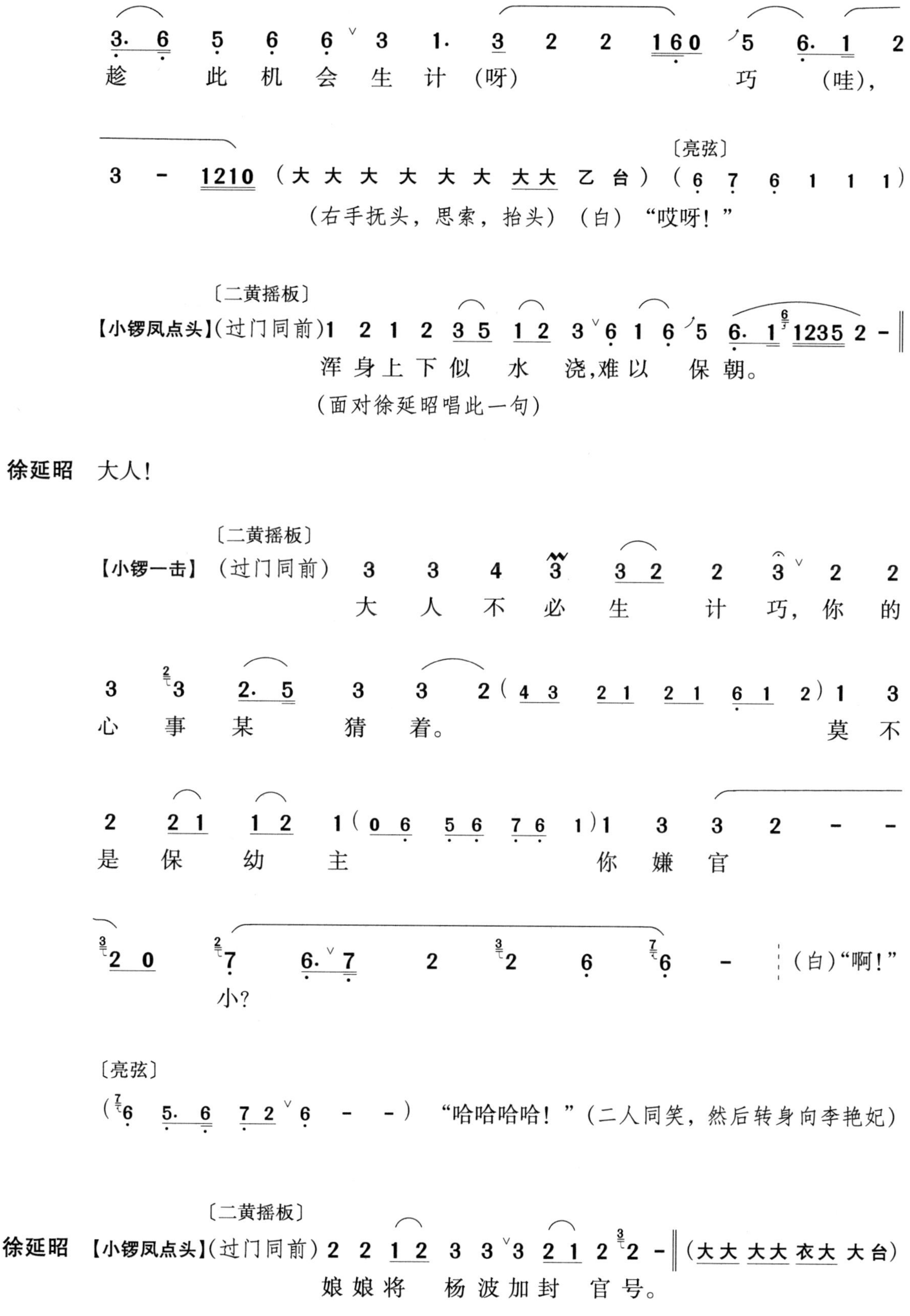
趁此机会生计（呀）巧（哇），
〔亮弦〕
（大大大大大大大大乙台）
（右手抚头，思索，抬头）（白）“哎呀！”
〔二黄摇板〕
【小锣凤点头】（过门同前）
浑身上下似水浇，难以保朝。
（面对徐延昭唱此一句）
徐延昭 大人！
〔二黄摇板〕
【小锣一击】（过门同前）
大人不必生计巧，你的心事某猜着。
莫不是保幼主
你嫌官小？
（白）“啊！”
〔亮弦〕
“哈哈哈哈！”（二人同笑，然后转身向李艳妃）
〔二黄摇板〕
徐延昭 【小锣凤点头】（过门同前）
（大大大大衣大大台）
娘娘将杨波加封官号。

李艳妃 杨波听封。（李艳妃站起向“大边”斜上几步站定，杨波走至台中面朝外跪）

杨　波 臣。

李艳妃

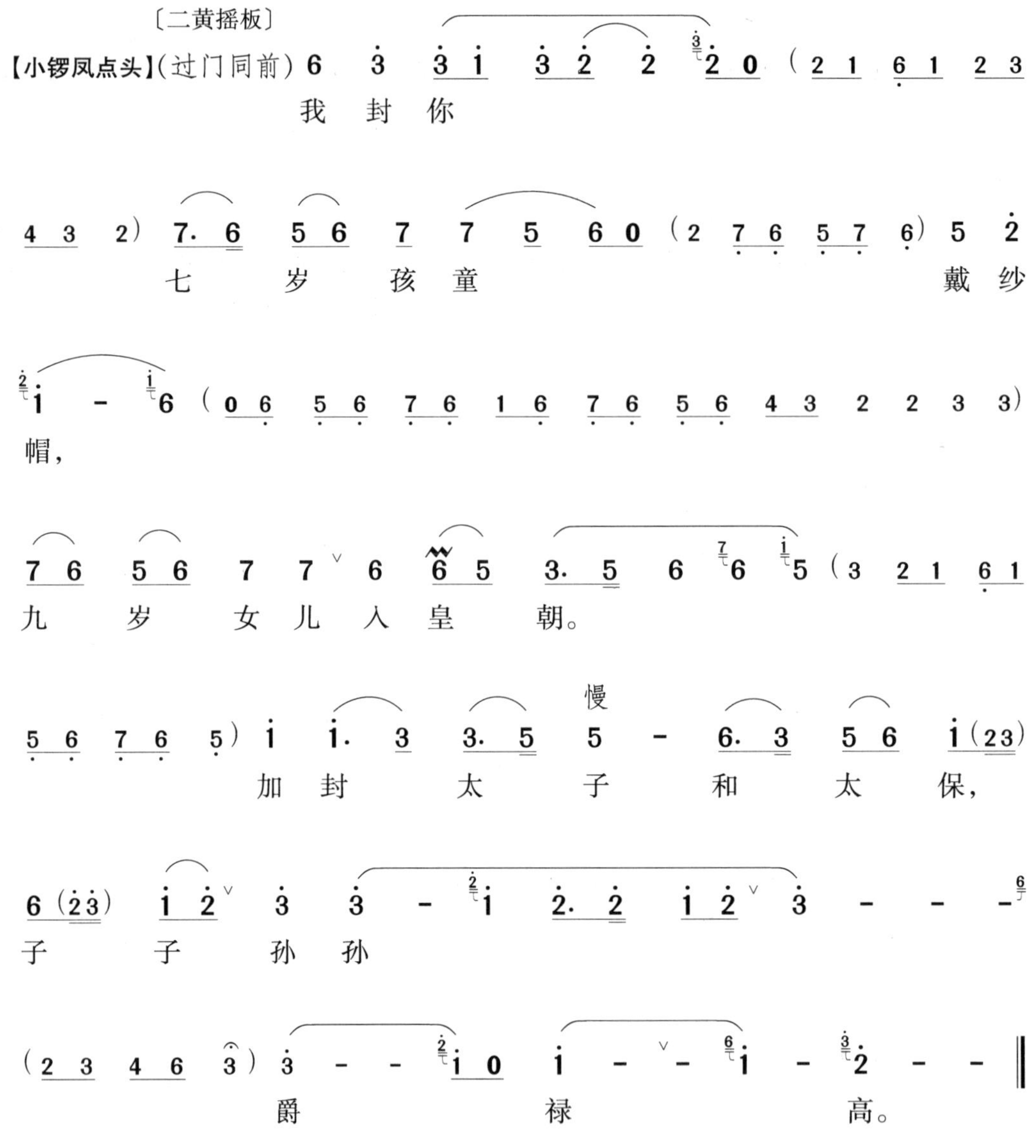

杨　波 谢国太。

〖【小锣抽头】李艳妃转身“下场门”下，徐、杨二位小姐随下。

杨　波

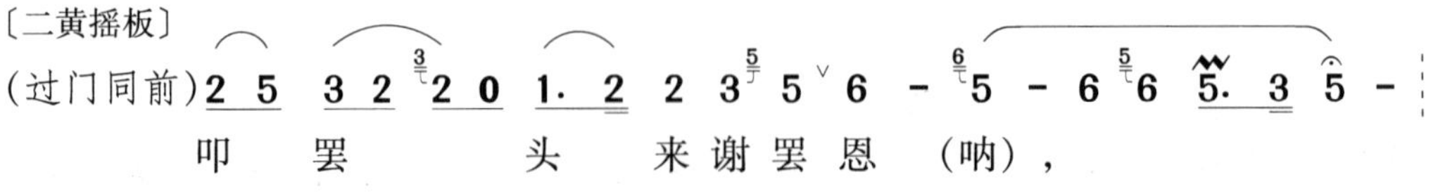

〖杨波站起在右方，徐延昭站在左方。

〔二黄摇板〕

徐延昭 【小锣凤点头】(过门同前) 2 5 3 3 3 2 2 3 2 2 1 2
徐 延 昭 代 驾 且 平 身。

杨 波 1 1 2 2 0
一 文

徐延昭 2. 4 3
一(呀) 武

杨 波
徐延昭 (同唱) 3 2 5 1 2 32 4 - - - 4 3 -
出 宫 门,

〔【大锣纽丝】二人同出门,杨波向右方走两步,左转回身上步站“小边”;徐延昭走向左方,转回身站在“大边”,左手抱铜锤靠近台中。

〔二黄散板〕

杨 波 (过门同前) 1 3 3 13 2 3 2 1 6 1 6 1 3. 3 2
仗 着 幼 主 叫 皇 兄。

(5 6 1 2) 3. 5 5 6 6 6 1 2 2 0 5 1
(仓) 大 明 江 山 全 仗(呃) 你(呀),

2 - 2. 3 4 - - - 4 3 - (6 1 2 3)
(八大台 顷 - 仓)
(徐延昭右手翻水袖,向前)

〔二黄散板〕

徐延昭 3 3 5 - (2. 3 4 3 5) 3 3 3 1. 2 3 3
保 国 家 (仓) 还·是 你 杨 家 父
(抖水袖)

1. 2 3 5 1 1 2 - (7 6 5 6 6 1 -)
子 兵。

「奏唢呐曲牌<尾声·合头>，接**【大锣原场】**
「徐延昭与杨波互相拱手，然后相对向里转身，“下场门”同下。

——剧终